LES MOULINS
A NUAGES

GEORGES J. ARNAUD

LES MOULINS A NUAGES

roman

CALMANN-LÉVY

Un livre présenté par
CLAUDE GLAYMAN

ISBN 2-7021-1703-1

Imprimé en France

A ma sœur Élyane qui a su joindre ses souvenirs aux miens.

A Ulysse le roman de ses arrière-arrière-grands-parents.

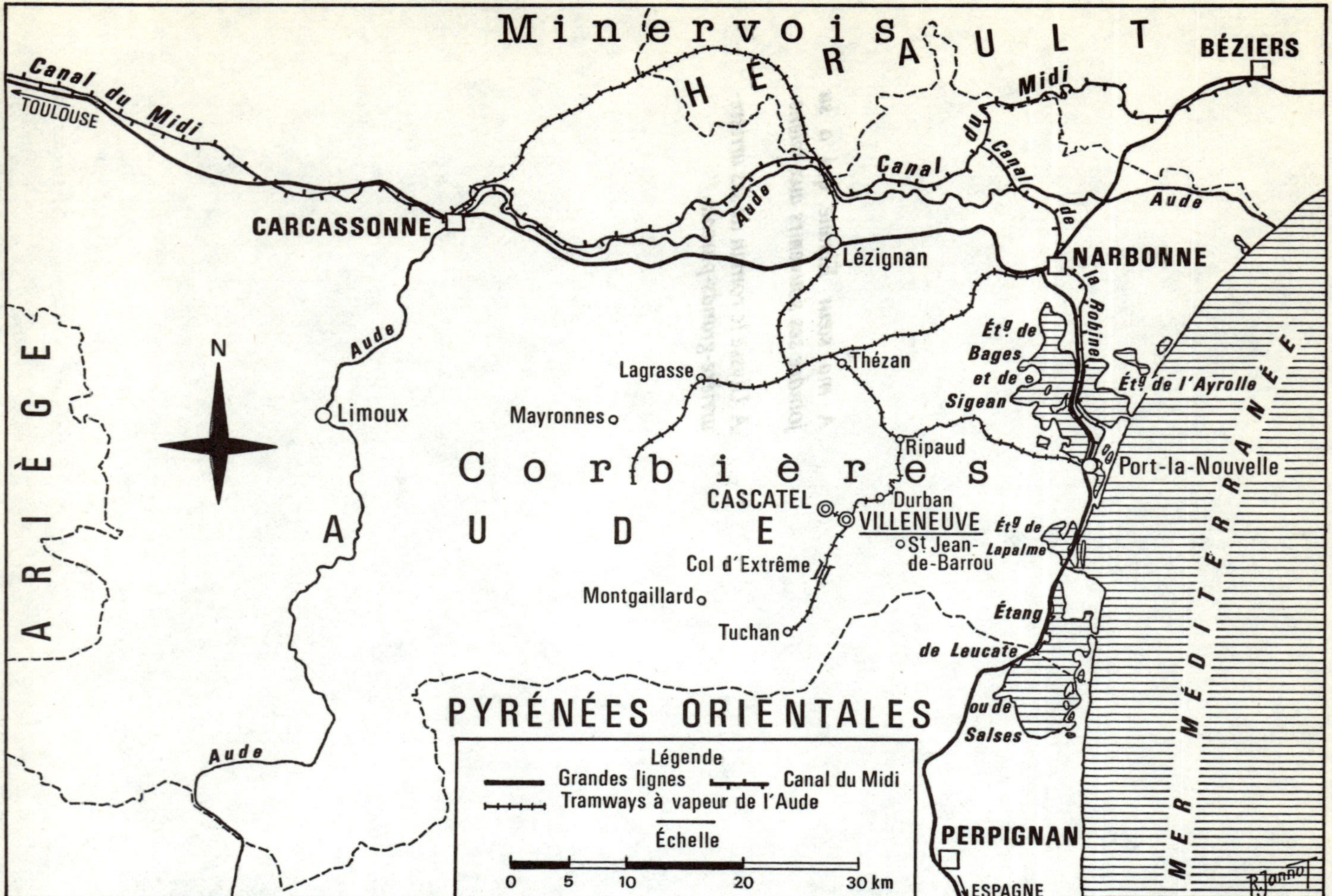
Minervois
HÉRAULT
BÉZIERS
Canal du Midi
TOULOUSE
CARCASSONNE
Lézignan
NARBONNE
la Robine
Aude
Ét.g de Bages et de Sigean
Ét.g de l'Ayrolle
Port-la-Nouvelle
Ét.g de Lapalme
Étang de Leucate ou de Salses
MER MÉDITERRANÉE
ARIÈGE
N
Limoux
Lagrasse
Thézan
Mayronnes
Ripaud
Corbières
AUDE
CASCATEL
VILLENEUVE
Durban
St Jean-de-Barrou
Col d'Extrême
Montgaillard
Tuchan
PYRÉNÉES ORIENTALES
PERPIGNAN
ESPAGNE
Légende
Grandes lignes
Canal du Midi
Tramways à vapeur de l'Aude
Échelle
0 5 10 20 30 km
R. Jannot

PREMIÈRE PARTIE

1870-1884

CHAPITRE PREMIER

La veillée secrète de Planou et le désastre de « ce dent »

Malgré son jeune âge — il n'avait que quatre ans — Planou comprit que la veillée de ce soir-là serait exceptionnelle. Durant toute la journée, ses parents avaient chuchoté comme si la maison était devenue une église et Jeanne, la tante sourde-muette, lui avait refusé toute explication. D'habitude il lisait facilement sur ses lèvres les mots qu'elle articulait en silence, mais pour ne pas trahir le secret familial elle se mordait la bouche. Pas question non plus d'échapper à la surveillance de ces trois-là pour rejoindre les autres enfants qui profitaient des beaux jours de septembre pour patauger dans le ruisseau du Sabaric.

Comme pour une veillée ordinaire, les gens arrivèrent peu après le souper, les plus proches voisins apportant leur chaise. Tous s'installaient en travers de la rue, en haut du raidillon, pas tout à fait à l'endroit des autres fois, en dehors de la tiédeur sucrée des figuiers. Planou, consigné dans la cuisine, découvrit de la fenêtre que les femmes se plaçaient en tête du groupe, formant une sorte d'avant-poste, alors que les hommes se massaient à l'arrière.

Son père, Antoine Pla, rentra le premier dans la maison, lui désigna du doigt la cheminée et commença de verser son célèbre muscat dans la douzaine de verres alignés au centre de la table.

— Venez, cria-t-il, venez donc.

Ils obéirent avec lenteur, avec cette gêne des hommes de plein air dans un intérieur trop bien rangé, luisant de propreté.

— M. le curé préfère attendre que la nuit soit bien noire pour venir, dit quelqu'un.

Planou, effrayé, fouillait dans les cendres chaudes de l'âtre avec un sarment, exhumant des braises rouges. Son excitation première était devenue appréhension et il aurait souhaité rejoindre les femmes qui murmuraient au-dehors, surveillant l'obscurité comme des sentinelles.

Avec le muscat, la timidité disparut et, en attendant le curé, on parla des vendanges proches. Comment parler d'autre chose alors que l'odeur tenace du raisin mûr cernait depuis deux, trois jours le village ? Comme si d'un coup les vignes lourdes de ces grappes charnues n'en pouvaient plus d'attendre, suppliaient dans ce renforcement entêtant de parfum qu'on vienne les délivrer... Les chèvres bêlaient bien pour qu'on vienne traire leurs mamelles trop pleines, les vignes, elles, engorgeaient l'air de leur effervescence sucrée.

— Voilà M. le curé !

Planou n'osait lever la tête, regarder le visage du prêtre, se contentait des bottines qu'il trouvait trop petites pour un homme.

— Ici comme au presbytère, ça sent le tomatat. On n'y échappe pas.

Bien sûr, puisque c'était la pleine saison du tomatat, qui commençait en août pour ne s'achever qu'en novembre, parfois. Ce soir-là les torchons gonflés de pulpe pourpre suintaient au-dessus des bassines dans la souillarde. Sur des dossiers de chaises, tante Jeanne la sourde-muette — on disait la Muda — alignait ses vieux manches à balai, y suspendait ses linges pansus. Et les filets de liquide rose n'en finissaient pas de devenir goutte à goutte dans l'odeur aigre-douce de la purée s'épaississant avec des clics et des clocs jusqu'au milieu de la nuit. On attendait toujours en vain le dernier cloc pour se rendormir car il y en avait toujours un de plus. Pour l'enfant, chaque maison, durant deux, parfois trois mois, devait s'emplir à ras bord de cette odeur, de ce bruit, si bien qu'il trouvait étrangement vides et déjà prises par le froid de l'hiver celles du docteur ou de l'un des riches de Villeneuve, chez lesquels le tomatat se préparait loin des odorats et des tympans délicats. Une dernière boule s'égouttant retenait l'été chez eux au-delà de la Toussaint.

— Planou est des nôtres ce soir ? s'étonna le curé.

— Je le préfère ici qu'avec les polissons du village, dit Antoine Pla.

Tout le monde disait Planou, mais son prénom était Antonin, Louis en second.

— Vous avez des nouvelles de la guerre et de ce qui se passe à Paris ?

— J'ai une lettre. Je vais d'abord la lire et nous en discuterons ensuite. Nous ne serons pas dérangés. Les femmes surveillent les parages.

La voix nette de son père terrorisait Planou, le dissuadait de tout caprice, comme les chevaux, comme les journaliers agricoles, ceux qu'on appelait brassiers et qui n'avaient que leurs bras à louer. Les bouillés ou laboureurs s'estimaient d'un rang au-dessus et montraient plus d'indépendance.

Lettre d'un officier des francs-tireurs. Sedan le sept septembre mille huit cent soixante-dix.

Quel désastre et que d'événements depuis tous ces jours. Nous avons assisté à deux batailles puis au bombardement de Sedan. Notre bataillon est réduit entièrement et le peu qui en reste fait prisonnier.

— Cette lettre a été rapide puisque nous sommes le douze septembre, mais je vous en prie, Antoine, poursuivez, remarqua le curé.

La ville meurt de faim et la peste s'y trouve... Les cadavres, toujours après, n'étaient qu'en partie ramassés. Ils étaient roulés tous dans une boue noire et fétide. Toutes les rues en sont pleines.

Impressionné par la stupeur de ces hommes, Planou avait osé les regarder et toute sa vie il devait conserver cette vision de la lumière qui, de la grande suspension à pétrole, coulait dans les rudesses de leur visage, dans les ombres tavelées par le soleil et le vent de cers.

L'instant devint magique lorsque son père lut la lettre de l'empereur Napoléon III à Sa Majesté le roi de Prusse :

Monsieur Mon Frère. N'ayant pu mourir au milieu de mes troupes, il ne me reste qu'à remettre mon épée aux mains de Votre Majesté. Je suis de Votre Majesté le bon frère. Napoléon.

— *Soun fraïres aquellis dous*[1] *?* demanda Prosper.

— Non, monsieur Escudier, précisa le curé, c'est une formule de politesse entre souverains de cette qualité.

La réponse du roi de Prusse souleva des émotions et des jurons que la présence du prêtre ramena vite au niveau des murmures.

Antoine Pla ayant lu les quatre feuillets, deux ou trois en profitèrent pour rallumer leur pipe.

— L'empereur s'est donc rendu, s'emporta Étienne, et personne ne le sait chez nous.

— L'impératrice a la régence, mais ce que je sais, c'est qu'à Paris ils ont proclamé la République. On dit que les rouges ont envahi le Corps législatif. C'est un de Durban qui me l'a dit en grand secret hier.

— La République, firent plusieurs, atterrés...

— Alors que nous allons vendanger ? Les vendangeurs sont bien capables de demander une augmentation ou de se mettre en grève.

— Souvenez-vous en quarante-huit... J'étais un enfant mais les journaliers étaient insolents et passaient leur temps au café.

— C'est la raison de cette réunion de ce soir, de cette veillée un peu particulière, dit Antoine Pla.

Planou paraissait occupé avec ces braises minuscules qu'il retirait des cendres, mais en fait il suffoquait de craintes. Les journaliers, surtout les brassiers, allaient-ils devenir subitement méchants ? Les propriétaires réunis dans leur cuisine avaient l'air de le croire.

— Pour l'instant nous sommes seuls à savoir. Les journaux de Paris n'arrivent plus et même le voiturier a cessé d'aller à Narbonne. Il nous faut tenir et je propose d'avancer le début des vendanges. J'y vois deux avantages. Une fois dans les vignes, même s'ils apprennent que la République a été proclamée à Paris, les journaliers n'oseront plus bouger car nous ne les paierons qu'à la fin, quand le raisin sera en cuve. Et d'autre part, tout le monde est trop fatigué le soir pour bavarder à tort ou à raison au café ou sur la place.

— Donc, nous nous taisons, dit Saturnin.

— Et nous vendangeons dès après-demain.

1. Ils sont frères ces deux-là ?

Un silence marqua l'opposition du plus grand nombre. Audehors la veillée des femmes s'engourdissait dans de vagues murmures, des phrases effilochées. La tante sourde et muette, ne pouvant lire sur les lèvres des autres dans cette obscurité, avait dû s'endormir.

— J'ai toutes mes sémals à nettoyer, dit l'un.

— Moi, ce ne sont pas les comportes que je dois nettoyer mais mon grand foudre.

— Je vous le dis, insista Antoine, après-demain au plus tard, sinon la vendange risque de rester sur pied et de pourrir.

— Le premier qui ose me tenir tête le regrettera, dit Augustin. S'il me faut prendre le fusil...

— Calmez-vous voyons, dit M. le curé. Antoine Pla a raison. Commencez les vendanges et tout ira bien. Le travail, la fatigue sont excellents contre les égarements de l'esprit.

Le ralliement du curé fut déterminant et ils décidèrent de vendanger le surlendemain.

— Nous dirons que le raisin risque de pourrir.

— Ou que l'« endevinaïre » d'Albas prévoit de la grêle.

— Je vous en prie, s'emporta le curé, ne mêlez pas ce sorcier d'Albas à tout ça. De plus c'est un républicain.

Antoine versa une dernière fois du muscat, puis ils rejoignirent les femmes. Planou alla secouer sa tante qui, comme prévu, dormait sur sa chaise.

— Planou, va faire pipi et couche-toi, cria Albanie, sa mère.

Il ne dormait pas lorsque la Muda se pencha en chemise de nuit et béguin de dentelle au-dessus de lui, approchant sa chandelle pour bien distinguer les mots articulés par sa petite bouche, de trop près car des gouttes de cire festonnèrent sur l'oreiller.

— *Dé qué parlavan?*

— Ils ont parlé de ce dent et de l'Empereur qui s'est rendu à son frère le roi de Prusse. Et de la République. C'est qui celle-là?

Au matin, la Muda tordait le cou à ses torchons de tomatat avec la même poigne féroce que pour ses pigeons, mais ce matin-là Planou imagina que c'étaient les républicains qu'elle rêvait d'étrangler. Le jus recommença à couler plus fort et, comme une haleine tiède, l'odeur chargeait l'air de la maison de son acidité douceâtre.

Albanie descendait avec le petit Joseph, le cadet de Planou, en criant qu'on aurait encore trop de tomatat comme les autres années. Dans ces cas-là, la Muda devenait encore plus sourde, encore plus muette, avalant ses lèvres, son seul moyen de communiquer avec les autres.

— Va lâcher les bêtes, cria Albanie toujours énervée. Les chèvres d'abord.

Bien sûr, les chèvres ! Planou les libérait en restant sur ses gardes, préférant les canards qui se trémoussaient tous les trois pas, en route vers la rivière d'où ils ne remonteraient qu'à la nuit, gavés de têtards au printemps, d'alevins et de vers quand l'été envasait le lit, et de grappes d'escargots de fenouil au moment de la sécheresse. Des canards aussi muets que la tante Jeanne : le village n'aurait jamais supporté des centaines de ces animaux caquetant dans les rues.

Les chèvres avaient tout juste rejoint le troupeau du berger Pérétou sur la place que sa mère lui criait d'aller à l'écurie. A cause de Narbonnais, le cheval qui rongeait sa longe, il s'en serait bien passé et pourtant il aimait l'endroit, rien que pour suffoquer dans l'odeur forte d'urine et de sueur des quatre chevaux — trois et demi en fait, puisque le plus vieux, Marco, ne travaillait que pour les enterrements et serait vendu aux « Caraques », les gitans, qui ne se pressaient pas cette année de planter leur roulotte côté Durban.

Il s'accroupit à la sauvette, surveillant Narbonnais, une boule de paille à la main pour s'essuyer en catastrophe à la moindre alerte. Avant de sortir, il puisa des gousses de caroube dans le grand coffre au couvercle si lourd qu'une fois sur deux il le lâchait sur ses doigts, s'en retourna la bouche pleine de ces fèves trop sucrées.

— Tu es sûre ? demandait Albanie à sa sœur juste comme il rentrait dans la cuisine.

Sa mère criait trop lorsqu'elle s'adressait à Jeanne. Il suffisait de bien articuler en pleine lumière pour que la Muda comprenne. Avec Planou elle ne faisait jamais répéter.

— Planou ! Ils ont bien dit demain pour les vendanges ? Mais qu'allons-nous faire ? Pour les croustets, les repas, et Joseph qui restera emmailloté toute la journée. Il me faudra une « bouronne » pour l'abriter.

— Ils ont dit après-demain, protesta Planou.

— Oui mais c'était hier au soir.

— Ils ont parlé de la République.

— Veux-tu bien te taire ! cria sa mère, la main déjà levée. Tu ne dois pas en parler. C'est un secret. Et puis d'abord ce n'est peut-être même pas vrai. De toute façon, qu'ils se la gardent à Paris. C'est pas pour les gens d'ici. Elle n'est pas prête de débarquer à Villeneuve celle-là. Non alors ! A coups de tisonnier, tiens, qu'on la recevrait, ou de battoir à linge.

Longtemps elle persista à dire que c'était une invention de la capitale comme toujours et que les Corbières pouvaient bien vivre sans.

— Et M. le curé, le pauvre, il s'inquiétait ?

— Il priait, dit Planou pour complaire aux deux sœurs dans leur dévotion.

— Ils lui prendront tout, l'église, le ciboire, l'ostensoir, les chandeliers, le tronc des pauvres et jusqu'à sa soutane.

Ça, c'était intéressant d'envisager que le curé puisse se retrouver sans soutane, qu'on sache enfin ce qu'il portait dessous. Les enfants en discutaient souvent et Planou, déjà déçu de voir les enfants de chœur enfiler leur surplis sur leurs vêtements de tous les jours, espérait que le prêtre ne pouvait que s'habiller de dessous inconnus, somptueux.

— Mène ça au père, mais attention, il y a Jaquet et peut-être d'autres journaliers. Alors, tu ne dis rien de la veillée d'hier au soir.

— Sinon Jaquet nous tuera tous, articula la Muda avec d'horribles grimaces.

Albanie remit à Planou deux bougies achetées chez Isabelette l'épicière et non pas de ces chandelles en cire que l'on coulait à la maison, dans un joli moule en fer-blanc décoré de fleurs de lys qui réapparaissaient en creux dans la cire.

Dans la cave en contrebas de la maison, à mi-pente de la rue, Antoine vérifiait ses foudres. Et si Planou aimait l'écurie, il tenait la cave en grande méfiance, même si aucun « Narbonnais » ne pouvait l'y guetter. A cause de ce chariot à quatre roues peint en noir, avec un toit comme celui d'une roulotte de « caraque » mais soutenu par quatre colonnes. A chaque coin on avait planté des plumets de couleur noire également et sur les flancs des sortes de grosses larmes avaient été peintes. C'était le « corps billard ». Celui de tout le village. Jusqu'à la mort de la petite Éloïse qui avait eu la typhoïde, Planou ne s'en était guère soucié. Mais il avait bien vu qu'on fourrait dans ce chariot une caisse avec Éloïse à l'intérieur. Marco avait dû tirer le tout à l'église puis au cimetière. C'était même ce jour-là que son père avait déclaré qu'on ne pouvait continuer à nourrir un cheval tout juste bon à ça, quand même la fièvre typhoïde aurait entraîné le double d'enterrements.

— Pose ces bougies, ne touche pas à celle qui brûle.

Un grand foudre proche du « corps billard » bâillait à la base, avec quelqu'un dedans. Le Jaquet, certainement. Y avait-il aussi quelqu'un dans le chariot noir ? Chez Hippolyte le cafetier, le billard était plus gai avec son dessus tout vert, et qui aurait eu l'idée de l'utiliser pour emporter une fillette malade au cimetière ?

— Macarelle ! cria son père. Planou recula, sachant que tout ce qui pouvait arriver en sa présence risquait de lui être reproché, comme si son apparition déclenchait les bêtises des uns et des autres. Dans le foudre, Jaquet le journalier disait en patois qu'il y avait du courant d'air, mais Antoine craignait le gaz du soufre qu'il y avait fait brûler.

Pour un républicain capable de tuer toute la famille, la voix du Jaquet était inchangée, mais Planou redoubla d'inquiétude.

— Planou, va chercher des allumettes à la maison.

Lui ? Des allumettes ? Tout étourdi de voir lever une de ces interdictions formelles qui jalonnaient sa vie d'enfant, il y alla, pensant que la présence d'un féroce républicain dans le foudre nécessitait des exceptions de ce type. Mais républicain ou pas, la Muda remit de l'ordre dans ce laisser-aller et préféra aller elle-même à la cave. Les allumettes de Narbonne fabriquées clandestinement et achetées en contrebande s'enflammaient facilement toutes seules. Elle n'en préleva que deux sur le bloc de bois scié dans les deux sens pour fournir une centaine de bûchettes carrées, encore liées à un talon et plongées dans le phosphore rouge. De toute façon, elles coûtaient trop cher pour être confiées à un enfant.

En repartant, sa tante barra ses lèvres, frémissantes de mots inexprimés, d'un index noueux, lui recommandant la prudence.

Antoine chargea Planou de nettoyer un fond de comporte moisi avec un racloir et il s'installa à l'intérieur pour mieux faire.

— Alors « manhac », on travaille ?

Sans qu'il s'en rendît compte, son père était parti et il était seul avec le Jaquet. Il essaya de se blottir au fond de la comporte tandis que le républicain tendait la main vers lui, une main aux doigts un peu crispés.

— Donne ce racloir, que je l'aiguise.

De sa comporte Planou l'observa, ne laissant dépasser qu'un œil. Le brassier lissait l'outil sur la pierre bleue du porche.

— Tiens, regarde si ça ira mieux. C'est hier à la veillée qu'ils ont décidé d'avancer les vendanges ? Ils étaient tous à ta maison ? Même le curé à ce qu'on dit ?

La lame du grattoir luisait de neuf désormais et Planou la regardait fixement.

— Prends-le donc. Nous, ça nous arrange que les vendanges soient avancées. Plus tôt on travaille, plus tôt on touche nos gages pas vrai ? Et ce n'est pas la défaite de l'Empereur qui va nous empêcher d'avoir faim ?

CHAPITRE II

Les vendanges

— Macarelle, jura Antoine Pla en ouvrant la porte, le premier matin des vendanges, c'est « marin ».

Sur son matelas de balles d'avoine, Planou n'osait même pas bouger le petit doigt. Bientôt, quand il ne pisserait plus au lit, il aurait droit au matelas de laine. Chaque vendange s'ouvrait et s'ouvrirait le plus souvent ainsi, par le juron du père et le « marin », cette humidité molle venue de la mer dont les brouillards matinaux embuaient les grappes, volant, jusqu'à l'apparition du soleil souvent tardive, au moins un degré d'alcool, parfois deux.

— Macarelle de puta !

Dans la cuisine, sa mère et la tante Muda s'activaient, silencieuses, plus impressionnées par ce premier jour de la récolte que par la colère d'Antoine. C'est que sur elles retombait toute l'intendance des quinze à vingt jours à venir. Le père, lui, n'aurait d'yeux et de muscles que pour ses comportes de raisins A elles de prévoir le reste. Tout le reste.

La Muda préparait les paniers de croustets, ces déjeuners matinaux qu'on servait après une heure de travail sur les souches. La mère empaquetait dans son maillot le petit Joseph, pour toute la journée qu'il passerait tantôt à l'ombre d'un amandier de bordure, tantôt à l'abri de l'humidité sous une bouronne, grande toile de jute que l'on tendait n'importe où.

Le grand chambardement débutait avec le même juron lancé de chaque porte, de chaque fenêtre ouverte à la volée, avec les mêmes lamentations sur ce temps de marin pourri, les piaillements des gosses, les effarements de la volaille et des chèvres, le roulement des charrettes chargées de comportes empilées, les hennissements des chevaux que l'excitation gagnait et, pire encore, le braiment des ânes qui ne manquaient aucune occasion de jeter leur cri épouvantable. Mais chaque premier jour avait toujours débuté ainsi dans le désordre, la fébrilité, l'inquiétude et la joie. Par superstition, on ne prévoyait jamais l'arrivée du marin et deux fois sur trois il fallait faire avec, se décider pour une vigne plus abritée de ces brumes salées, parfois iodées, qui déboulaient, flasques et spongieuses, des sommets.

Après s'être longtemps interpellées, les familles finissaient par aller dans leurs vignes avec plus de vanité naïve que de mains disponibles. Les jours suivants viendraient les alliances, toujours avec les mêmes depuis des générations, mais le premier jour était en quelque sorte sacré. Chacun sa vendange, comme pour mieux se réserver le plaisir des premières grappes lourdes de jus, comme pour mieux garder secrète la quantité de vin qu'on espérait en tirer. A quelques litres près, c'étaient les mêmes prévisions pour tous, le plus souvent les mêmes déceptions, plus rarement la grande joie. Et cette joie qui pouvait attendre cinq, six ans et même plus, les Pla, les Dupré, les Bellissent, les Gazaniols, les Desplats, chaque famille voulait la savourer dans l'intimité du clan, ne tolérant que quelques mercenaires, familles de brassiers et de bouillés, ces commis de culture payés à la journée, ce qui les rendait plus dociles tout en leur laissant l'illusion d'être plus libres.

Les croustets préparés par tante Muda se dévoreraient quand on serait déjà trempé par les feuilles gorgées de marin. Depuis la veille, Jeanne avait mis à dessaler des sardines dont elle prélevait les filets. Dans un pot en tôle émaillée blanc portant en éclats noirs le souvenir des vendanges précédentes, elle avait lité ces filets, des rondelles d'oignons doux de Toulouge, quelques fines lamelles d'œufs durs, le tout copieusement arrosé d'huile et de vinaigre pour qu'on puisse saucer son pain. Ensuite, entre deux tranches de miche, elle plaçait des parts d'omelette baveuse, n'oubliait ni les terrines de pâté de porc, ni la saucisse sèche, sans parler du fromage de Cantal et des petits chèvres secs. On embarquait l'eau et le vin en bonbonnes mais, chez les Pla, femmes et enfants avaient droit à des sirops d'orange et de citron, voire de menthe, achetés chez Isabelette, et même à de l'orgeat maison fabriqué par la tante. De grosses bouteilles emmanchées de toile de jute maintenue humide les rafraîchissaient.

La veille également, la Muda avait pétri et le père avait rouspété à cause du four qui en cette fin d'été torride trans formait la maison en enfer :

— Va donc faire cuire chez la tata Fournière, Jeanne !

Jeanne ne voulait pas en entendre parler. Chez la tata Fournière qui brûlait n'importe quoi dans son grand four et prenait deux sous par miche ? C'était « escampiller » son argent, le gaspiller, alors qu'on pouvait cuire chez soi.

Une fois par semaine, elle tamisait la farine dans le moulin familial, gros cylindre de soie enfoncé à l'oblique dans un meuble en bois massif. Pour les vendanges on blutait moins, le pain complet tenant mieux au corps. Le soir seulement, on donnait du pain blanc aux vendangeurs qui soupaient sur l'aire à blé.

Parce qu'il avait quatre ans, Planou se vit transformé en mitron, en commis de cuisine, en livreur. Il croisait son père qui était partout à la fois, surveillant l'homme du fouloir sur le plancher au-dessus des foudres béants, aidant à décharger la charrette, filant à la vigne encourager la « colhe », l'équipe des vendangeurs, tassant le raisin avec la massette en buis, si bien que ses comportes dépassaient les soixante-dix kilos habituels.

Un peu avant midi, au dernier voyage de la mi-journée, Planou embarqua avec la grande « banaste » d'osier du repas dans la charrette retournant avec les sémals vides. Il devait veiller sur les toupins remplis à ras bord d'un ragoût de mouton aux haricots, et dont les couvercles avaient été ficelés par la tante, le tout coincé dans une vieille nappe rapetassée qu'on étendrait sur le sol. Il y avait aussi les assiettes ébréchées, les verres fêlés, toute cette vaisselle des vendanges conservée dans une caisse au grenier. Les Pla avaient l'orgueil de nourrir bien et copieusement leurs vendangeurs, mais pas question de risquer une belle vaisselle à cause de la casse et de ces « pilharts », les enfants de brassiers chapardeurs et brise-tout. Dans cette langue ancienne des Corbières qu'on humilia sous le nom de patois, le « lh » se mouillait en « ille ».

Lorsqu'elle le hissa sur la charrette, la tante Muda articula avec un air féroce : « Si ça se renverse en route, je t'étrille comme un âne ! Dis à ta mère que je prépare le bouillon pour ce soir. »

Le premier jour, c'était toujours du pot-au-feu et c'était une fête, car la boucherie n'avait du bœuf que quatre jours par an, guère plus. Le bouillon, après une pareille journée, chassait les humeurs.

Le premier jour, on vendangeait au plus loin parce que les jambes restaient solides pour le retour. On avait encore la force de marcher derrière la dernière charrette où s'étageaient toutes les comportes et que suivaient des centaines de guêpes fines saoules. Planou trouva le trajet interminable avec ces toupins qui brinquebalaient, prêts à se renverser.

Dès qu'il arriva, sa mère l'occupa à étendre la nappe, à disposer les couverts, puis lui fourra son frère Joseph dans les bras.

— Promène-le.

Un Joseph qui, momifié vivant dans ses déjections, braillait dans son maillot. Planou ne savait comment le tenir, ses mains enfonçant dans du mou écœurant. Les « pilharts » des brassiers l'appelaient la fille, parce qu'il portait des cheveux longs et qu'eux, dès la fin de l'hiver, avaient le crâne rasé pour les poux.

— Tu repartiras avec la prochaine charrette, lui dit sa mère. En attendant, viens m'aider.

Il reçut sa première serpette, dut s'accroupir aux mêmes souches que sa mère pour traquer les « cingles », les grappillons, alors qu'elle se réservait, voluptueusement semblait-il, les plus grosses grappes.

Il eut le tort d'obéir à la Clotilde, une femme de brassier qui lui demanda affectueusement, en le traitant de « manhaguet », d'aller chercher à boire. Au retour, lorsqu'il reprit sa serpette, le visage contracté de colère, sa mère lui fit de cinglants reproches entre dents :

— Ici c'est ton père ou moi qui décidons quand c'est le moment de boire !

Il fut heureux d'être appelé par son père qui retournait au village. Il se précipita, mais comme il ne parvenait pas à se hisser seul tout en haut des comportes, sur ordre d'Antoine Pla, un garçon de journalier, Alfred, accepta de mauvaise grâce de l'aider. Le « pilhart » en profita pour lui écraser la poitrine entre ses bras déjà noueux en lui soufflant à l'oreille :

— Tu verras, toi, si jamais la République remplace Badinguet !

Planou ne savait même pas qui était ce Badinguet. La Muda claqua de la langue, heureuse de le voir revenir pour « écouter » ses lamentations de femme surmenée. Est-ce qu'ils avaient bien mangé au moins, tous ces « chapaïres », ces goinfres qui ne méritaient pas qu'elle « s'escaoume » devant la cheminée par une telle chaleur ?

— Va chercher des souches et regarde si La Bourounna n'est pas dans le coin pour aller tirer de l'eau.

Entre deux corvées, il finit par somnoler dans l'odeur du pot-au-feu qui le transportait vers les monotones dimanches d'hiver, lorsque le père avait rapporté de la viande à bouillon de Durban ou de Narbonne.

— Il y aura du millas frit et sucré pour dessert et aussi des flans, précisait la Muda en le secouant pour qu'il ouvre ses yeux et fixe sa bouche. J'ai acheté du lait de vache chez M. Barnabé et, le croiras-tu, c'est Mme Olympe qui m'a servie car tous les domestiques vendangent, sauf Zézé la bonne qui cuisine pour tout ce monde !

Les plus riches et plus anciennes familles avaient droit au « Monsieur » avant le prénom et conserveraient ce privilège jusqu'à la fin du siècle, avant de devoir le partager avec l'instituteur laïc, une fois les mérites de l'Instruction publique et obligatoire reconnus.

— Ah, c'est qu'ils ont peur eux aussi de cette République parisienne ! M. Barnabé croit que ça ne durera pas et que nous aurons à nouveau le roi. Mais regarde-moi quand je te parle, au lieu de fermer les yeux.

Les vendangeurs rentrèrent presque à la nuit, affamés mais aussi pressés d'aller se coucher. Planou et la Muda avaient dressé la table sur l'aire de battage, accroché des lanternes aux quatre coins après les avoir garnies de bougies neuves du commerce. La Bourounna, cette femme sale qu'on n'employait que pour les grandes corvées, avait fait plusieurs voyages d'eau depuis la fontaine pour mettre le vin au frais. Pliée en deux, elle ne demandait pas grand-chose, mais ce soir-là, elle aurait droit au souper. Juste avant qu'on passe à table, elle alla chercher l'eau à boire de l'autre côté du village, au-dessus de la vieille église. Le long du raidillon y conduisant, on longeait de minuscules jardins arrosés par le trop-plein de la source. Leur luxuriance faisait jaunir d'envie la tante Jeanne, la famille ne possédant que des lopins éloignés où parfois l'eau manquait.

Le temps d'apporter le bouillon gras et les femmes et les enfants s'endormaient déjà sur leur banc. Le bruit de la louche dans la grande soupière les réveilla. Quand les cuillères cessèrent de claquer sur le fond des assiettes, la Muda servit la salade de tomate à l'oignon doux, le fromage de tête, les tranches de gros boudin noir lardées d'un gras un peu rose qu'on mangeait cru. Antoine versait le vin autour de lui et la Muda, qui ne s'asseyait jamais, se chargeait des autres verres.

Comme les autres années, on attendit en vain le bouilli que la sourde-muette réservait pour le servir le lendemain en salade avec des câpres et de l'oignon, ou encore frit à la poêle. Ce soir-là elle avait vidé ses grandes jarres des derniers morceaux de dinde ou de canard marinés dans l'huile et les avait fricassés avec des pommes de terre.

Déjà, ce premier soir, on parlait avec respect et une gourmandise impatiente du fameux repas qui clôturait les vendanges. Chaque année, c'était à la famille qui ferait le plus copieux, et malgré son avarice tante Muda aurait dépensé sans compter pour que celui de la maison Pla emporte la palme.

Soudain Antoine Pla eut un accès de colère noire, ayant cru entendre chuchoter le mot République. Peut-être n'était-ce qu'une illusion, peut-être, depuis la veillée secrète, ne vivait-il que dans cette crainte de voir la nouvelle se répandre parmi les journaliers, toujours est-il que sa riposte rageuse dépassa sa volonté de prudence :

— Quoi, quelle République ? Qui oserait la ressusciter, celle-là ? Pour que le vin se vende aussi mal qu'en 48 ? Ou qu'il ne se vende pas du tout ? Et qu'aucun propriétaire ne puisse donner du travail ? Pour que des chenapans des villes viennent saccager l'église, vendre les objets sacrés et chasser le curé ? Pour qu'on renvoie les sœurs de l'école de Cascastel ? Et qui fera la classe à vos enfants sinon quelque étranger farabastaire qui en fera des bandits de grand chemin ?

Un « farabastaire », c'était un fantaisiste sans foi ni loi. A cet instant, le père de Planou croisa le regard de la Muda, debout à côté d'une lanterne qui éclairait fortement son visage et surtout ses lèvres en mouvement :

— Ne parlez plus ainsi. Ils ont cherché à vous mettre en colère pour vous faire trahir le secret.

Antoine Pla resta la bouche ouverte sur son dernier mot.

Planou, qui avait lu en même temps que lui sur les lèvres de sa tante, s'attendait à une explosion de fureur. On ne coupait pas ainsi la parole au maître de la maison, même si c'était en silence et à l'insu de tous.

Après quelques secondes, Antoine enfourna une pleine fourchette de fricassée, et se mit à rire pour faire oublier son emportement imprudent.

— Mais tout ça, c'est de la politique et nous sommes là pour manger après avoir bien travaillé..., dit-il.

Mais les bouillés, les brassiers n'étaient pas dupes, eux qui chômaient plus que leur compte, se nourrissaient plus d'escargots que de bonnes côtelettes, n'avaient jamais vingt sous pour payer l'abonnement de leurs enfants à la modeste école de Villeneuve.

Habile, un bouillé préféra parler du phylloxéra qui commençait de ravager les départements du Haut-Languedoc, de l'Hérault et du Gard.

— C'est un pou qui nous vient des Amériques, enragea le père de Planou, trouvant un exutoire à son trop-plein de hargne. Pardi, ils sont républicains là-bas ! Il a fallu qu'on importe leurs plants. Comme si on en manquait chez nous...

— Les fautifs, ce sont les gros domaines de ces départements, dit le bouillé. Ils plantent des centaines d'hectares depuis que le chemin de fer est construit et transporte le vin vers les ouvriers du Nord. J'ai vu à Cette des milliers de barriques qui attendaient sur le port, comme en gare de Narbonne et de Béziers.

On s'accordait généralement à reconnaître aux bouillés plus d'instruction, sinon d'intelligence, qu'aux simples brassiers car, pour tenir les mancherons d'une charrue sans estropier les ceps, il fallait être homme lucide. Ce soir-là, Antoine fit encore un effort pour cacher sa colère devant cette affirmation exacte mais impertinente. Ce bouillé-là n'avait pas son pareil pour retourner ses « tières » — ses rangées de vigne — en moindre temps que les autres.

Durant dix-sept fois, les journées suivirent le même rythme et dix-sept fois Planou accompagna le dîner des vendangeurs à la vigne, coupa les cingles pour sa mère, sauf les trois derniers jours où on les laissa pour ceux qui grappillonneraient en novembre, les pauvres du village qui, de ces grains devenus noirs comme des baies de lierre, fabriqueraient leur piquette. Au fil du temps, la colhe des coupeurs se rapprochait du village et ces grappillons abandonnés prouveraient qu'on n'était pas trop avide et qu'on pensait aux démunis.

Il n'était plus possible de cacher les événements de la guerre et de Paris aux journaliers. Ceux-ci rongeaient leur frein, sachant qu'ils ne seraient payés que le dernier jour, et Antoine Pla n'hésitait plus à commenter la situation, lisant son courrier à voix haute au cours du repas du soir :

— La guerre continue. Le général Trochu va diriger la défense de Paris que ces Prussiens finiront pas assiéger. C'est un bon, lui, un royaliste.

Seules les circonstances avaient fait du père de Planou un bonapartiste mais il gardait l'espoir d'une monarchie, et pour l'instant ce général orléaniste le satisfaisait. Trochu devenu président du gouvernement provisoire, il le méprisa. M. Barnabé lui faisait quelquefois apporter le *Journal des débats* par sa bonne Zézé et il recopiait les articles pour en donner lecture au souper des vendangeurs. Dans le village où l'on avait cru que la reddition de l'empereur mettait fin à la guerre, personne ne comprendrait le siège de Paris et les batailles qui suivraient.

Et puis arriva le matin où, de son lit de balles d'avoine, Planou entendit pleuvoir. Mais son erreur lui apparut vite lorsque l'odeur aigre-douce du tomatat pénétra dans la chambre. Si la Muda profitait des dernières tomates pour faire du concentré, c'était la preuve que les vendanges allaient s'achever. Ce même matin, sa mère ne jugea pas utile d'aller à la vigne et démaillota Joseph pour le laisser aller cul nu dans la cuisine après dix-sept jours d'immobilité forcée dans ses langes.

— *Gar lou,* articulait la Muda, *a begut de bi.* (Regarde-le, il a bu du vin.)

Joseph refaisait son apprentissage de petit homme, flageolait sur ses jambes, n'osant plus lâcher la chaise à laquelle il se cramponnait.

— Planou, prends-le par la main et fais-lui faire un tour.

— Mais il est nu, s'indigna-t-il.

— Va vers le haut.

Furtivement, Planou entraîna le petit vers l'aire de battage et de là ils grimpèrent à travers les touffes de thym et les ajoncs. Joseph, gentil, aimait rire. Il applaudissait pour une sauterelle fusant sous ses pieds et tombait sur ses fesses sans pleurnicher. Cette fois, il ne chercha pas à se relever et resta les yeux écarquillés. Planou se retourna, ne remarqua rien tout d'abord, mais son frère agitait ses mains, applaudissait encore.

— Hé, ce sont les moulins qui te plaisent?

Planou ne leur prêtait attention que lorsque son père y montait les sacs de blé et les sémals d'olives. Ils étaient deux, chacun sur sa colline, et M. le curé répétait qu'ils avaient été construits par les Romains. Chacun recevait sa pâture, restituant la farine et l'huile. Joseph, qui n'était jamais venu jusque-là, les découvrait pour la première fois.

Planou essaya de l'entraîner jusqu'au plus proche, mais les pieds nus de l'enfant se blessaient. Il essaya de le porter, dut y renoncer, et lorsqu'il voulut rentrer, son cadet poussa des hurlements de désespoir, toujours fasciné par les grandes ailes de toile bise qui tournaient majestueusement dans le vent léger. Joseph hurla si fort qu'Albanie accourut et menaça Planou d'une taloche pour être allé si loin dans les pierres et les ronces.

— Il voulait les moulins! se révolta Planou.

— Et le dîner des vendangeurs, et ton père qui est arrivé avec la charrette?

Ce qu'elle ne disait pas, pour lui faire peur, c'était que les vendangeurs rentraient déjà, qu'ils en profiteraient pour se laver dans le ruisseau des Courtals, qu'il n'y aurait plus de toupins à convoyer à la vigne parce que les vendanges venaient de se terminer et que le dîner, on le mangerait à table sur l'aire de battage. On n'avait pas prévu d'en finir si tôt dans le matin mais le festin aurait bien lieu le soir même.

— *Anen aber de bedel,* annonça la Muda complice.

— Mère, vous entendez? Nous allons avoir du veau.

— Tu ne le mérites pas, répliqua Albanie.

Dans l'après-midi, alors que la tante préparait des fougasses aux fritons pour le dessert, Planou lui demanda pourquoi les moulins tournaient même quand il n'y avait ni blé ni olives.

— Ils n'ont rien à mouliner!

— Si, des nuages. Tu as vu le ciel? Tu n'en trouveras jamais un seul par vent de cers. Les moulins les moulinent.

CHAPITRE III

Celle qui pressurait l'été

La Toussaint passée, on soutirait le vin dans de grandes barriques, parfois si vieilles qu'on n'osait plus les déplacer, et on retirait des foudres, à coups de fourche, le marc tout chaud. L'air de la cave se chargeait d'alcool au point qu'Antoine et les deux brassiers s'arrêtaient fréquemment pour aller respirer l'air déjà vif de ce début de novembre, sous peine de s'enivrer rien qu'à l'odeur.

Finis le tomatat et le règne absolu de son relent. En attendant les pressoirs, puis les alambics forains, Villeneuve-Cascastel, comme tous les villages des Corbières, vivrait nuit et jour dans l'odeur forte du marc et on ne compterait plus les volailles trouvées ivres mortes. Jusqu'aux chèvres qui, malgré la surveillance des enfants, broutaient au passage les grappes desséchées par la fermentation.

On pressurait quand on pouvait, car il n'existait que quelques pressoirs et chacun attendait son tour. Ce vin de pressse, plus léger, pouvait être bu ainsi, ou mélangé à l'autre, plus corsé.

Un peu partout, les grands tas de marc fumaient. Si par hasard le temps se mettait au marin et qu'on commençât de brûler les feuilles des platanes, le village se noyait dans des brumes suffocantes. Comme on nettoyait aussi les écuries et les « bordes », le fumier brûlant ne manquait pas de joindre sa puanteur animale. Les rues exhalaient un souffle fort d'alcoolique qui dégoûtait déjà Planou du vin.

Impatiemment, on attendait Patane, ainsi nommé à cause de son gros nez en forme de pomme de terre, qui n'allait pas tarder d'arriver avec son alambic tiré par un mulet aux dents jaunes, plus inquiétantes que celles de Narbonnais.

Comme tous les alambicaïres, Patane ne faisait confiance à personne, ce qui vexait Antoine Pla. Il évaluait le tas de marc pour éviter que par la suite on vienne y déverser quelques brouettées ou charretées « oubliées ». Il ne voulait que de l'aouzine, du chêne vert, et très sec. Des sarments, quatre litres de bon vin potable chaque jour, plus une cafetière de café fort qui serait placée dans les cendres, sous la cucurbite en cuivre. Dans la cave, un bon lit avec matelas de laine où il dormirait entre deux levers pour relancer le feu. Quand il en avait fini, le père de Planou était à deux doigts de l'étrangler. Tombait le verdict :

— Cette année, ce sera quatre doubles décalitres de trois-six.

— Comment, quatre doubles décalitres ? Il y en aura plus de six.

— J'ai dit quatre.

Antoine avait beau essayer de transiger, rien n'y faisait. Tout ce qui dépassait ce chiffre revenait au distillateur.

— Vous n'avez même pas de purificateur et le trois-six est dégoûtant à regarder.

Il revenait chez les Pla parce qu'on lui servait quatre bons repas par jour. Car non seulement il soupait mais il resoupait vers minuit. Il lui fallait du tabac, et, pour le mulet, une bonne place à l'écurie ainsi que de l'avoine — surtout pas de paumelle, cette orge du pauvre.

Alors dans le village, comme chaque année, l'odeur du trois-six remplaça celle du marc et pas mal de visages s'enflammèrent durant la distillation. Il fallut goûter et regoûter parce que ces alambicaïres forains n'étaient que des voleurs.

A grands tombereaux, on transporta les derniers résidus en bordure des vignes et des champs en même temps que le fumier. Lentement, le village se débarrassa de ses déchets les plus malodorants, et un bon coup de vent de cers l'épura en quelques heures, lui donnant cette propreté froide de l'hiver.

Le jour où le cers souffla Planou grimpa vite voir tourner les moulins, cherchant à surprendre comment ils piégeaient les nuages.

La chasse commençait tout de suite après, surtout les grandes battues aux sangliers, abondants cette année 1870, car chassés en masse des Ardennes par la guerre. On en mangeait les côtelettes grillées, on faisait mijoter des daubes et la Muda avait déjà en réserve quelques pâtés et quelques fromages de hure pour les fêtes de fin d'année. Tant qu'elle engrangeait, affirmait-elle, l'hiver n'osait venir et restait à la porte. Pour la sourde et muette, une partie de l'année se passait en bataille tenace contre l'été. Une guerre systématique ne visant qu'à le pressurer jusqu'au dernier suc, qu'à le dépouiller, le laisser nu, à lui faire rendre gorge de toutes ces suées, de toutes ces fatigues qu'il avait exigées pour sa plus grande gloire, son exubérance de couleurs et de chaleur. Elle se vengeait, la Muette, de quelques promesses non tenues les années précédentes, demandait des comptes méticuleux.

Elle fourbissait ses armes avec les premières cerises qu'elle mettait à l'eau-de-vie, cuisait en confitures, confisait pour les rouler ensuite dans une poudre de sucre qu'elle concassait à partir d'un gros pain acheté chez Isabelette. Mais ce n'étaient là que combats d'avant-garde, petits raids sans importance. Le sérieux commençait vraiment avec les miels que l'on « bresquait » — c'était le verbe local —, que l'on récoltait en plusieurs fois pour obtenir différents parfums: genêts, acacias, lavandes. Tante Muda procédait comme pour le tomatat, sauf que l'odeur en était plus délectable pour toute la maisonnée. Les gâteaux découpés dans les ruches s'écoulaient d'abord dans un grand tamis où les cadavres d'abeilles noyées, de fourmis surprises dans la ruche s'étaient laissé inclure dans la coulure d'or. Planou et bien vite Joseph s'empressaient de prélever des morceaux de ces gaufres gorgées que l'on pouvait mâcher des heures avant d'en épuiser le goût. Restait alors un peu de cire jaune qu'ils iraient jeter dans les cheveux des filles où elle collerait désespérément. Ou bien ils en fabriquaient des cierges grossiers pour jouer à enterrer une grenouille sacrifiée, allongée dans un cercueil en roseaux.

Les doigts poisseux duvetés de poussière, les bouches barbouillées trahissaient les deux frères. Or, si elle était sourde et muette, la tante possédait un odorat extraordinaire. En même temps qu'elle levait une main aussi épaisse qu'un battoir de lavandière, ils pouvaient lire sur sa bouche déformée par la colère: « Vous êtes tout moustous, sales pilharts, vous êtes tout tachés, sales vauriens. »

Quand les gâteaux cessaient de suinter, on les pressait dans des mousselines pour obtenir les dernières gouttes qui, elles aussi, résonnaient toute la nuit dans la maison, mais de façon plus moelleuse. A chaque floc le parfum se renforçait et à cette époque Planou faisait des rêves délicieux. On fondait les grosses meules dans des moules en fer. Jaunes au début comme des boutons d'or, elles allaient doucement rouiller avec le temps. Au grenier certaines, rouge sombre, étaient oubliées depuis une génération.

Les années fastes, quand les abeilles s'étaient épuisées à la tâche, grisées par un été de feu, l'hiver s'annonçait lumineux et parfumé grâce aux chandelles nombreuses qu'on fabriquait — le moule aux fleurs de lys ne suffisait pas et on utilisait des roseaux à gros diamètre. L'hiver s'annonçait aussi sucré avec ces cuillerées de miel qui fondrait dans les tisanes de tilleul, de thym, qui napperait les farinettes et le millas. Une fois tous les dix ans, la récolte était telle qu'on pouvait vendre miel et cire, les échanger à des marchands forains contre de l'étoffe de cadis, de la ferblanterie et même des chandeliers et des chenets de cuivre.

Commencé miel, l'été persistait dans sa blondeur avec le blé fauché en juillet. C'était le temps des Corbières sans monoculture, même si déjà la vigne n'en guettait pas moins les champs de blé, d'avoine, de paumelle, ceux de luzerne et d'esparcet ou sainfoin. Quand le phylloxéra fut vaincu, les ceps nouveaux, en rangs serrés, envahirent toutes les bonnes terres et bouleversèrent le paysage.

Chez Antoine Pla, en cette année 1870, on avait battu le grain huit jours. Les chevaux avaient commencé le travail, piétinant tout un jour les javelles et le lendemain, à coups de fléau, les brassiers avaient achevé la séparation. Jaquet avait manié le sien sans faiblir de l'aube au croustet, du croustet au dîner. Il ne s'interrompait que pour tordre sa chemise et boire du vin coupé de limonade de Durban. Pour finir, les journaliers sassaient le grain avec des vans d'osier, dans le cers léger qui se levait vers neuf heures et qui emportait en écharpes de gaze ocre toute la balle. L'air de juillet tapissait les gorges de cette poussière qui faisait éternuer le village.

Au soir, quand les vanneurs pénétraient dans la cuisine pour boire l'absinthe de contrebande, la Muda se hâtait de balayer les salissures qu'elle prenait soin de passer au tamis à tomatat. Ce n'était que la dernière poignée de grains récupérée, que les volailles pouvaient se précipiter sur l'aire de battage. Les becs des canards en forme de petite pelle les gavaient très vite, alors que ceux des poules crépitaient sur l'argile durcie par trois mois de sécheresse et des siècles d'entretien jaloux. Planou et Joseph eurent, dès leur plus jeune âge, mission d'écarter de ce festin de grains les volailles des voisins.

Plus l'été aoûtait, plus la tante se démenait. Il pouvait toujours, le monstre, comprimer sa chaleur dans la maison, envoyer ses millions de mouches faire un écran noir sur les moustiquaires, dessécher les rivières et les puits, la Muda n'en poursuivait pas moins sa mise à sac. Avec, bien sûr, cette constante, de début d'août à, parfois, début de novembre : le tomatat. En pleine nuit, ruisselant de chaleur, à demi asphyxié, il fallait de plus se remplir les poumons de la terrible odeur de tomates pourries.

Les confitures clapotaient longuement, trop, dans le chaudron, celles d'abricots, de pêches, de reines-claudes, auxquelles seraient jointes plus tard les figues, les arbouses et les mûres, si on avait eu le temps de les cueillir. Les figues confites de la tante Jeanne, cuites au miel avec chacune un zeste de citron dans le cœur, sa pâte de coing onctueuse et sa confiture de pastèque figuraient sur les tables de gala.

Si pour les autres ménagères le résiné marquait les limites extrêmes du pillage de l'été, la Muda continuait son combat d'arrière-garde. Elle était passée de l'or du miel et du blé au grenat foncé du résiné en même temps que la haute saison se détruisait dans ses propres excès. La tante commençait le sacrifice des canards maigres, ceux qui coûteraient trop cher à engraisser plus avant et qu'elle conservait dans l'huile. Une semaine durant, leur demi-cuisson dans le païrol détruisait à grands grésillements les parfums onctueux des confiseries et les ultimes relents de tomatat, ce dont nul ne se plaignait. D'un petit couteau fin comme une dague, la lame usée par vingt ans d'aiguisage sur la pierre bleue de l'évier, elle en saignait six par jour. C'était une orgie de sanquettes, cette crêpe de sang qu'elle faisait frire avec de l'ail. D'ordinaire, celle du poulet ou du canard du dimanche était réservée au petit déjeuner du père, mais là chacun avait droit à la sienne à chaque repas.

Deux femmes payées à la journée venaient plumer, préservant le duvet le plus doux pour oreillers, polochons et édredons. Elles désarticulaient les ailerons, avec leurs longues plumes rémiges, pour en faire des balayettes à cendres. Ils s'usaient vite, mais on en conservait un plein couffin où les chats de la maison et ceux des voisins venaient mordre en grognant.

Les morceaux de canard disposés dans de grandes jarres ou de grands pots cylindriques à couvercle, tous en terre vernissée, on les noyait dans l'huile de l'an passé ou avec celle contenue dans ces touques en fer-blanc vendues par les contrebandiers espagnols.

Toutes ces richesses n'en finissaient pas de s'entasser dans la pièce obscure au fond de la chambre de tante Jeanne qui veillait jalousement sur elles, craignant plus le gaspillage que les voleurs.

A la fin de l'an, on tuerait deux cochons mais on aurait besoin d'acheter à la boucherie et aux marchands de La Salvetat pour terminer l'été. On suspendait les jambons, les épaules, les saucisses sèches, celles au foie, les boudins aux herbes, les quartiers de cansalade. On rangeait les pots de viande confite en graisse, les bocaux de foie à l'huile pour manger en salade avec de l'oignon. Depuis une dizaine d'années on ne salait plus d'agneau ni de chevreau.

Avec l'automne verdissaient les olives bonnes pour la saumure, mais on attendait décembre pour cueillir les noires destinées au moulin à l'huile. Le vert tendre du brou d'amande avait rempli de grandes banastes. On en ferait de la pâte, de la croquande et du sirop d'orgeat. La Muette en tirait même une huile fine, pour les soins de la peau, à l'aide d'un pressoir miniature.

Au cours de ces fébriles entassements de provisions, il fallait écosser les haricots secs à la veillée. Chaque voisin apportait les siens dans un grand panier et ne s'en allait qu'une fois tous les grains en sac. Auparavant, on avait mis à sécher les fèves qui se séparaient en deux parties et devenaient févettes, bonnes pour les soupes et les ragoûts, concurrençant encore la mounjete du cassoulet. Des Cévennes venaient des marchands de châtaignes. Épluchées et séchées sous la plaque en fonte de l'âtre, elles prenaient le nom de châtaignons, bons pour la soupe également et la farine. On récoltait aussi des lentilles, des « ers » destinés aux chevaux mais que les plus démunis faisaient cuire pour se nourrir.

Vint le matin où Antoine dut monter un sac de blé au moulin car la farine manquait dans le coffre. Planou dormait et, quand il l'apprit il en oublia de boire son café au lait de déception. Il dut patienter jusqu'à la cueillette des olives noires, ramassant les fruits que son père gaulait, pour avoir une seconde occasion d'aller voir de près ses fameux moulins.

— Pas les feuilles, Planou, sinon l'huile sera « amargante[1] »

Pour le premier jour on en remplit deux sémals, soit cent cinquante kilos, et le père les mena directement aux meules. Ce jour-là, la mécanique avait un travail fou car le cers noir culbutait dans le ciel d'énormes nuages sinistres et le moulin battait en vain des ailes à vouloir les mouliner.

Planou erra dans l'espèce de tour pointue qui pivotait avec des craquements impressionnants selon le lit du vent, regarda couler l'huile de première presse, la vierge, verte, recueillie à part et qu'on ne vendait jamais, celle qu'on goûtait avec un croustet de pain aillé pour en apprécier la finesse. Chaque propriétaire exigeait sa propre presse, de crainte que le voisin ait oublié quelques feuilles amères.

Quittant l'étage, Planou descendit pour contempler en silence la meunière qui pompait de l'eau, dont elle remplissait un double décalitre en fer-blanc. Elle la déversait ensuite dans un païrol si grand qu'on aurait pu y faire cuire un mouton entier. Dans le fond, elle avait placé les tourteaux des premiers pressurages.

— Toi, tu ressembles tant à ton père que tu ne peux être que Planou. Mais tu resssembles aussi à la famille de ta mère.

Tout en travaillant, elle expliqua qu'elle faisait une extraction à froid. Le lendemain, toute l'huile serait remontée à la surface et on l'écumerait comme un pot-au-feu, mais en faisant attention de ne pas aussi puiser de l'eau sinon, quand elle grésillerait dans la poêle, les cuisinières s'en apercevraient vite.

— Ensuite je verserai tout le restant au-dehors, dans un grand chaudron, sous lequel j'allumerai du feu et on aura encore de l'huile, l'huile lampante celle-là, pour s'éclairer, pour graisser les essieux des charrettes.

— Cette eau, demanda-t-il timidement, elle vient bien des nuages ?

1. Amère.

Elle resta saisie de tant de connaissances chez un si petit enfant, ne comprenant pas exactement le cheminement de sa pensée.

— Hé manhaguet, tu es savant, toi ! Eh oui, ce sont les nuages qui ont apporté cette eau que je pompe dans la citerne.

— Avant de mouliner le blé et les olives, vos moulins ils moulinent aussi les nuages ?

La meunière éclata de rire et alla au-dehors s'occuper de son grand chaudron à huile lampante. Planou allait la suivre, mais son père descendait avec ses bonbonnes.

— Ah, tu es là, toi ? Je te cherchais là-haut.

— Antoine, il est manhac, ton petit. Il m'a demandé si l'eau venait bien des nuages. Si petit ! Il deviendra quelqu'un...

— C'est vrai que vous allez fermer, Antoinette ? Que ce sera la dernière récolte pressée à Villeneuve ?

— Paüre ! Il n'y a plus d'olivettes. Même le moulin à bled disparaîtra aussi.

On disait et écrivait bled jusque dans les actes notariés.

— On fera cent vingt doubles décalitres, une misère ! Tout le monde arrache les olivettes pour planter de la vigne. On ne peut quand même pas mouliner le raisin ? Et ces brigands de contrebandiers qui nous ruinent ?

Le père reviendrait chaque jour durant la semaine, mais il raconta à Planou qu'autrefois il fallait trois semaines pour venir à bout de la récolte d'olives.

— Et puis les arbres ont gelé, l'huile arrive de partout et même de chez les nègres.

L'ennui avec cette première journée de presse, c'est qu'au souper la Muda servait la soupe à l'ail arrosée d'huile nouvelle et que Planou détestait.

— Planou a surpris Antoinette en lui racontant que l'eau venait des nuages, dit le père, assez fier du savoir de son aîné.

— Vaï vaï, articula la Muda, elle est bien brave celle-là, mais les siens, d'enfants, ils n'ont pas inventé la poudre.

Ce soir-là Planou s'endormit satisfait. Si jusque-là il avait douté de la Muda et de ses moulins avaleurs de nuages, l'admiration de la meunière devant son savoir le rassurait. Pour une fois, sa tante ne s'était pas moquée de lui.

CHAPITRE IV

Le mystérieux voyage du père de Planou

Ce fut un sale hiver pour les Parisiens assiégés et les lambeaux d'armées qui persistaient en de vagues combats au nord de la Loire. Après le général Trochu, c'était Bourbaki que vantait Antoine Pla, racontant aux veillées la résistance de ce militaire du côté de Belfort. Alors il sortait de sa poche une vieille carte de France, pointant son index sur ces villes que citaient le *Journal des débats* et une autre feuille de création récente, *La Dépêche de Toulouse,* imprimée par des typographes désireux de publier les communiqués militaires disparus depuis des semaines des affichages communaux.

Ce dimanche matin, Antoine se rasait tout au bout du couloir de l'étage devant une petite glace accrochée à la fenêtre. On arrivait mi-décembre et il neigeait depuis deux jours. Le cers « marrit », selon la Muda, un vent du nord mauvais comme la gale, soufflait des nuages si bas que, Planou le craignait, les moulins ne pouvaient que s'engorger

La Muda grattait le givre des carreaux lorsqu'elle vit quelqu'un qui lui faisait signe au-dehors et, se tournant vers Planou, elle articula que c'était Pauline, du berger Pérétou. L'enfant, une fois la porte ouverte, attendit en vain que Pauline entre. Nappée de neige, elle s'y refusait de crainte de salir, mais comme Albanie, du fond de la souillarde, insistait d'une voix sèche à cause du froid qui s'engouffrait, Pauline s'ébroua comme un chien, tapa ses « esclops » contre la marche en pierre, finit par les ôter et se présenta pieds nus devant les deux sœurs. Planou éprouva de la colère contre sa mère et sa tante qui laissaient la pastresse honteuse exhiber sa crasse noire au lieu de l'inviter à chausser à nouveau ses sabots.

— Je viens de la borde, dit Pauline essoufflée.

Pardi, on le savait, puisque qu'avec Pérétou ils logeaient à la bergerie durant le mauvais temps pour nourrir les moutons au fourrage.

Albanie finit par avoir pitié, fit approcher la visiteuse du feu où brûlaient d'énormes bûches de yeuse, « l'aouzine ». Pauline tendit timidement les paumes, comme si elle volait cette chaleur, puis un pied.

— Que se passe-t-il encore ? cria le père depuis le premier

— C'est la Pauline du Pérétou, répondit sa femme.

— Macarelle ! hurla-t-il. Pauline, confuse, s'éloigna vivement du feu, déjà assez ennuyée d'apporter la mauvaise nouvelle. Qu'on ne l'accuse pas en plus d'abuser de la bonne chaleur.

Antoine descendait, le menton ensanglanté, exigeant avec fureur qu'on lui arrête ce sang tout de suite. Sa chemise battait ses jambes en même temps que ses bretelles et, sans la grosse ceinture de flanelle, la « faïsso », il paraissait nu. Pauline en resta effarée comme si quelque secret propre à cette famille lui était soudain révélé.

— Et toi, cria-t-il, que fais-tu là avec ce temps, loin de la borde ?

— L'agneau, Antoine, l'agneau que je crois bien que le loup l'a mangé.

— Un loup ? Mais il n'y a plus de loup depuis longtemps, ma pauvre Pauline, s'écria la mère, vexée de tant de roublardise.

— Un loup et il a emporté un agneau de l'année, et justement un des vôtres.

Plusieurs propriétaires se partageaient le troupeau de Pérétou mais la borde appartenait à un seul. Pour sa part, Antoine Pla n'avait jamais porté beaucoup d'intérêt à l'élevage, préférant ses champs, ses olivettes et ses vignes. Les animaux venaient du côté des deux sœurs.

D'un regard Antoine parut jauger la maigreur de la pastresse, la pauvreté de son vêtement, la crasse noire du pied, comme autant de signes révélateurs qui les accusaient, elle et son mari, d'avoir tué, mangé et conservé au sel l'agneau.

— Albanie l'a bien dit. Les loups ont disparu, dit-il, tamponnant son entaille du menton avec de la charpie. On a tué le dernier quand j'étais enfant.

Sa belle-sœur essaya de lui coller un emplâtre de sa fabrication : de la mie de pain pétrie avec de la toile d'araignée, mais il la repoussa, méfiant. Une goutte de sang avait sali sa chemise du dimanche et sa femme ne voyait que cette tache, en oubliant la Pauline, l'agneau et le loup.

Antoine finit par sortir de la cuisine et revint avec son grand manteau de voyage acheté à Carcassonne bien avant la naissance de son fils.

— On va y retourner tous les deux, à la borde, et nous verrons.

L'air sévère, il décrocha un de ses fusils de chasse pendus derrière la porte, commença de prélever des cartouches dans la ceinture spéciale, les remplaça par de la chevrotine et même des balles.

— On prendra Narbonnais. Il y a beaucoup de neige?

— Surtout vers Pech Fourtou, des tombereaux... Le cers l'a toute poussée mais on peut passer vers le haut. Puis, avant le Rec Dal Four, il y a de quoi s'en mettre au-dessus du ventre.

Toutefois, elle ne se décidait pas à quitter le cantoun aux flammes superbes, fixait, d'un œil cupide de poule, le sol dallé de rouge que la Muda encaustiquait avec sa propre cire.

— Albanie, si ça ne vous fait pas faute, vendez-moi du pain. On n'en a presque plus.

Albanie dut répéter pour Jeanne dont le visage changea, mais elle finit par aller prendre une grosse miche et la balance romaine. Quand il vit qu'elle tarait un panier pour peser le pain, Antoine s'emporta:

— Finissez, j'ai de la route, moi.

— Ça fait quatre kilos, dit Albanie. Disons vingt sous.

— Je vous paierai quand la neige aura fondu. Et merci pour tout.

Merci pour le pain, merci pour la chaleur. Planou regarda son père descendre la rue en tenant Narbonnais par la bride avec Pauline qui courait derrière, son pain dans un sac jeté sur son épaule. De la neige papillonnait, arrachée aux toits par le cers violent.

Antoine Pla ne rentra qu'à la nuit, bien au-delà de l'heure habituelle du souper. Le silence angoissé des deux femmes avait terrifié Planou qui voyait déjà son père exhortant un Narbonnais l'écume à la bouche, poursuivi par une meute de loup affamés.

— Si on faisait manger les petits? murmura Albanie. Il faut tout de même qu'ils se nourrissent et aillent se coucher.

Un hennissement la fit courir à la fenêtre, y gratter le givre, juste pour voir son mari suspendre le fanal qu'il venait d'allumer. Il bouchonna Narbonnais, donna du foin à tous les chevaux avant de rentrer. Il jeta sur la table une douzaine de barbeaux truités enfilés par les ouïes sur un jonc.

— Un cadeau de Pérétou, qui les trouve pris dans la glace. Qu'y a-t-il pour souper?

— L'agneau, demanda sa femme, c'était un loup?

— J'ai mangé des haricots au lard dans la borde, mais j'ai encore faim.

Vexée de n'obtenir aucune réponse à sa question, Albanie prit sa tête de femme capable de bouder une semaine durant. Le lendemain, ce fut bien pire. La neige avait fondu durant la nuit, le vent soufflant du sud. Antoine Pla se rendit chez Maxime et lui emprunta sa voiture légère avec sa capote en toile cirée jaune et son cheval, avec lequel ce cousin se vantait de parcourir Villeneuve-Narbonne en moins de deux heures.

Albanie boudait et, comme Antoine faisait semblant de ne pas comprendre ce qu'essayait de lui dire la Muda en tordant sa bouche dans tous les sens, personne ne put savoir ce qu'il préparait. Dans un torchon noué, il emporta du pain, du jambon, de la saucisse sèche, remplit de vin un tonnelet de cinq litres. Au moment de franchir le seuil, il cria qu'il était inutile de l'attendre avant deux ou trois jours.

Jusqu'alors les absences du père — on en comptait de quatre à six dans l'année — suscitaient chez Planou un sentiment mitigé de délivrance et d'insécurité, mais cette fois, voyant les deux sœurs accablées, il éclata en sanglots et reçut une paire de gifles de sa mère.

Les autres fois, au premier jour de son absence, le père laissait une impression d'espace retrouvé. La maison devenait plus grande, moins bruyante aussi. Et la vie suspendait imperceptiblement son déroulement routinier. Par exemple, le soir, quelques douceurs insolites s'ajoutaient au souper, les deux sœurs jouaient aux dominos et Planou, sous la table, s'imaginait dans la cabane de Robinson. Le deuxième jour, le dérèglement s'affichait avec une désinvolture totale dès le grand matin. C'était déjà un lever tardif, oh! de quelques minutes pour la tante Muda, laquelle, se sentant plus tolérée qu'admise dans la maison de son beau-frère, s'efforçait chaque jour d'être la première debout pour faire chauffer le café. Quant à la mère, c'était jusqu'à deux heures qu'elle s'accordait, jusqu'à ce que le petit Joseph finisse par trouver le temps long dans son maillot souillé. Cette journée traînait d'une tâche à l'autre, sans inquiétude, sans précipitation inutile, avec des nourritures différentes. C'étaient une salade de pommes de terre, plat détesté par l'absent, une pomme fruit à la cendre creusée d'un puits rempli de miel et de cassonade, ou bien des œufs à la coque et des mouillettes, une crème anglaise au lait de vache vite acheté chez M. Barnabé, enfin des mignardises qui enchantaient Planou de leur exotisme qu'il jugeait luxueux. Un simple café au lait avec des tartines de confiture sur du beurre, pour le souper, et l'ordre de la maison était chamboulé. Plus tard il jugea cette confusion dans la logique des repas comme une timide tentative de rébellion des deux sœurs contre le patriarche.

Ah ! la fantaisie jamais égalée ou dépassée de ce deuxième jour de l'absence du père ! Elle atteignait un sommet de béatitudes avant le retour, le lendemain, d'Antoine Pla. Et même si c'était le surlendemain, on faisait comme s'il pouvait dès lors surprendre ce laisser-aller domestique. Les deux sœurs, par leur nervosité et leur zèle, tentaient d'effacer les traces suspectes de leur liberté provisoire, de rattraper un retard qui d'ailleurs n'existait que dans leur imagination craintive. Tout avait pourtant été accompli dans les règles de la bienséance et du respect familial, mais les quelques minutes consacrées au bien-être paresseux, à des rires, à des rêves, à des nourritures baroques, pesaient lourd comme un péché mortel dans leurs remords. Et les cadeaux renforçaient encore ce sentiment d'avoir mal agi, car Antoine Pla, qui n'avait du maître impitoyable que l'apparence fragile, débarquait les bras chargés de présents et cette générosité les accablait encore plus.

Mais en cette mi-décembre, nul n'aurait pu dire quelle direction avait empruntée le maître de maison et aucune des deux femmes n'eut l'envie de céder aux tentations habituelles. Au contraire, les mystères d'Antoine leur faisaient injure et, vers la fin de la première journée, la colère d'une Albanie bafouée gagna sa sœur Jeanne, qui, ne pouvant s'exprimer en vociférations, cassa quelques assiettes ébréchées et quelques verres fêlés. Puis, au souper, elles se lamentèrent sur le deuxième cochon, que justement ils devaient charcuter le lendemain.

— M. Pla galope sur les routes avec sa voiture légère bâchée de jaune et son petit cheval fringant ! M. Pla se moque du monde ! cria soudain Albanie qui, de dépit, alla jeter son assiettée de soupe dans l'évier.

Planou se doutait que, pour cette fois, il était inutile de songer à des pommes sucrées sous la cendre ou à des œufs à la coque. Jamais Antoine Pla n'avait été aussi présent qu'au cours de cette étrange absence.

Et la tante Muda, également furieuse, jeta sans même les choisir des braises dans la cassole du moine qu'elle alla fourrer sans délicatesse dans les draps de Planou, ne leur laissant même pas le temps de tiédir, et ordonna à l'enfant de se coucher dans un lit à peine réchauffé d'où s'échappait une fumée épaisse. Il eut beau tousser, il n'eut même pas droit à une cuillerée de sirop.

Une nuit d'insomnie transforma les deux sœurs en deux créatures vociférantes et brutales. Elles firent un tel « rambal[1] » que le petit Joseph hurla et que Planou se sentit obligé de s'habiller pour éviter de s'attirer le pire, maussade à l'idée d'une journée qui aurait pu être douillette et qui s'annonçait épineuse comme un buisson d'argelats. Là-dessus, malicieuses, plusieurs personnes éprouvèrent le besoin d'avoir quelque chose à demander à Antoine, si bien qu'on commença de murmurer dans le village, quand les deux sœurs eurent répondu à chacun qu'il avait dû partir pour ses affaires, qu'il s'agissait d'une histoire politique et qu'il devait comploter.

Vers la fin de l'après-midi, on frappa une fois de plus à la porte et Albanie, d'un pas décidé, alla ouvrir, prête à répondre vertement à ce dernier curieux.

— C'est vous, Pauline ?

Comme l'autre jour la pastresse hésitait sur le seuil :

— Vous pouvez garder vos sabots.

— Je viens payer le pain... On est rentré avec Pérétou puisque la neige a presque fondu, sauf à Pech Fourtou mais on peut passer...

Elle commença d'aligner ses sous sur la table.

— Vous m'avez rendu service avec ce gros pain...

— Vous arrivez directement de la borde ? demanda Albanie.

— On a sorti les bêtes sur les hauts, là où il n'y avait plus de neige.

1. Grand bruit, scandale.

La mère de Planou regarda sa sœur qui clignait des yeux.

— Vous voulez boire quelque chose, Pauline? Du café? Du muscat? Un peu de muscat, hé, ça fait du bien...

Éberluée, Pauline se retrouva assise devant le feu, un verre à la main.

— Dites donc, l'autre jour, vous avez dû en avoir de la peine, pour suivre Antoine sur Narbonnais?

— Mais je l'ai pas suivi, dit Pauline en reniflant de plaisir. Votre mari, qui est brave, m'a fait monter derrière lui. Une fois les espacières du Sabaric traversées. Il fallait lui tenir la bride au cheval. Ça glissait, avec cette glace... Je me suis grimpée sur une murette et j'ai pu enjamber le cheval. Mais à Pech Fourtou, la pauvre bête en avait au poitrail et il a fallu sauter. C'est le Narbonnais qui nous a fait le chemin dans la neige... Quand j'ai vu fumer la cheminée de la borde, vous dire si j'étais contente! Et votre époux donc! C'est que je claquais des dents à traverser cette blancheur... Même pas un corbeau. Rien. Je faisais tellement de bruit que votre époux il m'a donné son couteau, pour que je taille un croustet et que je le fourre entre mes dents.

Le regard fixé sur la bouche légèrement moustachue de Pauline, la Muda avançait son visage osseux pour ne rien perdre du récit. Parfois un agacement agitait ses lèvres d'un tic nerveux, preuve qu'elle ne comprenait pas tout. La visiteuse avalait certains mots et Planou, assis plus bas sur la plaque de fonte, oubliait de répéter, rêvant de la bergerie perdue dans les neiges, se voyant pénétrer à l'intérieur dans la grosse chaleur humide de suint, avançant à travers les moutons comme au milieu de ballots de laine crasseuse.

— On lui a montré le trou, à Antoine, le trou dans le mur où le loup — peut-être qu'ils étaient plusieurs — a arraché les pierres avec ses pattes. Et puis la trace dans la neige jusqu'au ruisseau des Courtals, la trace de l'agneau tiré par le loup.

Elle renifla, avala un peu de muscat, regarda la Muda qui quêtait ses paroles d'un air avide, parut hésiter:

— Votre époux, il a dû penser que nous autres on avait tué l'agneau pour le manger ou le saler, mais il a bien vu la traînée.

...Et avec Pérétou ils l'ont suivie aussi loin que possible. Mais Pérétou, quand il a vu les autres traces, il a préféré ne pas aller plus loin.

— Quelles traces? demanda Albanie.

— Celles de brodequins. Il n'y a pas grand monde qui en porte au village, à part Antoine et quelques propriétaires. Un rôdeur avec des brodequins, c'est quelqu'un d'étranger et Pérétou a préféré ne pas chercher à savoir. Mais Antoine, lui, a continué et il a disparu du côté du vieux chemin d'Embrés.

Sa voix se mit à chevroter, faisant sourire Planou qui déjà trouvait qu'elle sentait fort la chèvre.

— Pérétou lui a crié de ne pas aller vers la vieille borde en ruine, la borde des breiches.

— Allons, Pauline, il n'y a jamais eu de sorcières dans cette bergerie !

— Oui ? Tous ceux qui ont eu le malheur d'y aller voir ont vite perdu l'esprit. Souvenez-vous du Guillaumet et de quelques autres. Déjà que ce voleur à brodequins le glaçait au sang, Pérétou, pas question pour lui d'aller là-bas ! Pourtant il respecte votre Antoine, mais il est revenu à la bergerie et nous avons attendu en faisant cuire des haricots avec un bout de lard rance qui nous restait.

— Mon mari est revenu bien longtemps après ?

— Oh, bien trois heures. On commençait d'être inquiets et Pérétou avait envie de prendre le cheval pour descendre ici. Surtout que le Narbonnais n'arrêtait pas de hennir et de vouloir s'échapper, comme s'il sentait quelque chose de terrible. Il n'arrêtait pas de tourner la tête vers la borde des breiches, cet animal.

Albanie jugea utile de remettre du bois sur les chenets pour chasser ces frissons qui les gagnaient tous. Pauline renifla dans son verre vide, se vit attribuer deux autres doigts de muscat.

— Vous dire notre joie quand il est arrivé juste avant la nuit ! Il a même bu un coup de trois-six.

— Lui qui n'en boit jamais, murmura Albanie à l'adresse de sa sœur...

— Il a bien voulu de nos haricots au lard rance. Deux assiettes.

— Et Narbonnais s'agitait toujours ?

— Moins, mais tout de même...

— Et mon mari vous a dit quelque chose ?

— Rien. Que pour l'agneau il s'arrangerait et que nous n'avions pas à nous faire du souci. Qu'il valait mieux aussi ne pas trop en parler par ici. Ce qu'on a fait.

— Mais il avait l'air de savoir ce qu'était devenu l'agneau?

— A mon avis, oui.

La Muda tapa sur le genou de Planou :

— Qu'a-t-elle répondu?

— Qu'à son avis oui, articula Planou dans un murmure.

Pauline se leva, déposa son verre sur la table, regarda ses vingt sous alignés.

— Vous avez votre compte, pas vrai? Et merci encore.

— Attendez, s'empressa Albanie qui préleva cinq pièces de deux sous pour les lui rendre.

La porte refermée sur la pastresse, la maison distilla un froid inattendu, un froid venu d'ailleurs avec les paroles de Pauline, celui des solitudes des bordes lointaines et surtout de la bergerie aux sorcières.

— Il faut aller soigner les chevaux, fit Albanie.

Ils y allèrent tous les quatre, emportant deux lanternes sourdes. Planou n'osait pas regarder les grandes toiles d'araignée pendant du plafond comme des draps mortuaires. Joseph, assis par sa mère sur le coffre des caroubes, pleurnichait de crainte tandis que la Muda grimpait au-dessus, sur le plancher, pour faire tomber le fourrage du soir et préparer les rations de l'aube que distribuait un système d'horlogerie.

— Si on mettait de la morue à dessaler pour un ragoût avec des patanes? proposa soudain Albanie dans une sorte de défi lancé à ces énigmes obscures que la disparition du père et le récit de la pastresse révélaient.

Planou n'osa penser à la colère de son père quand il trouverait le ragoût sur la table, lui qui détestait non seulement la morue mais aussi les pommes de terre. Et voilà que la Muda redescendue du plancher approuvait, avec un sourire méchant, cette audacieuse façon de conjurer le sort.

Pour un beau « rambal » ce fut un beau « rambal » lorsque le père frappa à la porte, vers deux heures du matin, après avoir conduit le cheval de Maxime à l'écurie et l'avoir soigné. Au creux de la nuit, l'agitation et le vacarme firent de la maison un endroit ensorcelé. Du moins, Planou le crut un instant, le temps de reconnaître la voix de son père, les reproches de sa mère et les bruits d'objets malmenés par Jeanne qui protestait toujours par procuration. Planou enfouit sa tête sous les draps où persistait l'odeur âcre des braises, puis se rassura peu à peu. Même s'il était fou furieux, son père ramenait avec lui la sécurité, chassait ce froid inhabituel à la maison, imposait sa loi. Pour le moment il pestait contre le ragoût de morue, et toute cette énergie vindicative usée pour si peu finit par faire sourire Planou.

Antoine criait qu'il refusait de souper, que de toute façon il avait déjà fait un bon repas et qu'on n'accueillait pas un mari absent depuis plusieurs jours par de la merlusse immangeable et des patanes qui lui donnaient mal à l'estomac. Qu'on aille lui mettre le moine, il avait bien besoin de dormir ! Ah, il n'y avait plus de braises ? Eh bien, qu'on fasse brûler du trois-six dans la chambre le temps qu'il se déshabille !

Dans sa colère, avec peut-être dans le fond une trop grande excitation joyeuse d'être de retour, il en avait trop dit et durant les jours suivants les deux sœurs essaieraient de tirer quelques développements des deux renseignements qu'il avait laissé échapper. D'abord, il avait fait un bon repas avant de rentrer chez lui. Chez qui ? Pourquoi ? Ensuite il avait besoin de dormir, ce qui laissait entendre une grande fatigue. Donc un long voyage.

CHAPITRE V

Les inconnus dans le grenier de l'écurie

Certes, le lendemain la vie parut retrouver son tranquille cheminement, mais de son matelas de balles d'avoine Planou n'était pas dupe. L'odeur du café matinal venait jusqu'à lui comme chaque jour à la même heure, mais dans son parfum il décelait une trop forte teneur en marc de la veille. La Muda commençait ses représailles et il y en aurait bien d'autres. Elle faisait beaucoup de bruit avec ses sabots, si bien que le balancier de la pendule cognait dans sa cage en bois et allait finir par s'arrêter. Albanie n'avait de mots doux et de rires que pour le petit Joseph qu'elle démaillotait plus tôt que d'habitude, alors qu'Antoine essayait de trouver la bonne saveur de toujours à son petit déjeuner. Il finit par fuir l'odeur forte des langes de son fils cadet.

— Planou, n'oublie pas d'aller à l'écurie, cria Albanie.

Son père, en train d'aiguiser tous ses couteaux pour tuer et découper le cochon, sursauta :

— Il ne peut pas aller ailleurs ?

— Il est trop grand pour faire au pot et puis je n'ai plus de papier d'Arménie à faire brûler.

Planou détestait ce papier d'Arménie dont le parfum devait couvrir l'odeur du reste, ça l'humiliait.

— Va à l'écurie, manhac.

— Bon, trancha Antoine conciliant, j'y vais avec lui. Je dois rendre son cheval à Maxime. C'est un sacré trotteur ! Une heure de Tuchan ici, malgré la charge.

— Quelle charge ? essaya de savoir Albanie.

Troisième imprudence, pensèrent les deux sœurs en se regardant sournoisement. Elles finiraient bien par reconstituer le mystère en entier.

Dans l'écurie, Planou attendit que le cheval fin et fringant du cousin Maxime soit attelé à la charrette à capote jaune pour aller s'accroupir dans la stalle de Marco, sans jamais perdre de vue la queue de Narbonnais. Il l'agitait fort, semblait-il, jaloux du trotteur qui avait passé la nuit là.

Un peu de poussière tomba sur lui et il leva la tête, en reçut dans l'œil en même temps qu'il entendait du bruit sur le plancher du fenil où l'on gardait aussi les sacs de blé. Sans s'essuyer, la culotte à peine remontée, il se précipita dans la rue qui séparait l'écurie de la maison en criant qu'il y avait un voleur dans le grenier à fourrage. Son père, qui se disposait à partir, sauta de la voiture, le saisit par le col de sa blouse et le fond de son pantalon et donna l'impression qu'il allait le lancer à travers la cuisine jusque dans le feu de la cheminée.

— Tu vas te taire, oui ? Ce « pilhart » me rendra fou. Je ne voulais pas qu'il aille dans l'écurie.

Planou pleura dans le tablier de sa mère, essaya aussi d'abuser de celui de la tante Muda qui en profita pour lui torcher le visage. Il détesta car l'étoffe, déjà rude, empestait en outre l'ail, l'oignon et la merlusse.

— Qu'as-tu encore fait, mon pauvre Planou ? soupira sa mère.

Il le dit et le répéta, car visiblement il créait la sensation et apportait sa part à l'édifice que les deux sœurs étaient en train de bâtir à partir de petits riens de ce genre. Rien qu'à les voir s'entre-regarder avec satisfaction, il comprit, pour toute sa vie, qu'en sachant raconter un événement on pouvait enfin s'attirer une certaine considération de la part des adultes.

— Ça faisait poum, poum et c'était quelqu'un qui marchait. Et même que j'ai reçu de la poussière dans l'œil.

Tout ça en patois pour que la tante Muda comprenne. C'était surtout elle, la plus défiante vis-à-vis des inventions enfantines, qu'il fallait convaincre.

— *A coumprat oun gous Antoine?* articula la Muda.

— Pourquoi aurait-il acheté un chien ? protesta Albanie. Il en cherche un mais il ne serait pas resté deux jours absent pour un chien ?

Antoine rentra pour midi, toujours aussi peu amène, mangea

son omelette au lard et aux oignons tandis que les autres devaient en finir avec la morue et les pommes de terre. Dans leur défi à l'angoisse et aux mystères du père, les deux sœurs en avaient cuisiné pour une semaine au moins.

Au café, Albanie entra en guerre :

— Il y a quelqu'un dans le grenier de l'écurie.

Puis elle prit son verre de café, alla le boire au coin du feu. Parfois c'était tout le repas qu'elle avalait ainsi, l'assiette dans une main, la fourchette dans l'autre, habile à ne rien renverser, héritière d'une longue tradition qui commençait à disparaître. Sa mère ne s'était jamais assise à la même table que son mari, mais Antoine n'avait jamais rien exigé de tel. Était-ce pour manifester son indépendance que sa mère s'isolait ainsi au cantoun, ou par humilité feinte quand il en était besoin, quand il fallait achever une dispute ou négocier l'achat d'un vêtement à Narbonne ? Justement elle venait de provoquer son mari, mais, par une dérobade rusée, s'efforçait de le persuader qu'elle savait rester à sa place.

— Le premier qui, en dehors d'ici, raconte qu'il y a quelqu'un dans le grenier, c'est bien simple, je le tue, annonça Antoine d'une voix solennelle. Maintenant vous deux, les deux sœurs, mettez-moi de cette saleté de merlusse de côté. Pour deux gros mangeurs.

— Deux ?

Les deux sœurs n'échangèrent aucun regard mais leur visage rayonnait. Le mystère commençait à perdre de son obscurité.

— Et s'ils sont comme toi, qu'ils détestent la merlusse ?

— Macarelle, c'est pas un hôtel ici. On va essayer avec la merlusse et s'il faut autre chose, on donnera autre chose.

Planou s'était attendu à une plus forte répugnance de sa mère et de sa tante à préparer un dîner pour deux inconnus. Au contraire, avec une jubilation visible, comme pour un pique-nique, elles remplissaient un grand panier avec assiettes, verres, couverts, le tout pris dans les tiroirs et non dans la caisse de la vaisselle des vendangeurs. Puis elle y placèrent une casserole de merlusse, y ajoutèrent du fromage, un quart de miche de pain.

— Pour le vin, j'ai ce qu'il faut là-bas, les prévint Antoine.

Voilà comment le père de Planou avoua de façon détournée la présence de deux inconnus sur le plancher de son écurie, après un « rambal » sans précédent.

CHAPITRE VI

Le réveillon des déserteurs

Dire qu'on avait eu de la neige à ne plus savoir qu'en faire, du froid à geler les pots de chambre, et qu'on vécut une nuit de Noël d'une si grande douceur que M. Barnabé et Mme Olympe vinrent en calèche avec toute leur famille, même ceux de Béziers et de Toulouse, tous en calèche découverte... Dans une tapissière également ouverte à tous les vents, suivaient les enfants et les domestiques. Longtemps on devait se souvenir de cette douceur du temps de la Nuit de la Calèche.

Antoine Pla conduisait, attelée à Narbonnais, sa charrette la plus légère où avait pris place toute la famille, même Joseph et aussi le papet maternel, les deux mamettes. Tout au long du trajet, Planou rêva d'une nuit de Noël blanche de neige, d'une voiture bâchée où s'engouffreraient les flocons, d'une houppelande fourrée, d'un silence feutré avec juste le craquement des roues sur le verglas du chemin.

Les gens de Villeneuve marchaient sur le bas-côté, vaguement éclairés par leurs lanternes sourdes, reconnaissaient l'attelage:

— Voilà Antoine et les siens, et même les mamettes.

— Bonsoir, bonsoir, que M. le Curé ne soit pas trop long pour une fois!

En cette messe de Noël 1870, M. le Curé en chaire s'attrista sur l'assemblée bien réduite. M. Barnabé s'en indigna lui aussi au moment du retour, faisant signe au père de Planou d'approcher de la calèche où il était déjà assis:

— La République, mon pauvre Antoine, la République parisienne. Ils croient qu'elle réussira. Et pas seulement les pauvres... Où sont nos artisans, nos marchands, l'homme des messageries, le chef de poste?

— Et le receveur particulier à la retraite? fit Antoine.

Le repas de minuit n'avait pas attendu la République pour prendre quelques libertés avec la tradition. Autrefois, on ne servait que de la morue ou des poissons de rivière, avec quelques friandises simples produites dans le pays. Désormais, chez les plus aisés, de grosses volailles, oies, chapons, dindes, poulardes tournaient, embrochées dans l'âtre. Avant de s'habiller pour l'office nocturne, tante Muda avait fait cuire son oie aux trois quarts et affirmait dans une multitude de claquements des lèvres qu'une bonne demi-heure suffirait au retour pour en terminer la cuisson. Chez les plus malheureux, à défaut d'un rond de saucisse ou d'un gibier braconné, c'était quand même le pot-au-feu, avec autant d'os que de viande.

Les grands-parents préférèrent se coucher tôt cette année-là. Manger au milieu de la nuit n'était plus de leur âge et Albanie leur porta de la braise pour les moines car leur cheminée avait refroidi. Une braise qui dégageait des odeurs de graisse d'oie tout juste bonnes à leur donner des regrets.

Alors que la Muda s'enflammait le visage devant un feu d'enfer où grésillait la volaille, Antoine restait silencieux, faisant mine de lire un vieux journal et quand sa femme revint de sa distribution de braises, il parut encore plus songeur.

Albanie sortait la belle toile blanche brodée à son nom, les serviettes, la porcelaine fine et les cristaux. Planou découvrait ces étranges porte-couteaux, petits blocs en ivoire aux arêtes argentées, cadeau de mariage d'un Monsieur du village.

— Mets deux assiettes de plus, décida soudain Antoine.

En même temps, il avait regardé autour de lui comme si quelque voisin avait pu l'entendre.

— On attend des invités ou c'est pour les pauvres? se moqua sa femme.

Haussant les épaules, il sortit dans la tiédeur miraculeuse de cette nuit de Noël. Il revint avec deux hommes, ferma la porte à double tour. Il n'avait pas utilisé la lanterne comme d'habitude.

Si les deux sœurs reconnurent dans le plus grand un homme des Corbières, le second, à l'air plus arrogant, les déconcerta un instant. Puis il sourit, prit un air gentil qui les ravit. Une certaine froideur les tint envers le premier, trop proche avec son visage fruste, son accent, son patois, sa gêne.

Tout de suite l'autre, dès les premiers mots, trahit ses origines parisiennes. Toujours aimable, il eut pour la cuisine un regard d'inventaire, comme s'il choisissait déjà ce qui avait de la valeur. Une fois assis, il fixa les « païrols », les chaudrons de cuivre, trois, du plus petit au plus grand, les casseroles de cuivre aussi, la pendule au cadran et au balancier sculptés. La broche mécanique que l'on remontait avec une grosse clé, le bahut vaisselier solide avec ses trésors exposés, les pots en porcelaine, la huche pour le pain, le coffre à farine, la suspension à pétrole commandée à Toulouse, la plus grande du village, les chandeliers et la pendulette sur la cheminée, enfin tous ces objets d'une opulence paysanne surprenante pour, on allait l'apprendre, un ouvrier couvreur parisien qui ne possédait qu'une malle déglinguée comme patrimoine. Et encore ne savait-il pas ce qu'elle avait pu devenir.

Enfin il regarda cette oie énorme qui tournait, cette peau croustillante qui se crevait en petits cratères bouillonnants de jus tandis qu'on disposait sur la table les plats de charcuterie fine. Son regard s'affolait, inversait l'ordre prévu du repas, s'accrochait à ces raisins débordant d'une grande coupe, ces raisins cueillis verts à la fin des vendanges que leur peau épaisse conservait parfois jusqu'à la chandeleur si on les suspendait à des brins de raphia. Mais la demi-fourme de Roquefort commandée depuis un mois chez Isabelette le fit se pencher en avant et Planou crut qu'il allait tout de suite s'en tailler une tranche. Le père disposait des bouteilles de vin cachetées à la cire et une soif gourmande noya son regard. Mais les robes des deux sœurs qui ôtaient leur tablier pour se mettre à table l'enchantèrent aussi. Cette prospérité intattendue dans un pays qui lui avait d'abord paru barbare, en dehors du temps, le laissait ébahi, sans hargne pour le moment.

Il goûta le muscat vieux, hocha la tête gravement.

— J'ai failli oublier les chapons dans la frisée, dit Albanie.

Le mot « chapon » le surprit, alors que ce n'étaient rien d'autre que des morceaux de pain grillé frotté à l'ail. Parfois, les jours de fête, on les faisait frire. Le pâté de sanglier, ceux de grives, de perdreaux, le laissèrent muet et ce ne fut qu'après son deuxième verre de vin vieux qu'il s'écarta de la table pour se balancer sur les pieds arrière de sa chaise, avec une désinvolture que le père n'aurait admise de personne d'autre.

— C'est quand même autre chose qu'un arlequin, dit-il.

Quand il eut expliqué qu'un arlequin se composait de reliefs ramassés dans les déchets des restaurants de Paris, amalgamés dans de la gelée tirée d'os concassés et bouillis, pour être revendus à une clientèle miséreuse, il parut satisfait des impressions produites — surprise, dégoût, commisération — et de dominer de ses souvenirs d'ouvrier des villes noires la débauche tranquille de ce réveillon de paysans nantis.

La tante Muda reprit l'avantage en apportant l'oie dont le père, d'un coup de couteau, délivra le contenu. Le Parisien se vit à nouveau écrasé. De la bête éventrée ruisselaient, dans les vapeurs d'une graisse blonde, une chaîne de petits oiseaux liés les uns aux autres, des olives vertes dénoyautées et fourrées d'un cube de jambon, de petites pommes de terre farcies, elles, de chair à saucisse. Jeanne apporta un autre plat vide pour que son beau-frère y dispose les énormes quartiers de la bête.

— Ces pierrots-là, c'est quoi ? demanda le Parisien. Oui, les oiseaux ?

— Des tourdes, répondit son compagnon, osant parler pour la première fois. Des grives de chez nous qu'on prend en cette saison avec des pièges faits de sarments de vigne ou encore avec de la glu.

— Mais alors, demanda le Parisien, qui crève de faim dans votre pays ? A Montgaillard, ta femme nous a déjà nourris comme des rois.

Les deux sœurs n'eurent pas à se regarder pour savourer leur satisfaction. Même la Muda, qui ne comprenait pas le français, avait pu lire le nom de Montgaillard sur la bouche du Parisien.

— Qui crève de faim ? Parfois tout le monde. En quarante-six, un coup d'échaudage à tout grillé, moissons, vignes, animaux, fourrage et jusqu'aux escargots. Et en quarante-huit, avec la République numéro deux, ce fut pire.

— Et maintenant vous faites bombance. Ceux que vous appelez brassiers, bouillés et qui ne sont que des prolétaires soumis à votre bonne volonté, ils mangent quoi ce soir ?

— Ici, s'emporta Albanie, tout le monde a plus ou moins de quoi.

Antoine prit un air agacé :

— Certainement pas. Il y a bien vingt familles dans le besoin. Mais en quarante-huit il y en avait trente.

Le Parisien picorant ses olives à la main, Planou voulut l'imiter mais la poigne sèche de la Muda brisa net cette émancipation précoce, plaquant ses petits doigts sur le manche de sa fourchette.

— Vous êtes de Montgaillard, vous? lança Albanie au grand.

— Oui, madame Pla. Je suis un Mestre de Montgaillard. Raymond. J'ai une femme et un fils, Gaston, là-bas, et aussi ma mère. Je ne les ai vus qu'une nuit, grâce à votre époux. Les gendarmes pouvaient nous surprendre. Dans le canton, il y a plus de dix conscrits qui, depuis Sedan et Metz, essaient de rentrer chez eux.

— Vous avez donc déserté, tous les deux?

Planou, dans la somnolence qui le gagnait après un si gros manger à une heure aussi tardive, fut effrayé par ce mot. Dans le village on disait que les déserteurs volaient et pillaient les campagnes isolées.

— Oui, madame, dit le Parisien d'une voix ironique. Nous avons déserté. Moi, je m'appelle André Ravanel. Je suis ouvrier couvreur. Je travaillais sur les toits de Paris. C'est facile de nous traiter de déserteurs. Ici, à deux cents lieues des combats. Nous avons vu la boucherie de Sedan, la débâcle... Je ne veux plus risquer ma peau pour des bourgeois ou des propriétaires aisés. Qu'est-ce que j'ai à défendre, sinon une vieille malle de hardes? Qu'avez-vous fait, vous, pour la guerre, ici dans ce village?

Jamais personne n'avait montré autant d'insolence tranquille. Ravanel continuait à sourire, à déguster grain à grain sa grappe de raisin et le père ne réagissait pas, comme s'il avait déjà subi cette violence verbale et la jugeait inoffensive.

— N'empêche que vous êtes un hors-la-loi et que vous comptez sur les autres pour vous cacher, fit Albanie, furieuse.

— Ne lui en veuillez pas, madame Pla, murmura Mestre avec douceur, nous avons beaucoup souffert à traverser la France du nord au sud, à mourir de faim le plus souvent, à marcher dans la neige à travers les bois et les champs. On nous a poursuivis avec des fourches, on nous a traqués comme du gibier. Nous ne savions plus si nous étions des déserteurs ou des démobilisés. A Sedan, nos officiers, qui avaient perdu la tête, nous ont ordonné de fuir, de ne pas surtout tomber entre les mains des Prussiens. Plus tard nous avons essayé de trouver un état-major qui nous désignerait une nouvelle compagnie, mais ou on nous renvoyait, ou on appelait les gendarmes. Nous ne savions même pas où en était la guerre.

— C'est vrai, dit Antoine en patois. Il a fallu que je leur dise que Paris était assiégé et qu'on se battait au nord de la Loire et à l'est. Celui-là, le Parisien, c'est vrai qu'il m'a consterné avec son arrogance. Mais moi je les ai vus là-bas dans la borde des breiches, fouettés par le vent et la neige, essayant de faire un méchant feu.

— Pour faire cuire l'agneau, pardi, articula la Muda, tapant du poing sur la table pour attirer l'attention, « notre agneau ».

Ravanel la regarda avec stupeur.

— Ma sœur est sourde et muette, fit Albanie, voyant son trouble. Elle lit sur les lèvres des gens, à condition qu'ils parlent comme chez nous, mais elle comprend certains mots de français.

— Pourquoi baragouinez-vous ainsi ? Quand votre mari nous a surpris, Mestre lui a répondu avec des mots que je ne lui avais jamais entendus. D'un seul coup je me suis cru chez des sauvages et j'ai eu peur. Ces deux-là m'ignoraient, m'écartaient comme si je n'existais pas. C'est pourquoi je me suis montré aussi désagréable.

— J'avais peur aussi, dit Antoine Pla, et cet aveu fut suivi d'un silence profond. La Muda se tourna vers sa sœur qui répéta ce qui venait de se dire.

— Je marchais seul depuis une heure, à contourner les énormes tas de neige que le vent avait dû rouler depuis la serre de Quintillan. Et puis cette bergerie a mauvaise réputation. En approchant, voilà qu'une grosse bouffée de fumée en sort. Je ne savais pas combien ils étaient derrière les arcades en pierres sèches. C'est une vieille bergerie romane... Ni combien ils étaient ni qui ils étaient. Les chemineaux qui traversent le pays, les rôdeurs de toute sorte s'y arrêtent, dit-on. Peut-être aussi des gens encore plus inquiétants... Enfin, j'ai fait le tour pour arriver par-derrière et la première chose que je vois, pendu à un vieux chevron cassé du mur : l'agneau soigneusement écorché avec un gigot en moins. Du beau travail et juste dessous les entrailles en tas, une grosse colique durcie par le froid. Ils me tournaient le dos, chacun assis sur une grosse pierre, dans la partie encore protégée par un reste de tuiles. Ils ressemblaient à deux moines avec des sortes de capuchons sur la tête. Voilà pourquoi j'avais peur. A y bien regarder c'étaient des sortes de capotes militaires, mais pas françaises, qu'ils avaient jetées sur leur tête sans les enfiler. Bien sûr, la carcasse de l'agneau me faisait bouillir de colère mais je n'avais pas envie de les interpeller rudement. Ils me faisaient pitié et même Pérétou dans sa borde puante avec ses haricots, son lard rance et sa paillasse remplie de puces, était un homme riche à côté de ces deux-là en train de couver un feu qui prenait mal, le ventre creux à attendre une méchante cuisson de leur viande volée. Perdus à des lieues des autres hommes.

La Muda ne pouvait tout comprendre. De temps en temps elle demandait: « Et l'agneau, qui le paiera? »

— J'ai trop attendu et celui de droite a tourné la tête, s'est redressé d'un coup, faisant glisser sa capote. Dessous, il portait un habit qui n'était pas de la région.

Planou vit que les deux invités portaient de vieux vêtements semblables à ceux de son père quand il allait travailler à la vigne.

— Le visage de Mestre m'a paru familier et pour cause.

Il parut égayé par ce qui suivait:

— Tout de suite, il m'a dit dans notre langue: « Tiretz pa mosseu, tiretz pa! Siai de Montgaillard ! Sabetz! Connaissetz? Moun paîre era Louis Mestre... Yeo soy Raymond. »

— Tout de suite, dit Raymond, j'ai su que l'agneau était à vous et j'ai cru que vous alliez tirer. Nous n'en pouvions plus. Nous avions marché depuis Narbonne par les chemins des troupeaux, les carrairados anciennes, couchant dans les ruines ou les acests, les abris de berger.

— Ils m'énervaient à parler entre eux sans que je comprenne un mot, ajouta le Parisien. Je grelottais de rage, de faim, de froid et de voir ce fusil braqué sur nous...

— Comment étaient-ils devenus soldats l'un et l'autre? demanda la mère de Planou. Ils avaient tiré le mauvais numéro?

— Hélas oui et je n'avais pas les douze cents francs pour acheter un remplaçant. Nous sommes si pauvres, depuis la mort de mon père. Avec sa maladie il a dû abandonner les vignes, les champs et j'étais trop jeune quand il est mort...

— Moi, j'étais remplaçant, dit le couvreur. J'avais besoin de cet argent.

Antoine Pla demanda qu'on fasse du café. Même si elle jugea cette exigence déplacée à cette heure-là, Jeanne se leva pour le faire

— Ce nom de Mestre Louis m'a tout de suite rassuré, dit le père de Planou. Je l'avais connu à la foire de Tuchan, un quinze décembre 60 ou 61. Le fils pouvait bien être aussi brave que lui. Souvenez-vous, les femmes, j'avais deux rayons brisés à la charrette et un cochon qui hurlait de faim.

— C'était 61, précisa Albanie, nous avions perdu un des deux cochons de la maladie. Tu as couché à Tuchan le temps qu'on répare ta roue.

— Ce Louis Mestre était chez le charron et comme les deux auberges refusaient du monde, il m'a emmené chez des cousins. Sans hésiter, sur la bonne renommée de mon nom. On a lié amitié et pourtant il était déjà malade. J'ai appris chez ses cousins de Tuchan, auxquels j'apportais régulièrement de notre miel, qu'une sale maladie le tenait, puis sa mort. J'ai cru le revoir devant moi.

— C'était une belle chance, dit Raymond. Depuis la débâcle nous n'avions eu que des malheurs et voilà que d'un seul coup moi aussi rien qu'avec mon nom, j'entrevoyais enfin un peu de tranquillité. Votre mari m'a ordonné de prendre l'agneau, d'aller vers le bois de pins au loin, que nous y trouverions un grand mur de pierres sèches très ancien bordant un cotieux. Dans ce mur de plus de trois mètres d'épaisseur on avait aménagé un bel abri avec deux bancs et un trou pour la fumée. Bien sûr, on doit y vivre accroupi mais c'était mieux que cette borde effrayante, à tous les vents.

— Moi je me méfiais, avoua le Parisien. Trop beau, trop facile. Il nous a dit qu'une fois la neige fondue, il arriverait sur la route en contrebas avec une carriole bâchée de jaune. Tiens, que je me disais, on verra plutôt venir les gendarmes à cheval. Dans la nuit, un vent chaud a dégagé la route et qu'est-ce qu'on a vu arriver ? La carriole bâchée de jaune.

— Planou, ton lit doit être chaud, tu vas dire bonsoir et aller te coucher, ordonna Albanie.

La Muda l'avait bien eu, allant mettre le moine dans son lit sans qu'il s'en doute. Il essaya de protester, disant qu'il voulait écouter encore l'histoire, mais un regard de son père suffit. Il sut le lendemain que les deux proscrits avaient été à deux doigts de coucher dans la maison, dans de bons lits chauds, mais qu'au dernier moment Antoine avait préféré les reconduire dans le fenil et qu'il fut bien inspiré. A peine venaient-ils tous de se coucher qu'on appela du dehors. Un feu de cheminée venait de se déclarer chez Calyste et on avait besoin de faire la chaîne pour les seaux d'eau depuis la rivière. Cette famille amie avait fait si grand feu pour rôtir deux dindes que le canon s'était embrasé. Antoine ramena la femme et ses deux enfants coucher à la maison.

Par la suite, Planou n'entrevit que rarement les deux hommes. Une seule fois il leur porta le dîner et une autre un jeu de cartes pour passer le temps. L'armistice fut signé en janvier et dès lors, surtout le Parisien, ils attendirent impatiemment les nouvelles.

Le siège de Paris, le refus de la population de capituler excitaient fort Ravanel qui parlait de partir. Il fallut bien lui annoncer que la Commune de Paris avait été déclarée le 18 mars 1871.

L'ouvrier couvreur s'en alla une nuit et la famille ne l'apprit que le lendemain matin. On achevait de sarmenter dans les vignes. A cause des pluies de février, on était en retard et Planou aidait à ramasser les sarments que les deux sœurs et la Bourounna regroupaient par vingt avant de les ligoter avec le vingt et unième. Douze de ces petits fagots formaient une « boufannelle ».

Ce fut Antoine, venu charger, qui annonça le départ du Parisien.

— Il a dit qu'il voulait en être, de leur sale Commune. C'est un rouge que je n'aurais jamais dû cacher.

Raymond Mestre dut patienter jusqu'à l'été avant d'avoir la certitude que les gendarmes ne l'arrêteraient pas s'il essayait de rentrer chez lui. Il put aller se faire démobiliser à Nîmes et Antoine le conduisit en pleine nuit à la gare de Port-La-Nouvelle. Thiers venait d'être élu président de la République française et le père de Planou attendait sans y croire qu'il cédât sa place au roi Henri cinq.

C'est alors qu'apparurent deux mots nouveaux dans la conversation de tous les jours. Deux mots lancés machinalement par l'ouvrier parisien et qui connurent des fortunes diverses. A cette époque les apports linguistiques se heurtaient à la toute-puissance de la langue occitane et se voyaient très vite relégués ou tournés en dérision. Le premier de ces mots, qui perdura près de trente ans, ne fut pas au départ prononcé par une voix humaine mais simplement articulé par la bouche de la tante Muda. Quand quelque personne ou les enfants l'agaçaient, elle les traitait de prolétaires et même de sales prolétaires sans que jamais elle eût la moindre idée de la signification de ce terme. Elle avait recueilli ce mot sur la bouche de Ravanel, l'avait adopté pour des raisons obscures, trouvant peut-être qu'il faisait parisien.

Le mot « arlequin » ne survécut guère au printemps 71, peut-être parce que Albanie le disait de sa voix bien timbrée et avec une sorte de dépit. Si quelqu'un boudait une nourriture, elle proposait goguenarde un arlequin, mais de fournir trop d'explications chaque fois finit par nuire à sa propagation et le mot disparut du répertoire familiale.

Enfin resta une interrogation des deux sœurs, commune à leur sens de l'économie domestique. L'agneau volé avait-il oui ou non été remboursé ? Par qui et à qui ?

CHAPITRE VII

Le chien enragé

Au cours de l'été torride de 1875, Planou — il venait d'avoir neuf ans — trouva enfin l'occasion tant espérée de pénétrer dans l'un des deux moulins, celui à huile, abandonné depuis sa petite enfance. Tous les jours il ramassait de petits escargots pour les canards de Tante Muda, qui se désolait constamment du manque de nourriture pour les volailles. De nourriture gratuite bien entendu, parce que les sacs de grains du fenil, on n'y touchait que dans les cas extrêmes. Le rec du Sabaric avait vu son lit rétrécir, devenir un cloaque où les canards ne trouvaient ni alevins ni vers.

Chaque matin il avait ordre de remplir un panier de ces coquilles blanches, grosses comme l'ongle, qui paraissaient vides, l'animal s'étant réfugié pour échapper à la canicule tout au fond de la spirale. Ces escargots formaient des véritables grappes sur les tiges de fenouils, d'argelats et de n'importe quelle herbe assez longue et résistante pour supporter cette charge de calcaire pur. Les joncs de la rivière ployaient jusqu'à la vase tant ils s'y accumulaient, mais en une semaine les canards avaient nettoyé tout ce qui se trouvait à leur portée. Planou montait dans la colline, utilisait un gros gant en cuir brut à cause des argelats et son geste, au fil des jours, était devenu machinal, partant de la base de la tige pour remplir d'un coup le creux de sa main. Un plein panier que sa tante mélangeait à de la « repasse » du son, une fois les escargots écrasés en une bouillie gris et blanc.

Le moulin à blé devait aussi s'arrêter, à ce que disait Antoine Pla, mais celui à huile l'était depuis longtemps. Au début, on avait arrimé son toit mobile, mais il avait rompu ses amarres et, un beau matin de cers, les Villeneuvois avaient vu s'emballer les grandes ailes ocre. Selon le lit du vent, elles oscillaient de gauche à droite et, comme il était impossible, avec cette tempête, d'arrêter cet emballement, une des ailes se détacha, survola le village et alla s'écraser dans les genêts et les buis de la colline en face. Dès lors, les propriétaires résignés confièrent au cers la tâche d'en finir avec le vieux moulin. Rien n'était à récupérer, ni le bois caissonné par un siècle de fonctionnement, ni les toiles en lambeaux. Et depuis quatre à cinq ans, le cers s'acharnait et le moulin continuait dans le grand désordre de ses trois derniers bras. De temps en temps, on retrouvait dans le village des bouts de toile, et l'un d'eux flotta sur le clocher de la vieille église.

Souvent, Planou entendait dire qu'on allait en finir avec ce moulin qui dispersait aux quatre horizons sa guenille, qu'il représentait un danger, mais dès que le cers cessait, on n'y pensait plus, et l'enfant de se demander comment on moulinerait les nuages pour avoir de l'eau. Déjà que les recs ne fournissaient que de la vase... Avec ses trois bras pour faire tourner ses meules, la mécanique ne pouvait suffire aux besoins.

Son panier rempli de petits « cagaraous », il s'approcha de l'entrée déjà envahie par des ronces noires de mûres, qu'il n'eut pas envie de cueillir. Il se fraya un passage, poussa la porte juste coincée par un loquet de bois, ne reconnut pas l'endroit. Les gros chaudrons avaient disparu, ainsi que la pompe en fonte. Il n'y avait pas un souffle d'air et il faisait un tel « calimas », cette chaleur si épaisse qu'elle brûlait les poumons, qu'il étouffait. Il grimpa l'escalier poussiéreux qui sonnait dangereusement creux tant il était vermoulu, regarda la mécanique, les meules où toute la poussière du monde s'était accumulée à cause des traînées huileuses, trop jeune pour constater qu'on avait désaccouplé le système avant d'abandonner le moulin qui tournait dans le vide. Qui tournait pour rien, juste pour mouliner sa propre décomposition. Redescendu, il souleva le couvercle en bois où autrefois était scellée la pompe. L'eau était là, à fleur de la citerne, fraîche. Le moulin remplissait pourtant bien son travail avec ses trois bras ? Que lui reprochait-on ? Et on parlait de le démonter, de ne laisser que la tour tronconique comme une vieille sentinelle dans un désert aride ?

Il ne vit pas les rigoles alimentant cette citerne en eaux de ruissellement mais cette visite lui donna quelque espoir. Plus loin, il regarda avec méfiance le moulin à blé, espérant que lui aussi ferait son devoir quand il n'aurait plus de grains à se mettre sous la meule.

Parce que c'était le « grand calimas », on parlait de typhoïde, chaque saison sécrétant ses terreurs. L'hiver, aux veillées, on réchauffait des mystères venus du fond des temps, tout le monde en demi-cercle autour des cheminés. L'été, le manque d'eau, la crainte des incendies, la typhoïde donnaient à la vie l'angoisse de ce grand soleil imbécile. Même en ne buvant que de l'eau de la fontaine du haut, on arrivait quand même à la prendre, cette sale maladie, et on accusait les voisins de la pompe de malveillance. Cette année-là, on comptait trois cas, deux enfants et une femme de cinquante ans. Le fils d'un bouillé était le plus gravement atteint, puisqu'on parlait déjà de méningite.

— Surtout ne va plus patauger à la rivière et ne bois pas n'importe quoi chez n'importe qui, s'inquiétait Albanie.

Terrorisé par la maladie, Planou faisait de grands détours pour ne pas passer devant certaines maisons où quelqu'un luttait contre le mal, et il n'était pas le seul. Une partie du village faisait de même et parfois toute une rue se vidait d'un coup à la suite de rumeurs, les gens trouvant refuge chez des parents, abandonnant même le village au besoin, pour aller vivre dans quelque cabane de jardin lointain. Pour les familles des malades tout se compliquait, les commissions, la cuisson du pain et surtout la lessive des linges souillés. On accusait une « ramonette » d'aller laver en cachette la nuit en amont de la rivière et de contaminer tout le village. C'était aussi incontrôlable que d'autres effrois mais l'on vivait ainsi depuis des millénaires, avec juste un peu de bonheur pour les fêtes, les gros repas, les événements réguliers d'une existence, naissance et mariage. Même la mort finissait par fournir l'occasion, plus honteuse cependant, de boire et de manger quelque chose au cours de la veillée funèbre.

C'étaient des jours de grande soif et, avant chaque repas, Planou devait, au dernier moment pour qu'elle soit plus fraîche, aller remplir d'eau le petit cruchon en tôle émaillée réservé à la boisson. Pas question d'envoyer la Bourounna qui aurait ramené l'eau de n'importe où. Quand on avait un doute, on la faisait bouillir, comme le conseillait l'officier de santé qui, avec son expérience coloniale, reprenait quelque avantage sur le médecin en ces temps d'épidémie.

Planou faisait la queue derrière toutes ces femmes qui attendaient en bavardages interminables où chaleur et typhoïde constituaient des sujets constants. Un figuier géant retombait sur la petite construction de la fontaine en forme de chapelle mortuaire. Sur les côtés, les chevaux buvaient dans un long abreuvoir, délicatement, du bout des babines. Planou était toujours surpris de leur façon aristocratique de se désaltérer sans hâte, même après des heures de durs travaux. Vers l'abreuvoir se regroupaient les hommes, dès leurs quinze ans sonnés. Aucun ne se serait mêlé de rapporter un cruchon d'eau en retournant à la maison avec son cheval.

Seules les femmes rapportaient sur leur tête des cruches en terre de dix à quinze litres. Elles roulaient un essuie-main, le « cabezal », en couronne, le posaient sur leurs cheveux et c'était lui qui gardait le récipient en équilibre, amortissait les chocs de la marche dans les rues pierreuses de Villeneuve. Avec ce cabezal les femmes transportaient tout, l'eau, les paniers de tomates, le linge à laver, les seaux de fumier et les « ramonettes », elles déménageaient ainsi leur maigre bien quand, à la Saint-Michel, elles changeaient de fermage.

Planou se faisait toujours berner par une vieille qui lui demandait de manœuvrer le balancier de la pompe pour elle.

— Tu es jeune, toi, manhaguet, et puisque tu es en train...

Oui, mais Antoine attendait une eau tirée depuis moins d'une minute et cette femme allait le retarder.

— Il est brave, le petit d'Antoine !

— Et aussi beau que lui.

Ce qui faisait rire, mais là s'arrêtaient souvent les éloges, suivis de regards entendus, de messes basses qui semblaient exclure Albanie et la sœur sourde-muette de ces compliments.

Après quoi, il devait courir comme un dératé car la soif ne supportait pas un degré de plus dans la gorge du père, bien capable de le renvoyer sur-le-champ à la fontaine, surtout les jours de battage du blé. Antoine levait le cruchon et buvait à la catalane, le filet d'eau tombant de près d'un mètre sur ses amygdales, y crépitant pour mieux tuer la soif.

L'été, on mangeait de la tomate à tous les repas et, à la façon de son père, Planou en avait une à sa gauche, à même la toile cirée. Il la découpait d'abord en deux, la salait abondamment puis, au cours du repas, la débitait en tranches de plus en plus minces qu'il salait une nouvelle fois. Quoi qu'on déposât dans l'assiette du père et du fils, la tomate servait de deuxième pain. Il se demandait ce qu'il pouvait y avoir de commun entre la chair d'un fruit aussi savoureux et ce « tomatat », résidu d'une pourriture puante dont les effluves se ramifiaient déjà dans la maison comme une vigne vierge sournoise, faisant mine au début de se tapir dans la souillarde, où la Muda jetait dans une comporte les tomates trop mûres pour la salade en les aspergeant de sel. Bientôt les rêves seraient altérés par l'aigre-doux et le bruit des écoulements rosés.

A six ans, Planou avait appris à lire de façon si foudroyante que personne, à commencer par lui, ne se rendit vraiment compte de l'exploit, jusqu'au jour où son père le surprit penché sur le *Journal des débats* que M. Barnabé continuait à lui passer. Il ne réalisa pas tout de suite que son fils pouvait déchiffrer les mots sans le secours des lèvres, à la façon d'un débutant. Il cacha sa fierté de père et la tante Muda se montra très méfiante de le voir prendre tant d'intérêt à la lecture.

Au début de l'année, Planou avait lu, en janvier, cette affaire de l'amendement Wallon qui mettait son père et une minorité de propriétaires aisés dans les transes. Sept ans, on les avait encore pour sept ans, ces républicains avec leur président, à moins que...

A Villeneuve une majorité républicaine commençait à parler haut et fort, faisant redouter à Antoine les prochaines élections de députés. On allait vers de gros malheurs, la baisse du prix du vin, la rébellion des journaliers. Le nouveau régime avait fait illusion avec la prospérité des premières années, une fois la Commune de Paris noyée dans le sang. On avait alors appris, par une lettre de Raymond Mestre de Montgaillard, qu'André Ravanel avait été condamné au bagne de Nouvelle-Calédonie pour sa participation aux événements.

« Ces républicains ne m'empêcheront pas d'envoyer Planou au séminaire », répétait Antoine Pla avec défi.

Dans ce projet de séminaire, le père ne précisait jamais s'il s'agissait du petit, sorte d'école secondaire conduisant les enfants jusqu'au baccalauréat, ou du grand séminaire dont l'aboutissement était la prêtrise. Planou se voyait déjà, avec inquiétude, devenir curé. Qu'allait-il bien porter en dessous de la soutane? Un de ces garnements, compagnon de rivière, affirmait que les curés s'habillaient comme les femmes, d'un corset, de pantalons de dentelles et de bas, mais comme c'était le fils d'un républicain, Planou doutait de lui. Pourtant, il découvrit un jour avec horreur un dessin de catalogue de modes représentant le harnachement total qu'une femme pouvait revêtir sous ses jupons et en resta pétrifié.

« Je ne serai jamais curé », disait-il à la tante Muda, souhaitant que dans son opposition constante et sournoise aux décisions de son beau-frère, elle le soutienne dans son refus. Mais elle éclatait de rire, ce rire qui ressemblait aussi bien à un cri de colère ou de désespoir et il lisait, sur ses lèvres féroces, qu'il ferait un très joli curé et qu'elle vivrait avec lui pour tenir son ménage. Trop c'était trop, le harnachement féminin plus la tante Muda toute la vie? L'odeur d'encens qu'il détestait? Et pire que tout, ce vin de messe qu'il lui faudrait boire jusqu'à deux fois par jour, lui qui avait déjà le dégoût du vin?

— Pour commencer, tu iras faire l'enfant de chœur, lui annonça un jour la Muette.

Comme s'il allait accepter ces surplis en dentelles rouge et blanc pour la messe, blanc et noir pour les enterrements! Jamais de la vie! Mais désormais, comme si c'était un fait acquis, le père parlait souvent du temps où l'aîné serait au séminaire, de l'argent qu'il mettrait de côté parce que les républicains allaient faire baisser le prix du vin pour fabriquer des ivrognes qui voteraient pour eux. Un homme à jeun n'aurait jamais approuvé leurs idées.

Malgré ses prophéties, le vin continuait de monter car le phylloxéra attaquait rudement depuis sa première apparition dans le Gard. Les Corbières se croyaient protégées et même souhaitaient que le mal dure ailleurs car les affaires redevenaient brillantes.

« Hé quoi, disait-on, pourquoi le phylloxéra réussirait-il à venir jusqu'à nous alors qu'on nous répète depuis toujours que notre pays est si difficile d'accès qu'on ne peut avoir ni de bonnes routes ni le chemin de fer, encore moins un courrier postal régulier ? Nous serions trop enfermés dans nos collines? S'il y a une justice, ce sera la même chose pour cette maladie de la vigne. »

C'était le chemin de fer que l'on regrettait le plus. Il aurait permis de vendre plus rapidement la récolte et il fallait un long et épuisant voyage pour transporter le vin jusqu'en gare de Lézignan avec des charrettes-de-sept, sept demi-muids.

On plantait sans discontinuer, tout le pays était pris de cette folie et Antoine Pla doutait, se demandant s'il ne devait pas sacrifier champs de blé, luzerne et olivettes, aux ceps de vigne de si bon rapport.

« Pas la luzerne, ni les olivettes », protestaient les deux sœurs dans un mouvement identique des lèvres, dont l'un produisait des sons proches du suraigu tandis que l'autre, stérile, devenait caricature. Avec l'âge, tante Jeanne mastiquait plus les mots qu'elle ne les articulait posément, et elle les mastiquait avec tant d'impatience qu'ils ne sortaient plus qu'en grimaces souvent incompréhensibles. Sa bouche se musclait tandis que le visage autour se ravinait, devenait un organe indépendant surdéveloppé, s'isolait dans le besoin, le désir désespéré de la Muda d'être comprise, de ne pas se voir négligée, oubliée.

Sachant lire, il devenait fatal qu'un jour Planou découvrît les inscriptions dans le fenil. A chaque anniversaire, Antoine, comme cadeau, lui attribuait une tâche domestique supplémentaire. Avec ses neuf ans, il devait maintenant aller jeter du fourrage aux chevaux, régler le système d'horlogerie qui, à cinq heures du matin, distribuait le premier repas, déclenchant l'ouverture des trappes juste au-dessus des râteliers. Chaque tas de foin tombait alors à portée des chevaux.

Les deux hommes qui s'étaient cachés là, l'un durant trois mois, l'autre sept, survivaient mal dans la mémoire de l'enfant. Bien sûr, Raymond Mestre venait souvent les voir avec sa famille, ou encore on allait passer la fête de Montgaillard chez eux, mais l'origine de cette amitié lui apparaissait confuse et mêlée à des souvenirs déplaisants: l'absence du père, le secret qu'on avait exigé de lui, toutes ces craintes de commettre une bêtise.

Désormais, il savait qu'ils avaient couché dans tel coin, qu'ils mangeaient en utilisant une planche coincée dans un angle en guise de table, qu'ils y jouaient aux cartes, y écrivaient, surtout Mestre qui tenait sa femme au courant de ces journées languissantes de réclusion. Il trouva cette planche et en la retournant par hasard vit ce que Ravanel y avait gravé: « Ici vécut, traqué par les gendarmes, un ouvrier couvreur parisien déserteur sous la protection d'une famille de braves gens. »

Combien de jours avait-il passés à graver ces mots dans le bois dur d'une planche épaisse avec un vieux clou forgé, aiguisé sur une pierre qui en portait encore les griffures? Combien d'efforts pour laisser aux Pla cette sorte de certificat de gratitude?

En balayant autour de la grande trappe donnant sur l'échelle intérieure, il trouva bien autre chose: « Vive la Révolution, vive le Socialisme. »

Les bonnes sœurs de l'école de Cascastel racontaient d'un air horrifié quelques épisodes de la Révolution de 1789 à leurs élèves. Les plus tragiques. Comment pouvait-on encore écrire « vive la Révolution » alors qu'elle avait été si sanglante? Et le socialisme, qui pouvait s'en prévaloir alors que le père disait que c'était une invention de feignants voulant dérober légalement, à ceux qui travaillaient dur, leurs richesses? Ravanel avait partagé avec la famille les repas, la sécurité. Souvent il avait pu participer aux grands repas de fêtes et après la Noël avait reçu des vêtements chauds. Toute la famille avait observé la plus grande prudence, l'avait protégé nuit et jour. Tante Muda avait pris sur elle de leur apporter le panier du repas du midi et du soir. Sans parler du café du matin qu'Antoine leur montait... Ce qui mijotait dans les toupins c'était aussi pour eux, même la daube de sanglier, même le friginat du deuxième cochon. Que lui fallait-il de plus à ce socialiste?

A neuf ans, Planou se sentait maître de l'écurie. Des chevaux qu'il conduisait seul, l'un après l'autre, à l'abreuvoir le plus proche, du fenil qu'il balayait et où il pouvait donc jouer à son aise. L'été sec de cette année 1875 vida les réserves de fourrage et il ne resta plus qu'une poussière immangeable par les bêtes. Mestre devait envoyer un voyage de foin de Montgaillard où l'on souffrait moins de la sécheresse. D'ailleurs, une fontaine jaillissait gros comme le bras sur la place d'où l'on avait une si belle vue sur le Tauch, la montagne de Tuchan.

Planou voulait un fenil bien propre pour le foin qui devait arriver. Il utilisa un vieil entonnoir rempli d'eau pour plaquer la poussière au plancher et c'est ainsi qu'un filet d'eau coula dans les méandres d'une écriture cursive soigneusement gravée. Deux mots entrelacés révélés par l'humidité « Jeanne et André », le tout formant un cœur. Il voulut montrer ce dessin à la tante Muda, qui le regarda d'un œil terrible:

— Je te dis qu'il avait une fiancée qui s'appelait comme toi. Viens voir, si tu ne me crois pas!

— Fiche-moi la paix et ne va ennuyer personne avec ça!

Ses menaces, son air courroucé le dissuadèrent de poursuivre ses recherches sur les deux proscrits. Le foin de Montgaillard arriva le soir même et recouvrit le cœur aux deux prénoms entrelacés.

Il y avait là un de ces mystères qu'il valait mieux éviter de sonder. Et peu après, un autre motif d'effroi vint enfoncer ses griffes dans sa tranquille existence d'enfant. L'Espagnol venait d'être embauché par Antoine Pla comme domestique de culture. Ce n'était pas un Espagnol, d'ailleurs. Il s'appelait Courtieux et venait de Limoux. Il débarqua à Villeneuve pour les vendanges et y resta, car c'était un gros travailleur, brassier et bouillé à la fois, surnommé l'Espagnol à cause des espadrilles qu'il portait une grande partie de l'année et dont ce n'était pas encore la mode. Les gens portaient des sabots l'hiver, des galoches parfois, des brodequins rarement. Beaucoup allaient pieds nus l'été, s'enroulaient de vieux chiffons l'hiver.

Antoine lui proposa donc la place de domestique de culture. Il savait juger son homme et lui donna une petite maison, le bois, le vin, la chandelle, le bout de jardin et cinquante francs par mois. Planou fut tout de suite l'ami de cet homme qui, s'il le croisait au retour de l'école, le hissait devant lui sur le dos de Narbonnais. En général, il rentrait d'une vigne qu'il labourait, ayant laissé l'araire sur place. C'était le temps où rien ne disparaissait et certains laissaient même au loin une charrette, des outils. Les gitans volaient les poules, parfois les agneaux mais jamais les outils de travail dont, affirmait la tante Muda, ils n'auraient trop su que faire. Quand ils jouaient du violon ou de la guitare sur la place, elle était la seule à ne pas s'attarder. Sa surdité la laissait dans l'ignorance de la musique et au bal, jeune fille, elle ne supportait pas certaines vibrations.

L'Espagnol, outre son travail à la propriété, offrait comme l'avait espéré Antoine ses services à la maison, sciait les bûches trop longues, allait chercher l'eau quand il gelait. Planou se vit très vite dépossédé de son écurie et la Muda de ses jardins. Le soir, l'Espagnol se rendait au café de l'autre côté de la rivière. Il y était le roi de la manille et pariait gros, ne perdant que rarement.

Il n'était pas très grand, sec avec une moustache hérissée et des cheveux très noirs. Un soir, les jeunes gens, le soupçonnant de recevoir une veuve la nuit tombée, lui firent le martelet, attachant une pierre à la poignée de sa porte à l'aide d'un fil de laine relié à une longue ficelle qu'on tirait régulièrement parfois durant des heures. En cas de nécessité de fuite, d'un coup sec on rompait le brin de laine et on récupérait la ficelle.

Par l'Espagnol, Planou apprit à placer des pièges dans les « cagadous » de lapins. Au milieu des crottes noires comme de la réglisse, c'était tout un art de disposer l'attrape. L'Espagnol utilisait des gants et une cuillère en étain.

« A cause de l'odeur d'homme », disait-il.

Une fois sur trois, un perdreau se prenait, au lieu d'un lapin, et pour les « rousillous », c'était le plus fort. Il rapportait de pleins paniers de ces lactaires délicieux qui, une fois grillés comme de la viande avec huile, sel et poivre, rendaient un jus aussi rouge que du sang. L'Espagnol ramassait aussi des cèpes, des champignons de peupliers et des girolles.

Tante Muda le reconnaissait, jamais elle n'avait obtenu des fèves aussi grosses, aussi tendres et des haricots aussi abondants. Il distribuait les asperges sauvages par dizaines de bottes dans le village, ainsi que les « talendels », les poireaux odorants poussant dans les vignes à l'automne.

Il fallut que ce chien enragé apparaisse dans plusieurs villages pour que l'épouvante rende cet hiver-là encore plus difficile à supporter. Sur le chemin de l'école de Cascastel, les petits Villeneuvois marchèrent en un groupe serré, regardant tout autour d'eux à l'aller comme au retour, souvent de nuit. Il y avait toujours un farceur pour s'écarter un instant et aboyer afin d'effrayer les autres et de s'effrayer lui-même. Et chaque soir à la veillée, on essayait d'établir l'itinéraire du chien fou, de comptabiliser les témoignages. On décrivait la bave qui moussait dans sa gueule, son regard féroce et si le vent de cers secouait la porte, tous les regards se tournaient en même temps vers l'huis. La fin de l'Empire et les débuts de la République avaient interrompu les veillées, mais elles avaient repris malgré les affrontements parfois rudes entre les deux partis.

C'était souvent chez les Pla qu'on se réunissait après le souper, car orgueilleux, ils refusaient que les voisins apportent, comme c'était l'usage, qui la bûche d'aouzine, qui la chandelle. Et la tante Muda, furieuse, de prédire qu'on allait brûler le vert et le sec !

— Avec l'Espagnol, nous ne manquons pas de bois, répondait très fier Antoine. Deux années d'avance qu'il a coupé et empilé !

Puis quelqu'un de reparler du chien :

— A Duilhac, il en aurait mordu deux qu'on a dû conduire à Perpignan et de là à l'hôpital de Montpellier.

La rumeur affirmait qu'il se rapprochait de Villeneuve, même s'il faisait des écarts qui laissaient tout le monde dans une espérance haletante.

— On l'aurait aperçu à Tuchan et il serait gros comme un veau.

— Il serait né d'un loup et d'une chienne de berger de vaches.

Un soir à la veillée des cousins Pla, sur les quais de la rivière, on le signala à Nouvelles, une grosse campagne avec un château entre Villeneuve et Tuchan. Et des chasseurs d'Embrés-Castelmaure l'auraient aperçu en train de boire dans une « basse », une retenue d'eau de source en pierres cimentées à l'argile.

— On dit que les enragés veulent boire tout le temps mais qu'ils ont la viande en dégoût.

— Faux, protesta Antoine, ils essaient de boire mais leur gorge s'est rétrécie à les étouffer. Ils finissent asphyxiés.

— Ils ont des convulsions. On doit les enfermer dans une chambre noire, les isoler complètement, ne pas les approcher.

Malgré les bons feux, les bougies ou les lampes, les soirées devenaient horrifiantes et chaque coin d'ombre de la pièce cachait le domaine du féroce animal. On cassait des amandes sur le coin de la cheminée en vue des croquandes de la Noël, mais quand il fallait retourner chez soi, à deux pas, c'étaient deux pas qui coûtaient gros en épouvante, même si le père allait devant pour éclairer le chemin de sa lanterne.

Quand on veillait chez eux, Planou maudissait la tante Jeanne de préparer toujours trop tôt son moine, mais en remplissant de braises la cassole suspendue dans le brancard en bois, en forme de traîneau pour mieux glisser dans la neige des draps, elle signifiait avec malice aux voisins qu'il était temps de rentrer chez eux. Planou espérait toujours un sursis, attendait de ces réunions d'autres révélations qui le feraient délicieusement frissonner dans son lit. Une nuit, il crut même que des griffes puissantes s'attaquaient a ses volets.

Parce qu'on crut apercevoir le chien du côté d'Embrés, les deux villages organisèrent une battue monstre. Un jeune sanglier fit les frais de l'aventure et comme c'était une aubaine, on le dépeça sur place pour en faire cuire les morceaux sur un lit de braises.

Il tomba une poudrée de neige et à la moindre trace suspecte le tocsin sonnait, rassemblant les hommes en armes. Les veillées, à force de rabâcher les mêmes histoires à donner la chair de poule, finirent par se ressembler toutes et Planou de loin préférait dévorer *Cinq semaines en ballon* de Jules Verne, commandé par son père à Paris.

On avait déjà parlé des ballons au coin du feu et, plus d'une fois, de celui qui avait survolé les Corbières et sur lequel des villageois affolés avaient déchargé leur fusil, vers chez les Catalans, chez les Mountanhols, les montagnards arriérés.

A la même époque, le moulin perdit encore une aile mais n'en continua pas moins de mouliner avec obstination. Planou avait bien, depuis peu, quelques doutes sur la fonction de pourvoyeuse en eau de la mécanique, mais la tante Muda jouait l'ignorante devant ses questions.

Avec tout ce givre, ce ne fut pas un Noël à la Calèche et bien des gens restèrent chez eux au chaud, à attendre de ressoupéter le soir de la messe de minuit. Le père emmena les siens à Cascastel dans sa charrette légère puisque M. le Curé, se méfiant de l'impiété grandissante de Villeneuve, choisissait de plus en plus souvent Cascastel. Ainsi il évitait l'aller et retour, son presbytère étant aussi sur place. M. Barnabé et Mme Olympe pour un mois à Toulouse, quelques domestiques s'abstinrent et le prêtre eut un regard éloquent pour toutes ces rangées clairsemées. Les républicains empêchaient leurs femmes d'assister aux offices et le réveillon de la famille Pla en fut gâché, car Antoine ne décolérait pas en découpant le chapon de cette année-là :

— Ils veulent aussi une école laïque obligatoire dans chaque commune... Ça coûtera les yeux de la tête et tout petits, il faudra les envoyer à Lézignan ou Carcassonne pour qu'ils reçoivent une éducation honnête, nos enfants !

L'Espagnol rejoignit la famille après une première partie de manille. Ses vêtements empestaient la fumée de tabac et l'absinthe, et Planou ne comprenait pas l'indulgence de son père pour celui-là qui osait jouer au café le soir de Noël et ne cachait pas ses idées. Mais il avait apporté pour la cuisine un lièvre énorme et trois perdrix.

— J'aurais pu avoir un lapin mais il était dévoré, sauf la tête. Et ce n'étaient pas les renards les coupables...

Les sœurs soupirèrent discrètement. Même ce soir-là on allait parler de ce chien maudit?

— Faut voir, dit Antoine Pla.

— C'est tout vu. J'ai remis des pièges puissants autour du petit piège à lapin. Le domestique de M. Albert me les a prêtés. Ils sont anciens mais on les avait conservés dans le suif. Ils pourraient « aganter » un homme de cent kilos. Cette saleté qui rôde dans le pays ne peut pas manger, alors il déchiquette, de dépit.

De ces repas trop riches l'Espagnol ne mangeait presque rien, s'asseyait pour la politesse due au maître, mais préférait son coin de table, un oignon, un bout de cansalade, une omelette froide et du vin de presse à boire à la régalade. Pas de ce vin lourd des bouteilles à la cire.

— On réveillonnera chez les Bringuier du café?

— Les habitués, les sans famille à ma façon... Les Bringuier, c'est de votre côté, madame Albanie?

— Non, rectifia Antoine, du côté de ma propre mère.

Courtieux vida son verre, refusa le café. Il en boirait des litres là-bas en jouant à la manille jusqu'à l'aube.

— Au jour, j'irai voir.

— Viens me chercher.

— Je préfère aller seul. J'ai le fusil et je veux la prime. Trois cents francs pour le canton plus celles de Tuchan et de Mouthoumet aussi.

Le lendemain, au moment où Planou allait porter à l'Espagnol sa part de civet de lièvre, Antoine annonça que c'était inutile

— Il est parti à Limoux chez lui, quelque temps.

Un autre grand mystère commençait.

CHAPITRE VIII

Le foudre qui tousse

Chez les Sœurs de Cascastel, les enfants villeneuvois se regroupaient autour du poêle à l'heure du dîner et connaissaient le meilleur moment de la journée d'école. Parfois une cornette passait son visage rose par la porte entrouverte et, voyant que le calme régnait, disparaissait. Dès la fin de la classe, les petits toupins de fricots réchauffaient tout autour du rond de fonte porté au rouge et laissaient d'un jour sur l'autre une perpétuelle odeur de cuisine dans la salle. Plus tard, devant la protestation des parents de Cascastel, on fit réchauffer les toupins dans la cuisine des religieuses.

Les petits Villeneuvois considéraient le poêle ventru comme leur propriété, car c'était surtout le bois amené par charrettes entières par leurs pères qui l'alimentait, les autres n'apportant, et encore pas toujours, que leur bûche quotidienne. De plus c'étaient les parents de Villeneuve qui payaient régulièrement l'abonnement, autant pour les filles que pour les garçons, et ce n'était pas le cas de tout le monde. Il y avait par exemple celui qu'on appelait « Mounjeto » car il n'avait pas autre chose dans son assiette fournie par les sœurs, tandis que s'exhalaient de bonnes odeurs de civets, de ragoûts, de choux au lard ou d'omelettes à la sauce tomate.

1877, l'année de la disparition de l'Espagnol, fut celle où circulèrent le plus d'histoires à faire peur. « Mounjeto », tout en engloutissant des cuillerées de haricots, racontait les plus effrayantes, surtout celle de la « main coupée » qui s'introduisait dans les maisons par la chatière.

— Mais pourquoi faire ? demanda Étienne.

— Pour voler les poulets, étrangler le chat et les petits enfants. C'est Casimir qui l'a tranchée une nuit. Quelqu'un lui volait ses volailles. Quelqu'un qui les attirait avec une lanterne vers la chatière et puis couic. Casimir a veillé une semaine entière et quand il a vu la main, il l'a coupée net avec sa « picasse », mais la main a quand même emporté un poulet et depuis elle court chaque nuit dans le village.

— Un poulet, ça ne passe pas où passe un chat, remarqua Planou.

— Chez nous la chatière est assez grande pour laisser sortir le chien.

C'était le bon temps pour les chats, qui allaient librement d'une cave à une écurie, traquant les souris, et nul n'y voyait d'inconvénients. Planou se félicitait, en écoutant « Mounjeto », qu'il n'y ait pas de « gatière » chez eux, sinon à l'écurie ou à la cave. Le matin, en allant faire ses besoins, il grelottait de terreur dans l'écurie encore sombre.

Peut-être qu'un adulte aurait pu lui dire qu'il n'y avait personne à la main coupée dans le village et que depuis des siècles on racontait l'histoire de la main fantôme. Les filles, incapables de supporter ce genre de racontars, s'écartaient pour jouer avec des poupées de chiffons sorties de leur besace.

Marcel parla de cet inconnu qu'on avait trouvé mort — cela remontait à plus de dix ans, bien avant leur naissance. On n'avait jamais su qui il était.

— Cabasset, le fossoyeur, dit qu'il n'a jamais pu l'enterrer et qu'il a dû le laisser dans le corbillard où il s'était installé à sa guise.

Planou en eut l'appétit coupé ce jour-là. Comment, non seulement le « corps billard » se permettait de séjourner dans leur cave, mais en plus un mort y demeurait ? C'était plus qu'il ne pouvait en supporter de l'insouciance des adultes qui permettaient ces choses affreuses.

— Cabasset raconte toujours des imbécillités, dit-il, et il n'y a jamais eu de mort dans le « corps billard ».

— Tu es allé voir dans les poêles ?

— Quels poêles, innocent ? Le poêle c'est ici qu'il est.

Innocent, *inoucent* en languedocien, c'était la grande injure qui sous-entendait une incapacité mentale.

— Les poêles, ce sont les draps. Un noir pour les grands, un blanc pour les enfants et les jeunes filles. Ils sont pliés et rangés dans le corbillard.

— Et il est où le corbillard, maintenant ? demanda Alphonse.

Personne n'avait l'air de savoir, le sinistre chariot s'abritant un peu au hasard entre deux services, le plus souvent chez les Pla, cependant.

— Dans notre cave, avoua Planou plus mort que vif.

En ce début d'année c'était effectivement chez eux qu'on l'avait abandonné, mais il pouvait disparaître du jour au lendemain. Quand la mamette Manon était morte, on ne l'avait pas revu de plusieurs mois, et déjà bien avant que la grand-mère ne rende le dernier soupir. Parfois Albanie et la tante protestaient, n'osant pas aller tirer du vin en l'absence d'Antoine.

— Eh bien, tu iras voir, décida Marcel.

Tous le regardèrent sans rire et il préféra mettre son nez dans son assiette encore pleine. Par contre, il but toute sa gourde de vin coupé d'eau, et la leçon de catéchisme de l'après-midi ne laissa aucune trace dans son cerveau.

Retournant à la nuit, ils se serrèrent les uns contre les autres, Marcel en profitant pour pincer les filles qui hurlaient sans cependant s'écarter d'un pas. Planou rentrait par le haut du village, courait le long des volets déjà clos, avec toutes ces histoires qui ne lâchaient plus son esprit.

Impitoyable, Marcel, le lendemain, lui demanda s'il était allé regarder sous les poêles. Ce mot impressionnait moins Planou que celui de draps mortuaires.

— Mon père a la clé de la cave.

— Tout le monde sait, dit Marcel, où vous la cachez.

— Plus depuis quelque temps et je n'ai pas de lanterne.

Il disait vrai pour la clé, son père ayant changé sa cachette depuis la disparition de l'Espagnol.

Le vendredi, les sœurs examinaient le contenu des toupins, soucieuses que les enfants fassent maigre. C'était le jour des omelettes au tomatat, de la merlusse aux pommes de terre, sauf pour Mounjeto dont le menu ne variait jamais. Un jour, une religieuse s'avisa que les débris infimes qui flottaient dans sa sauce pouvaient bien être du lard. Ce fut un beau rambal et Mounjeto se retrouva en quarantaine jusqu'à ce que sa mère, la grosse Émilie, arrive en nage depuis Villeneuve un beau matin pour apostropher la sœur, disant qu'elle préparait les mounjetos deux fois par semaine, et qu'elle n'avait ni le temps ni l'envie de faire une cuisson spéciale le vendredi ou de trier quoi que ce soit. Elle travaillait du matin au soir dans les vignes, en ce moment elle sarmentait, et on n'avait pas à reprocher à son fils d'être pauvre au point de ne pouvoir manger des œufs ou de la merlusse.

— Tu as regardé dans le corbillard? devenait la question quotidienne, presque banale, et chaque jour Planou se sentait un peu plus dévalorisé aux yeux de ses camarades, allant jusqu'à appréhender de se lever pour aller à l'école. La Muda en savait long sur l'inconnu qu'on avait trouvé vers la Plante, vêtu comme un riche monsieur de la ville. On avait même raconté qu'il était peut-être tombé d'un ballon, ce qui enthousiasma le lecteur de Jules Verne qu'était son neveu. Et la Muda, qui se moquait de ses lectures, lorsqu'il lui expliqua ce qu'étaient ces ballons, en resta mortifiée.

— Allons-y tous, soulever les poêles, proposa un jour Marcel dans un élan de camaraderie qu'il regretta par la suite.

Déjà la préparation de l'expédition occupa plusieurs jours et excitait chacun, à midi, autour du poêle des sœurs. Planou, plein d'imagination et de références littéraires, expliqua qu'il faudrait d'abord se procurer la clé, de quoi allumer ces bouts de bougies que son père abandonnait sur les barriques.

— Vous voulez voler une allumette ? s'affola Mounjeto. Chez nous y en a pas et on va toujours chercher du feu chez les voisins, même que de grand matin ils ne sont pas contents.

Planou se voyait mal voler une allumette au bloc de bois, sachant que la Muda en tenait une stricte comptabilité.

— Non, décida Marcel, l'allumette je l'aurai.

— On va s'armer?

Ça, c'était Étienne et on se regarda, perplexes. Dans un silence tel que les filles cessèrent de papoter, intriguées.

Marcel leur fit signe de parler plus bas, ce qui les isola dans un voile de complot.

— Ma mère dit que pour un mort qui revient, le crucifix suffit.

— Ou un chapelet, ajouta Alphonse.

— On prend à manger? demanda Étienne qui n'aurait jamais arrêté de s'empiffrer. Si des fois on ne pouvait plus ressortir?

— Non, dit Planou, on rentre, on soulève les... poêles, on regarde vite et on ressort.

— Sans goûter au muscat de ton père? regretta Mounjeto.

— Si le mort... Il est sorti faire un tour?

— Les morts ça se promène la nuit, jamais le jour.

L'expédition mise au point, Planou découvrit avec amertume que, si jamais on les surprenait dans la cave, il serait le plus menacé d'une belle correction.

— Nous sommes d'accord? On rentre, on allume deux bougies et on soulève les poêles, on regarde et on ressort.

Rien que le projet les enfiévra quelques jours de plus, sachant tous qu'une fois l'expédition terminée, ils ne connaîtraient plus la même exaltation. Planou n'en dormait plus de la nuit ou bien parlait en dormant, mais la Muda n'entendait rien.

Depuis la disparition de l'Espagnol, interdiction lui avait été faite d'aller seul à la cave, sous prétexte que le vin trop fragile de cette année-là devait se bonifier dans la tranquillité. Le père lui-même n'ouvrait plus largement ses portes, choisissait toujours pour s'y rendre les heures où personne ne traînait plus dans la rue, comme s'il était devenu chiche de son muscat qu'on venait autrefois déguster librement dans son chai.

Au jour dit, une colique faillit pousser Planou à l'écurie, mais il eut le courage de rejoindre la petite bande déjà assise à l'abri des regards derrière le mur de soutènement d'un vieux figuier.

Planou, durant toute la semaine, avait cherché le nouvel emplacement de la clé et il y alla tout droit, ouvrit le portillon découpé dans l'un des deux battants. Tout le monde s'y engouffra et Marcel craqua son allumette qui s'enflamma, contrairement aux espérances de Planou. Cette fois, impossible de faire marche arrière. Déjà un bout de bougie donnait un peu de clarté. Alphonse montra alors le crucifix de plâtre accroché d'ordinaire au-dessus de son lit, Étienne le chapelet de sa sœur qui avait fait sa première communion, tout en perles de nacre et enfermé dans un étui en cuir doré. Chacun l'admira.

— Il est là.

Le corbillard ainsi éclairé jetait vers le mur du fond et à l'oblique une ombre terrifiante, surtout à cause des pompons qui prenaient des silhouettes humaines. La bande hésita et Marcel, instigateur de l'expédition, se sentit moralement désigné pour avancer et même contourner le char funèbre. Les autres le rejoignirent en se tenant de près serrés.

— Il faut grimper dedans, constata Mounjeto, déjà prêt à filer vers la sortie.

— Mais on va alors lui marcher dessus ! gémit Alphonse qui tendait son christ à bout de bras.

La bougie crépitait dans les mains de Planou qui supportait, stoïque, les larmes de cire chaude sur sa peau. Un profond silence d'hésitation, chacun retenant sa respiration, les paralysa et dans ce silence ils entendirent nettement une toux rauque. Pire, quelqu'un s'étranglait comme après avoir avalé de travers.

— Macarelle, sainte Vierge, pleurnicha Mounjeto.

Marcel eut l'idée de souffler la bougie entre les doigts tremblants de Planou qui avait d'ailleurs failli la laisser choir.

— *Es pa lou mort*, murmura Marcel, oubliant son français.

Non, ce n'était pas le mort qui toussait.

— *Es lou foudre.*

C'était bien le gros foudre de cent deux hectos sur leur droite qui toussait, éructait, n'en finissait pas de « s'enganosser[1] » puis jurait en reprenant son souffle, laissant échapper des bruits sourds, inconvenants, comme si des poches de vieux gaz de fermentation troublaient encore ses entrailles.

Planou, malgré cette peur qui noyait ses sens, son cerveau, se raccrochait à une pauvre certitude, se répétant que cette année-là il n'y avait pas eu de vendange dans le cent deux hectolitres, qu'il n'y en avait jamais eu depuis que son père, après l'avoir fait construire, n'avait pas réussi à acheter les vignes de la Bade et de Rouffia qui auraient fourni de quoi le remplir.

— Benetz, dit Antoine, venez.

Malgré les bougies éteintes, ils y voyaient, grâce à quelques fentes du portail.

— Non, ne partez pas, supplia Marcel, le foudre, il est en train de parler.

Eh oui ! il parlait ! On ne comprenait pas très bien ce qu'il disait dans cette sorte de caisse de résonance, cette nef de chêne, mais pour parler il parlait et Planou de se dire que la trappe de visite du bas devait être entrouverte pour que ce qu'il ruminait puisse ainsi leur parvenir. Et qui plus est, il ronchonnait en languedocien.

Marcel, toujours lui, les précéda avec une lenteur méfiante.

1. S'étrangler.

Dans suffisamment de clarté pour que les autres distinguent son profil tendu, puis le voient coller son oreille vers le bas de la grosse barrique. Enfin il s'accroupit pour regarder par la trappe, leur faisant signe de le rejoindre. Planou seul osa.

« *Besi de lum.* »

Planou aussi voyait de la lumière dans le foudre, une petite flamme et ce qu'il découvrit l'enchanta et en même temps lui fit redouter que les autres n'en apprécient jamais la magie.

Ce qu'il découvrait là, c'était la matérialisation d'un rêve souvent bâti par lui, un rêve discrètement éclairé par une veilleuse, ce lumignon des nuits de maladie, un récipient, verre, ventouse, simple pomme de terre creusée chez les plus pauvres, rempli aux trois quarts d'eau, le reste en huile où flottait une mèche de coton traversant une rondelle de liège. Cette lampe primitive était posée sur une planche coincée dans la partie basse du foudre, servant de table. A côté une bouteille avec deux doigts de vin, une assiette, sur la gauche, assis sur une paillasse, un homme, la tête entre ses bras, gémissait.

— C'est l'Espagnol, chuchota Marcel.

— *De qué fa aqui?* demanda Mounjeto qui venait flairer à son tour l'étrangeté. Seul témoin, Planou aurait conservé ce rêve dans le secret de son émerveillement, mais les autres allaient le déchiqueter, le jeter en lambeaux dans les rues, alarmer le village, le dresser contre Antoine qu'on accuserait de séquestrer son domestique.

— Sortons, dit Marcel.

Éblouis par le soleil d'hiver, ils se retrouvèrent à faire des ricochets dans la rivière, pleins de questions muettes quand ils regardaient Planou, mais déjà sur leurs gardes comme lorsqu'ils avaient mis Mounjeto en quarantaine pour n'avoir pas fait maigre un vendredi.

Seul, il emporta cette image du refuge aménagé dans le cent deux hectolitres, la caressant, espérant sans vraiment y croire que les autres se tairaient, protégeraient de leur silence cette cabane isolée dans l'immense cave, cette cabine de bateau dans le ventre du foudre.

Le soir même, une autre veillée mémorable lui tomba dessus tandis qu'il couvait le souvenir de l'après-midi. Une veillée qui bascula dans l'appréhension lorsqu'il vit entrer le père de Marcel et celui d'Alphonse, alors que sa mère avait souhaité rester à la maison pour jouer tranquillement aux dominos. Ils entrèrent avec leur lanterne qu'ils soufflèrent avant de s'asseoir, la déposant entre leurs galoches, et le supplice commença dans une odeur de bougie éteinte. Car ils acceptèrent café et cerises au trois-six avant d'en venir au foudre de cent deux hectolitres.

Dès les premiers mots, la Muda qui ravaudait, les yeux rivés sur les bouches des visiteurs, cessa et Albanie releva la tête du drap qu'elle brodait.

— L'Espagnol? fit Antoine, il est rentré chez lui.

— Les pilharts l'ont vu dans ton cent deux hectos.

Le plus à l'aise en paroles était le père d'Alphonse, le plus compréhensible aussi pour la Muda, puisque imberbe de visage.

Discrètement, la sourde-muette se leva et sortit comme pour aller chercher du bois sans que personne y prêtât attention. Comme toujours. Pour des gens qui avaient tant à dire, elle n'existait pas.

— Vous plaisantez? Que ferait-il dans mon cent deux?

— Les pilharts l'ont vu par la trappe de visite. Ton aîné se trouvait parmi eux. Je ne sais plus pour quelle raison ils sont allés dans ta cave. Pour le corbillard, je crois... C'est alors qu'ils ont entendu tousser.

Antoine n'eut qu'à regarder Planou pour que celui-ci approche.

— Tu es allé dans la cave?

Incapable de dire un mot, il inclina la tête.

— Et qu'est-ce que j'avais dit?

— Qu'à cause du vin il ne fallait pas y aller.

— Va au lit.

— Antoine, s'indigna Albanie, on n'a pas encore mis le moine.

— Qu'il aille se coucher et vite!

Bien plus tard, Planou devait comprendre la ruse de son père qui, craignant qu'il ne parle de l'Espagnol, le chassait apparemment de la cuisine. Dans son humiliation effrayée, il ne sentit même pas le froid glacial des draps, imaginant la

Muda dans la cave en train de faire sortir l'Espagnol du cent deux hectos, déménageant la planche, la paillasse, faisant disparaître les traces.

Il sombra dans une torpeur frileuse mais une caresse de chaleur, celle d'une bougie éclairant son visage, lui fit ouvrir les yeux. Ce n'était pas la tante Muda curieuse de ses exploits mais le père, terrible.

— Lève-toi, Antonin.

Dans sa colère, son père fou furieux le dépouillait de son surnom, de son prénom habituel, Louis, utilisait cet « Antonin » qui faisait de lui un autre garçon, un inconnu.

— Antoine, supplia Albanie, contiens-toi.

— Lève-toi.

A la main son père tenait son catalan, ce fouet en bois de micocoulier fabriqué dans les Pyrénées-Orientales. Dans un réflexe de survie, Planou se raccrocha à sa literie et le père souleva le tout, arracha couvertures et draps, jeta l'ensemble, comme un ballot de linge sale, sur la couche de la tante Muda et commença de lui donner une correction telle qu'Albanie, hurlante, dut s'accrocher à son bras et que, derrière la porte fermée à clé, la Muda cognait des poings et des sabots en s'imaginant que son beau-frère les assassinait tous les deux.

A l'école, le lendemain, il ne fut pas long à comprendre que la nuit n'avait pas été cruelle que pour lui.

— Il n'y avait rien dans le cent deux. Rien, juste des gouttes de bougie, fit Marcel effaré. Ni paillasse ni veilleuse, rien. Alors nous autres, qu'est-ce qu'on a vu ?

La dureté des corrections modifia jusqu'à leur souvenir. Leurs pères, entraînés par un Antoine Pla goguenard devant le grand foudre, avaient remâché leur confusion, qui à coups de catalan, qui à grande volée de sarments ou même de tisonnier. En quelques minutes, leurs fils apprirent que certains faits étranges aperçus par des enfants pouvaient se masquer aux yeux des parents.

— Toi, voyons, toi tu l'as vu l'Espagnol dans le cent deux ! demanda Planou à sa tante, trépignant d'indignation.

— Tu rêves tout le temps pauvre « maïnatche[2] ». Et tu passes trop de temps avec tes livres, articula la muette.

2. Enfant.

Quelques semaines plus tard, Mounjeto commença d'apporter à l'école, dans son toupin, des escargots cuits dans une sauce à l'ail et au tomatat. On décida désormais de le surnommer « Cagaraou » quand on constata qu'il en mangeait tous les jours. Et du coup l'ex-Mounjeto devint un autre garçon. Il cessa d'être malodorant, lava son visage et ses mains au moins chaque semaine.

Planou, lui aussi, souhaitait changer de nom, devenir un autre, un inconnu qui n'aurait absolument rien à voir avec cette menaçante légende de l'Espagnol qui commençait de le tourmenter.

CHAPITRE IX

Les menaces de l'Espagnol

Plus que jamais Antoine Pla se méfiait de l'école de Villeneuve, installée au-dessus d'une cave à l'entrée du village, accusant l'instituteur de ne pas enseigner la morale chrétienne aux enfants pour complaire aux républicains. Il décida donc que le petit Joseph irait lui aussi à Cascastel malgré sa santé, délicate depuis qu'il avait eu la rougeole. Au retour, Planou le prenait souvent à califourchon sur son dos, le cadet se plaignant d'être fatigué, mais c'était réconfortant d'avoir son petit frère avec soi toute la journée pour faire face à la montée de ces périls sournois.

L'amnésie prudente des enfants ne dura qu'une semaine et ils reparlèrent de l'Espagnol dès qu'on retrouva dans une vigne lointaine le cadavre d'un chien, formellement reconnu comme celui de l'animal enragé par les gendarmes et les gardes-chasses. Dans le même coin, on découvrit des débris de chair de lapin décomposée, les cendres d'un petit feu de sarments. On ramassa deux pièges à loup et une cuillère en fer, tordue d'avoir été portée au rouge. Le charron et le maréchal-ferrant, ces maîtres du feu, furent formels là-dessus.

— Ça veut dire, raconta Marcel, que celui qui a tué le chien s'est fait mordre avant. Il a cru pouvoir l'approcher en le voyant pris dans les pièges et le chien s'est jeté sur lui.

— Avec la cuillère rougie au feu il a voulu cautériser la plaie, dit mon père. Chez Bringuier, au café, l'Espagnol se vantait d'avoir un compte à régler et de l'argent à gagner avec le chien fou. Maintenant qu'il a été mordu, il va vouloir mordre tout le monde.

— C'est pas vrai, dit Planou, et Joseph répéta comme lui.

— On l'a tous vu dans le foudre. Ton père l'y avait mis parce qu'il faut enfermer dans le noir ceux qui ont été mordus. Quarante jours.

— Trois mois, le contredit Alphonse.

— Toute la vie, renchérit Étienne.

Ce manque d'unanimité força Marcel à se taire, mais une semaine plus tard, il triomphait.

— Votre Espagnol, les Pla, dit-il s'adressant à Joseph et Planou, il était à Quintillan. Un de là-bas l'a bien reconnu et quand on a voulu l'arrêter, il a montré son fusil et ses dents, qui ont tellement poussé qu'elles lui sortent de la bouche. Et vous savez ce qu'il a dit ? Que c'était ce pilhart qui était cause de tout. Ce pilhart, c'est toi, Planou !

— Oui, c'est seulement Planou, firent les autres, soulagés d'être exclus de la menace.

— C'est pas Planou, hurla Joseph voulant frapper Marcel.

Tout commença ainsi. Par des apostrophes d'enfants, des rumeurs qui, à la façon d'une eau souterraine, ne circulaient que dans le monde des moins de quinze ans. Jamais un adulte, dans la rue, sur la place, dans l'un des deux cafés, ne parla de la vengeance de l'Espagnol en présence de Planou.

Au début Planou croyait à une jalousie de Marcel, qui lui enviait sa place de premier et la croix qu'il gagnait régulièrement. Mais Alphonse, Étienne, Cagaraöu, et bien d'autres, de l'école de Villeneuve ceux-là, rapportaient le même avertissement sinistre. Et toujours quand il ne s'y attendait pas, quand il commençait d'oublier qu'il était la proie désignée d'un fou...

— Un jour, il viendra et c'est toi qu'on mettra dans le foudre.

— Il était à Ségure l'autre jour, il se rapproche.

— Il a même travaillé à la mine de Tuchan pour que le noir du charbon cache son visage, mais on l'a reconnu à ses dents énormes.

— Les gendarmes l'ont poursuivi du côté d'Albières et il vit dans les gorges comme un sauvage, comme Robinson Crusoé dans son île.

Son père, qui connaissait ces gorges, disait que c'était ce qu'il avait vu de plus terrifiant de sa vie. On les traversait à dos de mulet, sur une corniche si étroite qu'un homme aurait glissé alors qu'un animal savait assurer ses pas.

Peut-être l'Espagnol se terra-t-il plusieurs mois dans ces abîmes profonds car les Villeneuvois n'en parlèrent plus et Planou commença de respirer plus librement, mais avec la plus grande circonspection.

Antoine Pla, lui, ne fit jamais plus allusion à l'Espagnol. Même s'il regrettait un domestique de cette valeur. Il employait des hommes à la journée. Les vieux termes de « brassiers », de « bouillés » disparaissaient peu à peu du langage commun, comme si, avec la République, certains mots faisaient honte ou rendaient méfiants. Cependant que celui de domestique se renforçait d'une certaine considération pour l'homme qui devenait le domestique de culture de M. Barnabé ou d'Antoine de la Manon. Celui-là avait droit au gîte, au vin, au bois, au jardin, à la chandelle de suif. C'était juste en dessous du grade de « ramonet[1] » comme un adjudant est juste en dessous d'un lieutenant.

Ce n'était pas une terreur permanente qui emballait le cœur de Planou, mais comme une vieille douleur latente qui parfois éclatait en élancements insoutenables, à la suite d'une rumeur tombant sur lui le plus souvent quand il exultait pour une bonne note ou pour un cadeau convoité. Comme la fois où, fiérot, il apporta une botte d'asperges sauvages aux Sœurs, espérant que la plus jeune, sœur Madeleine, lui ferait un gros « poutou » en les recevant. C'était la plus jolie et elle sentait discrètement la violette.

— L'Espagnol est sorti de Galamus, l'avertit Alphonse sans malice, avec le désir sincère de le mettre en garde. Ses cheveux et sa barbe recouvrent son épaule. Il aurait vécu dans les gouffres en tuant des marcassins et des lapins à coups de dents. On a trouvé plein de peaux qui séchaient. Il est comme un indigène avec la peau noire.

Dans ces livres d'aventures achetés par dix aux colporteurs, c'était ainsi qu'on appelait les sauvages, et dans les *Vacances* de la comtesse de Ségur, Paul et son père avaient été les prisonniers d'une tribu d'indigènes.

— On l'a vu à Paziols, dit un autre le lendemain.

Paziols, c'était à la porte. On pouvait aller y dîner et rentrer à Villeneuve pour le souper. Aussi, lorsque son père parla de

1. Métayer salarié.

passer trois jours à Montgaillard, il n'en dormit pas de la nuit, leur chemin devant obliquer vers les gorges de Padern à moins de deux kilomètres de Paziols. Et les gorges n'attiraient-elles pas l'Espagnol ?

Planou, durant le trajet, resta invisible au fond de la charrette et à Tuchan il fallut les gros yeux du père pour le faire descendre et aller boire un peu de vin de noix chez des amis.

Gaston, le fils du déserteur Raymond Mestre, avait un an de moins que Planou et ils étaient toujours heureux de se retrouver.

– C'est vrai qu'on a aperçu un homme dans les gorges de Galamus. On dit que ce serait un ermite, comme celui de jadis, qui ne vivrait que de ce qu'il trouverait sur place, des herbes, des couleuvres, des hérissons. Des voyageurs ont vu aussi une fumée qui montait de l'abîme mais n'ont guère eu envie d'aller y voir de plus près.

– On l'aurait vu à Paziols, pourtant, soupira Planou.

– Ici on ne parle plus du chien. Il n'aurait même pas été enragé.

Mais à Villeneuve et dans le canton c'était différent. A se demander s'il ne suscitait pas lui-même ce harcèlement, n'entretenait pas de sa seule présence le foyer ronflant de la rumeur, participant inconsciemment au grand jeu de l'effroi, l'engraissant du sentiment de sa propre culpabilité. Parce que les autres s'en gavaient avec délices, eux-mêmes inquiets d'avoir surpris l'Espagnol dans le foudre et heureux d'avoir un bouc émissaire. Dans les villages proches, les « maïnatches » se transmettaient avec un grand plaisir sournois le nom de Planou.

Un jour de printemps, Planou crut même voir l'Espagnol à proximité de la vigne où la famille pratiquait l'échaudage. Antoine avait mobilisé son monde pour attaquer la pyrale, dont quelques chenilles avaient été découvertes dans de jeunes pousses. On faisait feu sous un grand chaudron et on versait l'eau bouillante sur les ceps. Planou et Joseph se chargeaient du remplissage des seaux d'eau froide que Jaquet et la Bourounna venaient chercher.

L'eau se puisait à une source sortant d'un amas de roches par un tuyau de fonte, et les deux frères n'avaient pas assez de leurs quatre bras pour déplacer les grands seaux à vendange. Ils finirent par établir un va-et-vient avec des demi-seaux seulement.

C'est dans une masse vernissée de buis qu'il distingua comme un visage et surtout deux yeux brûlants de fièvre. Joseph, se retournant, vit les mêmes choses que lui, mais comme la Bourounna arrivait en riant très fort des plaisanteries de Jaquet, les deux yeux disparurent.

Le reste de l'après-midi, Planou prépara de grosses pierres et un gourdin, mais les yeux ne réapparurent pas. Peut-être qu'un rayon de soleil avait fait luire, durant quelques minutes, deux éclats de mica sur la roche qu'enserraient les buis? Ou des gouttes d'humidité? Il resta persuadé que l'Espagnol l'avait tenu à sa merci ce jour-là.

Un soir de printemps, à quelques semaines de leur première communion, M. le Curé invita les garçons à devenir enfants de chœur, exaltant la beauté du service de Dieu en aidant à la célébration de la messe.

— On peut boire le vin de messe, chuchotait Cagaraou dans le cou de Planou, et mettre des boules de naphtaline dans l'encensoir.

— Les enfants de chœur sont les enfants privilégiés de la Sainte Vierge et peuvent lui demander sa protection. Jamais on ne la sollicite en vain, songez-y.

A la fin du catéchisme, Planou alla trouver le prêtre en lui disant qu'il serait enfant de chœur tout de suite après sa communion.

— Mais tu vas aller au séminaire, lui fit remarquer le curé.

— A chaque vacance, je viendrai servir la messe.

Antoine approuva, Albanie commença de parler des surplis qu'elle irait choisir à Narbonne. Seule tante Muda resta songeuse, regardant Planou de son œil d'inquisiteur.

Dans les premiers jours de juillet de cette même année 1878, il prit pour la première fois la diligence qui reliait Villeneuve à Narbonne chaque jour. Le départ avait lieu à cinq heures devant la vieille église. Là, le voiturier enregistrait les commissions dont on le chargeait. Il était préférable de lui glisser une pièce avec le petit mot écrit désignant l'achat à faire. Sans la pièce, il affirmait invariablement « *Aco es dit* » — c'est entendu — mais en voyant la pièce il précisait : « *Aco es fait* », ce qui valait garantie ferme.

Le père avait retenu à l'intérieur pour ne pas voyager sur l'impériale mais, comme des dames se présentèrent, ce fut quand même le toit de la voiture parmi les ballots et les bagages. Planou était aux anges. On suivit la route sur la rive gauche de la Berre qu'on traversa à gué avant Durban. A Ripaud attendait en principe la diligence de Lézignan, mais comme celle-ci avait du retard ils allèrent boire du café dans l'auberge. L'endroit où régnait une grande animation, une sorte de gaieté faite de jurons et d'algarades, fascina Planou. Il apprit que certaines de ces personnes avaient soupé là, couché là dans une des trois chambres disponibles et elles n'en paraissaient pas plus fières pour autant.

— Mais ils sont donc bien riches ?

— C'est une gargote à quinze sous la nuit, fit son père méprisant. Trois fois moins chère que l'hôtel où nous descendrons à Carcassonne. Nous y passerons deux nuits.

— Nous y mangerons aussi ?

— Peut-être, mais je connais une bonne brasserie.

Carcassonne, l'hôtel ! Il oubliait cet examen qu'il devait passer pour être admis en sixième. Cette gargote de Ripaud laissa en lui une trace profonde que l'hôtel de la ville accentua encore.

Le buffet de Lézignan lui parut d'une grande élégance avec ses dames en chapeau. Même les plus âgées ne portaient pas la cravate noire nouée sous le menton à la mode de Villeneuve. La nourriture devenait exotique et les réflexions maussades de son père sur la qualité des plats le gênèrent. Dans son dos, il n'osait trop se retourner pour ne pas s'attirer de remontrances, une activité inconnue, bruyante paraissait se dérouler dans l'indifférence totale des dîneurs. Des grincements, des halètements, des coups de sifflet formaient un vacarme constant, tandis que des odeurs suffocantes de soufre et d'huile de mécanique pénétraient par bouffées dans la salle de restaurant.

Le souvenir d'un train en bois offert en cadeau avait entretenu chez lui une fausse représentation d'une locomotive et de son convoi. Lorsqu'il se retrouva sur les quais, une de ces machines manœuvrait des wagons-foudres, environnée de vapeurs et de grincements aigus. Son père criait pour lui recommander la prudence et de se méfier des escarbilles, tout le monde criait et de chaque côté, à droite comme à gauche, s'enfuyaient ces rails luisants comme des serpents, déserts, comme inutiles. Au bout de quelques minutes, abasourdi, ne sachant plus où il était, ce qu'il faisait là, il s'aperçut qu'à sa droite, là-bas à l'horizon, quelque chose grandissait, gonflait, se ruait vers eux comme un orage surmonté d'une crinière noire. Il recula et son père lui saisit la main.

Il ne put garder les yeux ouverts au début et quand il osa les ouvrir le train n'en finissait pas de s'immobiliser, les wagons défilant comme s'ils ne devaient jamais s'arrêter, bordés à mi-hauteur d'une fumée grise et des fameuses escarbilles parfois encore rouges. Une femme essuya vigoureusement, en se lamentant, son trois-quarts percé en deux endroits.

Et toujours cette désinvolture remarquée à Ripaud, celle des voyageurs blasés qui descendaient sans refermer les portières, marchaient droit devant eux en bousculant ceux qui attendaient de monter. Planou et son père s'installèrent dans une odeur de suie, de métal, de peinture amollie par l'été. A peine assis, il voulut se relever pour se coller à la portière, mais d'un seul coup le train s'arracha à la gare et il perdit l'équilibre.

— Assieds-toi donc, soupira son père.

Comme ce fut court, insuffisant pour accumuler assez de souvenirs pour la tante Muda, les camarades, Joseph, enrichir deux mois de vacances à venir... Déjà la cité de Carcassonne, hérissée des échafaudages de Viollet-le-Duc, se présentait.

— Inutile de prendre l'omnibus, l'hôtel est juste en face de la gare.

L'omnibus, c'était non seulement un train plus lent qu'un express, selon son père, mais aussi cette diligence légère qui desservait toute la ville et dans laquelle on s'enfournait par la porte arrière. En s'ouvrant, celle-ci déployait un petit escalier et Planou serait volontiers resté devant la voiture à attendre la fermeture de la porte et l'escamotage des trois marches.

Ce qu'il prit pour la mairie était leur hôtel, superbe, majestueux avec ses quatre étages, son hall aux énormes plantes vertes, ses fleurs et un curieux vieillard déguisé en rouge comme un jeune garçon.

— J'avais écrit pour une chambre à deux lits, protestait Antoine de sa voix de propriétaire aisé de Villeneuve mais qui, dans cette réception luxueuse, parut incongrue et dérisoire à Planou. Mais Antoine ne l'abandonna jamais, pas plus à Toulouse que lors de la visite du préfet à la fin des années 80.

Le vieux garçon en rouge monta leurs deux bagages, deux sacs en cuir fauve fermant sur le haut à l'aide d'une réglette à poussoirs de cuivre brillant. Tante Muda avait ciré le cuir, passé de la pierre ponce broyée dans de l'huile d'olive sur le métal.

La raison de l'irritation de son père lui apparut, un lit unique dans cette grande chambre. Mon Dieu ! il allait coucher avec son père ! Devoir se tenir immobile toute la nuit alors qu'il s'agitait fort depuis l'histoire de l'Espagnol. Jamais il ne pourrait fermer l'œil, de crainte de frôler ce corps d'adulte endormi à côté de lui...

— Ceci est une table de toilette pour te laver le matin. On peut avoir un broc d'eau chaude, mais en juillet c'est inutile. Maintenant, suis-moi.

Dans le couloir ils passèrent devant une porte où était vissée une plaque émaillée : « Bains ».

— Il faut réserver son tour et payer un supplément. Pour deux jours c'est inutile.

Plus loin, il s'arrêta devant une autre petite porte sans plaque émaillée.

— Dans la chambre il y a un vase de nuit, mais pour le reste c'est ici.

Il ouvrit le réduit et durant quelques secondes Planou vit une sorte de coffre en bois verni, surmonté d'un couvercle blanc décoré d'un filet bleu, muni d'un bouton également bleu.

— Tu ôtes le couvercle et tu t'assois. Tu prendras une feuille de mon journal pour t'essuyer.

Jusqu'au coucher ce fut une plongée totale dans la ville, une immersion à couper le souffle pour un jeune garçon qui n'était jamais sorti de son village. Quand le père alla se faire raser, on lui coupa les cheveux. Le père exigea une façon convenable pour un futur séminariste. Les garçons parurent s'en amuser et ricanèrent durant l'opération. Au moment de passer la poudre sur la nuque de Planou irritée par le rasoir, le coiffeur appliqua la houppette de talc sur le sommet de son crâne, appelant ses collègues pour leur faire admirer la tonsure du futur « curaillon », ce fut son mot. Ils pouffèrent discrètement, profitant de ce qu'Antoine gisait, le visage sous sa serviette chaude, à la grande inquiétude de son fils.

— On va acheter des cadeaux. Pas le tien. Seulement si tu réussis.

Ce fut un nécessaire en argent, luxueux, pour Albanie, un beau châle blanc pour la tante Muda, ainsi que des bottines pareilles à celles de M. le Curé. Pour Joseph, un costume en tissu anglais, comme le certifia le vendeur. Antoine payait sans rechigner, faisait livrer les paquets à leur hôtel.

— Allons boire quelque chose.

Pour lui ce fut une absinthe et une limonade à la grenadine pour Planou, dans un café qui lui parut immense jusqu'à ce qu'il découvre son visage à moins de cinq mètres. Des glaces allant jusqu'au plafond doublaient la surface du lieu et il n'en avait jamais vu de cette taille. Pas plus que les banquettes en moleskine et les si nombreuses dames en robes claires et chapeaux, attablées avec des messieurs, pour la plupart en canotiers de paille et pantalon clair. Les plus vieux portaient des sortes de tubes luisants sur la tête. Avec leur teint pâle et leurs manières précieuses, ces gens-là lui paraissaient d'une grande distinction. N'y avait-il donc que des riches dans Carcassonne?

Le souper dans un restaurant plus grand que le café, cette fameuse brasserie annoncée par son père, fut le couronnement d'une journée déjà faste et hors du temps. Quand, après le potage au vermicelle, le serveur disposa devant eux les multiples raviers des hors-d'œuvre, Planou se redressa avec orgueil, se sentant un privilégié, jusqu'à ce qu'il constate que chaque table était aussi copieusement garnie.

— Si tu réussis, demain soir nous boirons du champagne.

Il ne savait trop ce que c'était. Une sorte de blanquette de Limoux plus raffinée, lui dit son père. Il dévorait, même si la langouste posait quelque embarras. Antoine en brisa les pattes avec une pince nickelée.

Vers la fin du souper, on alluma les lampes et il crut à un incendie tant leur éclat était vif. La salle de la brasserie ruisselait d'une profusion de lumières.

— C'est le gaz d'éclairage, pardi.

Et dans les rues on y voyait comme en plein jour. Devant l'entrée de l'hôtel, deux globes brûlaient et attiraient des milliers d'insectes fous. Dans les couloirs, d'autres fonctionnaient et Planou refusait d'en sentir l'odeur particulière. Jusque dans leur chambre un bec de gaz donnait la lumière de plusieurs lampes à pétrole.

Ça redouble la chaleur, grommela Antoine en tournant la

molette, une fois leurs bougies enflammées. Une pour chaque chevet dans un bougeoir de porcelaine. D'un seul coup, il faisait disparaître la chambre d'hôtel, les ramenait à Villeneuve. Planou, lui, aurait laissé le gaz toute la nuit.

Lui qui avait tant appréhendé de partager le lit avec son père dormit sans se rendre compte de sa présence, fut réveillé sans douceur par la poigne d'Antoine.

— C'est l'heure. Tu te laves puis tu iras où je t'ai montré. N'oublie pas le journal, ensuite nous déjeunerons.

La porte du réduit étant fermée de l'intérieur, il s'en retournait lorsqu'en sortit une grosse dame en cheveux, qui passa à côté de lui sans un regard. Juché sur le coffre, respirant des odeurs de crésyl, il se demanda avec inquiétude s'il pouvait aussi faire le petit ou devait le réserver pour le pot de chambre.

Durant la matinée qui suivit, seul à sa table d'écolier, ne connaissant personne, il ne comprit pas grand-chose de ce qu'on attendait exactement de lui. Avec les autres candidats, il avala un repas bizarre où tout avait la même saveur, dans un réfectoire où régnaient un silence d'église et une odeur de pâtée à cochon. Dans l'après-midi, il pensa avoir répondu assez bien aux questions posées par un frère qui mastiquait des pastilles à la menthe.

Son père le rejoignit à la sortie et ils apprirent que les résultats ne seraient affichés que vers sept heures. Ils allèrent visiter des connaissances, dont un grossiste en graines de luzerne qui les invita à souper chez lui pour huit heures. Planou regretta de ne pas retourner à la brasserie.

Dans le grand hall du séminaire, le nom d'Antonin Louis Pla figurait sur la liste des ajournés, avec un renvoi qui priait les parents de rencontrer le préfet des études.

— Je m'y attendais, dit son père, pâle de dépit. Les sœurs de Cascastel apprennent mieux l'histoire sainte que l'orthographe et la composition française. Tu rentreras donc en septième mais n'attends pas de cadeau.

Dans le fond Planou s'en moquait. Son cadeau, il l'avait déjà eu, ces deux jours à la ville, toutes ces nouveautés, offertes en si peu de temps, qui allaient rendre féconds en amusements variés les deux mois de vacances. Deux mois pour jouer à la diligence, au train, faire naviguer des péniches sur le Sabaric — il avait aperçu des files de ces bateaux sur le canal du Midi —, deux mois pour bâtir une cité de Carcassonne, imaginer un hôtel, et même un restaurant si les filles prêtaient leurs dînettes.

Durant le voyage de retour, des dizaines de projets encombraient son esprit.

Une fois sorti de la gare de Lézignan, la patache pour Ripaud lui apparut d'un autre âge et les petites gorges de la Berre d'une sauvagerie anachronique, les gens laids avec leur peau tannée, épaissie par le grand air, les femmes sans élégance, leur visage perdu dans cette cravate noire nouée sous le menton. Quant à la petite auberge, son père avait raison, elle empestait le graillon, était pleine de disputes.

Au terminus de Villeneuve, il faisait grand jour et Jaquet, sortant de chez Bringuier, les aida à porter leurs sacs et les paquets. Sitôt la porte franchie, le père arbora un air désagréable :

— Il a échoué. Il rentre en septième avec des enfants de neuf ans. Il aura bonne mine ! Les sœurs ne valent rien.

Du coup, devant cette colère froide, personne n'osait défaire les cadeaux et ce ne fut qu'une fois Antoine à l'écurie qu'on en dénoua les bolducs.

Joseph fut le seul déçu, il aurait voulu un ballon. Un ballon comme celui de Jules Verne, mais ça n'existait pas en jouet. Planou lui avait lu des extraits du roman, le faisant participer à ces rêves qui prolongeaient l'histoire en interprétations délirantes. Et dans leur lit, désormais commun depuis que le cadet fréquentait l'école de Cascastel, il raconta tout, le train, la ville, les magasins, l'hôtel, le gaz d'éclairage.

— Le neveu de M. Léonce rentrera sans examen, lui.

— Il n'était pas chez les sœurs, répliqua Planou.

Durant son dernier mois d'école à Cascastel, il laissa les autres abasourdis sous l'afflux de ses propositions extravagantes de jeu.

— On joue au train ? A la péniche ? A l'hôtel, alors ?

Patiemment, clandestinement, il creusa la cheminée de sa locomotive en bois et chaque fois qu'il pouvait voler un tison il le regarda s'éteindre en de maigrelets nuages en compagnie des autres enfants silencieux, bien forcés de lui faire confiance, mais ne voyant pas où était l'amusement promis. Jouer à l'hôtel ne rapporta qu'un succès d'estime, tout le monde s'ennuyant ferme dans les chambres tracées dans la poussière de l'aire de battage, chacun allongé sur un lit également délimité à l'index sur le sol. Seul le cabinet aménagé dans un buisson leur plut, jusqu'au jour où Cagaraöu l'utilisa vraiment et les fit fuir devant l'odeur.

La Muda ricanait dans un mouvement sournois de ses lèvres : « Si les vendanges sont tardives, tu risques d'aller à Carcassonne bien après le premier octobre. Tu auras l'air fin d'arriver avec deux semaines de retard sur les autres. »

Mais Antoine Pla avait prévu cette éventualité. Planou voyagea seul jusqu'à Durban à côté du voiturier de la patache. Moulinier, un ami de la famille, le prit en charge puisqu'il conduisait lui-même son fils, élève de rhétorique, à Lézignan. En gare de Carcassonne des abbés les accueilleraient.

CHAPITRE X

Le phylloxéra et la ruine

Lorsque Planou retourna à Carcasonne, il fut consterné de ne rien retrouver de ses enchantements. En deux mois l'hôtel avait soudainement vieilli, noirci par la fumée des trains ; les lumières au gaz empestaient fort par temps couvert. Seul le chemin de fer continua de l'enchanter, le consolant de la fin des vacances. Ces trente-cinq kilomètres à se faire secouer dans l'omnibus devenaient trente-cinq kilomètres de bonheur secret.

Il partit sans méfiance, à treize ans, sans savoir ce qu'étaient le dortoir et ses puanteurs, les cauchemars des plus jeunes pensionnaires, la cordonnerie où l'on rangeait la merveilleuse boîte à goûter, la consolatrice d'où, une fois ouverte, émanaient quelques relents bien timides de Villeneuve. Il apprit à manger plusieurs matins de suite la soupe aux choux resservie tant que les pensionnaires récalcitrants rechigneraient à l'avaler. Et les petits levers dans les aubes grises et glacées. Et ce premier trimestre où, considéré comme un grand benêt par ses condisciples et le frère, il dut combler son retard et prouver ses qualités de bon élève.

Il sut très vite qu'il perdait son enfance, enfermé dans ce petit séminaire, avec juste deux sorties hebdomadaires, la messe dominicale à l'extérieur et celle de tous les jours qu'il servait dans la chapelle avec chaque fois un prêtre différent. A chaque retour à Villeneuve, il essayait en vain de renouer avec une continuité qui n'existait plus. Même ses amis d'école travaillaient désormais dans les vignes et les champs, même Joseph ne poursuivait plus les mêmes rêves.

Une force occulte poussait le village vers la fin du siècle et le début du xxe, comme si les jeux nouveaux qu'il avait essayé d'introduire au cours des dernières vacances dans l'incompréhension générale portaient des germes annonçant le télégraphe, le train, la séparation d'avec Cascastel. Un nouveau mode d'éclairage apparaissait, des lampes à carbure d'acétylène, utilisées par les marchands forains et le docteur comme fanal de voiture.

— Nous l'aurons, le chemin de fer, quand Villeneuve sera commune indépendante. Notre vin est meilleur que celui de Cascastel et nous sommes sur la grande route.

Et Planou qui avait vu rapidement la ville se ternir, se rétrécir à ses yeux essayait de préserver dans sa mémoire tout ce qui allait disparaître, s'il n'était pas trop tard. Le moulin à vent qui, en son absence, avait perdu ses deux dernières ailes, le moulin à blé qui avait de moins en moins de grains à moudre. Et même la vigne risquait d'être dévorée par le phylloxéra qui arrivait plus vite que le progrès, débordant la région de Narbonne, remontant dans les vallées étroites des Corbières.

— Il ne passera pas Ripaud.

Ripaud, c'était le croisement des routes, de deux rivières, avec juste l'auberge relais de poste. Mais le mal passa outre. Paradoxalement, la récolte de Villeneuve se vendait bien, le vin manquant ailleurs, mais pour combien de temps ? Les grossistes s'affolaient et Bercy réclamait des demi-muids. En août 79, Antoine Pla encaissa un premier versement sur une vendange encore sur pied, en resta plus inquiet que satisfait, ébranlé dans ses convictions. Il avait doublé en surface la culture de la luzerne et du blé, celle de la paumelle aussi. Jamais les jardins, même les plus difficiles d'accès, n'avaient été aussi bien retournés, fumés.

— Nous mangerons toujours, si le vin ne se vend plus.

Tante Muda avait fait agrandir le poulailler et la soue des cochons, voulait acheter sur ses économies de nouvelles « fades », des brebis qu'elle ferait garder à Pérétou.

— Le plant américain, le plant américain, qui va le greffer ? Qui saura au début ? Il faudra payer cher ceux qui en seront capables. Et le soufre pour l'oïdium ? Le sulfate de cuivre contre le phylloxéra qu'on utilise dans le Gard, comment ferons-nous, nous autres si ignorants de la nouveauté ?

Juste avant l'oïdium et surtout le phylloxéra, les travaux de la vigne demeuraient bibliques. Pas de greffages, ni de soufrages.

On plantait des boutures avec des prières, certains allant jusqu'à faire bénir spécialement de l'eau au curé, et on répandait avant les labours un maximum de fumier, de mouton principalement.

A la Noël 1879, les parents et la tante de Planou réalisèrent qu'il avait vraiment grandi et qu'il n'était plus tout à fait un enfant, avec ses treize ans. Dans le village, à cet âge, on était un homme avec les mêmes devoirs, les mêmes peines, et lui s'attardait dans leur esprit comme un « maïnatche ».

Cette révélation les frappa un soir de givre, à deux jours de la Noël, lorsqu'une voisine de l'église vint chercher Planou pour M. le Curé.

— Antoinette va mourir et demande l'extrême-onction. M. le Curé n'a trouvé aucun enfant de chœur pour porter la croix et agiter la clochette. Il sait que Planou est en congé et le prie de venir vite.

Albanie, sans d'abord y trouver à redire, alla prendre le surplis lavé et repassé depuis les dernières vacances et rangé dans l'armoire. Planou, qui voulait rattraper son retard, peinait sur quelques phrases de grec. Lui-même n'avait pas conscience de n'être plus un enfant et, machinalement, il enfila le surplis. La Muda poussa alors son étrange cri. Rire ? Colère ? Lamentation ? Et sa mère regarda avec accablement le bas du vêtement qui arrivait aux genoux de son fils.

— J'aurais dû l'allonger d'une double main de dentelles, commença-t-elle par dire.

Antoine, rentrant de l'écurie, resta sur le seuil malgré le froid vif, toisant son aîné de la tête aux pieds :

— Ce n'est pas Carnaval.

— Antoine, s'indigna sa femme, Antoinette veut l'extrême-onction... Et le petit va aider le Curé.

— Ça n'empêche qu'il a l'air déguisé. Écoute, Planou, bon pour l'extrême-onction, mais tu diras à M. le Curé que c'est fini l'enfant de chœur pour toi. Qu'il prenne Joseph. Au moins, fais le tour par les espacières[1]. Si quelqu'un te rencontre sur la passerelle, j'aurai honte.

1. Gué de pierres espacées.

Portant la voix et faisant tinter sa clochette, il précéda M. le Curé avec l'impression que tout le village se moquait derrière les volets. Des volets clos au passage du saint-sacrement, avec certainement les femmes à genoux dans leur cuisine et les hommes la casquette à la main. Retourné à l'église il ôta le surplis dans la sacristie et le désigna au curé.

— Il servira pour un autre, mon frère peut-être.

A toutes les vacances, ivre de bonheur d'échapper au carcan du pensionnat, Planou ne trouvait plus désormais chez lui qu'inquiétude sourde, calculs dérisoires pour des riens, ferments de dispute nouveaux à cause de la vigne menacée. La vigne, c'était de l'argent encaissé en billets ou en louis, le reste produit par les champs, les jardins, les ruches, les troupeaux, de la nourriture entassée pour l'hiver. Elle satisfaisait l'essentiel sans donner le superflu qu'apportait le prix du vin.

Dans son exil à Carcasonne, il rêvait pourtant de ces retours. Il en venait même, à l'approche de l'été, à être impatient de respirer l'aigre-doux du tomatat, d'écouter la nuit son goutte-à-goutte dans les bassines, de ne plus sentir cette puanteur de crésyl dans ce séminaire qui, même en juillet, restait glacé avec des odeurs fades d'encens et de cierges.

Ne pas voir commencer l'été, ne pas le voir se terminer après la Toussaint dans la tiédeur soudaine d'une Saint-Martin généralement flamboyante, encourageait Planou dans ses sentiments d'injustice générale. Depuis la cordonnerie du petit séminaire, il pouvait apercevoir l'apothéose rouge des vignes du Carcassonnais en fin d'automne, en resdescendait triste : « Pla a encore le spleen », faisait remarquer quelque élève snob, ces deux termes anglais devenant fort à la mode.

Déjà en septième il avait été admis dans un groupe d'opposition aux frères, à leur religion, à leur enseignement, à leur haine de la troisième République. Tous ces fils de gros propriétaires, de commerçants cossus, se racontaient avec exaltation et défi les succès des républicains aux élections de 76 et 77, Gambetta et aussi un certain Guesde. Remplacer la tisane du frère surveillant de nuit par de l'urine collective représentait autre chose qu'un simple chahut, et bourdonner *la Marseillaise* bouche fermée au cours de la promenade dominicale donnait une ivresse de révolutionnaire. De communard même, car peu à peu, la Commune dans l'esprit de ces jeunes gens était réhabilitée, comprise.

Planou pensait souvent à Ravanel, l'ouvrier couvreur. Un jour de sortie, il eut une grande émotion. Des manœuvres et des ouvriers maçons travaillant à la restauration de la Cité de Carcassonne, commencée du temps de Viollet-le-Duc, défilaient en ville pour protester contre leurs conditions de travail. En tête, venaient des porteurs de banderoles et sur l'une d'elles il put lire : « Prolétaires de tous les pays, unissez-vous. » Ce mot de « prolétaire », que Planou avait subi de la part de sa tante au même titre insultant que « bandit » ou « voyou », était brandi haut, et fièrement, par ces gens-là. Un ami de classe ne put que lui citer Balzac où il l'avait lu, mais un autre lui en expliqua la véritable signification.

A Villeneuve, face à un Antoine Pla de plus en plus irrité contre le régime en place, Planou devenait aussi sourd et muet que sa tante, évitait de se gâcher les vacances, apparaissait comme le pur produit d'une éducation rigoureuse et chrétienne.

S'il portait le baquet de lavandière et la corbeille à linge de sa tante, ce n'était pas pour s'attirer des compliments mais pour retrouver le rythme des jours, ces habitudes de son enfance qu'il aurait peut-être subies avec ennui s'il avait dû rester au village. Parce qu'il aimait voir la rivière fleurir, en aval des lavandières, de bulles bleutées au-dessus des massifs de mousse de lessive blanche allant à vau-l'eau. Parfois elles étaient trente « bugadières » alignées de chaque côté du cours d'eau, chacune dans son baquet, cette caisse à trois côtés que l'on calait dans les pierres. On étendait un drap dans le fond pour ne pas soulever la vase et gare au « pilhart » qui se serait amusé à patauger en amont. Trente battoirs maniés avec vigueur dans le même temps obligeaient les plus acharnées bavardes à s'égosiller. Puis c'était le linge qui s'égouttait sur des chevalets, creusant dans la berge des dizaines de fleuves infranchissables aux fourmis. Mais, à quinze ans, il ne pouvait, malgré son envie, poursuivre ses jeux d'enfant, s'imaginer en dieu souverain d'un monde en miniature comme autrefois. Une chance que Joseph, plus petit, plus chétif, lui servît d'alibi pour construire des moulins que l'on coinçait entre deux pierres et qui pouvaient tourner des jours, au fil de l'eau.

Le linge qui séchait sur les pentes des collines environnait le village de blancheur, mettait tout le monde en fête par sa bonne odeur de frais pour la grande et première lessive de Pâques.

Au bout de deux jours, il n'y tenait plus, grimpait vers le plus abandonné des moulins à vent, espérant toujours un miracle. Un homme de Cascastel avait parlé de le remettre en état mais désormais, les olives, on devait les porter à Tuchan, au moulin de la Barricade, ou à celui de Porte-False.

Dès les premiers jours des grandes vacances, tante Muda récupérait sa boîte à goûter pour y enfermer les confitures qu'il préférait, de crainte, disait-elle, d'oublier. Elle lui gâchait tous ses débuts d'été.

— Attends au moins la fin septembre, suppliait-il.

Mais Jeanne, mélange de malice et d'attentions, n'en faisait qu'à sa tête et quand il repartait, ce n'était plus une boîte mais un véritable garde-manger rempli de pâtes de fruits, de boudins noirs énormes, de saucisses sèches et de petits pâtés. Sur le dessus, nouée dans un torchon blanc, une miche de pain cuite au four familial et soit un poulet rôti, soit un caneton. Le même soir, dans la nuit du dortoir, on faisait ripaille à sept ou huit mais Planou cachait l'origine du pain, trouvant qu'elle aurait paru anachronique.

Malgré l'eau froide de Pâques, il pêchait à la main des barbeaux truités, des goujons et des « sophies » mais détournait la tête du Pech de Rouffia en partie calciné par un incendie volontaire en octobre passé, huit jours après sa rentrée scolaire, par un gros cers de nuit. Marcel, Alphonse, Étienne et Cagaraou lui affirmèrent que c'était l'Espagnol, qu'on l'avait même vu.

Car d'après ses amis, l'enragé ne désarmait pas, n'oubliait pas sa vengeance et, à chaque fin de trimestre, ils lui dressaient le triste bilan de cet homme qui paraissait rôder bien souvent autour de Villeneuve, comme déçu de ne pas apercevoir l'objet de son méchant entêtement.

— Il paraît qu'un enragé ne meurt pas forcément, peut vivre des années. Mais s'il mord, l'autre en meurt.

Moulinier, dont le père le véhiculait jusqu'à la gare de Lézignan, le torturait aussi avec cette histoire, la répandait au petit séminaire sans obtenir cependant un grand succès.

— Il te cherche, tu sais ? Il l'a dit à un pastre dont il voulait mordre le chien. A Ginouvre, du côté d'Albas. Le chien tremblait de tout son corps, aplati sur le sol et gémissant. Le berger a dû lui donner du pain, du fromage et de la saucisse pour qu'il s'en aille.

Et puis, en 1880, la première souche atteinte du phylloxéra fut découverte à Villeneuve. Fou de rage, le propriétaire la décapita à la picasse, sa plus grosse hache, la fit brûler mais en quelques jours le mal se répandit partout venant de Tuchan. Le Rec dal Four d'Antoine Pla fut à son tour contaminé.

Après une maigre récolte, on dut se résigner à l'arrachage passé Noël. Juste comme les cours du vin s'envolaient. Tante Muda en fit une maladie et s'alita pour la première fois de sa vie. On brûla les souches et on fit un tel brasier dans ce froid de l'hiver qu'on organisa une « cagaraoulada », un immense gril garni de centaines d'escargots autour d'un rond de saucisse. Maniant au bout d'un long manche un petit entonnoir contenant un bout de lard qui fondait à la chaleur, Antoine en laissait tomber deux gouttes dans chaque coquille déjà salée et poivrée. Ce fut la cagaraoulade de l'arrachage du phylloxéra qui laissa un goût d'amertume dans la bouche. On allait attendre trois ans les autorisations d'utiliser les plants américains qui sauveraient le vignoble des Corbières.

Désormais, pour Antoine, maintenir deux fils au séminaire devint très dur. Le petit Joseph avait rejoint son frère peu après. Leur père devenait fou furieux lorsqu'on parlait d'école laïque et surtout gratuite, à la pensée que d'autres plus riches que lui n'auraient bientôt rien à débourser pour donner une instruction à leurs enfants.

Cette affaire de l'école publique, bien avant les lois qui devaient se succéder de 1882 à 1886, gâta l'amitié dans le village et une fois de plus dispersa les veillées. Autour du père, les opinions vacillaient et il ne pouvait supporter ce manque de conviction. Le soir, surtout au cours des vacances scolaires d'hiver, Planou ressentait ce vide, cet isolement de la famille. La cheminée ne chauffait que pour eux cinq et il regrettait les vieilles histoires souvent rabâchées par les adultes. Toutes n'étaient pas horrifiantes et évoquaient les joies et les peines de toujours, les souvenirs du pain dur à gagner, les efforts accomplis en commun, des vantardises naïves sur des chasses ou des pêches comme on n'en faisait plus, bien sûr. Ce réconfort apporté par les anciens lui manquait, surtout pour faire face à ses anciens compagnons de l'école de Cascastel. Tous travaillaient la terre désormais et n'échappaient à leurs journées accablantes de monotonie laborieuse qu'en parlant de l'Espagnol, leur vieux secret, leur vieille terreur. Planou ne savait trop s'ils voulaient vraiment le mettre en garde ou s'ils cherchaient à l'emprisonner maladroitement dans leur monde rustique, voyant qu'il leur échappait. Parfois ils paraissaient sincères, sans malice, se sentant investis d'un rôle protecteur tandis qu'il étudiait à la ville, restant en sentinelles dans le village, alors que lui se gavait de connaissances que peut-être plus tard il partagerait avec eux.

Antoine, lui, s'entêtait dans cette idée que Planou serait pour l'Église, et Joseph pour la propriété. Il voyait même son aîné en frère enseignant, puisque les catholiques auraient besoin d'écoles confessionnelles pour faire front à cette République exaspérante par ses initiatives. Aussi se montrait-il plus indulgent pour les notes du cadet qui en saurait toujours assez pour cultiver son bien.

Un matin, Planou accompagna sa tante Muda pour bresquer le dernier miel d'août. Il en riait de bonheur deux jours avant de recueillir dans des bassines toute cette richesse blonde d'un été brûlant finissant. Ils avaient préparé les vêtements, les gants, les chapeaux à voilette, celle-ci devant faire tout le tour de la tête sans plaquer au visage et à la nuque. Il fallait aussi du vieux tabac, le soufflet à fumée, les couteaux spéciaux, sans oublier les croustets et le vin coupé de limonade de Durban.

A quelques centaines de mètres, ce fut le grésillement de poêle à frire géante qui inquiéta Planou. Il arrêta de la main la Muda, qui s'étonna d'un froncement de ses sourcils gris.

— Tu ne peux pas les entendre, mais j'ai l'impression qu'elles sont toutes dehors et furieuses.

— Elles ne sortent jamais dans l'humidité du matin.

Après un grand détour, ils approchèrent par le haut d'une butte et crurent qu'un brouillard précoce, un marin miniature cachait les dix-sept ruches dans le vallon. La tante comprit très vite et l'entraîna en arrière :

— Quelqu'un ou un sanglier a renversé les ruches. Il faut les remettre debout et revenir dans deux, trois jours pour bresquer quand elles seront calmées.

A bonne distance ils s'équipèrent et Planou alla devant, envoyant la fumée de tabac à grands coups de soufflet. Bientôt, elles furent si nombreuses accrochées à sa voilette, qu'il ne vit plus rien et trébucha. La Muda, plus épargnée, commençait de redresser les ruches.

— Si je tenais le saligaud de prolétaire qui a fait ça!

Toute la journée elle eut ces deux mots de français à sa bouche qui les décomposait en syllabes bien nettes, impressionnantes dans leur poids rageur de silence.

— C'est encore un coup de l'Espagnol, dirent en chœur Marcel, Étienne et tous les autres. Il n'y a que lui pour faire un coup pareil.

Bien qu'admis dans les rangs des adultes qui se moquaient bien de l'Espagnol et de la vieille histoire du chien enragé, ils se voulaient encore des enfants appréhendant la vie rude qui inexorablement les enfermait chaque jour un peu plus.

— Il n'a pris que deux gâteaux, constata la Muda trois jours plus tard. Peut-être un ours de ces Ariégeois de malheur.

Un siècle auparavant peut-être, un de ces animaux avait échappé à son montreur — les Ariégeois des montagnes avaient cette spécialité — et depuis, c'était souvent la faute des ours. Il en venait quatre ou cinq ans dans l'année et aussi des chèvres savantes qui grimpaient en haut d'une pyramide, regroupant leurs sabots souvent peints en rouge sur les quelques centimètres carrés du sommet. Au café Bringuier, c'étaient tous les quinze jours d'autres spectacles, un illusionniste, un montreur de lanterne magique qui, en cachette, vendait des gravures licencieuses, un joueur d'accordéon avec une grosse chanteuse, un homme-orchestre qui propageait des complaintes sur des crimes toujours abominables. Parfois, un orgue de Barbarie tiré par un âne décoré de pompons multicolores.

Ce fut de longs mois après l'épisode des ruches, quand il eut atteint ses seize ans, à la Noël 1881, que Planou put obtenir la permission d'aller assister à une représentation théâtrale donnée par une petite troupe. La scène était dressée au fond du café. De grosses farces, des vaudevilles tirèrent les rires en un pot-pourri de scènes rapides mais le mélodrame inquiéta tout le monde, et les femmes crièrent à l'héroïne de se méfier du vil suborneur, se désolant qu'elle succombe, la bestiasse, malgré leurs mises en garde.

Désormais ce fut acquis et aux vacances, deux fois par semaine, il put faire le jeune homme au café, buvant de la limonade, jouant au billard, parfois aux dominos. Pour le grand loto de la Noël, il put rentrer à minuit et gagna une dinde vivante qu'il lâcha dans la chambre jusqu'à ce qu'elle affole Joseph qui, jugé trop jeune, n'avait pas de permission de sortie.

Le lendemain, Antoine considéra l'animal avec suspicion, comme la dîme du diable en quelque sorte, jugeant immoral que son fils ait non seulement joué mais gagné.

— Onze livres, annonça la tante après une pesée à la romaine. C'est une belle bête qu'on fera tourner pour le jour de l'an.

Planou se moquait bien de la dinde. Durant le tirage des numéros, la jolie Agnès de Philémon l'avait regardé gentiment et il commença d'en rêver la nuit, même au pensionnat. Elle avait quinze ans, un an de moins que lui, le visage lisse, les yeux noirs et une bouche ronde et rouge qui le fascinait.

Il dut patienter jusqu'en novembre 1882 pour danser avec elle lors de la fête patronale de Villeneuve. Normalement il aurait dû se trouver à Carcassonne avec Joseph, mais il prétendit souffrir de coliques depuis quinze jours. Les frères demandèrent à Antoine de venir le chercher pour le soigner à la maison. On le trouva amaigri. Une fois couché dans son lit, il fut gavé d'eau de riz par la tante Jeanne tandis qu'il faisait mine de courir, tout aussi régulièrement, à l'écurie.

Sa « convalescence » était bien entamée lorsque les trois jours de fête commencèrent et il put assister au bal. N'ayant jamais dansé, il hésita longtemps, dans cette cohue qui s'entassait dans la grande salle, au-dessus du café, avant d'inviter la jolie Agnès pour une mazurka. Il s'en tirait assez bien, lorsqu'au milieu de la danse, elle murmura quelque chose à son oreille. S'imaginant quelque tendresse, il rougit, mais elle répéta d'une voix plus nette, agacée de son silence :

— C'est vrai que l'Espagnol veut te mordre ?

Le bal fut d'un seul coup terminé pour lui et il descendit retrouver ses amis dans la salle du bas. Désormais, ceux qui avaient été élevés chez les sœurs et ceux de l'école de Villeneuve se mêlaient sans rancune.

— Un curé, ça peut danser ? demanda Baptiste qui buvait de l'absinthe comme un homme.

— Je ne serai jamais curé, répondit Planou.

— Pourtant ton père te voit déjà archevêque.

Les Mestre de Montgaillard arrivèrent le lendemain pour les

deux derniers jours de réjouissances. Planou et Gaston allèrent coucher au fenil, dans la bonne chaleur des chevaux logés en dessous. Au matin, Planou se mit à dégager le foin pour retrouver le cœur entrelacé de deux prénoms.

— L'ami de ton père a gravé ça... Sa fiancée s'appelait Jeanne. Tu crois qu'elle l'a suivi en Nouvelle-Calédonie, au bagne ?

— Sa fiancée ? Elle est restée ici, à Villeneuve, dit Gaston Mestre souriant. Tu ne savais pas que ta tante était tombée amoureuse du Parisien ? J'ai entendu mon père en parler à voix basse avec ma mère. Quand elle venait chercher la vaisselle sale, il descendait vers les chevaux, les laissant tout seuls.

— Comment y croire ? fit Planou, effaré. Elle était trop vieille.

— Quarante et quelques années seulement.

En 1870, à l'insu de sa candeur d'enfant s'élaborait donc l'un de ces mystères dont il espérait qu'un jour on ouvrirait le sac. La Muda était-elle jolie alors ? Ce n'était plus qu'une vieille femme revêche avec une bouche véhémente, un œil à l'affût du gaspillage.

Chez les Mestre aussi, le phylloxéra arrivait et ils ne savaient plus comment ils allaient survivre en attendant les plants américains qui devaient sauver les vignerons.

D'ailleurs, au petit séminaire, la maladie de la vigne éclaircissait les rangs des élèves. Les propriétaires, les commissionnaires en vin retiraient leurs fils, ne pouvant plus payer la scolarité. Antoine Pla tint bon, les dents serrées, même lorsque fin 83, à dix-sept ans, Planou osa lui dire qu'il ne serait jamais curé.

Antoine déclara alors que Joseph le serait à sa place, mais le cadet, tout aussi fermement, refusa et ce ne fut qu'à la fin des vacances de Noël que le père rendit son verdict :

— Planou, tu seras officier. Tu rentreras à Saint-Cyr.

CHAPITRE XI

Les rêves d'avenir

Ils arrivèrent à Villeneuve vers la fin de cet hiver de 1882 qui resta, dans la mémoire du village, non pas tant par sa rigueur climatique que par la disette que connurent les trois quarts des gens. Le froid, on en faisait son affaire et le bois ne manquait pas, surtout les souches de vignes. Celles-là, elles s'empilaient dans les rangées bouleversées par l'arrachage et il n'y avait qu'à se servir. Même les non-propriétaires y avaient droit et, par-dessus le marché, les communaux étaient pour ceux qui n'avaient pas peur de manier la « picasse » et la « rassègue », la hache et la scie. Le ventre vide, on se chauffait devant de bons feux. Isabelette, l'épicière, n'en pouvait plus de faire crédit et le boulanger de Cascastel menaçait de fermer. Tous ceux qui récoltaient du grain l'avaient cédé en échange de vagues promesses de paiement au printemps.

Ils arrivèrent dans des cabriolets bien jolis, tirés par de petits chevaux arabes nerveux, fringants. Ils arrivèrent de Narbonne, de Lézignan et même de Carcassonne. Certains franchirent le col de la Tauleplette, venant de Perpignan. Ceux-là avaient déjà tout raclé à Tuchan et s'imaginaient que Cascastel-Villeneuve offrait encore quelque butin.

Le peu de vin que l'on récoltait malgré le phylloxéra se serait vendu, si les grossistes de Cette n'avaient reçu ce gros rouge d'Algérie. Et aussi du vin d'Espagne et d'Italie. Baptiste disait qu'à perte de vue s'alignaient des demi-muids sur les quais de Cette et que le port connaissait une prospérité sans égale au milieu d'un pays ruiné. Mais là-bas, ceux qui avaient déjà replanté en plants américains depuis trois ans commençaient à voir la fin du tunnel.

Ils arrivèrent dès le début de mars. Deux, peut-être trois. Grâce à leurs correspondants sur place, ils savaient à quelle porte frapper. A peine la discussion entamée, ils avaient tous ce geste apparemment fortuit, mais qui se répéta dans chaque maison, de sortir un gros portefeuille de leur poche intérieure, si épais, si ventru, qu'ils le changeaient de place parce que, disaient-ils, ça les gênait pour écrire. Ça, c'étaient des billets de banque, de gros billets de mille et de cent. Et dans leur poche tintaient aussi des louis d'or. Ils savaient aussi qu'en cette fin du XIXe siècle, la pièce d'or gardait le même pouvoir de fascination et que le souvenir infâme des assignats perdurait. Certains préféraient perdre quelques francs et recevoir leur dû en jaunets.

Mais on n'en était plus à les entasser dans quelque cachette. On n'avait plus rien et ce qu'on désirait, c'était de quoi acheter pour se nourrir, se vêtir et se chausser. Au moins faire réparer les galoches, encore que bien des gens allassent pieds nus, même des propriétaires.

Ils arrivaient maintenant tous les jours durant les vacances de Pâques et Planou n'avait jamais vu de si jolis attelages. Les filles lorgnaient sur les costumes neufs, élégants, gansés, les chaînes de montre en or, les chapeaux de feutre à bord roulé dont la mode commençait, le visage très avenant de ces jeunes gens lâchés comme des tiercelets sur les Corbières par toutes les banques du Languedoc.

Le plus exaspérant était qu'il y en avait toujours un pour bichonner leur pommelé gris, pour apporter un peu de luzerne, d'avoine ou de paumelle et pas qu'un seul à prendre ces conduites de courtisan. Que ces jeunes gens élégants soient déjà venus jusque-là c'était beaucoup, c'était l'espoir, disait-on, même s'ils repartaient avec en poche une reconnaissance de dettes cautionnée par une hypothèque. D'ailleurs, dès que l'affaire tournait bien, ils menaient la victime chez le notaire de Durban, au trot de leur jolie monture. Seules les maisons les intéressaient, le reste, les vignes transformées en « cotieux » par la maladie, les champs, les bois, non vraiment pas. Les maisons oui, et ceux qui ne possédaient qu'un ou deux appartements au-dessus de leur cave ne recevaient pas gros. Un appartement, en ce temps-là, désignait une seule pièce.

Planou fut heureux que son père ne reçoive pas leur visite, mais pour combien de temps encore ? Au bout de deux mois ils disparurent, allèrent plus loin, vers Montgaillard ou Mouthoumet, en arrière-garde du phylloxéra, ou plutôt comme ces détrousseurs qui suivent les armées en campagne.

Quand les banquiers eurent laissé quelques sous, on respira un peu, on acheta à nouveau chez Isabelette qui ne vit pas pour autant ses créances remboursées, on mangea un peu moins d'escargots, plus de pain. Même chez les Pla, tante Muda cuisait des miches moins blanches, laissant plus de « repasse » dans la farine. Le blé ne donnait déjà pas beaucoup dans le pays et on avait réduit les surfaces de sa culture. Le dernier moulin ferma lui aussi, vécut sa folie solitaire dans le vent furieux, se démantibulant à chaque excès de fièvre du cers. Planou en ressentait une grande mélancolie, croyant voir écartelé son pays aux quatre horizons.

Arrivèrent de grandes carrioles vides tirées par des chevaux harassés que menaient des individus au visage recuit, parfois des couples, toujours malpropres, les mains avec des gants de crasse. Ni caraques, ni chemineaux, mais sortis de la boue des faubourgs de Carcassonne, Toulouse et Montpellier par les antiquaires de tout le Midi.

Ils achetaient tout ce qui avait plus de vingt ans d'âge. Même les draps, les jupons brodés, les couvertures tissées par les arrière-grands-mères avec la laine des moutons des Corbières. Mais c'étaient surtout les meubles qui faisaient briller leurs yeux de sauvages, les huches à pain décorées, les moulins à farine énormes, les gros bahuts malcommodes que souvent on avait descendus à la cave, les horloges avec des balanciers de cuivre repoussé. Les fauteuils fabriqués par le menuisier du village qui rêvait parfois d'ébénisterie, enfin tout ce patrimoine quotidien, lustré par des dizaines de mains calleuses, qui faisait l'objet de marchandages âpres. C'était parfois un siècle d'habitudes qu'on vendait. On découvrait, abasourdi, qu'on avait vécu environné, sans le savoir, d'objets qui, en disparaissant vers les riches maisons bourgeoises des villes, mouraient comme les gens. Les carrioles minables pleurant le défaut de graisse au moyeu repartaient lourdement chargées et on apprit très vite que cette horde louait des caves, des écuries à Durban, Villesèque, Sigean pour entreposer la marchandise. Ils n'offraient pas grand-chose, mais vingt francs permettaient d'acheter le pain de plusieurs semaines chez le boulanger de Cascastel, et avec cent francs on avait quelque chance de tenir jusqu'à l'été, en misant fort sur la générosité des jardins.

A cette époque, les escargots, si abondants dans la garrigue, se raréfièrent, à deux doigts de disparaître à jamais, comme ce fut aussi le cas dans les derniers temps de l'occupation allemande de la deuxième guerre. Par chance pour l'escargot, la disette finie, on en avait tellement gobé qu'on l'oubliait avec dégoût pour plusieurs années, sauf peut-être pour les repas de plein air au moment du sarmentage ou du sulfatage, mais ce n'était là qu'extra méprisable. Jusqu'au jour où quelqu'un sur la place, mi-honteux mi-satisfait, avoue qu'il s'était régalé d'une bonne sauce au dîner. Alors ce plat de misère retrouvait quelque splendeur.

Les carrioles disparurent comme les élégants cabriolets et osèrent se montrer les derniers des derniers, les « pelharots », les chiffonniers, les acheteurs de peaux de lapins, de chiffons, de n'importe quoi. Et des lapins, on en avait tellement chassés, piégés que les collines s'en trouvaient débarrassées pour pas mal de temps. Ils ne viendraient plus brouter les jeunes plants américains que l'on mettait en terre avec de grandes précautions. Les peaux, trop abondantes, se vendaient mal pour les feutres de Quillan et de Lavelanet. Avec les « pelharots » c'étaient quelques sous qu'on récupérait, jamais plus de cent. On ravageait les greniers, les armoires, on cherchait dans les coins ce qu'on pourrait bazarder à ces pouilleux qui n'impressionnaient pas, avec leurs balances romaines et leur air de brigands de jadis. La plupart, pour faire plus faméliques, poussaient eux-mêmes une carriole basse qu'un chien squelettique tirait de son côté, langue pendante. Ne pas donner l'impression d'un gousset trop bien garni, voilà la règle de leur activité.

Tante Muda fit des affaires avec ses peaux de lapins et des chiffons, même si Antoine fronçait des sourcils. Elle possédait ses biens propres, s'estimait aussi sinistrée que les autres, ne voyant pas qui l'empêcherait de profiter de l'aubaine.

On mangea tant de tomates crues cette année-là que le « tomatat » en pâtit dans toutes les Corbières, à quelques exceptions près, comme la tante muette qui trouva le moyen de racheter des fruits aux plus démunis. Albanie, une fois de plus, cria qu'on allait pouvoir en vendre si on ne voulait pas que le tomatat pourrisse avant le printemps suivant.

L'autre affaire de l'époque fut la construction des quais du côté du vieux village. Chaque hiver les crues rongeaient l'assise de la colline et enfin la commune, non sans mal, avait décidé de financer les travaux. A croire, comme disaient certains, que ceux de Cascastel souhaitaient que Villeneuve s'écroule une bonne fois pour toutes, pour qu'on ait attendu si longtemps. Cela donnait du travail aux brassiers inemployés avec le phylloxéra. On aurait dû les appeler ouvriers agricoles mais nul, parmi les propriétaires, n'aurait laissé ce mot d'« ouvrier » s'installer comme ça avec tout ce qu'il représentait de subversif et d'inquiétant. Alors on avait trouvé le mot journalier. Pour la construction des quais, les propriétaires songèrent aussi à gagner quelques sous en transportant les pierres de la carrière, sur la route nouvelle de Durban, qui donnait cette pierre bleue employée depuis la nuit des temps.

On parlait aussi de la passerelle pour remplacer celle en bois que les inondations disloquaient chaque fois et, dans un milieu plus restreint où Antoine Pla occupait sa place, on évoquait mais à voix basse la construction d'une nouvelle église, puisque l'ancienne risquait de devenir un jour la propriété de l'État et de cette République. Il y avait entente pour mettre des fonds en commun mais plus tard, quand des temps meilleurs les dispenseraient de vivre sur leur réserve.

Planou estimait que son père n'allait pas dans le sens de l'histoire. Lui, désormais, connaissait dans le détail la mentalité des frères, religieux et autres curés sans oublier leurs alliés. Comment pouvait-on voler au secours de ces gens là, entretenir leur paresse gloutonne, les encourager à proférer contre la République, et contre la vie tout simplement, des anathèmes révoltants ?

Chez lui, mais avec d'infimes précautions de langage, il commençait de parler de ses condisciples et le prénom de l'un d'eux revenait souvent : Maurice. Aussi Albert, mais Planou avait une préférence amicale pour le premier et un jour son père lui demanda qui ils étaient.

— Ils s'appellent Sarraut. Maurice est plus en avance que moi. C'est un élève brillant comme son frère Albert. Ils sont destinés à un grand avenir dans la politique.

— Ces Sarraut sont-ils de la famille de celui dont on parle comme futur maire de Carcassonne ?

— Ce sont ses fils.

Antoine resta perplexe. Les options politiques de cet Omer Sarraut lui déplaisaient. Obligatoirement, elles ne pouvaient aller que dans le sens d'une population qui votait rouge depuis longtemps, celle de Carcassonne. Mais d'un autre côté, l'amitié de ses fils pour le sien le flattait. Plus tard Albert Sarraut devint un important ministre radical-socialiste, habilement conseillé par son frère Maurice, directeur de *la Dépêche de Toulouse*. Jusqu'au bout Planou respecta cette amitié et n'en usa que pour les autres, jamais pour lui. Maurice fut assassiné par la Milice de Vichy en 1943.

— Et les fils de ce Sarraut sont chez les frères ?

C'était fréquent en cette période instable où certains hésitaient à trancher net avec la religion. Pour se justifier les hommes affirmaient qu'ils respectaient, en la matière, les idées de leur femme. Une des rares circonstances où les femmes, sans même s'en douter, furent autorisées à manifester leur opinion.

Ce plant américain que l'on mettait en terre ne produirait de bonne récolte qu'au bout de quatre ans et en attendant il fallait survivre. Le travail devenait différent, si absorbant qu'on abandonnait peu à peu les prés, les champs, la luzerne malgré la réputation des graines du village, les blés, la paumelle, les olivettes. Il fallait greffer, soufrer, sulfater, labourer et relabourer sans parler des travaux de la cave. Les plus heureux n'étaient autres que les anciens parias, les bergers propriétaires de troupeaux. Ou encore ceux qui possédaient quelques parts dans ces troupeaux. Les pâtres moqués pour leur vie sauvage et leur crasse malodorante devenaient les plus enviés du village.

— *Teu raï,* disait Marcel à Planou, toi, tu t'en moques. Tu seras officier, tu te pavaneras en Afrique, là-bas chez des nègres. Tu auras des serviteurs et une jolie fille qui viendra te faire des mamours, les nénés à l'air. Et plus tard, à la retraite, tu retrouveras les vignes que Joseph aura soignées pour toi.

Pas plus que curé, Planou ne se voyait officier. Il préférait le cacher pour l'instant mais une particularité physique le réjouissait fort. Il ne grandissait plus et n'aurait donc jamais la taille réglementaire d'un saint-cyrien. Chez les frères, il se glissait clandestinement dans la salle de gymnastique en dehors des heures pour passer sous la toise. Ce mètre soixante-neuf définitif le réjouissait fort.

Il avait attendu sans trop y croire qu'un beau jour, au fur et à mesure que ses amis acceptaient de basculer du côté des adultes, il n'y aurait plus personne pour lui parler de l'Espagnol. Mais les enfants assuraient la tradition, sans trop savoir de quoi il retournait le plus souvent. Les exploits réels ou légendaires de ce misérable les enchantaient. Traqué jadis par les gendarmes qui voulaient l'envoyer à l'hôpital, peut-être à l'asile de Limoux, il vivait désormais en hors-la-loi. D'homme malade, il s'était transformé en bandit de grand chemin, n'hésitant pas à voler dans les bergeries ou les campagnes isolées, terrorisant les ramonets qui les habitaient.

— Il fait de la contrebande de tabac, d'allumettes, d'huile d'olive frelatée. On dit qu'il a vendu de la cansalade pourrie qui aurait rendu malade tout un village.

On lui prêtait de si nombreux méfaits que Planou finissait par se rassurer de cette accumulation et de l'ubiquité du personnage. Mais il gardait en lui comme un doute morbide, une angoisse profonde qui le taraudait quand il se retrouvait seul dans les vignes et la garrigue, où des silences soudains de la nature l'oppressaient, comme si la vie végétale et animale cessait devant l'imminence d'un drame. Il aurait voulu chasser pour se munir d'un fusil mais détestait tuer. S'il allait « échausseler » les pieds de vigne, creuser autour avec l'escaoussel afin que la pluie pénètre bien jusqu'aux racines, il se redressait soudain, certain qu'un regard bestial se plantait dans son dos et pour dîner en plein air, il s'adossait à un rocher, à un arbre, pour ne pas être surpris. Et pourtant, il passait des heures merveilleuses, connaissant chaque source d'eau fraîche, allumant des feux paisibles entre trois pierres pour réchauffer sa gamelle, laissant le parfum des plantes venir à lui, sachant à quel animal correspondait tel bruit. Parfois, au bout de deux à trois heures d'immobilité minérale, heures passées à lire, un petit fauve des Corbières, intrigué par cet humain statufié, se détachait de la végétation. Des renards bien sûr mais aussi des genettes et au bord de l'eau, dans un endroit perdu du rec des Courtals, si perdu qu'on n'y accédait qu'à la nage, une famille de castors se transmettait un barrage secret depuis des générations.

Jeanne la Muette humait sur son neveu, dans ces effluves de grand air qu'il rapportait chaque soir à la maison, cet amour fou du pays et, fine mouche, ricanait lorsque son beau-frère se gargarisait de Saint-Cyr, d'uniforme, de défense de la patrie et du roi, sachant que le fils aîné ne serait jamais officier. Et pas plus Joseph qu'Antoine Pla commençait d'inclure dans ses extravagances.

Outre le plein air, une autre passion vouait Planou à traduire Cicéron, Virgile, Ovide. Plus tard, les hivers, lorsqu'il disposerait de son temps, il continuerait à feuilleter son dictionnaire et les vieux textes latins, pour le plaisir.

Le soir Antoine faisait ses comptes, cherchant à prévoir les sommes nécessaires à l'entretien de deux futurs saint-cyriens. Ces additions, ces soustractions représentaient dans ses rêves une épaulette de soie, un uniforme taillé sur mesure, de l'argent de poche pour briller au mess. Sou à sou, il bâtissait les lendemains prestigieux de ses deux fils et se couchait pour rêver de salons dorés, de défilés exaltants, de conquêtes lointaines.

Et pourtant chaque jour apportait sa nouvelle désagréable, une restriction supplémentaire sur les rentrées attendues.

— Le blé sera rare, juste assez pour faire notre pain et encore à condition de ne pas trop bluter. Même chose pour la luzerne. On ne fera pas de graine, nous avons trop besoin de fourrage.

Il parla de vendre Narbonnais, le plus âgé de ses chevaux, Narbonnais qui depuis longtemps ne rongeait plus sa longe et prenait des regards humides quand Planou lui apportait une douceur cassée au pain de sucre trônant sur le bahut.

— Narbonnais, protesta Albanie, jamais!

— Alors qui paiera le fourrage?

Ce fut la tante Jeanne qui sauva le vieux cheval en alignant quelques louis d'or sur la table.

— Ce n'est pas raisonnable, remercia Antoine, plus désapprobateur que ravi.

On avait trop vendu d'agneaux, pas suffisamment gardé de jeunes brebis pour la reproduction et le vieux Pérétou vint le leur dire quand toute une bande fut conduite à la foire d'octobre de Cascastel.

— L'an prochain, vous n'aurez que de vieilles fades stériles.

Mais les autres copropriétaires en faisaient autant et les pastres s'inquiétaient pour les agneaux qui leur revenaient. A cette époque, Planou chercha dix fois le courage de demander à son père de ne plus l'envoyer à Carcassonne, mais il aurait brisé Antoine Pla à jamais. Il voyait ses fils instruits, accédant à de nobles fonctions, et l'armée restant monarchique permettait toutes les ambitions, tous les espoirs. Elle serait le dernier rempart, peut-être même la source d'un renouveau royaliste. Si ses fils avaient la présence d'esprit de suivre le mouvement, ils connaîtraient de hautes destinées. Ou bien ils iraient aux colonies. Certains s'y créaient de petits royaumes, des fiefs, s'y couvraient de gloire et d'argent. Joseph lui-même, si les difficultés continuaient, ne pourrait prendre la propriété. Il ne croyait pas à ces nouveaux plants, à ces greffes, ces sulfatages, ces engrais récents dont on parlait tant. Ce nitrate du Chili qui n'était qu'excréments d'oiseaux inconnus!

Il était décidé à tenir, à vendre ses chevaux, les maisons du village qui lui appartenaient, des cotieux, des champs, pour que les deux garçons aillent au bout de leur engagement scolaire. De toute façon, jamais ces nouveautés ne donneraient le même bon vin. Les cours continuaient de baisser avec le vin des colons algériens, des pays étrangers et celui qu'on fabriquait avec le sucre des betteraviers du Nord, de l'acide tartrique et d'autres ingrédients. Dans ce pays même, les gens créaient leur propre malheur en grattant le tartre de leurs vieilles barriques, alimentant cette fraude qui prendrait des proportions telles que la révolte des vignerons n'en serait que plus violente.

— Alcide veut faire un vétérinaire de son fils Louis.

Son fils était encore au maillot et le cousin Alcide bâtissait déjà son avenir! Antoine se méfiait de ce parent qui, obstiné et avare, pourrait bien arriver au bout de ses entêtements. Il se méfiait à raison puisque Louis devint colonel vétérinaire, alla en Russie soigner les chevaux du tsar et jusqu'aux colonies dont il rapporta un foie délicat et le pernod facile.

— Vous arriverez généraux si vous m'écoutez, vous serez généraux du roi. Elle finira bien par crever, la bâtarde!

Seule, la Muda soupçonnait le refus secret de Planou à cet avenir glorieux, se doutait qu'il avait pour la « Bâtarde » des regards d'amoureux transi.

— Trouve une femme, ici ou ailleurs, dis que tu veux te marier. Ton père tempêtera mais finira par s'incliner.

— Me marier ? A dix-huit ans, y songes-tu ?

Aucune fille de Cascastel-Villeneuve, même celles des plus anciennes familles, ne lui agréait. Depuis sa déception avec l'Agnès de Philémon, il se méfiait.

— Si tu te maries, tu ne pourras partir à Saint-Cyr, le harcelait la Muda, martelant de son poing la paume de la main opposée à chaque syllabe articulée. Tu resteras à Villeneuve.

DEUXIÈME PARTIE

1884-1900

CHAPITRE XII

Le maréchal-ferrant de Maironnes

La forge du maréchal-ferrant de Maironnes était fermée depuis près d'une semaine et, dans le petit village adossé au Roc du Causse, l'odeur de corne brûlée s'atténua tant que tout le monde commença vraiment de s'inquiéter. On savait que le maréchal prospectait dans les Hautes-Corbières à la recherche d'un village plus riche où les chevaux, mulets et ânes lui permettraient de vivre décemment avec sa femme et ses deux filles. Et non seulement l'odeur de corne brûlée disparaissait, mais le froid de la forge gagnait toutes les maisons voisines où, depuis plus de cent ans, on profitait de cette bonne chaleur, même si l'été on pestait un peu.

Avec ses onze ans, Honorine, la plus jeune des deux filles Raynaud, avait chaque matin le cœur un peu serré de ne pas découvrir le rougeoiement du charbon, de voir le gros soufflet avachi comme un crapaud avec son cuir grossier tailladé par l'âge.

L'hiver terrible de 83-84 avait décidé le père Louis Raynaud à s'installer ailleurs. La neige avait isolé Maironnes au fond de sa route en cul-de-sac et ceux de Caunettes-en-Val ne vinrent plus faire ferrer leurs chevaux, préférant le maréchal de Rieux toujours accessible par la route et le pont romain en dos d'âne.

Très excitées par cette idée de déménagement, Honorine et sa sœur Joséphine n'en finissaient pas d'aller rincer le linge dans l'eau glacée de la rivière, juste pour en parler sans se cacher, loin des gros yeux de leur mère Eulalie et des soupirs angoissés des ménines. Si excitées, si pressées qu'elles en oublièrent un jour de se signer devant la statue de la Pieta élevée en 1851, année de jubilé et de mission, et furent surprises par le curé qui le leur fit aigrement remarquer, si bien qu'au retour elles firent une courte prière.

— Jamais ils ne laisseront les ménines, se désolait Joséphine.

— Nous reviendrons les soigner s'il le faut. Les sœurs de l'abbaye de Lagrasse vont souvent vers là-bas.

— Tiens, voilà Marie-Marie qui vient avec des sarments prendre du feu, elle a oublié que la forge est éteinte.

Tout le village comptait sur la forge pour venir allumer qui une poignée de sarments, qui une bougie. Marie-Marie, comme toutes les voisines, s'en retournait toute triste. Il faudrait acheter à nouveau des allumettes de Narbonne, en espérant que la femme qui les vendait en fraude accepterait de revenir à Maironnes. Et les hommes, qu'allaient donc en faire les femmes, eux qui ne savaient plus où transporter, après le travail, leurs grands corps lourds, se sentaient embarrassants avec leurs gestes maladroits pour les objets du ménage ? Faute d'un café ils n'auraient plus, la forge disparue, un seul endroit un peu chaud pour la conversation et l'amitié.

Manquaient l'odeur de corne brûlée mais aussi celle du crottin qui appartenait de droit très ancien au maréchal. Manquait la chaleur des bêtes, celle qui faisait palpiter les narines de son fumet et réchauffait l'air de la bonté native des animaux.

Les ménines, vieilles, toutes veuves, grands-mères et grandstantes, n'osaient trop gémir à la pensée de cet abandon qui se préparait, mais elles chuchotaient quand elles se croyaient seules. Entre l'impatience de ses filles et la résignation douloureuse des ménines, Eulalie Raynaud devenait nerveuse, en voulait à son mari de prendre son temps. Oh, elle le connaissait bien, capable de parlementer, de se distraire pour des bêtises, un vol d'oies sauvages, un renard croisant son chemin. Sans parler du cousin qui ayant prêté cabriolet et cheval commençait de se renfrogner, ne pouvant même plus escompter pour l'avenir la gratuité des ferrages.

Il y eut bien une lettre de Mouthoumet où le maréchal avait failli ne pas trouver à se loger tant la méfiance était grande depuis que banquiers, antiquaires, huissiers avaient ratissé le vert et le sec. Les gens avaient vendu les chevaux et les mulets, il fallait chercher d'ailleurs, sans trop d'espoir

Le samedi, une charrette anglaise tirée par un petit cheval beige et blanc s'immobilisa devant la forge et deux jeunes gens en sautèrent. Honorine arrivait, un seau de linge frais rincé en équilibre sur la tête. Elle rougit de leurs regards.

— La forge est éteinte, dit-elle. Et peut-être qu'elle ne rouvrira plus.

— Vous ne me reconnaissez pas ? Je suis le fils Landier, Aimé Landier, et mon ami s'appelle Louis Pla, il vient de Villeneuve. Il passe le dimanche chez moi. Nous étudions à Carcassonne au petit séminaire.

Louis Pla ! Honorine n'avait jamais vu un garçon aussi joli, avec des yeux si rieurs sous la casquette penchée sur le côté et un foisonnement de boucles noires. Mince, vif dans ses gestes, à côté de ce balourd de Landier.

— Nous avons besoin de deux ferrages, insistait ce dernier. Il revient quand votre père ?

— Personne ne le sait.

— Quel ennui, zut, allons à Rieux, mon vieux Planou.

« Zut » la choqua. Entre filles, on chuchotait que ça voulait dire trois fois M...., mais le surnom de Planou lui fit oublier ce gros mot. Elle les regarda s'éloigner côte à côte sur le banc central de la charrette anglaise. Planou se retourna avant de disparaître, agita sa casquette.

Le père revint le soir même à la nuit, fort déçu de sa longue tournée, disant que partout les gens ne pouvaient plus nourrir leurs chevaux et les revendaient. Ceux qui gardaient un animal économisaient sur les fers.

— Je vais rallumer notre forge, dit-il sans enthousiasme le lendemain matin. J'aurai au moins un client, le fils Landier que j'ai croisé à Caunettes.

Honorine, d'ordinaire peu matinale, se leva pour lui préparer du café, descendit la cafetière émaillée à la forge.

— Le curé va encore me reprocher de travailler un dimanche matin, mais nécessité fait loi.

Le curé lui reprochait bien autre chose, à Louis Raynaud. De ne pas trop venir à la messe, et surtout de guérir les brûlures par une répétition abusive de signes de croix sur la partie malade. Bientôt, trois chevaux et un mulet attendirent leur tour, tandis que les hommes retrouvaient leurs aises, leur forge, cette joie sobre d'être tous ensemble. Mais le fils Landier n'arrivait toujours pas, avec ce garçon frisé aux yeux pétillants qu'il avait appelé Planou.

Louis Raynaud allait fermer lorsque le trot du petit cheval beige et blanc envoya des volées de cailloux dans les portes basses de la rue. Landier jeta les rênes à son ami, descendit lourdement en s'excusant mais il avait dû conduire toute la famille à la messe.

— C'est bien tard, remarqua Raynaud, et le cheval transpire.

Il prit la couverture habituelle et la jeta sur le dos de l'animal. Honorine descendait, toute rouge :

— Papa, c'est prêt !

— J'en ai bien pour une heure.

— On peut vous aider ? proposa Planou. Je sais arracher les fers usés.

Et ce fut là, tout bêtement, que ce Planou lui révéla qu'à Villeneuve-Cascastel leur maréchal-ferrant allait se retirer et cherchait à remettre. Là-bas, il restait assez de chevaux pour faire vivre un homme vaillant.

— Notre maréchal est malade, souvent alité. On doit aller à Cascastel, l'autre partie du village.

— Il est propriétaire de la forge ?

— Non, je crois qu'il a un bail qu'il céderait. La propriétaire est une certaine Rosine Pla, mariée à un maçon du nom d'Ollivier. Elle vendrait bien tout. Mais outre la forge, la maison, il y a des vignes, des jardins, des cotieux.

— Combien d'animaux à ferrer là-bas chez vous ?

— Au moins cent, peut-être plus. C'est un beau village que le mien vous savez, avec deux épiceries, un cordonnier, un bourrelier, un forgeron-charron et bien d'autres encore.

Honorine, réfugiée dans le plus sombre de la forge, sentait les regards du garçon sur sa silhouette et elle se disait que pour vanter autant son pays, c'était qu'il avait envie qu'ils viennent tous là-bas, et particulièrement elle.

— Il y a deux cafés et vous verrez, les gens sont braves.

— Et votre Rosine Pla en voudrait combien ?

— Ça, je l'ignore. Il faudrait aller voir, discuter avec elle, mais sou par sou, car elle est têtue.

Planou continuait de parler, décrivant Villeneuve, le croisement des deux routes, les charrettes-de-sept qui le traversaient, sans parler des tombereaux, du courrier postal et de la patache.

— Le voiturier prend un abonnement à l'année pour les fers.

Et voilà que le fils Landier, l'imbécile, s'impatientait. Ils étaient attendus pour le dîner, devaient partir tout de suite après pour le séminaire de Carcassonne. Mon Dieu, elle avait failli oublier que ce joli garçon voulait devenir curé. Elle éprouva un déchirement et la certitude d'avoir commis un péché mortel en le trouvant à son goût.

— Nous allons seulement passer le baccalauréat cette année, disait Landier, pas question que nous devenions des curés. Ni l'un ni l'autre.

— Je me disais aussi, fit Raynaud, qu'avec votre père c'était surprenant.

« Mon Dieu pardonnez-moi, suppliait Honorine, mais je suis si heureuse qu'il ne veuille pas devenir votre serviteur. Je vous jure que je ferai brûler un cierge pour me faire pardonner... Je dirai un rosaire également. »

Ils finirent par s'en aller, mais comme tout au long du dîner, Louis Raynaud entretint sa femme de ce maréchal qui voulait se retirer, de ce village de Villeneuve, Honorine se laissa peu à peu envahir d'un fol espoir. Allaient-ils se décider à aller voir sur place ?

— Écrivons, proposa Eulalie Raynaud, à ce maréchal et à cette Rosine Pla, et nous verrons ce qu'il convient de faire.

Et si ces gens-là ne répondaient pas, s'ils avaient déjà fait affaire, s'ils allaient se méfier d'un inconnu écrivant de Maironnes ?

La réponse tarda toute une semaine et Honorine avait déjà brûlé plusieurs cierges et récité deux rosaires pour la réussite de ce projet. Et puis les deux lettres furent là, le même jour, déposées à la forge par le facteur, mais seulement ouvertes à midi, une fois tout le monde assis devant son assiette et Honorine plongée dans un bénédicité qui n'en finissait pas.

— Cette Rosine Pla est décidée à nous vendre et le maréchal veut bien céder son bail.

— Nous irons dimanche, décréta Eulalie. Je veux aller à la messe, voir comment ces gens de là-bas sont habillés, puis me promener dans les rues à l'heure du dîner pour respirer l'odeur de ce qu'ils mangent. Si ça sent trop la mounjeto et la farinette pas la peine de nous en aller d'ici.

Ce fut donc le dimanche suivant, par un joli temps, et les deux filles restèrent maîtresses des ménines qui, sachant leur abandon proche, se montrèrent capricieuses, jusqu'à vouloir aller à la messe malgré la dispense qu'elles avaient obtenue du curé. Honorine pria avec ferveur. « Mon Dieu, surtout pas d'odeur de mounjetos dans le village. Rien que des odeurs de poulets grillés, de côtelettes et de civet. Multipliez-les comme les petits pains des *Noces de Cana.* »

Le couple rentra si tard que les deux sœurs couchèrent les ménines bien avant et attendirent dans l'appréhension d'un accident éventuel. Mais ils paraissaient joyeux, Eulalie était enthousiaste, même. Sauf pour le prix demandé : cinq mille pour la maison et le bien. Au départ, cette Rosine Pla en réclamait sept mille.

— Comment est la maison ? fit Honorine, plus hardie que sa sœur Joséphine.

— Deux pièces donnent sur la route en face du bourrelier, une autre sur une cour qu'ils appellent patus, une autre au-dessus d'une grande écurie. A côté de l'écurie, la forge, et au-dessus deux chambres.

— Mais c'est immense, s'extasièrent les deux filles.

— On peut avoir des volailles et même des chèvres dans le patus clos de murs.

Les jours suivants chez le notaire, ils obtinrent une avance de cinq mille francs sur la vente des biens de Louis. L'ensemble en rapporterait bien huit.

Chaque jour Honorine posait quelques questions précises, mais la seule qui lui importait vraiment ne pouvait aller au-delà de ses lèvres.

— Les jardins, vous avez vu les jardins ?

— Tous ont l'eau, mais ne sont pas à la porte. Les vignes en plants américains sont belles. Nous avons la liste : Le Castillou, la rivière d'Anglade, la Gleizette et Pech Fourtou.

Celui-là, avec son air de juron, faisait rire les deux filles.

— Et ce Planou qui est à l'origine de l'affaire, l'avez-vous vu ? demanda Joséphine un soir.

Sa mère la regarda attentivement, secoua la tête :

— Il est aux études. Sa famille est aisée et fière. Sa mère porte un chapeau. Ils ont l'air de ne pas se prendre pour des riens. L'ennui, c'est le boulanger dans l'autre partie, Cascastel. Moi je ne veux pas pétrir comme certaines de là-bas. Ils font cuire chez une « tata fournière ». C'est d'un commode!

On s'installerait en mars, on signerait l'acte ensuite puisque l'autre maréchal était prêt à partir. Mais la décision d'Eulalie tomba sèchement. Joséphine ne serait pas du voyage, resterait à soigner les ménines jusqu'à ce que la sœur du père puisse s'en occuper. Cette nuit-là, Honorine dut consoler sa sœur qui sanglotait à s'étouffer sous les draps, mais elle ne pouvait que difficilement cacher sa joie à la pensée de revoir Planou pour les vacances de Pâques.

Tout le village de Maironnes vint les aider, dans une grande tristesse. Le père emportait ses outils et le soufflet, le cuir de l'autre, là-bas, ne valait pas celui de ce vieux-là. Eulalie s'inquiétait pour le cochon dans son saloir. Il fallut quatre hommes pour le charger dans la charrette qui, ensuite, s'éloigna la première avec les meubles, et un autre chariot d'affaires.

Les ménines — jamais elles n'eurent l'air aussi vieux — descendirent pour les embrassades, conduites par une Joséphine qui ne pouvait cacher sa propre désolation.

— Tu nous rejoindras bientôt, chuchota Honorine à son oreille, je viendrai te remplacer s'il faut.

Il pleuvinait, ce qui serrait encore plus le cœur. Louis Raynaud se retourna pour regarder son village blotti au pied de la montagne. Sa famille avait vécu là au moins deux siècles. Frémissante, Honorine fixait le regard droit devant elle, trouvant déjà l'allure trop lente. Au-delà de Caunettes commençait l'aventure des pays inconnus.

— Pour ta gouverne, expliquait le voiturier à Louis, sache qu'il reste bien des royalistes chez les propriétaires les plus aisés. Méfie-toi du choix de ton café, va dans les deux.

Ils rattrapèrent les rouliers avant Villerouge et Eulalie, qui n'avait prévu le repas que pour quatre, trépigna lorsqu'on s'installa à l'abri d'une vieille borde pour ouvrir le panier du manger, craignant que le convoi de leurs meubles ne surgisse sans qu'elle puisse « rapitancer » les conducteurs.

Jamais Honorine ne dévora avec un tel plaisir hâtif le lièvre en saupiquet réchauffé sur trois brindilles, les boulettes de choux farcies au porc, espérant entraîner dans sa précipitation les trois autres. Par chance, le voiturier était pressé lui aussi, devant rentrer à Lagrasse le soir même pour repartir le lendemain vers Carcassonne.

— Mais qui va aider les rouliers à décharger nos affaires? s'inquiéta la mère.

— Ne vous en faites pas, Eulalie. Il y aura vingt bras à Villeneuve pour leur prêter aide.

C'était une bonne prédiction. Le bourrelier le premier, puis le cafetier et enfin ceux qui passèrent apportèrent leur aide. Le saloir fut déposé à l'écurie, l'enclume et le soufflet dans la forge. Eulalie courait partout, faisait ses comptes, mais tout était bien là, même les bougeoirs en cuivre et les verres de leur mariage. Honorine eut son lit dressé dans la chambre donnant sur le patus. Durant l'emménagement, elle avait un peu lorgné sur les filles de son âge dont les robes ne différaient guère de la sienne. Leurs cheveux étaient frisés au fer alors que les siens bouclaient naturellement. Aucune ne lui paraissait assez jolie pour avoir attiré le regard de Planou, mais les plus grandes, les plus dangereuses, restaient invisibles.

Comme des voleurs, Louis et Eulalie se levèrent à l'aube pour préparer la forge, montrer qu'on ne s'attardait pas dans la fainéantise sous prétexte d'un voyage pénible et d'un déménagement. Honorine les rejoignit, actionna le soufflet. A Maironnes, les enfants du village se disputaient cette faveur. Elle prépara le café mis à réchauffer sur le charbon de terre apporté avec le déménagement. La lampe tempête ne donnait qu'une lumière brumeuse au déjeuner, qu'ils prirent tous trois le cœur serré. Le père taillait dans un carré de porc et un pain rassis, un pain de Maironnes lui aussi. Pour le moment, tout appartenait au village abandonné et Villeneuve n'avait offert que la bonne volonté de vingt bras pour décharger les voitures.

— Mange, répétait Eulalie à son mari. La curiosité première des gens va t'épuiser les premiers jours. Ensuite ils s'habitueront.

Il finit son vin coupé d'eau, se dirigea vers l'établi où s'alignaient ses outils, choisit un marteau, un brochoir, désigna la porte :

— Ouvrez donc.

Et avec un bruit de grosse cloche, le brochoir vint cogner l'enclume comme un battant. Il n'était pas tout à fait sept heures, et l'église n'avait même pas sonné l'angélus du matin, que le village tout entier réveillé sut que le nouveau maréchal-ferrant, celui de Maironnes, était déjà prêt à travailler.

A plusieurs reprises, Honorine faillit remonter la pente conduisant à la route pour voir s'ils arrivaient avec leurs chevaux, leurs mulets et leurs ânes, mais à l'imitation de ses parents graves et silencieux elle préféra montrer la fierté de ceux qui ne doutent pas, espérant quand même l'improbable : Planou amenant le premier un cheval à ferrer.

CHAPITRE XIII

Honorine

Lorsqu'à la fin de la première semaine Eulalie fit ses comptes, ce fut l'inquiétude. Dans le petit coffret fermant à clé, une sorte d'écrin qu'Honorine trouvait magnifique, il n'y avait pas grand-chose.

— Autant devenir valet de labour, dit Eulalie pincée. Autant retourner à Maironnes.

Devant cette menace, Honorine aurait saisi le coffret pour le jeter dans la cheminée. Repartir à Maironnes ? Avec la certitude de ne jamais revoir Planou ?

— Patience, dit Louis, ils viendront. Celui de Cascastel ne sait pas soigner, lui.

Il ne s'agissait pas de soigner les brûlures des gens, mais les animaux. Louis Raynaud avait le don pour les soulager de l'arête, des atteintes du fic, de la bleime et même de la terrible gourme. Il avait le secret des potions, des herbes.

Peut-être avait-il aussi le don de lire dans l'avenir, Honorine en fut toujours persuadée, car dès le lundi, on lui amena à ferrer un cheval atteint d'une tumeur sous la cornée du talon.

— Votre bête a une bleime, dit-il au propriétaire, nommé Éloi.

— Je m'en doutais, mais le vétérinaire ne vient pas souvent.

— Je peux vous le guérir, ça presse même plus qu'un ferrage.

— Ça va me coûter cher ? demanda Éloi méfiant.

— S'il guérit, quatre francs, sinon un ferrage complet gratuit.

Dans cette aube d'un jour de fin mars, le père élevait la lanterne pour voir. Il appela Honorine pour la tenir, commença de limer prudemment la corne, parlant doucement au cheval, nerveux d'anxiété, murmurant des mots incompréhensibles aux humains. Le cheval se calmait, tournait vers lui un regard humide.

La plaie nettoyée, il la badigeonna de Crésyl. La bête tressaillait, mais ne ruait pas : « Il me l'a ensorcelé, devait dire plus tard Éloi, un cheval si capricieux qui ne bougeait pas ! » Louis termina par une couche de goudron puisée dans le pot avec un bout de planchette.

— Dans huit jours, je le ferrerai.

— Mais qui va labourer, macarelle ? C'est le moment avant le débourrage.

— Faites-vous-en prêter un autre. Celui-là doit se reposer, n'allez pas le gâter.

Les jours suivants, on lui amena d'autres chevaux malades, très peu à ferrer. Il soigna un fic, grosse verrue implantée juste sur le chanfrein au-dessus des naseaux.

— C'est qu'il devient « cabourt », disait le propriétaire. Celui d'Émile avait le même mal et on a dû l'abattre.

Certains devenaient fous, en effet. Louis examinait le gros bourgeon à la lumière du jour, chuchotait constamment en donnant quelques menus bouts de sucre au cheval. Eulalie affirmait qu'avec cette faiblesse pour les animaux, il lui mangeait un pain de sucre par mois, fière dans le fond de sa douceur.

— Je peux faire des injections avec la seringue de Pravaz.

Baptiste, le propriétaire, ouvrait des yeux ronds, murmurant des « *qu'es aco ?* » impressionnés. Louis montra la seringue, un flacon de liquide sans lui dire qu'il s'agissait de vinaigre d'alcool. C'était l'acide acétique qui guérissait ce genre de verrue. Et l'autre de s'inquiéter du prix.

— Une injection quotidienne, dix francs si ça guérit.

Au bout de la semaine, Eulalie compta trente francs en tout. Mais elle n'était jamais satisfaite.

— Pas plus qu'à Maironnes.

Toujours cette menace suspendue sur leur avenir. Honorine n'avait plus un seul sou d'économie pour brûler des cierges et se mortifiait la nuit avec des rosaires interminables, dans la crainte de repartir là-bas chez les ménines sans avoir revu Planou. Elle ne savait rien de lui, ne connaissait encore personne qui puisse lui en parler.

Éloi, Baptiste, pour les remercier des soins donnés à leurs chevaux, apportaient des fèves à manger crues au sel, mais Eulalie ronchonnait à cause du beurre frais qu'on ne trouvait pas comme à Maironnes. Ici, il tournait vite rance et Honorine aurait marché des heures pour contenter ce désir, pour effacer toute menace, même anodine, de retour.

Un jour, ils montèrent tous trois au jardin de Pech de Grille, avec deux brouettes de crottin et les outils. Là-haut, au-delà des vignes, le grand chemin aux ornières profondes, creusées par un siècle de roulage, se divisait en sentiers, eux-mêmes ornières à peine plus larges dans les herbes folles où explosaient en bleu, jaune, rouge, les sauterelles soulevant des bouffées de thym et de romarin. Des lapins détalaient, ne montrant que leurs culs blancs et Louis s'inquiétait de leur présence pour ses semailles.

Le sentier contournait des « horts » où déjà donnaient les fèves, où les petits pois en étaient à la gousse, mais encore plate. On traversait des buis taillés en voûte, épaisse, cirée, une travée de chapelle avec même, parfois, comme des niches vides de statues.

— Le noyer est à nous, c'est marqué sur l'acte, disait Louis.

Leur jardin était le dernier en bout du sentier qui traversait encore d'autres fouillis de buis et de lauriers. Sur leur gauche coulait un filet d'eau dans une rigole couleur de rouille et Honorine y avait déjà puisé une pleine paume pour se désaltérer.

— La basse fuit un peu, ce qui avantage ceux en contrebas.

La « basse », c'était un grand bassin de pierres jointes à la glaise, se remplissant en une seule nuit de toute éternité.

— Nos jours sont le mercredi et le samedi. Mais on peut s'arranger et il y a de l'eau pour le double de terre.

Eulalie mettait des bouteilles à rafraîchir dans le petit déversoir taillé en forme d'auge, criant que l'eau était glacée, émerveillée.

Des rigoles à angle droit divisaient leur jardin en carrés et leur bonde était sur le côté de la basse, bouchée d'un bâton garni de chiffons qu'on enfonçait à coups de pierre.

— L'eau est rouillée à cause d'une mine de fer là-haut, encore exploitée sous le roi Louis-Philippe.

Un énorme mur de soutien maintenait d'anciens déblais rougeâtres et dans l'épaisseur de pierre, une cabane avait été aménagée, fermée d'une porte de planches rugueuses. Honorine se vit interdire de grimper au-dessus à cause des galeries noyées. Tout en haut, au sommet, on devait d'après Eulalie élever une statue de la Vierge.

Louis piochait et Eulalie écrasait les mottes. Honorine ramassait les pierres qu'elle allait jeter dans une fosse où poussaient des figuiers et des pruniers. Ils dînèrent à l'ombre des grosses pierres plates recouvrant la cabane.

— On pourra laisser les outils ici.

Avec des sarments ramassés en chemin, Eulalie fit griller un morceau de culotte de bœuf acheté à la bouchère qui essayait d'en avoir plus souvent. Mais il fallait le retenir.

— On se croirait dimanche, fit Honorine.

Le vin de Villeneuve les surprenait, plus fort que celui de Maironnes. On leur en donnait, toujours à cause des chevaux guéris. Louis, assis sur une grosse pierre à l'entrée, regardait cette terre où brumait une poussière de soleil inépuisable, les collines où la végétation sauvage se laissait dévorer par les jeunes plants américains. Il y avait là de quoi faire peiner un grand nombre de chevaux, pensait-il, mais indépendamment de cette promesse d'un travail assuré, il aimait ces étendues, ce village pour son emplacement, son air sec et léger.

— La tante de ce Planou — vous vous souvenez, ce garçon grâce auquel nous sommes ici, en quelque sorte —, eh bien, sa tante sourde et muette voulait acheter ce jardin à Rosine Pla, il paraît qu'elle nous en veut.

Oh non, gémissait Honorine continuant à ramasser ses pierres veinées de fer dans l'après-midi. Pas de rancune au départ pour tout gâcher. Pourquoi cette Muda n'avait-elle pas songé à acheter l'hort avant?

Un soir qu'ils rentraient de Pech de Grille, Julien, le domestique d'un des messieurs — Raynaud n'avait pas encore démêlé les prénoms de tous ces gens riches —, vint le chercher pour un animal malade et Louis se retrouva à l'intérieur d'une vaste écurie où, dans cette touffeur particulière, ruminaient au moins douze chevaux. Dans une stalle un trotteur était couché sur le flanc droit et à l'air qui l'environnait, le maréchal comprit tout de suite son mal.

— Le voilà, monsieur Marius, dit le domestique.

Raynaud découvrit une ombre que la lanterne sortait de l'anonymat, puis un visage enfoui dans une barbe à la luxuriance noire habilement maîtrisée, taillée autour d'une bouche sensuelle, et deux yeux froids.

— Bonsoir, mon ami. Cet animal de vétérinaire est introuvable et on me dit que tu te débrouilles assez.

Le vétérinaire? Raynaud savait fort bien qu'on n'avait pas essayé de le faire venir. La fièvre de ce trotteur donnait à l'air une chaleur malsaine, empoisonnée, qu'il avait respirée deux ou trois fois dans sa vie. Sans répondre, il sortit son mouchoir, le noua sur son visage.

— Qu'est-ce qui te prend? se fâcha Marius.

— Je vous conseille d'en faire autant. C'est la gourme.

— Tu es « *endevinaïre* » pour trouver si vite? La gourme, allons donc!

— Et c'est une maladie qui peut se donner à l'homme.

Le vétérinaire aurait demandé la déclaration en mairie, l'isolement et plus sûrement l'abattage de ce joli trotteur anglais qui valait dans les huit cents, mille francs.

Raynaud, respectueux de chaque homme, détestait qu'on le prenne pour un imbécile et qu'on le tutoie par condescendance, surtout un blanc-bec de trente ans.

— Ça se soigne? demanda le barbu, la voix étouffée dans un mouchoir alors que Lucien, le domestique, n'avait trouvé qu'un chiffon.

— Je peux essayer, mais si dans quarante-huit heures il a toujours de la fièvre, c'est que je serai venu trop tard. Ce cheval est malade depuis au moins huit jours.

Lucien regarda ailleurs et l'autre resta muet.

— Je vais chercher ce dont j'ai besoin. En attendant, demandez de l'extrait de café à la cuisine. Je dis bien de l'extrait, un kilo de grains pour deux litres d'eau, il faut aussi de la farine de moutarde. Moi, je n'en ai que cinq kilos. Préparez un feu pour la cuire et de vieux draps.

— Lucien ira jusqu'à Durban s'il le faut, pour la moutarde, dit M. Marius pendant que Raynaud reprenait la direction de la forge.

Honorine l'aida à porter son matériel jusqu'à l'écurie. L'extrait de café était déjà prêt. Il fallut le faire absorber au cheval. Outre

Lucien, deux autres domestiques vinrent immobiliser le trotteur. Raynaud utilisa une grande seringue pour envoyer le liquide au fond de sa gorge.

— Comment s'appelle-t-il?

— Pierrot.

— Le café c'était pour la fièvre, maintenant on va préparer les cataplasmes.

Sa fille trouvait l'idée cocasse, mais elle l'aida à empaqueter la moutarde qu'on appliquait sur le dos et le poitrail de l'animal. Et toujours son père chuchotait des litanies incompréhensibles à Pierrot, qui agitait ses longues oreilles, séduit par tant de tendresse.

— Il ne comprend que l'anglais, lança le barbu hargneux, vous perdez votre temps avec le patois.

Serein, le maréchal continuait son travail, mais quand il parla fumigations, tout le monde — l'écurie s'était emplie de gens au visage masqué, la domesticité plus les hommes de la famille — pensa qu'il délirait. Il disposait d'un appareil de sa fabrication, un sac de toile cirée qui s'adaptait à la tête du cheval comme une mangeoire de voyage. A la base, il avait fixé une vieille casserole dont il fit bouillir, sur un petit réchaud à esprit-de-vin, le contenu, un choix d'herbes. Il fallait empêcher le cheval de bouger et de renverser le système.

— Va à la maison, dit-il à Honorine, inutile de respirer trop longtemps l'air de cette écurie.

Il ne rentra qu'après avoir bouchonné Pierrot, promettant de revenir à six heures du matin pour d'autres cataplasmes et fumigations. Et pendant des jours, au lieu de monter à Pech de Grille dans l'après-midi, il alla soigner ce cheval. La mère et la fille arrosèrent les semis. Déjà les fèves et les petits pois soulevaient la terre. Ce fut peu après qu'Eulalie annonça à Honorine que c'était son tour d'aller soigner les ménines à Maironnes.

— J'ai besoin de Joséphine ici. A onze ans, tu peux très bien rester seule avec elles là-bas. Tu partiras avec les religieuses de Lagrasse.

Elle s'en irait alors que les vacances de Pâques allaient ramener Planou au village. Pouvait-on imaginer décision plus cruelle? Elle envisagea d'écrire à Joséphine pour qu'elle invente une raison de poursuivre son séjour, mais la pauvre se languissait tant de découvrir la nouvelle maison, le village, qu'elle se résigna.

Honorine allait souvent à l'épicerie voisine, commençait de parler avec Anna qui servait et qui avait son âge. Elle ne la quittait pas des yeux, admirait son coup de main pour puiser d'une pelle demi-ronde dans le sac aux haricots ou aux pois cassés, son habileté à remplir la mesure au bidon d'huile sans laisser filer une goutte. Mais l'épicerie, c'était surtout le parfum du café que chaque matin un papet grillait en tournant la manivelle du torréfacteur au bord de la route, réconfortant selon le vent le vieux village ou le plus récent.

Dedans, c'étaient toutes ces odeurs qu'elle ne différenciait pas toujours qui filtraient, un charme exotique dont elle n'osait demander le détail. Elle imaginait que l'épicerie recelait des produits rares, peu connus, débités dans le secret pour quelques privilégiés. Un tiroir ouvert, un sac déplacé et un air d'ailleurs s'exhalait d'un coup donnant des frissons. Plus tard, lorsque sa familiarité avec Anna fut banale, elle découvrit, déçue, que c'étaient surtout les saumures des olives, anchois, sardines, et aussi la morue qui sentaient si puissamment.

Mais Anna, c'était surtout une jeune personne qui avait le privilège de servir la tante sourde et muette de Planou, la comprenait et s'en faisait comprendre. Honorine, plusieurs fois mise en présence de cette femme plus intimidante par son port de tête que par son infirmité, reculait dans l'ombre de la boutique.

— Elle te fait peur, la taquina Anna un jour. C'est qu'elle n'est pas commode et il ne faut surtout pas la manquer. Un centime c'est un centime, un gramme un gramme. Aujourd'hui, elle m'a commandé des caramels, signe que ses neveux vont arriver, surtout Planou, qui serait son manhac. Elle bourre ses bagages de nourriture quand il repart.

— Planou, je l'ai rencontré à Maironnes, osa dire Honorine. C'est même grâce à lui que nous avons acheté la forge ici. Il nous a dit que l'autre maréchal voulait se retirer.

— À Maironnes ? Mais qu'y faisait-il ? C'est le bout du monde là-bas.

Complaisante, Honorine fit mine d'approuver, pour ne pas tarir par quelque dépit cette source de renseignements inédits sur Planou. Il aimait donc les caramels, les douceurs ?

Pendant tout ce temps, occupé à sauver le cheval de M. Marius, Louis Raynaud négligea sa forge. Il avait obtenu qu'on éloigne les autres chevaux, qu'on aille jeter le fumier plus loin et qu'on désinfecte l'écurie avec du Crésyl dont on remplissait les premières sulfateuses portables apparues dans le pays, de grosses bouillottes qu'on attachait dans son dos et qui travaillaient sous pression d'air.

Un beau matin, Pierrot essaya de se dresser sur ses pattes, y parvint au bout d'une journée d'efforts. M. Marius remercia le maréchal, laissant entendre qu'il réglerait ses dettes et que ses chevaux seraient désormais ferrés chez lui.

— Tu l'as vu, ricanait Eulalie tous les jours, tu l'as vu ? Ton beau M. Marius ? Il passe raide dans son beau cabriolet tiré par Pierrot sans jamais tourner la tête. Il continue à faire ferrer à Cascastel.

— Oui, mais Pierrot, lui, tourne la tête, et c'est déjà beaucoup. Il me reconnaît.

CHAPITRE XIV

Premier retour à Maironnes : les ménines

Louis Raynaud attendait avec impatience le marchand de lunettes et de lorgnons qui ne passait que deux fois l'an. Le maréchal avait du mal à lire son journal et à effectuer les travaux délicats, comme renetter la corne des chevaux sans atteindre la chair. Ce matin-là, lorsque la trompe sonna dans le village, il dépêcha Honorine : qu'elle lui ramène des lorgnons de toutes les tailles pour les essayer. Il voulait un pince-nez facile à ôter.

Le marchand étalait ses boîtes en carton dans lesquelles une dizaine de personnes puisaient déjà, avant d'essayer de lire une page de journal accrochée à côté d'un petit miroir. Honorine se crut également autorisée à prélever une demi-douzaine de pince-nez, les plaçant dans son tablier relevé d'une main.

— Hé la « pilharde », ne te gêne pas ! l'apostropha le marchand, laisse la marchandise.

Saisie de honte, le rouge au visage, elle ne savait que répondre lorsqu'une voix gaie, qu'elle aurait reconnue entre mille autres, le fit à sa place :

— Laissez, Barbichou, c'est Honorine, la fille de notre nouveau maréchal, ils ne sont à Villeneuve que depuis mars.

Elle finit par oser le regarder, faillit se mettre à rire à cause de la moustache toute récente qui frisottait au-dessus de la bouche ironique. Le garçon était en gilet gansé et brodé, le col de sa chemise ouvert sur son cou délicat et hâlé. Il souleva sa casquette, libérant la profusion des boucles luisantes.

— Mademoiselle Raynaud, bonjour. Ainsi donc, votre père a suivi mon conseil ?

— Nous vous en remercions, balbutia-t-elle en s'éloignant dans une confusion proche des larmes.

Il la rejoignit en haut de la forge.

— Je vais saluer votre père. On dit le plus grand bien de lui dans le village, sur sa science à soigner les chevaux. Le vétérinaire n'a qu'à bien se tenir.

Raynaud reconnut facilement le garçon et vint au-devant de lui. Honorine posa les lorgnons sur l'établi et s'échappa vers le haut, rejoignant sa mère dans la maison.

— Mais qu'as-tu, s'étonna Eulalie, tu as pensé aux lorgnons ?

— Papa les essaie, fit-elle, oppressée.

— Mais avec qui cause-t-il ?

Au dîner, son père raconta qu'il avait vu ce Louis Pla qui leur avait donné l'idée de venir à Villeneuve. Il découpait un talon de jambon que sa mère avait fait cuire dans un ragoût de fèves.

— Il voudrait bien que son père, Antoine, vienne chez nous. C'est un gentil garçon.

— Joséphine paraissait le trouver à son goût.

« Pas Joséphine, gémissait intérieurement Honorine en s'étouffant avec ses fèves, pas Joséphine, mais moi, seulement moi et avec mes onze ans, je les ferais rire s'ils savaient. »

— Un gentil garçon, répéta Louis Raynaud d'un ton ferme, mais d'une famille un peu trop fière à mon sens.

Sans insister davantage, il marquait déjà les limites à ne pas franchir dans la fréquentation de ce Planou. Des limites qui pouvaient concerner Joséphine dans l'immédiat. Honorine calcula qu'à seize ans, elle pourrait pour sa part envisager de les ignorer. En cinq ans, la fortune et la fierté des Pla pouvaient bien se réduire.

— Ce sont des royalistes, mais ce Planou me paraît avoir d'autres idées.

Dans l'après-midi, Anna n'avait jamais beaucoup de clients et rangeait la petite boutique. Honorine n'eut pas à engager la conversation sur Planou, Anna les avait vus marcher côte à côte sur la route.

— Il venait saluer mon père.

— Tu étais bien rouge, fit son amie avec plus d'aigreur que de taquinerie. Tu sais, il doit devenir officier et déjà on parle pour lui d'une héritière bien dotée.

Pour faire oublier cette pointe de méchanceté, elle lui offrit un berlingot et du touron catalan. Sa patronne, Isabelette, faisait la sieste dès son dîner avalé.

— Aide-moi à tirer ces sacs de haricots. Ils sont trop proches du bidon de pétrole.

— Mais il y a des acheteurs pour toutes ces « mounjetos »? s'effarait Honorine en l'aidant.

— J'en connais qui ne mangent que ça toute l'année. Et c'est déjà bien bon quand ils peuvent payer. Si je te montrais le carnet du crédit, tu en resterais baba.

En essuyant le pétrole qui avait suinté, elle raconta que c'étaient les Pla qui en achetaient le plus pour leur grande suspension qui donnait une forte lumière.

— Et ils viennent d'en recevoir une seconde pour installer une salle à manger. Albanie fait du genre avec ses chapeaux, jamais de cravate, mais sa sœur la Muda gouverne tout et compte chaque centime. Planou, lui, ne s'en croit pas et pourtant il est instruit. Plus que bien des messieurs de l'autre côté. Voilà pourquoi c'est quand même dommage...

Elle soupira d'un air désolé, passa derrière le fût d'olives, disparaissant tant elle était petite, presque naine.

— Pourquoi dommage?

Le rideau de perles de la cuisine tinta deux fois. Anna revenait avec une pelle à poussière. Honorine pensait à une tare familiale des Pla, une maladie inavouable.

— Dommage l'Espagnol! lâcha son amie.

Honorine dut insister encore un peu avant qu'Anna ne l'entraîne derrière les sacs de haricots empilés pour lui tricoter une histoire qui allait hanter ses rêves désormais.

— L'Espagnol, celui qui a été mordu par un chien et que le père de Planou cachait dans un foudre.

Tout, il fallut qu'Anna lui explique tout, la rage, le foudre, l'Espagnol, comment les pilharts l'avaient surpris dans sa cachette, la fuite de l'homme et la malédiction lancée contre Planou.

— C'est un loup, maintenant. Il vit comme un loup.

Honorine sentait sa peau cloquer sur ses bras, ses cheveux se hérisser dans sa nuque.

— C'est un secret des enfants, continuait Anna. Les parents n'en ont jamais rien su. N'empêche, un jour Planou il sera mordu par l'Espagnol et deviendra comme lui.

Pendant plusieurs nuits, Honorine en rêva. Tantôt elle vivait dans un demi-muid doté d'une cheminée où elle faisait griller des châtaignes, tantôt un loup la poursuivait alors qu'elle donnait le bras à Planou.

Le dimanche, il ne parut pas à la messe alors que ses parents et la Muda occupaient leur banc, juste derrière les messieurs et les dames. Mais, en allant chercher un quart d'huile chez Anna, elle le vit entrer au café Bringuier. Sans un mot à sa mère, elle préleva cinq sous dans sa tirelire, alla acheter de la limonade. Toutes les tables étaient occupées et dans la fumée épaisse, elle vit Planou, la casquette relevée, en train de jouer à la manille. Il était le seul à ne pas boire d'absinthe, mais dans son verre des bulles signalaient une limonade.

Celle qu'elle rapporta fit plaisir à son père qui, dans la forge à peine entrouverte de crainte de choquer, un dimanche, forgeait des clous. Il en versa dans son vin. Eulalie parut aussi touchée de ce geste mais, toujours aussi réfléchie, en chercha la raison.

Dans la semaine, Eulalie apprit que les bonnes sœurs de Lagrasse, qui devaient emmener Honorine, seraient là le vendredi et n'en dormit plus. Elle décida qu'elle leur offrirait de la morue, la mit à tremper deux jours auparavant, regrettant de ne pas avoir de lait de vache pour la rendre plus moelleuse. Son mari défendit qu'on aille en chercher chez M. Barnabé. Honorine, malheureuse de son prochain départ, essaya d'en dissuader sa mère, parla de l'Espagnol qui rôdait dans les Corbières.

— Les sœurs vont me laisser à la Borde Rouge. Et de nuit. Et s'il me guette ?

— D'où sors-tu ces sottises ? Il n'y a pas d'Espagnol enragé. Il n'y a même pas de loup comme de notre temps.

Anna l'avait prévenue, les parents ignoraient tout de ce drame, malgré les incendies, les ruches renversées, l'homme qui vivait dans le gouffre de Galamus.

Les bonnes sœurs arrivèrent tôt de Tuchan, laissèrent leur cheval pour un ferrage complet et allèrent quêter dans le village. Déjà, leur char à bancs était bien encombré des dons en nature de toute sorte.

Ce jour-là fut mémorable pour Eulalie, car elle osa inaugurer une recette dont lui avait parlé un sien cousin fréquentant les restaurants de la ville. Ce n'étaient que des œufs mimosa qu'elle appelait, elle, des œufs aux anchois. Les quatre religieuses s'attablèrent vers une heure, l'haleine et la parole avivées par les muscats, carthagènes, rancios offerts dans chaque famille. Un peu pompettes, selon l'expression de Louis Raynaud, elles s'enthousiasmèrent pour les œufs aux anchois et le ragoût de morue, le gâteau de riz aux pruneaux et les griottes au trois-six.

Il fallut partir, les sœurs annonçant cinq heures de route, tant leur char à bancs était lourd de la générosité des bons chrétiens. Honorine emportait un sac en toile cirée pour ses quelques affaires, mais surtout un autre gros sac de jute rempli de provisions pour les ménines. Retenant ses larmes, espérant apercevoir une fois encore Planou dans la traversée du village, Honorine, après un silence chagrin d'une demi-heure, finit par se laisser entraîner dans un rosaire marmonné par les religieuses au rythme du cheval, dans les battements des ailes amidonnées de leurs cornettes. Seul un pater tonitruant avant chaque dizaine la réveillait un peu, sinon elle s'assoupissait.

Un moment, le cheval s'immobilisa pour crotter et les sœurs, riant comme des petites folles, descendirent en hâte pour ramasser la manne avec une pelle en bois, remplissant une caisse qui se balançait au bout de quatre chaînettes sous la voiture.

— Pour faire pousser les fleurs de la chapelle, disaient-elles.

Le rosaire terminé, elles s'accordèrent un peu de frivolité en se félicitant de l'accueil des généreux donateurs.

— Ils ne sont pas tous républicains, dit l'une d'elles.

— Nous savons éviter comme la peste certaines maisons.

Sœur Hyacinthe parla de la petite croix discrète tracée sur la gauche des portes amies.

— Et à Villeneuve, demanda Honorine d'un air innocent, les habitants sont-ils généreux ?

— Surtout les femmes, mais si le mari est là, c'est difficile.

— Il reste des familles dévotes, tout de même ?

Sœur Hyacinthe ouvrit son cahier d'écolière et cita quelques noms, dont celui d'Antoine Pla.

— Celui-là, c'est un bon. Il envoie ses fils au séminaire.

— Au petit, rectifia sœur Hyacinthe. Mais les deux fils deviennent goguenards à notre égard. Et il y a cette sourde et muette qui paraît regretter chaque chose que le père nous offre : du miel, de la confiture, de la farine de froment très pure, de l'avoine pour le cheval et un louis d'or...

Elle se retourna avec inquiétude, comme si quelque brigand

les suivait. Dix ans auparavant, deux sœurs avaient été attaquées, abandonnées sur la route, les agresseurs ayant aussi volé voiture et cheval.

— M. Pla va faire construire une nouvelle église, car il craint que la République ne s'empare de l'actuelle.

— Je sais, dit Honorine très fière, elle sera construite en face de chez nous.

Dès lors, Honorine se tut, nichée dans des rêveries douces que le bavardage des sœurs avait fertilisées à leur insu et, lorsque le char à bancs s'immobilisa à la Borde Rouge, le retour à la réalité fut d'autant plus brutal. En quelques secondes, engourdie dans ses chimères, elle fut seule sur la route avec ses deux sacs, tandis que les sœurs s'éloignaient dans le soleil couchant en lui criant joyeusement au revoir.

Les bras alourdis par la générosité intempestive de sa mère, elle marcha un moment, mais, en vue de Mirailles, hésita. La pleine nuit ne viendrait que dans une heure. Toutefois, vers Maironnes, les montagnes plongeaient très vite la route dans le crépuscule. Mirailles, c'était une importante campagne, un domaine avec valets de labours, commis de culture, charretiers, domestiques d'écurie et de potagers, toute une population qui vivait entre quatre murs comme dans un village privé où tout, jusqu'aux distractions, dépendait des caprices des maîtres, souvent des régisseurs. Honorine y aurait bien abandonné son plus gros sac, mais elle imaginait sans peine les regards, les plaisanteries des hommes rentrant des vignes et des champs, accablés de fatigue et de sueur empoussiérée, s'appuyant pour un instant de relâchement des muscles contre les murs tiédis par la chaleur de la journée ou se lavant tous autour du bassin.

Elle continua bravement avec ses deux sacs vers Caunettes-en-Val dans le soleil qui se mourait, les mains rougies de se crisper sur le nœud de jute du sac. Le porter dans le dos la soulageait, jusqu'à ce que le pain de sucre et la bouteille de muscat meurtrissent ses reins.

Un grelot annonçant une voiture légère la fit se tapir dans le fossé, plus honteuse qu'effrayée d'être surprise en pauvresse trimbalant ses ultimes trésors. Après Mirailles, ce serait toute la population masculine de Caunettes à attendre le souper, juste sur son passage, avec peut-être des réflexions désobligeantes. « Qui c'est encore, cette caraque ? La fille du maréchal de Maironnes, celui qui a dû partir ? Elle revient donc ? Ils crèveraient de faim, là-bas ? » Ce maudit sac imposé par Eulalie risquait de les détruire de renommée, personne ne pouvant supposer qu'il était bourré de gourmandises et non de pauvres hardes.

Elle décida de l'abandonner, ce gros sac qui contenait aussi la prétention de sa mère toujours prête à trop en faire pour sa réputation de bru attentionnée. Derrière une croix *In Memoriam* elle en cacha le plus gros, n'emporta que le muscat, le touron, une croquande et la boîte de sardines à l'huile.

À Caunettes, le souper vidait les rues, à l'exception d'un vieux gaga qui, de sa porte, bavota quelque chose d'incompréhensible.

Dans la dernière étape, la nuit était si épaisse que son pied s'égarait sur l'herbe du bas-côté, le bruit de la cascade la guidait et, à sa hauteur, il ne lui restait qu'un kilomètre et demi à parcourir.

Joséphine prenait le frais avec des voisins quand Honorine apparut dans la clarté d'une fenêtre, jaunie par la flamme d'une bougie.

— Honorine ? Sainte Vierge, d'où sors-tu ?

Et les voisins de s'exclamer aussi, alors qu'elle ne songeait qu'à un peu d'eau fraîche qu'elle alla puiser à la fontaine voisine dans sa main.

— Mais viens chez nous... Les ménines sont déjà couchées. Tu sais que je réchauffe encore leur lit avec le moine ?

Dans la cuisine, elles riaient de tendresse retrouvée, de la complicité de toujours malgré la différence d'âge. Lorsqu'elle avoua son audace pour le sac de provisions, l'aînée pouffa sans fin.

— Maman croit-elle que nous nous laissons mourir de faim ? Deux épiciers passent dans la semaine, et le boucher et le boulanger.

Honorine avalait un reste de soupe avec l'omelette aux dernières asperges.

— Célestin ira le chercher, ton sac, demain.

— Le cousin germain est ici ?

— Pour quelques jours, avant d'aller travailler à Saint-Jean-de-Barrou, pas très loin de Villeneuve.

Déjà, dans la voix de sa sœur le prénom du cousin sonnait différemment. Honorine l'aimait aussi, ce Célestin si gentil, si doux mais chez Joséphine, il y avait comme une envie de caresse.

— Villeneuve, dis-moi, c'est comment ?

Cette question, plantée comme une minuscule cannelle dans un foudre de réponses, ne pouvait les libérer toutes d'un coup. À s'enfiévrer, Honorine mélangeait tout, ne donnait qu'un goutte-à-goutte à sa sœur haletant d'impatience. Les jardins, Villeneuve, les gens, Anna, et Planou, les maladies des chevaux, les trésors de l'épicerie et Planou encore qui avait laissé pousser sa moustache.

Même à sa sœur, tendre amie de toujours, Planou ne pouvait pas être totalement révélé, il devait rester dans le secret de ses rêveries encore un peu.

— Tant de choses, tant de gens ! Et papa et maman ?

— Papa a soigné le cheval d'un riche qui l'ignore depuis, mais le cheval, lui, se souvient. Il y a le bourrelier en face de chez nous qui a deux filles. Anna, de l'épicerie, est de mon âge. Presque. Elle sait peser, mesurer, rendre la monnaie même sur un gros billet. On a acheté deux chèvres, des lapins, des poulets et des canards qui s'en vont tout seuls barboter dans la rivière. Il y a toujours quelqu'un à la forge, comme ici, et on doit avoir du charbon de la mine de Tuchan... Mais au-dessus de Pech de Grille il y a une mine, dangereuse... On dormira sur le patus toutes les deux, mais à cause des chèvres et du cochon que j'oubliais, il faudra fermer la fenêtre. Papa a un pince-nez qui l'agace... Et le marchand Barbichou me prenait pour une voleuse.

— Et alors ?

— Planou est arrivé et a dit qui j'étais... Il se souvenait de moi.

Joséphine sourit affectueusement, sans éprouver le besoin d'explications plus détaillées.

CHAPITRE XV

Les lectures d'Honorine

Très tôt un matin, Joséphine partit avec le cousin Célestin qui devait aller se présenter à Saint-Jean-de-Barrou pour cette place de domestique de culture.

— Si je vois Planou, chuchota l'aînée à son oreille, que dois-je lui dire ?

— Ne fais jamais ça, supplia Honorine, étouffant de confusion.

Très vite, les ménines l'empêchèrent de trop s'attrister sur ce départ et sur le regret de Villeneuve. La mamette, mère de son père, voulait une tasse de café avant de se lever et les deux autres de la tisane d'orge grillée. Ensuite, il fallait les aider à quitter leur lit, à s'habiller et, malgré ce mois de mai chaud, elles grelottaient, demandant s'il y avait du feu dans la cheminée. Honorine ne pouvait les abandonner qu'une fois assises devant leur panade, de la mie de pain dans du lait de chèvre pour l'une, de vache pour les deux autres.

Il fallait courir au boulanger de Rieux qui trompettait devant la Pieta, acheter la viande ou sortir la volaille des jarres à l'huile, le porc de la graisse. Pour rassurer complètement les ménines sur ses capacités, elle commençait tôt la cuisine dans les odeurs appétissantes de la « padene », la poêle où grésillaient ail, oignon, tomatat. Dans le bruit du hachoir sur la planche couturée de milliers de petits coups, elles jacassaient, commentant tout mais ne critiquaient rien, un peu méfiantes les premiers jours. Mais Honorine leur prouva qu'à onze ans elle savait de peu faire un festin, même de deux œufs sur une tranche de cansalade, même de la fressure d'agneau dont le civet lié d'un peu de foie séché étonnait le voisinage de son parfum.

Le soir, les ménines se couchaient tôt, non sans avoir dès la fin de leur souper rassemblé sur la table, en petits sous, le franc des achats du lendemain. Sans les provisions du fameux sac de sa mère, sucre, café, farine, Honorine n'aurait pu nourrir les trois vieilles. Pour le souper c'était le potage, trois vermicelles dans un peu d'eau et une goutte de lait, du tapioca, une farinette de maïs ou la soupe à l'ail et à l'huile. Grande gourmandise aussi, des têtes d'ail confites sous la braise qu'elles tartinaient sur du pain grillé avant de l'huiler.

Mais à midi elles se gavaient, surtout de mounjetos à la cansalade ou aux coustellous de porc conservés dans la graisse, de ronds de saucisse grillée aux sarments, d'ailerons de dinde ou d'oie. De grand matin, un plein toupin suffoquait en petits flocons de vapeur, enfoncé dans les braises. Parfois, au moment de servir, elles écartaient la viande :

— On la mangera demain.

Principes d'économie de toujours, quand on ne faisait que donner un goût de viande aux haricots à l'aide d'un os de jambon qui devait durer l'hiver.

Célestin revint au bout de huit jours avec un autre sac de provisions, une pièce de dix francs et aussi la nouvelle qu'un grand mariage se préparait chez un monsieur dont il avait oublié le prénom.

— On parle de six calèches et d'une victoria venue d'Angleterre. De chevaux blancs sans une tache qu'on est allé louer jusqu'en Ariège.

Un mariage comme on n'en avait jamais vu, mais quand le mois de mai consacré à la Vierge serait terminé.

— Si je pouvais être là-bas, soupira Honorine.

— Ils ont déjà des pleins sacs de dragées et tout un compotier de pièces d'un sou à jeter à la sortie de l'église.

Il expliqua qu'il commençait à Saint-Jean sous peu.

— J'oubliais, tes parents parlent aussi de venir ici, voir les ménines.

Elle n'osait lui parler de Planou.

Le temps qu'il fut à Maironnes, il la fournit en boufannelles et en chêne, sans s'étonner que les ménines aient toujours froid. Même le soleil d'après dîner ne réchauffait plus leur vieux corps.

De Villeneuve, Célestin ne connaissait pas grand-chose, sinon le café où il était entré deux fois. Et s'il revenait chaque soir, c'était pour lui parler de Joséphine, ce qui la troubla car on ne pouvait se marier entre cousins. Elle ignorait pourquoi, dans son innocence, mais savait que c'était un péché mortel. En échange de ses confidences, elle osa lui parler de l'Espagnol mordu par un chien enragé et il eut du mal à retrouver cette histoire dans sa mémoire:

— À l'école, on en parlait pour se faire peur, mais « le pelharot » était encore plus dangereux pour nous.

Le soir, il fallait de la braise pour la cassole du moine que la mamette exigeait encore, et une tante aussi, l'autre se contentant de fers à repasser bien chauds. Les ayant couchées, Honorine pouvait retrouver ses anciennes camarades d'école sur le pas de la porte. Deux allaient passer le certificat d'études et en étaient si fières qu'elles en devenaient sottes. Elle faillit leur parler d'un garçon qu'elle connaissait, qui passerait un examen bien plus prestigieux, mais elle en oubliait toujours le nom au point de l'écrire un jour sur un bout de papier qui ne la quitta plus: « bac à lauréat ». Ces filles racontaient aussi des polissonneries, des baignades dans la cascade au retour de l'école, de garçons tout nus avec des détails tels qu'Honorine faillit les confesser au curé. Ce dernier venait voir les ménines, buvait avec elles du café ou du muscat en dévorant des rousquilles au sucre-glace.

Et toujours cette forge froide derrière ses deux vantaux qui attristait Honorine, même plus l'odeur de corne brûlée, ni celle du café que chaque matin grillait le papet de l'épicerie de Villeneuve. Maironnes lui devenait insupportable. Et les ménines y voyaient clair, chuchotaient entre elles que la manhaguette se languissait en leur compagnie pas bien gaie pour une enfant si jeune.

Dans ses lettres, Joséphine parlait surtout du grand mariage en préparation, laissant entendre qu'elle-même aimerait bien prendre mari. On lui avait offert du travail — la famille de

Planou — pour attacher les jeunes plants mais leur père avait refusé. Honorine souriait, sachant pourquoi.

Et puis la nièce Clotilde, de Lagrasse, fit dire qu'elle pourrait désormais s'occuper des ménines et que la petite Honorine pourrait rentrer chez elle. Honorine serait partie à pied à travers les Corbières le jour même, si Célestin ne l'avait convaincue d'attendre son propre départ pour Saint-Jean-de-Barrou.

— Nous voyagerons tranquilles avec une bonne saquette.

Pour une bonne saquette, ce fut une bonne saquette, Honorine, folle de joie, ayant prévu le meilleur, le boudin noir aux herbes, le pâté de grives, le jambon et l'omelette baveuse entre deux tranches de pain. Les ménines, tristes, regrettaient déjà la douceur joyeuse de la fillette.

— Je reviendrai, je vous promets.

Célestin avait chargé une carriole de ses affaires et d'un lit. Là-bas, on le logeait au-dessus de l'écurie avec la nourriture, le vin, le bois et la bougie.

Tout au long du voyage, il faisait surgir Joséphine d'un peu partout. Là, elle avait cueilli de l'aubépine en s'écorchant les mains, plus loin elle avait voulu marcher pour soulager le cheval dans une forte côte. Ici, ils avaient dîné à l'abri d'une borde. Il voulut même montrer à Honorine les traces du feu qu'ils avaient allumé, retrouva une épingle à cheveux qu'il enferma, rougissant, dans son portefeuille.

— Tu sais, on a fait un détour par Félines pour voir un ami et nous avons perdu du temps. Eulalie n'était pas contente.

— Un ami à toi?

— Un qui était au régiment avec moi. J'avais tiré le mauvais numéro.

Voyant qu'elle était soucieuse à l'idée du retard de Joséphine, il lui chanta:

Quand j'ai tiré mon numéro
Je l'ai tiré avec courage
Quand j'ai tiré mon numéro
Je l'ai tiré comme un héros

sur l'air célèbre des *Puritains* de Bellini. Elle éclata de rire, tandis qu'il expliquait qu'il n'avait pas eu douze cents francs pour se payer un remplaçant.

La saquette fut presque vidée et elle but un peu de vin, si bien qu'ils chantèrent jusqu'à Albas, saluant et agitant les bras pour les gens qui travaillaient dans les vignes.

Mais à la première réflexion, sa mère la refroidit :

— Cette fois, Célestin, vous n'avez pas perdu de temps en route.

Joséphine, derrière Eulalie, implora sa sœur du regard. Dans la forge, Raynaud pelletait du charbon de la mine de Segure et fut heureux de voir sa cadette.

— Tu as grandi, Nine.

Dans ses grands moments de tendresse, il l'appelait ainsi. Plus tard, un arrière-petit-fils retrouverait ce diminutif et la ferait rêver de son enfance.

Pour coucher Célestin, on trouva un vieux matelas qu'on installa dans un crambot, sorte de placard dans l'écurie, plein de provisions.

— Ne mange ni le confit ni les confitures, se moquèrent les deux sœurs.

— Ni les chandelles. Ni la poix. Promis, répondit-il.

Eulalie attendit que Célestin ait quitté la maison pour demander à Honorine l'heure de son départ de Maironnes avec son cousin, l'autre fois.

— C'était vers neuf heures.

Dans leur chambre, Joséphine l'avait suppliée de dire ainsi, remettant à plus tard les explications. Eulalie eut beau la fixer dans les yeux, Honorine resta sereine, ne pouvant trahir ni sa sœur ni Célestin, qui lui avait si bien parlé de Joséphine avec un grand air de bonheur absolu.

Ce jour-là, un bazar déballait sur une belle longueur d'étalage et Honorine acheta deux livres, *le Bossu* de Paul Féval et *le Fils de Monte-Cristo*, payant le tout avec l'argent donné par les ménines en remerciement. Eulalie accepta mal les deux livres — car ne sachant ni lire ni écrire, elle s'en méfiait instinctivement — et voulut qu'elle les rapporte, mais Raynaud déclara qu'il les lirait et déciderait.

Le soir, ayant commencé par *le Bossu*, il lisait après le souper, épié par Honorine et dehors, pour économiser la chandelle et ne pas agacer sa femme. Mais trois jours plus tard, il lisait aussi de nuit et Eulalie protesta devant une telle dépense inutile de lumière que mieux valait jeter ces trente sous de livres que de perdre ainsi son temps et son argent ; qu'avec cette somme, un « volant » faisait vivre sa famille un jour et qu'un ferrage les paierait juste. Mais Louis persistait dans sa lecture et le dernier soir, il se coucha fort tard pour la terminer.

– Tu le liras dans un an ou deux. Tel fut le verdict et Honorine en eut les larmes aux yeux, songeant à celles qui passeraient le certificat d'études, à Planou si instruit, alors qu'elle ne pouvait même pas entretenir son savoir. Anna, pour la consoler, lui prêta un livre conseillé par M. le Curé, une vie des saints. Plus tard, Honorine acheta une Histoire sainte qui ne devait plus la quitter de sa vie.

Enfin, ce fut le jour du grand mariage qui enflammait de curiosité la région. Célestin n'avait pas exagéré sur le nombre de calèches, et la victoria. Il y eut aussi un landau, un phaéton et des chevaux immaculés aux crinières soyeuses qui se déployaient en gerbes brillantes quand ils s'ébrouaient devant l'église. Des invitées, Honorine ne vit que les capelines roses et blanches, les toilettes légères, les dentelles vaporeuses et surtout la moue de ces dames daignant s'amuser au milieu d'une haie de villageois. Des curieux, mais aussi ceux qui se sentaient obligés de venir là en courtisans parce que leur absence aurait pu à jamais les marquer de suspicion. Les invités remplirent la vieille église, empêchant les autres d'entrer ; même des propriétaires aisés comme le père de Planou durent attendre dehors. Avec sa silhouette mince, élégante, il rappelait Planou à la jeune fille. Le même port de tête, la même moustache insolemment relevée, mais grise.

À la sortie de la messe, des enfants habillés en petits lords jetèrent des sous et des dragées enveloppées dans du papier de soie, qui, à lui seul, représentait déjà un trésor à conserver. Elle eut honte plus tard d'avoir disputé en pleine poussière une pièce d'un sou aux doigts maigres d'un enfant de journalier.

L'après-midi, certains habitants furent admis à un buffet – le mot intriguait tout le monde – qui se prolongea tard dans la nuit. À travers les fusains et les grilles, les Villeneuvois silencieux les regardèrent boire, manger et danser, observèrent les lampions et l'orchestre, respirèrent des parfums inconnus, tressaillirent à ces rires élégants et provocateurs. Les jeunes gens, qui n'avaient pas osé saluer à coups de fusil l'étranger que la fille épousait, essayèrent d'offrir le pot de chambre avec crottes en chocolat baignant dans du vin blanc doux, habituel symbole de la future intimité du couple. D'ordinaire, ils montaient jusque dans la chambre des « novi » en pleine nuit, mais ce soir-là, ils furent furtivement admis à présenter leur facétie douteuse dans la véranda surchauffée, parmi les plantes vertes et les fleurs. La mariée n'y jeta pas un regard, le sourire contraint, et le marié donna cent francs pour la fête de la Saint-Saturnin, en novembre.

CHAPITRE XVI

Le leveur de brûlures

Cet été-là, les trois femmes eurent fort à faire avec les horts. Elles passaient de Pech de Grille à la Bade, poussant des brouettes de crottin qu'elles cachaient sous des paniers et des outils, revenaient la tête écrasée sous des charges de tomates, aubergines, haricots. On avait fait sécher les fèves et les pois mais on avait oublié de semer des pois chiches.

Le « tomatat » se prépara très tôt, avec cette maturation avancée et tous ces paniers de tomates que les propriétaires apportaient à la forge en remerciement d'une colique chevaline arrêtée, d'une bleime soignée. On en remplit deux comportes dans l'écurie et il fallut des sacs de sel ; on tailla dans tous les vieux draps, faute de torchons, et des dizaines de bourses ventrues furent suspendues dans tous les coins, de quoi fournir la famille de Maironnes et même le village, se moquait le maréchal. Et l'odeur effaçait celle, bicentenaire, des chevaux qu'on avait logés là, pénétrait dans la forge, montait dans la maison, poissait l'air déjà irrespirable de cet août emballé dans une chaleur africaine. À l'épicerie, chez les marchands forains, il y avait toujours une femme pour parler de ce tomatat comme si, non content d'agacer jour et nuit, il fallait encore qu'il dirige la vie. Une s'excusait d'abréger la conversation, craignant qu'il devienne trop « échut », trop asséché, si elle tardait à le mettre en pots, l'autre gémissait que ses tomates aient trop grainé. Pour Honorine, c'était la plus déplaisante des odeurs, celle qui annonçait la fin de l'été et des vacances, lui donnait un doux-amer de regret, car pas une seule fois elle n'avait rencontré Planou. Il avait séjourné à la mer dans le village de Leucate, chez un ami. Il avait ensuite travaillé dans les jardins de son père, surtout dans le clos à côté de leur cave où poussaient un énorme aloès, des grenadiers, des arbres fruitiers et des légumes primeurs. Planou et son frère se fatiguaient tant qu'ils disparaissaient pour la sieste, ne sortaient que pour se rendre dans la salle fraîche du café.

Jamais Honorine n'aurait affronté ces hommes devant la vieille église, où parfois il s'attardait, près de la croix qu'on devait planter auprès de la future église. Devenue trop grande pour aller seule au café acheter de la limonade, elle restait des heures derrière les volets rapprochés, à le guetter.

Célestin revenait le dimanche, dînait, parfois soupait. Il traversait de nuit, au retour, les collines de Pech Bedel et le Rec Caouffat sans frémir. Lorsqu'ils se promenaient le soir ensemble, Honorine découvrait qu'ils se donnaient la main dans le noir, Joséphine et lui.

Ce fut Anna qui recommanda Honorine aux Pla pour les vendanges et ses parents acceptèrent.

— Ce sera pour ton trousseau, dit Eulalie. Tu apprendras à le broder cet hiver.

Vingt francs pour la durée de la récolte, plus le repas de midi. Le soir, les Pla ne nourrissaient que les familles de journaliers et les amis.

— Vingt francs, s'indigna Eulalie, partout c'est trente-deux sous, vingt jours assurés et deux litres de vin ! Il faudra aussi nous aider nous autres.

— Bah, fit Louis, ce ne sera pas long. Trois, quatre journées et même pas dix-huit hectos.

— Ça fera quand même quatre cents francs.

Joséphine trouva ailleurs, pour quarante sous, mais devait emmener sa saquette. Et Célestin, très pris, écrivit qu'il ne viendrait pas de trois semaines.

Par chance, on commença au début de septembre et Planou put assister jusqu'au bout à la récolte, portant la hotte où les coupeuses déversaient leur panier. Avec les femmes, il s'accroupissait pour leur épargner de lever les bras, mais Honorine estimait qu'il se baissait encore plus pour elle. Malgré sa silhouette svelte, il était très robuste, et en outre, s'occupait d'offrir à boire et de maintenir bien fraîches les bouteilles manchonnées.

Pour une grappe oubliée, on « moustousa » Honorine, en lui écrasant cette même grappe sur la bouche et le nez. Elle faillit se fâcher, mais, sous le regard ironique de Planou, se contint. Une autre fille, qui se donnait de grands airs, fut soulevée par les jeunes gens au-dessus d'une comporte bien pleine et son derrière servit à tasser le raisin, tandis qu'elle gigotait des jambes, dans une envolée de jupons.

Le soir, les reins douloureux, Honorine s'endormait à table et, le matin, courait pour rattraper la charrette déjà en route, grimpant avec les femmes entre les piles de comportes vides et poisseuses.

Au bout d'une heure de travail, on déjeunait debout autour de deux comportes renversées et on se moquait d'elle parce qu'elle guignait plus sur les confitures que sur les pâtés. Un jour que la Muda dut s'aliter, il n'y eut pas de dîner offert et chacun apporta le sien de chez lui. On loucha sur sa gamelle, sur son lapin arrosé de saupiquet. Mais c'est à Planou qu'elle le fit goûter. Rougissante, elle piqua sa fourchette dans un morceau, le présenta à la jolie bouche tendre sous la moustache fanfaronne.

— Je n'ai jamais rien mangé d'aussi bon, affirma-t-il, mais elle ne pouvait discerner totalement le sérieux de l'ironie dans son appréciation.

La Muda, rétablie, annonça un ailloli et Planou servit copieusement Honorine en poisson frais et légumes, sans oublier les escargots.

— C'est la manhague de Planou, cria un « pilhart ».

Honorine rougit. Lui, garda un air moqueur.

En fin de compte, la fille du maréchal de Maironnes parut gentille et bien élevée à la famille Pla si bien qu'Albanie l'invita pour le gros souper qui clôturait les vendanges.

— Tu verras, lui promit Anna, c'est le meilleur souper du village.

Parce qu'un marchand de poissons venait de Port-la-Nouvelle désormais, on eut des moules à la ravigote, des clovisses persillées et du thon à la catalane pour commencer. On avait tué un agneau bien gras pour cuire les gigots dans le four à pain avec au moins cent gousses d'ail. C'était la pistache de mouton, qui faisait dire aux invités *« seren pa malaöuts »*, nous ne serons pas malades, l'ail possédant toutes les vertus contre bon nombre de maux.

Déjà grisée par deux doigts de muscat, Honorine se laissait aller à rire comme une folle et à dire n'importe quoi. Elle cita les titres des romans achetés et Planou se moqua d'elle.

— *Le Fils de Monte-Cristo ?* Je ne savais pas que Dumas avait écrit une suite. Non, croyez-moi, ce n'est qu'une mauvaise imitation. Essayez de lire le véritable *Monte-Cristo*. Je vous le prêterai et aussi des romans de M. Jules Verne.

Comment rentra-t-elle chez elle, jamais elle ne le sut, mais Eulalie et Joséphine durent l'aider à se coucher. Le lendemain, elle s'inquiéta surtout de son livre.

— Et tes vingt francs, demanda Eulalie, as-tu tes vingt francs ?

Pour ça oui, elle avait noué dans son mouchoir les quatre pièces de cent sous qu'Antoine Pla lui avait données juste avant le gros souper.

— Même pas un franc de mieux, soupira sa mère, quels avares !

De crainte que Planou ne retourne au petit séminaire avant qu'elle n'ait achevé *Monte-Cristo*, elle se cacha pour le lire avec la complicité de Joséphine qui appréciait sa discrétion quand Célestin venait.

Peu habituée aux romans, elle ne retint pas grand-chose des aventures de ce pauvre Edmond Dantès, s'embrouilla même avec les personnages, mais put rendre le livre à Planou qu'elle guetta à la sortie du café, un dimanche.

— Cela vous a plu ?

— C'est très beau, très triste.

— Je vous prêterai *la Maison à vapeur* de Jules Verne. Vous me le rendrez à la Toussaint.

— Je pensais que vous ne veniez que pour la Noël.

— Depuis que je suis en classe terminale je suis plus libre. J'ai même un correspondant chez qui je passe le dimanche. L'an prochain, je n'y retournerai plus.

À cette époque, Joséphine trouva une place à Cascastel. Elle entretenait le linge d'une famille contre la nourriture à midi et vingt sous par jour.

— Nous n'avons pas besoin que nos filles travaillent, se plaignait Louis Raynaud. Nous avons fait vingt et un hectolitres et les jardins ont bien donné. Chaque jour je gagne bien dix francs.

— C'est pour son trousseau, disait Eulalie avec une intention malveillante. Qui veut se marier doit se monter en ménage.

Seul le maréchal ne se doutait de rien, accueillait Célestin avec toujours autant de joie, lui apprenait à soigner les chevaux de sorte qu'à Saint-Jean il se fasse apprécier de son maître.

— Quand on se partagera à Maironnes, je resterai à Saint-Jean, lui racontait son neveu. Je guigne des vignes et une belle maison sur la rivière et j'ai aussi des économies.

Un matin, Planou arriva avec un de leurs chevaux et *la Maison à vapeur*. Louis Raynaud parut très touché qu'Antoine Pla ait accepté de lui confier une de ses bêtes. Honorine, folle de joie, actionnait le vieux coffret tailladé et on put penser que seul le feu de la forge lui donnait des couleurs.

— C'est notre vieux Narbonnais. J'ai convaincu mon père qu'il n'arriverait jamais à Cascastel avec ses deux fers décloutés.

Plus tard, Honorine apprendrait qu'Antoine Pla soupçonnait son père d'être non seulement républicain mais socialiste.

— On ne l'attelle que pour aller chercher de l'eau ou sur bonne route. Il dépasse les vingt ans.

— Il est encore robuste, dit le maréchal qui examinait les paturons. Voilà un animal bien soigné.

Un des hommes venus bavarder autour de la forge demanda au garçon s'il retournait à Carcassonne bientôt et s'il était vrai qu'il voulait entrer à Saint-Cyr.

— Les idées de mon père ne sont pas les miennes. Une fois bachelier, je déciderai seul.

Devant faire boire les autres chevaux, il dit qu'il reviendrait chercher Narbonnais. Quand il fut parti, le même homme affirma que c'était un brave garçon.

— Son frère aussi, mais avec la Muda, ils en voient, tant elle est coquine !

Et de raconter une histoire de vinaigre dans une bouteille de muscat ou de grenache. Le facteur ayant pris l'habitude de se servir sans autorisation chaque fois qu'il apportait le journal de Paris, la sourde-muette avait décidé de lui donner une leçon.

— Le pauvre homme a failli en mourir. Pendant une semaine, il a étouffé au point que M. Albert, le médecin de Durban, voulait l'envoyer à l'hôpital de Narbonne !

Au cours des vendanges et du gros souper final, Honorine avait été impressionnée par cette femme qui déchiffrait sur les lèvres des autres ce qu'ils disaient. Les siens la comprenaient de la même façon. C'était comme de la magie, comme de guérir les brûlures et dans ses rêves candides d'avenir, elle estimait que Planou, avec une telle tante, ne pourrait lui reprocher la réputation de sorcier qu'avait son père.

Car Louis Raynaud avait dû, pour la première fois dans leur nouvelle résidence, répondre à la demande angoissée d'une femme, un soir de juin. Il avait cru que sa réputation ne le suivrait pas hors de Maironnes, mais tout finissait par se savoir.

Un soir de juin donc, après un orage si violent qu'on avait tiré au fusil sur un nuage d'un blanc suspect qui inquiétait fort, ils étaient les quatre à balayer l'eau entrée dans la forge, quand une femme sortit de la nuit, encore grasse d'humidité.

— Maître maréchal, il vous faut venir ! Mon nourrisson est tombé le cul dans le feu et s'est brûlé. J'ai mis du suif de bœuf et de l'eau bénite, mais il braille à réveiller toute la carrière !

La carrière, c'était la rue et celle de cette femme se trouvait au bout du vieux village. Là-bas, en famille, ils refaisaient les matelas. On disait la « Matelassière », sans jamais lui accorder ni un nom ni un prénom. Le prénom désignait toujours un Villeneuvois de souche, le nom un étranger avec du bien ou des rentes. Et puis, il y avait le reste — matelassière, bugadière, pastresse, boulangère — toutes les femmes de ceux qui essaieraient leur vie durant de se greffer sur la population ancienne sans jamais y parvenir. Raynaud resterait toujours le maréchal de Maironnes, même après sa mort.

— Vous levez les brûlures, je le sais.

— Non, je soigne seulement les chevaux, dit Louis, réticent.

Charrons, forgerons, maréchaux, ces maîtres du feu passaient pour détenir les secrets les plus inquiétants.

— Je suis nourrice et ils me feront payer cher l'enfant brûlé.

Louis se laissa convaincre, parce que l'appel du don demeurait plus fort que la raison. Il la suivit en espérant qu'avec l'orage et cet air encore gonflé d'eau, personne ne prendrait le frais, nul ne le verrait.

Ils habitaient dans une cave, le couple, six enfants, deux nourrissons à la mamelle avec le dernier-né de la famille, tous dans la poussière des vieux matelas pourris qu'on leur apportait, surtout des matelas de vieux grabataires. Louis passa entre la machine à carder, la chaudière pour bouillir le suint et la crasse, les sacs de crin, de balles d'avoine et de plumes, les ballots de laine, le rouleau de toile rayée. Dans un coin, à côté de la cheminée maladroitement maçonnée de briques et de plâtre, pleurait l'enfançon cul nu, maintenu sur un matelas par une fillette aux yeux rongés de conjonctivite. Les deux petites fesses étaient noires sous le suif, encroûtées, purulentes.

— De l'eau bouillie, du trois-six.

Même étendu d'eau, l'alcool fit hurler l'enfant mais il fallait chasser le pus et c'est ensuite qu'il marmonna en traçant ses croix. La fillette s'enfuit. Les autres, apeurés, se regroupaient. L'enfant exténué se tut. Tous retenaient leur souffle, dans la crainte qu'au moindre soupir, il n'en braille que de plus belle et dans le silence, la puanteur s'en donnait à cœur mauvais, celle de la laine mal lavée surtout, celle de la laine fraîche tondue avec des paquets de vers grouillants et le relent plus sournois du crin qui chatouillait les narines d'une acidité de pays barbares.

Au bout d'une heure, le maréchal s'arrêta et hocha la tête de satisfaction et de reconnaissance éperdue pour la lignée de maréchaux qui lui avaient légué le don. Sous la croûte assainie, la chair revivait déjà et l'enfant dormait en souriant.

— Que Dieu vous bénisse, chuchota la matelassière tandis que l'homme proposait un verre de trois-six que Louis refusa.

— Vous prenez combien ?

— Rien, c'est le don.

— Je vous ferai un matelas pour rien.

Eulalie en fut préoccupée plusieurs nuits, ayant espéré elle aussi qu'avec le déménagement, non seulement la rumeur du pouvoir mais le pouvoir lui-même demeureraient à Maironnes.

— Elle ne parlera pas, disait Louis, à cause du nourrisson qu'elle n'a pas surveillé assez.

Mais on finit par savoir et les gens commencèrent de venir montrer leurs brûlures.

— Après toi, ce sera fini, espérait Eulalie.

— Le don peut sauter une génération.

Le don en sauterait même deux.

Lorsque Honorine venait à la rencontre de Joséphine sur la route de Cascastel, elles rentraient bras dessus, bras dessous, osant rêver leur vie de femmes, même si Honorine, par ses foucades enfantines, entraînait sa sœur dans une partie de marelle improvisée ou rompait une confidence pour courir cueillir une fleur dans un champ. Au repas, elles redevenaient jeunes filles réservées, Joséphine parlant de ses maîtres.

— Ils n'aiment pas les Villeneuvois, n'aiment pas l'idée qu'ils veuillent se séparer de Cascastel et construire une autre église.

On en avait à peine fini avec l'odeur de tomatat qu'on soutirait, que chaque cave ouverte devenait une bouche soufflant son odeur de moût et que le village s'enflammait de cet air chargé d'ivresse. Il fallait tenir l'œil à la basse-cour et aux chèvres jusqu'à ce que les alambicaïres arrivent et répandent avec leur appareil une odeur de vomi.

Les Raynaud achetèrent un cochon et Eulalie rencontra chez le marchand de volailles de Castelnaudary la mère de Planou qui retenait des pintades.

— Vous rendez-vous compte, des « pincardes » à trois francs pièce ?

Toute allusion à l'aisance des Pla assombrissait l'avenir qu'Honorine construisait jour après jour, comme si elle jouait au mariage avec un Planou plus imaginaire que réellement présent.

On avait parlé de retourner à Maironnes nettoyer les tombes pour la Toussaint, mais le père avait son marc à faire distiller et, vu sa faible quantité, il passerait dans les derniers. Il avait besoin d'alcool pour soigner les chevaux.

Honorine ne savait quelle fête sacrifier, la Toussaint ou la Saint-Saturnin le 29 novembre ? Planou viendrait sûrement pour les deux occasions. Anna lui rebattait les oreilles de ces trois jours de bals et de gros repas, de la liberté dont jouissait la jeunesse à ce moment-là. D'après elle, les parents se montraient plus indulgents avec leurs enfants et l'on pouvait aisément ébaucher des amourettes.

— Je fais faire une robe à Cascastel et j'irai à Narbonne pour des bottines et un paletot ou un surtout. Et toi ?

— Chez nous, on n'en parle pas, soupirait Honorine qui avait échoué dans ses tentatives d'attirer l'attention de ses parents sur ces réjouissances à venir de la fin novembre.

Anna parlait des feux de Bengale qui s'enflammaient dans tout le village, donnant aux façades des couleurs éclatantes au milieu de la nuit, des pétards explosant dans la rivière, des orchestres différents chaque soir, des aubades que les musiciens offraient chaque matin. Pour les remercier de ce tour de ville, on leur servait café, grenache ou prune à l'eau-de-vie.

— Nous n'avons que des griottes et des grains-muscats, s'affolait Honorine.

— Ça suffira pour les Catalans de la cobla qui, eux, avalent tout sans hésiter, même des escargots bouillis au sel et à l'ail

À Maironnes, on ignorait qu'une « cobla » était un orchestre, ainsi nommé d'après l'instrument nasillard dont un des musiciens jouait et qui faisait l'étrangeté de la sardane.

— C'est joli mais compliqué à danser et chaque pas signifie quelque chose. Pour ces Catalans, on fait une cagaraöulada dans la rivière avec un gril comme une roue de charrette, des mètres de saucisse et des milliers d'escargots grillés au lard. On s'en met plein le ventre et on danse le reste de la nuit pour faire descendre tout ça.

Quel dommage, songeait Honorine, de faire des dépenses de jolies toilettes pour les graisser ensuite avec la saucisse ou les escargots !

CHAPITRE XVII

Le brasier infernal

Quelques jours avant la Toussaint, un propriétaire d'Albas, venu prendre livraison d'une charrette chez le charron de Villeneuve, accepta de conduire Honorine à la campagne de Saint-Rome où un ramonet convoyant du bois la mènerait jusqu'à Villerouge. Après avoir couché chez une cousine d'Eulalie, elle trouverait bien une occasion pour terminer son voyage jusqu'à Maironnes. C'était ça ou la route à pied, avait décrété Eulalie qui ne voulait pas faillir à ses devoirs de bru.

Peu après Villeneuve, la pluie se mit à tomber et à Saint-Rome elle dut se jucher tout en haut des piles de bois. Le ramonet marchait à côté de ses boulonnais, faisant claquer son catalan. Elle mangea discrètement le contenu de sa saquette, se demandant si elle devait en proposer à l'homme.

À la première descente, celui-ci vissa la mécanique et se hissa à côté d'elle, sortit d'un sac en moleskine une grosse miche de pain partagée dans l'épaisseur et ficelée, une bouteille de vin. Il commença par boire un tiers de son vin à la régalade, défit la ficelle du pain qui s'ouvrit comme un toupin, révélant dans un creux profond une salade d'oignons, de sardines salées, de poivrons et d'olives avec des rondelles d'œufs. Il mangea, puisant dans la miche de la pointe de son couteau. Soudain, il se soucia de la petite, lui proposa à boire et à manger.

— J'ai ce qu'il faut, dit-elle, voulez-vous de mon jambon, de mon omelette ?

Il accepta le tout, tendit sa bouteille mais elle s'étrangla. Il lui tapa dans le dos mais garda la main sur elle, lui tâtant le cou sous le chignon.

— On dirait que tu te portes bien.

Peu méfiante, elle se laissa pincer le genou, sa sœur la chatouillant ainsi, puis elle rougit, commença de s'inquiéter, essaya de parler.

— Tu vas chez qui à Villerouge?

— Chez Émilie Roques, mariée à Firmin Capdessus.

— Macarelle, tu es parente de Firmin? dit-il en retirant sa main.

Il acheva la bouteille, descendit en jurant car ses boulonnais peinaient dans une montée.

À Villerouge, Honorine n'eut pas l'accueil espéré, Émilie paraissait même catastrophée.

— Mais la lettre, vous ne l'avez pas reçue, à Villeneuve? Firmin est à Narbonne pour affaire et ne sera pas là avant trois jours pour te conduire à Maironnes. Seigneur, que vais-je faire de toi?

Honorine se réfugia vers la cheminée où grelottait une ménine si petite, si maigre que ses vêtements l'ensevelissaient. Le visage disparaissait dans la cravate et un grand châle noir jeté pardessus.

— Elle a toujours froid.

Émilie reprenait sa bonne humeur, lui faisait chauffer du café au lait, demandait si le ramonet de M. Francis avait été correct. Honorine cacha l'histoire de la main sur son genou. Elle ne la raconterait qu'à sa sœur, même pas aux parents.

— Si tu peux attendre trois jours, moi j'aimerais bien. Ça « raï », mais à Maironnes elles vont s'inquiéter, les petites vieilles.

— J'irai à pied. C'était prévu comme ça, d'ailleurs, par la traverse dont parle mon père. Je n'aurai pas toujours une occasion.

— Moi, à ton âge je le faisais, un plein panier d'olives sur le cabezal, deux fois la semaine, à la nuit, avec juste du pain huilé frotté d'ail. Mon père travaillait aux mines et c'était dur.

Sur une ardoise d'écolier, Émilie lui traça son chemin:

— Tu montes à la chapelle Notre-Dame et de là, tu vois la rivière et tu la suis jusqu'à Saint-Martin-des-Puits. Tu en as pour une heure et demie, puis autant jusqu'à Maironnes par le sentier qui arrive à la Cascade. Tu sais où sont les espacières?

— Ça oui, on y pêchait les grenouilles en revenant de l'école.

Pour la fêter, Émilie grilla des côtelettes en plus de la soupe, faisant manger la ménine dont les mains tremblaient trop. D'ailleurs, où étaient-elles dans ces manches trop amples, dans quel état squelettique, atrophiées? Du visage, Honorine n'avait qu'aperçu la lame du nez, d'un rouge vif, comme écorchée.

Elle partit le lendemain, dans le fort vent de cers, qui toute la nuit s'était acharné contre le volet de sa chambre et lorsqu'elle atteignit la chapelle, essoufflée, elle y pénétra lentement, effrayée par tous ces courants d'air qui chuchotaient, s'agenouilla au fond, près du bénitier tari, mit cinq sous dans le tronc de saint Christophe.

Les vêtement sculptés sur elle par le cers, elle descendit vers le Libre, soupira de soulagement car au bord de l'eau c'était le calme, un peu de la douceur d'été, avec juste la tête des peupliers qui tournoyaient dans la tempête. Dans le ciel le cers noir, le « marrit », poussait des nuages sinistres. L'eau paisible se teinta de plomb. Lorsqu'elle voulut manger pour se donner du courage, n'ayant avalé dans son appréhension de la route qu'un bol de café au lait, elle se rendit compte que la saquette était restée dans la chapelle. Elle avait cru la tenir en même temps que son sac de toile cirée tout au long du chemin. Rien qu'à la pensée de la colère de sa mère, elle faillit retourner la chercher, trouvant que saint Christophe exagérait. Elle continua, la faim creusant dans son corps un vide obsédant, ne voyant ni arbouses ni mûres.

Aux Rocs Blancs, elle ne put suivre la rivière dans sa gorge étroite, pensa la retrouver plus loin. Le vent devenait si âpre, le ciel si noir qu'elle attendait avec angoisse les premiers flocons de neige et, par suite logique à cette arrivée soudaine de l'hiver, les premiers dangers véritables, peut-être un loup. Elle s'égara, prit un ruisseau pour le Libre, trébucha, entailla son genou, renifla un moment. La faim devenait telle qu'elle crut sentir une odeur de viande grillée et mâcha un caillou pour leurrer son estomac.

À travers joncs, roseaux et même fougères, elle suivait le cours d'eau, son pied s'enfonçant parfois dans un sable gorgé d'eau et l'humidité imprégnant le bois de ses galoches.

Et voilà que l'odeur d'une viande grillée sur les sarments revenait à ses narines, la pénétrait, la rendait molle du besoin de dévorer à belles dents, lui rappelant cette grosse tranche de bœuf achetée le dernier dimanche par sa mère, une folie de deux kilos pour quatre, une goinfrerie, affirmait Eulalie fière et désolée.

Lui vint la certitude d'une tentation diabolique mettant sa gourmandise à l'épreuve. Le curé de Maironnes répétait que le démon pouvait user de n'importe quel artifice pour venir à bout de ses victimes.

Alors elle traversa l'eau sur des espacières naturelles, certaine que le fumet venait de ce côté-là, encore invisible et douteux, ne bleuissant pas encore l'air. Et plus loin, dans un creux, il flottait à l'abri du cers en petites traînées languides dans les chênes-kermès aux feuilles épineuses. Pourquoi le démon aurait-il fait cuire de la viande ? Il ne pouvait s'agir que de gens prêts à dîner. Une belle quantité de viande en tout cas. Du mouton ! L'air devenait gras. Du mouton déjà fait ! L'air sentait fort. Peut-être le quart d'un mouton, peut-être l'animal entier pour des inconnus qui festoyaient. Des grappillonneurs ? Dans une garrigue sans vignes ? Des grappillonneurs dépensant une fortune en viande ? Il y aurait eu un monde de déraison entre la promesse en piquette de ces grains oubliés sur les souches et le prix fabuleux de plusieurs livres de viande. Non, il y avait une autre explication, d'autres gens. Un domaine isolé où se célébrait un événement joyeux ? Mais sa cousine Émilie n'avait parlé d'aucune campagne. Elle n'osait songer à quelque cérémonie inattendue dans le profond de ces collines désertes. Sauf à un pèlerinage. Oh oui, Sainte Vierge, faites que ce soit un pèlerinage avec la soutane rassurante d'un prêtre, les ailes blanches des cornettes, les doux cantiques et les psalmodies monotones. Ceux-là offriraient une côtelette, l'eau et le vin. Mais si la fête était autre, païenne ? Païenne, au sens du curé de Maironnes, signifiait républicaine. De rage, certains disaient que ces réjouissances-là devenaient vulgaires et honteuses. Est-ce qu'avec dix sous elle obtiendrait de ces républicains inquiétants de quoi remplir son ventre ? Juste le temps de faire le négoce et de filer sans demander son reste, sans regarder si les femmes se pavanaient en cheveux et dans des guenilles impudiques, comme sur cette gravure que tous les enfants de Maironnes se transmettaient clandestinement, intitulée *les Excès de la Révolution*, où des créatures demi nues étalaient leur gorge « avec une bassesse républicaine », précisait la légende.

Elle escalada un abrupt et la fumée la frappa en plein visage, épaisse de graillons infimes, oignant ses lèvres que sa faim ouvrait pour happer ces escarbilles de graisse mêlée d'étoupe calcinée.

La fumée devenait brouillard suffocant et Honorine s'écarta du lit du vent mais il tourbillonnait, la rattrapait, l'enveloppait de mousseline malodorante, d'une crépinette sale qui arrêtait la vue à quelques mètres. Des flammes aiguës semblaient monter en bout du plateau, mais n'étaient-ce pas des éclairs dans le ciel noir?

Au bout du coteau qu'elle atteignit, dans une cuvette, des fous furieux sacrifiaient tout un troupeau sur des litières de braises fantastiques. Sur l'heure, elle se crut projetée dans l'Enfer des animaux tant ils étaient nombreux à cuire dans leur toison — quarante, peut-être, ou plus. Pour bâtir un tel brasier, un âtre aussi long, les fous n'avaient eu que ce creux aéré là-bas au fond par une échancrure de la roche où s'engouffrait le cers, comme sortant d'un énorme soufflet de forge. Il enrageait sur des rondins de bois entassés en un bûcher de quinze mètres au moins, faisait ronfler l'ensemble dans un bruit de fin du monde.

Tout un troupeau, Sainte Vierge, tout un troupeau, bégayait-elle, et les images de ce spectacle se heurtaient à son entendement qui refusait de les emmagasiner en mémoire. Tout un troupeau avec des boucs encornés, des agnelets de l'année recroquevillés dans leur crèche de flammes et de cendres comme les Innocents du roi Hérode. La fumée tragique, une outre boursouflée de puanteurs au départ, s'effilochait ensuite sur des lieues, filtrant dans la végétation les suffocations de laine et de corne calcinées pour ne garder que le meilleur, le parfum de la viande grillée, en tentation pour tout un pays. Seul un démon pouvait maîtriser cette fureur, affirmait-elle pour elle-même, terrorisée, se laissant aller sur la pierraille avec le désir de s'enfoncer, de disparaître loin de ce sacrifice répugnant.

Son estomac vide se retournait de nausée, renvoyait dans sa bouche la bile pure qu'elle n'osait même pas cracher et qui brûlait sa gorge et ses fosses nasales comme un vitriol. Lorsqu'elle réalisa qu'elle n'avait pas bougé d'un pouce, accroupie, vivante certes mais visible dans les caprices de cette fumée qui tantôt la graissait de suie pâteuse, tantôt la découvrait toute avec une diabolique malignité, elle s'aida de son sac pour reculer, s'appuyant dessus, gagnant un mètre, un autre. Se sauver, se sauver vite sans se retourner, courir, courir le long de la rivière qu'elle n'aurait jamais dû quitter sans sa gourmandise, la rivière aux herbes et aux poissons inoffensifs, aux murmures délicats si éloignée de cette horreur, de cette chaleur de damnation éternelle. Des bribes de pater et d'ave lui venaient à la bouche qui articulait mécaniquement ces prières, suppliant de se retrouver par enchantement dans le char à bancs des religieuses, comme si elle se réveillait d'un cauchemar.

Et toujours cette fumée qui filait au-dessus d'elle, allant pourrir les buissons de ses saletés, remontant vers un sommet pour l'empanacher un temps, rejoignant ensuite le ciel noir en forme de chemin veiné d'ornières tortueuses. Cette liaison entre ciel et terre accablait l'enfant comme un présage de malédiction.

Enfin un buis, bien trapu, renflé juste assez pour l'avaler un instant, lui permit d'essayer à nouveau ses jambes après avoir rampé avec son sac. Encore trop molles, de la flanelle. Un buis seul, comme un miracle dans ce désert de tas de cailloux et d'argelats épineux, mais elle se serait dissimulée derrière une touffe de thym dans sa volonté de se rabougrir, de se ratatiner à l'extrême.

Dans ce buis, la panique la fit se lever, titubante, et marcher vers le bout du plateau, l'abrupt, la rivière prisonnière de ses peupliers qui la cacheraient dans sa sérénité.

Non ce n'était pas un cri, surtout pas le cri d'un berger à son chien pour l'inciter à ramener la « fade » qui s'éloigne, mais si oui? Quel berger maudit? Quel chien de l'au-delà? La grosse masse de poils glaiseux la dépassa sur la droite, l'accompagna, ironiquement menaçante, avant d'amorcer la courbe finale, se planta sur ses pattes épaisses, à la regarder, les oreilles en arrière.

— Je ne suis pas une brebis, fit-elle, va-t'en, entends-tu?

Mais le sortilège du cri, « têêê, têêê, têêê », ensorcelait le chien qui, la voyant s'écarter, vint à elle, sans hâte, sûr de son bon droit, de sa fidélité à son maître, de leur force à tous les deux.

« Aganto la, aganto la. »

Le chien obéit. Déjà, sa lenteur paisible la paralysait. Elle laissa sa gueule se refermer sur son poignet mais refusa de tourner la tête pour voir approcher son maître, qui ne pouvait être que le diable en personne.

— *Que sias fu?*

Le diable pouvait aussi s'exprimer dans la langue des Corbières et elle n'en fut pas surprise.

— Tu me le dis qui tu es ou je te jette dans les flammes avec les moutons ! Que fais-tu aussi loin de tout ?

Si seulement un peu de salive avait bien voulu huiler sa langue et ses lèvres encollées.

— Tu me trouves si laid que tu ne me regardes pas ?

Surtout il puait, plus que la fumée, plus que n'importe quoi de sale, de mauvais, d'oublié dans un coin, plus qu'une charogne et c'était l'odeur du diable puisque dans cette puanteur elle reconnaissait celle du soufre. M. le Curé de Maironnes disait qu'on reconnaissait ainsi le démon.

Son père aussi sentait le soufre avec le charbon de terre ou le traitement de la vigne, mais celui-là n'avait pas de vignes à traiter en pleine Toussaint. Il puait d'abord le soufre puis le chien mouillé, la sueur vieille de plusieurs années, le vêtement jamais quitté, jamais lavé, raide de nourriture avariée.

Il la contournait lentement et elle ne levait pas les yeux. Mais elle vit l'espadrille à la catalane et tout de suite sut qu'il était l'Espagnol, se souvenant d'Anna : « On l'appelait ainsi à cause de ses espadrilles. »

— *C'es muda ?* demanda-t-il, puis continua en français : J'en ai connu une, autrefois, de muette. On pouvait lire sur ses lèvres, et moi aussi, alors que je ne sais pas lire le journal.

L'Espagnol, celui de Planou, celui du foudre de cent deux hectos... Elle tomba à genoux et le chien, sans lâcher prise, suivit le mouvement.

— Par pitié, monsieur, ne me mordez pas... On m'attend à Maironnes... Les ménines.

— Mais c'est mon chien qui te mord, pas moi ! À Maironnes, tu dis ?

Fermant les yeux, elle ne voyait plus les espadrilles en piteux état, les pieds noirs de crasse avec le gros orteil qui sortait des lacets entrecroisés.

— Ceux de Maironnes ne m'ont jamais fait de mal et même un m'a fait arracher des racines de bruyères. Razeau, tu connais ?

Paul Razeau, oui, mais à nouveau sa langue collait au palais, lui interdisait de répondre.

— Et tu viens de Villerouge ? Non, je ne t'ai jamais vue dans ce village. Je sais tout ce qui se passe à Villerouge et ailleurs. De loin, je surveille les gens sans qu'ils le sachent. Tu viens peut-être de Félines ?

Qu'il ne pense surtout pas à Villeneuve car elle devrait mentir, renier tout le monde et surtout Planou.

— Tu es à nouveau muette ?

Sur un signe, le chien la libéra et, de son gourdin, l'homme la força à relever la tête. Elle grimaçait à fermer ses yeux.

— Ah, tu ne veux pas voir ma figure ? Mais je saurai d'où tu viens.

Il ramassa le sac en toile cirée, l'ouvrit.

— Un livre, tu vas à l'école ?

Honorine grelottait. Le livre c'était *la Maison à vapeur* et sur la première page Planou avait calligraphié son nom et son adresse à l'encre violette.

— Ces images, c'est quoi ? Ce drôle d'animal avec des gens qui habitent dedans ? Même une cheminée qui fume. En voilà des bêtises pour une jeune fille !

Elle claquait des dents, mais lentement ouvrait les yeux, craignant qu'ils ne restent collés à force de serrer ses paupières. L'Espagnol feuilleta le roman, tomba sur la page de garde. Soudain, il la lui présenta et son gros doigt boursouflé par la dure vie, tailladé, désigna l'écriture violette :

— Si tu me lis ça, je te laisse repartir.

D'abord soulagée, elle se méfia vite. Il lui tendait un piège, avait peut-être reconnu le nom de Planou. Eulalie, qui ne savait ni lire ni écrire, savait retrouver le nom de Raynaud sur un acte ou une enveloppe. Qu'inventer ? Lui, pendant ce temps, avait remarqué la croûte blanchâtre qui scellait ses lèvres, car il tira une gourde de sous sa houppelande en peau de chèvre.

— Bois, c'est de l'eau.

Même cette gourde qu'il collait à ses lèvres empestait. Il la releva et l'eau qui en coula paraissait puisée de frais à une source pure, sans le moindre relent suspect.

— Ça te délie la langue ?

Oh oui, elle frétillait comme un goujon dans le liquide froid, et Honorine put trouver les seuls mots indispensables :

— Merci monsieur, ça fait du bien.

— Tu es bien élevée, toi. Alors, qu'y a-t-il écrit ici ?

Il lui montrait le mot Villeneuve, donc il l'avait reconnu pour l'avoir remarqué sur des papiers.

— Villeneuve, murmura-t-elle.

— Voilà, Villeneuve. Et toi tu es la petite Raynaud du

maréchal qui a quitté Maironnes où il ne pouvait plus gagner assez, pour prendre la forge d'Étienne Matignon. Je vais te montrer quelque chose.

Longuement, il fouilla sous sa houppelande, dans la laine où Honorine voyait courir les puces de chèvres. Il en sortit une vieille lettre. Le nom de Villeneuve y figurait en tête, suivi d'une date. C'était l'époque où les écoliers traçaient les lettres de la même façon à l'encre violette si bien que toutes les écritures se ressemblaient.

— Celui qui a écrit ça m'a fait venir de Limoux. Un conscrit à moi. J'en ai eu du travail et du bon, mais pour mon malheur aussi. J'étais domestique chez Antoine Pla. Tu connais les Pla? J'étais heureux, heureux jusqu'à ce que ce maudit...

Le regard d'Honorine osait remonter jusqu'à la poitrine, n'affrontait pas encore le visage et elle le vit hausser les épaules.

— Ça ne t'intéresse pas, dans le fond. Vous êtes bien à Villeneuve? Ton père soigne toujours les brûlures?

— Oui, monsieur.

— Moi aussi j'étais bien là-bas. J'habitais un petit ramonétage et la Muette fricotait bon. Brave, brave muette qui un soir est venue me faire décamper avant que les autres m'étrillent... Sept ans... Je suis parti dans la nuit glacée... Sept ans qui m'ont paru un siècle. Le café est toujours aux Bringuier? J'étais le plus fort à la manille. Le soir de Noël, j'avais gagné toute la nuit. Et puis au matin...

L'Espagnol se tut, pensif.

CHAPITRE XVIII

L'Espagnol retrouvé

Le mauvais, le « marrit », paraissait venir de partout, du ciel noir et du cers froid, de la fumée, de la puanteur des moutons achevant de se calciner, du rance de cet homme sauvage, presque bête dans sa houppelande de chèvre, et jamais endroit ne fut pareillement accablé tandis qu'Honorine n'en finissait pas de grelotter.

— Tu as peur, dit soudain l'Espagnol, de quoi, de qui as-tu peur ? Pourquoi as-tu prié que je ne te morde pas alors que c'était mon chien qui te tenait ? Tu me connais peut-être, tu sais ce qui s'est passé à Villeneuve ? Quand les « pilharts » m'ont découvert dans le cent deux hectos, et sont allés le crier dans le village ? Et tu t'imagines qu'après des années je suis encore enragé ?

Son rire fut aussi « marrit », plus encore que le cers, gâté par ses dents pourries, par l'infection de son haleine mais quelque chose dans la voix, vers la fin, attrista plus Honorine qu'elle ne l'effraya.

— Si j'avais dû être enragé par la morsure du « gous », je ne serais pas ici à faire rôtir ces moutons jusqu'à ce qu'ils ne soient que cendres. Tu sais ce qu'ils avaient, ces moutons ? Le charbon… Il a fallu que je m'en occupe pour un riche de Lagrasse… Il était bien content, le monsieur, que j'accepte pour cent francs, du jambon et du pain… Sinon, c'étaient ses trois cents bêtes que les gendarmes auraient abattues sur l'ordre du vétérinaire… Trois cents, picoline, trois cents. Tu imagines ? Voilà pourquoi je t'ai envoyé le chien, pour que tu ne te sauves pas aller raconter ce que tu as vu… Tu repartiras quand elles auront toutes brûlé et que le cers dispersera les cendres.

Elle n'y croyait pas. Il voulait l'endormir avec ses promesses. Mais une part de ses paroles faisait un drôle de travail dans sa tête, y prenaient sa place, repoussait le sentiment du « marrit » et les terreurs, pour installer deux images bien précises, celles du pain et du jambon. Affamée à hurler, elle aurait presque accepté de mourir pourvu que son ventre fût plein.

— Il va bientôt faire nuit et tu viendras avec moi sur le chemin de Saint-Martin. Je te conduirai aux premières maisons. Tu sais où aller, une fois là-bas?

— Non, monsieur.

— Lève-toi d'abord. Je ne suis pas le Bon Dieu, qu'on reste agenouillé devant moi. D'ailleurs, il n'y a ni Bon Dieu ni Sainte Vierge... Lève-toi, macarelle!

Avec la pensée que ses jambes céderaient, elle obéit et se retrouva debout, assez solide encore.

— Regarde derrière toi. Soixante-huit bêtes en tout, peut-être des saines, mais il fallait trancher à vif dans le troupeau comme dans une jambe pourrie de gangrène. Le monsieur de Lagrasse, ne vois-tu pas qu'il voulait encore discuter! Pas celle-là, ni celle-là, elle n'est pas malade... Et moi je décidais celle-là et celle-là... Il fallait tuer toutes celles qui étaient atteintes car j'ai l'œil...

Ce rire allait s'atténuant dans le mauvais, avec même des sanglots qui ne dataient pas de la veille.

— Trente-quatre cartouches qu'il m'a données le monsieur, pour celles qui vivaient. Mais moi, malin, j'ai pris mon couteau et je garde les cartouches. Et aussi l'argent. Et le pain qui me fera quinze jours et le jambon qui pèse ses douze livres, mais le pain c'est pas facile... Je peux tuer un lièvre, un marcassin, mais le pain je ne peux le faire... Parfois sur la route de Talairan, j'arrête la carriole du boulanger. Il me jette un pain chaque fois que je lui envoie mes vingt sous. Il me vole, mais avec l'air dégoûté en plus...

Toujours ces mots, pain, jambon, qui faisaient le nettoyage en elle, vidaient son esprit, son corps, à lui donner le vertige. Elle tomba sur son derrière, les yeux hagards.

— *Hé picoline qué fas? S'es malaouto? En t'as mal?*

Il s'affolait, s'accroupissait et dans ce geste sa houppelande, comme un soufflet, envoyait des bouffées fades dans lesquelles elle croyait reconnaître le parfum d'un gras de jambon.

— Monsieur, j'ai perdu la saquette, le pain, le jambon, les œufs et l'eau et le vin.

— *Macarelle ba poudios paï diré?*

Il parut s'envoler dans sa houppelande comme un oiseau de conte, il s'envola dans une poussière de crasse et de soufre, disparut en contrebas du plateau, mais revint vite, chargé comme un âne d'une gibecière si vaste qu'on aurait pu y fourrer un sanglier, une bonbonne de vin, la grosse miche de pain sous le bas et, assis sur ses talons, commença de trancher.

— D'abord l'assiette.

C'était la grosse tranche sur laquelle il déposa le jambon débité avec le même couteau. Celui qui avait égorgé les bêtes une à une?

— Non, je l'ai passé à la flamme un quart d'heure.

Il reniflait de satisfaction le parfum du jambon:

— Mange, pitchounette, mange que tu as encore bien de la route jusqu'à Maironnes. Et du vin, tu en veux? Mais je n'ai pas de verre ici. Je les laisse aux sources que je suis seul à connaître. Six sources, six verres. Tu bois à la régalade?

Comment aurait-elle pu tenir cette bonbonne de vingt litres au-dessus de sa tête? Il avait beau lui montrer comment, pinçant du bouchon le jet noir en un filet qui descendait droit dans sa gorge, elle manquait de force. Il se leva, s'élança avec son chien joyeux sur ses talons, revint en taillant un roseau.

— Une pipette comme pour goûter dans les barriques...

Elle s'étouffait avec le pain, le jambon, honteuse de retirer l'excès, les doigts fouillant sa bouche.

— T'enganosse pas et bois du vin de Saint-Pierre, c'est pas celui de Villeneuve mais il est bon.

Elle but, demanda la gourde et continua de manger. Lui taillait des cubes de pain surmontés d'un carré rose de chair salée, avec lenteur, savourant chaque bouchée en l'observant du fond de ses poils gris-noir. Voilà qu'elle osait regarder son visage maintenant. Enfin juste le regard, la bouche, dans ce remous de cheveux mélangés à la barbe qui paraissait tournoyer pour cacher un œil, une lèvre.

— Le monsieur de Lagrasse, il en tue quatre, de cochons. Huit jambons... Huit de derrière et huit de devant... Et il m'a donné un de derrière. Il avait peur qu'on lui abatte son troupeau, ses trois cents bêtes, sa fortune... Trois cents agneaux par an... Tu imagines ça en pièces de cent sous?

La nuit, couchée par la fumée, arrivait sur la garrigue, avant l'heure. Elle cessa de mastiquer, regarda autour d'elle avec inquiétude. L'obscurité les cernait, les isolait encore dans une flaque de clarté.

— Je vois la nuit, comme un chat. Je te conduirai à l'église de Saint-Martin. Tu sais où aller ?

Honorine secoua la tête.

— Quoi, tu n'as personne chez qui aller là-bas ? Pas un parent ? Alors il faudra aller jusqu'à Maironnes ? Tu pourras marcher ? Ça te fera deux bonnes heures. Et on ne peut pas partir avant que tout soit consumé, en cendres... Demain ceux de Villerouge voudront venir voir, à cause de la fumée, que le cers a dû promener jusque chez eux avec l'odeur de grillade.

Il riait plus doux, comme un homme, pas comme un sauvage.

— Cette nuit, ils vont rêver de côtelettes sur les sarments et demain que trouveront-ils ? Même pas des cendres. Un reste d'os peut-être, qui sait ? Plus de marques en tout cas... Tu sais ce que c'est le charbon ? C'est la peste des moutons et ça va vite. Un homme peut en mourir aussi... Il a fallu empiler le tout sur une charrette et rouler la nuit en évitant la grand-route, les villages. J'ai aussi fait brûler la charrette, une vieille pourrie, sortie d'une écurie où elle attendait depuis Mathusalem. Tu peux voir la roue là-bas qui a du mal à brûler... Les cadavres au fond, alignés... les vivantes dessus avec une corde pour leur boucler la gueule sinon on les aurait entendues à Tournissan et Talairan.

Un instant, il descendit à son brasier dont la lueur bavait encore sur la nuit. Elle devait se voir de loin, inquiéter Villerouge.

Insatiable, Honorine continuait de dévorer et avec son estomac sa quiétude gonflait. L'Espagnol n'avait jamais été celui d'Anna et de tous les « maïnatches » de la région. Ou alors, il la trompait pour mieux la tuer ensuite, quand elle ne se méfierait pas. Ou encore... Elle revoyait la main du ramonet sur son genou, pensait aux chuchotements de ses parents un soir, au sujet d'une fille qu'un chasseur avait surprise du côté de Ribaute. Joséphine lui avait expliqué brièvement ce qui avait pu se passer et elle se demandait, sans cesser de manger, si l'Espagnol n'aurait pas pu être ce chasseur.

— Une heure encore, picoline, une heure. Mange, car on va marcher dur... Tu y seras pour la fin de la veillée... Ou bien ils seront tous couchés et tu devras appeler.

Il avait encore coupé du pain, du jambon, sorti un fromage de chèvre dur et verdâtre, des oignons dans lesquels il mordait après les avoir juste poivrés et salés.

— Dans mon trou, j'ai de l'huile, du vinaigre mais je ne peux tout emmener.

Honorine ne voulait pas le questionner, préférait apprendre peu à peu, le laissait venir à ces souvenirs de Villeneuve, à sa vie d'après, qui n'allait pas dans le sens de ce qu'on lui avait raconté.

— Tout un sac de soufre que j'ai répandu sur les cadavres et enflammé, sinon, même avec le bois sec ils ne brûlaient pas.

Il montrait ses mains, ses jointures annelées de jaune, les ongles.

— J'ai même dû partir, je ne pouvais plus respirer.

Maintenant il enfermait le jambon, le pain dans la gibecière, bouchait la bonbonne. Le chien avait eu la couenne et du pain, dormait en rond, la tête dans ses grosses pattes poilues.

— Vous auriez dû revenir à Villeneuve, dit-elle comme sans y penser, émue quand même de sa hardiesse.

— Trop tard. Toutes les Corbières m'ont traqué comme un cochon sauvage. Pour vivre que faire ? J'ai braconné, un peu volé dans les jardins, les poulaillers. Quand la Muda est venue, elle m'a donné cent francs en pièces de cent sous, mais ensuite personne ne voulait faire négoce avec moi. Alors je montrais le fusil, parfois vide de cartouche, je prenais le pain, le lard, le sucre et je laissais un peu d'argent. Mais ça personne ne l'a dit. Comme si je les avais tous volés...

— Vous étiez dans le grand trou ? Galamus ?

— Galamus... Tu en sais des choses, petite... Des mois dans la grotte d'un ermite mort depuis cent ans... Avec un four à pain et du gibier réfugié là pour échapper aux chasseurs. L'ermite protégeait les animaux et ils ont cru... Je n'avais qu'à tendre la main pour prendre...

Il soupirait au souvenir de ce sacrilège, des bêtes en confiance depuis cent ans qu'il égorgeait pour vivre.

— Des perdrix et des marcassins perdus dans la ronçaille et des poissons dans les gourgs, des truites comme le bras que je salais pour l'hiver comme de la sardine...

À la pleine nuit, ils se mirent en marche. Lorsqu'il la laissa à Maironnes, elle cogna à la porte des ménines vers les minuit. Sa cousine, croyant à des voleurs, ne voulait même pas ouvrir les volets de sa chambre pour regarder dans la rue.

Pour le suivre, elle se fia à l'odeur rance de la houppelande qui lui arrivait par petits paquets tièdes et il connaissait un sentier évitant la rivière. Le chien allait devant et parfois d'un grognement signalait un endroit difficile. L'Espagnol doublait de volume avec sa gibecière, son fusil, sa bonbonne.

— Maintenant tu attends ici, le temps que j'aille à mon trou. Tu ne dois pas savoir où.

Une heure contre un arbre avec cette nuit bavarde autour, bavarde comme si Honorine n'existait pas, avec le « chot » qui huait et le renard qui glapissait, sans compter les frottements, les buissons se froissant, les pierres qui roulaient.

— Allez, picoline, on continue, j'ai tout laissé là-bas, donne ton sac.

Il pouvait disparaître avec, la planter là dans le plein de cette vie animale, invisible, à attendre le matin sans plus oser bouger. Une heure de marche en silence, avec l'impression de se frayer le chemin au milieu de milliers de bêtes allant à leurs affaires, tuant pour manger. Ils soupçonnèrent une harde à l'odeur, en train de s'empiffrer de glands d'aouzines plus haut.

— Un marcassin engraissé au gland c'est le paradis.

Lorsqu'il lui indiqua Saint-Martin sur la droite, il ajouta qu'ils en avaient bien encore pour une heure. Elle aperçut une petite lumière, celle d'une lampe ou d'une chandelle d'une veillée au cantoun.

— Pour passer l'Orbieu, tu me donneras la main, il y a de l'eau et les espacières sont glissantes.

Malgré la main qui tenait la sienne, comme une tenaille, elle tâta de l'eau avec sa galoche droite. Plus loin il lui offrit du sucre dont il avait rempli une poche, mais elle évita de le croquer, s'imaginant qu'il était empoisonné.

Alors qu'ils escaladaient vers la Bernède, il lui demanda si elle connaissait Antoine Pla, son ancien maître.

— Il ne vient jamais à la forge.

— À cause de ses idées, fit-il en riant. Et ses fils, tu les connais?

— Lequel?

— Planou.

Dans la montée, elle collait presque à lui, car le sillage de l'odeur ne suffisait plus avec le cers soufflant de l'autre côté.

— Il est à la propriété ?

— Il étudie à Carcassonne.

— Il promettait et son père a de quoi le tenir à l'école. Dire que sans ce maudit chien je serais chez eux, à Villeneuve, marié peut-être, à faire la manille chez Bringuier. Ce devait être péché que d'aller un matin de Noël visiter mon piège à loup... Le chien était pris et je l'ai cru mort. Il faisait semblant. J'aurais dû tirer quand même, mais j 'ai voulu économiser la cartouche... Il m'a sauté dessus, m'a mordu et j'ai tiré... Puis j'ai pris la poudre de plusieurs cartouches que j'ai mise sur la plaie. J'y ai foutu le feu... J'ai pu gueuler tout mon saoul dans la vigne, le village dormait au loin... J'ai en plus fait rougir une cuillère qui me servait pour les pièges et je l'ai appliquée sur la morsure... Quand je l'ai raconté à Antoine Pla, il a préféré m'enfermer dans le foudre. Lui n'avait pas peur mais disait que les voisins risquaient de me faire un méchant parti... Pour les mordus par une bête enragée, il faut le noir, pas de viande... Et puis les « maïnatches » m'ont trouvé...

— Ils ne savaient pas, plaida Honorine.

— Ça devait arriver... Si j'avais seulement attendu... Le chien aurait fini par se ronger la patte et on aurait pu l'avoir... Je voulais la prime et les honneurs... Au village, je n'étais que l'Espagnol avec mes espadrilles... Un moins que rien... Je voulais devenir celui qui avait tué « *lou gous enrageat* ».

Au sommet, le vent frappait comme de la grêle.

— *Acco es marrit,* dit-il.

Ils redescendirent vers la route de Caunettes au château de Dufort, tirèrent vers la gauche, vers Maironnes.

— Je te ferai traverser la rivière et puis bonsoir.

Jusqu'au bout, elle pensa qu'il allait l'estourbir d'un coup de crosse à la jeter par terre, et ne sut que lui dire quand il s'arrêta pour la laisser tout en bas du cimetière.

— Si tu vois Antoine Pla, salue-le bien de ma part, et dis au petit Planou que je le montais sur Narbonnais quand je le croisais sur le chemin de l'école... Il ne se souviendra pas de moi. Il avait quoi à cette époque, onze ans ? Et son père depuis a dû en user des domestiques de culture. C'est qu'il n'est pas commode, l'Antoine Pla, pour le travail.

CHAPITRE XIX

Les jours difficiles

De crainte de s'opposer trop violemment à son père sur des sujets politiques, Planou ne venait plus aussi souvent à Villeneuve, laissant son frère Joseph faire seul le voyage. Son cadet, au retour, lui racontait qu'Antoine Pla restait ferme sur ses haines contre la République et se consacrait surtout à la réunion des dons en argent destinés à la construction de la nouvelle église. Il se doutait que son aîné fréquentait des personnes et des groupements suspects à ses yeux, mais ne formulait aucune critique.

— Il devient ronchon et la maladie de maman n'arrange rien.

Albanie souffrait d'un mal sournois qui l'obligeait souvent à garder le lit. La Muda, que les souffrances de sa sœur animaient d'une volonté farouche, la remplaçait à l'ouvrage et abattait le double de besogne.

À la Noël 1884, le temps fut si mauvais que les gens ne sortaient guère de chez eux. Le café, étant fermé pour cause de deuil, n'organisa pas de loto, ce qui fit le bonheur de l'autre, dans le vieux village. Planou resta chez lui, à lire au coin du feu, refusant d'aller à la messe de minuit à Cascastel. Sa mère, encore faible, lui tint compagnie tandis qu'il surveillait l'oie à la broche.

Joseph le taquinait souvent au sujet de la fille du maréchal-ferrant.

— La petite Raynaud paraît désolée de ne pas t'apercevoir dans le village. L'autre jour, elle m'a dit qu'elle avait un livre à te rendre.

— Tu sais qu'elle n'a que onze ans ? Tout juste si elle a fait sa communion. Je t'en prie, ne transforme pas ces enfantillages en un sentiment qui ne pourrait être que gênant.

— Bah! Sa sœur Joséphine est amoureuse de son cousin germain, c'est bien autre chose non? Ils vont se marier, dit-on, et c'est le sujet de toutes les conversations dans le pays. Il leur faudra une dispense, paraît-il.

Planou et Joseph retournèrent à Carcassonne. Là-bas, ils profitaient d'une plus grande liberté grâce à un correspondant en ville, faisaient partie d'un cercle républicain, fréquentaient les frères Sarraut.

Lorsqu'il se retrouva à Villeneuve au printemps, Planou apprit qu'un autre maréchal-ferrant allait s'installer dans le village, dans le quartier de la fontaine.

— Je préfère quand même Raynaud, lui dit son père. Il a proposé le ferrage gratuit pour les chevaux dont nous aurons besoin si la nouvelle église se construit. C'est un brave homme, même s'il a quelques idées de l'autre parti.

On disait du futur maréchal que c'était un joyeux drille, conteur d'histoires lestes, ce qui attirerait ces propriétaires qui passaient plus de temps à discuter dans la forge que dans leurs vignes. Planou savait que Raynaud, d'un naturel sérieux, voire grave, n'aimait guère qu'on plaisante trop quand ses filles pouvaient entendre.

Dès qu'il était question des Raynaud, la Muda ricanait et le jour où Planou conduisit un des chevaux à la forge, elle ne put s'empêcher de lui exprimer sa désapprobation: « Tu ne vas pas t'amouracher de cette petite fille? Ça serait du joli. Tu as dix-neuf ans, maintenant. Je t'ai conseillé de te marier pour rester au pays mais pas à n'importe quel prix. Ne va pas nous mettre dans la peine. »

Le premier surpris par cette histoire que plusieurs personnes s'ingéniaient à gonfler outrageusement, il décida de se montrer prudent avec cette gamine. Il laissa le cheval au père, dit qu'il reviendrait le chercher.

Au café, nul ne l'ennuya avec de méchantes allusions, mais lorsqu'il retourna chez le maréchal, Honorine attendait dans l'ombre, *la Maison à vapeur* serré sur sa poitrine. Il ne put s'empêcher de remarquer que celle-ci arrondissait discrètement son corsage.

— Je ne vous ai pas revu, murmura-t-elle, pour vous le rendre.

Son père étant occupé avec un mulet, elle accompagna le jeune homme au-dehors, défit la bride nouée à l'anneau pour la lui tendre.

— Au moment de la Toussaint, commença-t-elle, je suis allée à Maironnes... Dans la traverse, j'ai...

— Excusez-moi, dit-il désinvolte, mais mon père attend ce cheval pour l'atteler...

Pourquoi s'était-il montré aussi peu curieux, presque fâché qu'elle lui parle ? Pendant des mois elle avait attendu cet instant, fortifiée par cette complicité secrète qui existait entre eux depuis leur première rencontre à Maironnes. Elle voulait lui raconter son aventure avec l'Espagnol, le rassurer sur les intentions de cet homme.

À cause de l'Espagnol, elle s'était quelque peu brouillée avec Anna de l'épicerie. La commise avait eu l'impression que toute son enfance se trouvait mise en doute et n'avait pas admis le récit de son amie, ni son voyage à pied en direction de Maironnes, ni les moutons brûlés, ni sa rencontre avec l'enragé.

— Ce n'est pas bien, affirmait-elle, le visage contracté de larmes contenues, pas bien du tout d'aller si loin dans le mensonge, surtout avec moi qui me croyais ton amie. Tu parles d'un endroit où personne ne peut aller vérifier sur place les cendres de cet énorme bûcher. Tu me prends pour une imbécile.

Honorine, exaspérée, alla faire ses commissions de l'autre côté de la rivière jusqu'à ce que sa mère, découvrant qu'une chamaillerie d'enfants était la raison du bonjour sec d'Isabelette, exigeât avec colère qu'Honorine aille immédiatement acheter un demi-quart d'huile à côté. Un demi-quart d'huile ! Comme des pauvres ! Avec un verre en plus. Mais Anna, bonne fille, l'embrassa et la servit :

— Tu sais, nous racontons toutes des blagues, dit-elle.

— Ce n'était pas une blague, soupira Honorine sans insister.

Le nouveau maréchal profita, du moins Eulalie l'en accusa, de l'enterrement à Maironnes d'une des ménines, une des tantes, pour ouvrir sa forge.

— Il a bien calculé son coup. Il nous guettait, pardi ! Nous voilà beaux !

Comme par hasard, au retour de l'enterrement le premier jour, il n'y eut que trois francs dans l'écrin qui servait de coffre-fort.

Planou l'apprit dans une lettre de son père à la veille de passer son baccalauréat, en juin 1885. Il fut reçu et, avec l'argent que lui offrit Antoine Pla, alla chez des amis à Bordeaux, ne revint chez lui que pour les vendanges.

– On s'est arrangé entre parents, expliqua Antoine. Ceux de Montgaillard viendront nous aider et nous leur rendrons ce service.

Mais, à la tête de la Muda, le récent bachelier eut l'impression qu'un complot familial avait organisé la « colhe » afin de ne pas embaucher la petite du maréchal Raynaud.

Un jour, il la croisa sur la charrette des Dupré. Elle ne lui adressa qu'un petit salut réservé qui le mortifia, lui faisant découvrir que depuis quelque temps il trichait avec lui-même et qu'il pensait à cette toute jeune fille en dépit de l'immoralité de ce sentiment. Il connaissait des sœurs d'amis plus proches de son âge qui ne le faisaient pas rêver comme cette enfant de douze ans.

Digne dans ses désillusions, Honorine s'efforçait d'oublier les boucles noires si rebelles, la moustache provocante ourlant la bouche ironique, travaillait sans se plaindre durant ces vendanges. L'argent qu'elle gagnait ne servirait pas à son trousseau, ce qui l'attristait encore, mais les temps devenaient durs pour Louis Raynaud. L'autre maréchal lui prenait tous ses clients. Il était jeune, rapide, hâbleur, alors que le père sentait venir sa vieillesse. Quand Eulalie avait prophétisé que des temps difficiles commençaient pour eux, elle ne s'était guère trompée. Faute de chevaux à ferrer, il fallut s'occuper davantage des vignes et des jardins pour compléter le manque à gagner. Cet été 1885, Eulalie et Honorine se levèrent aux aurores pour sulfater, puisqu'on disait que c'était la meilleure méthode depuis qu'on avait abandonné les injections dans la terre de sulfure de carbone. Les Raynaud ne pouvaient se payer les nouvelles bouillottes à pulvériser et utilisaient des arrosoirs. Chaque pied devait être aspergé en soulevant très haut ce récipient et c'était exténuant. L'eau, heureusement, avait été livrée en comportes en échange d'un ferrage gratuit et elles charriaient dans une brouette le sulfate ou le soufre.

N'empêche qu'ils eurent quelques alertes de phylloxéra et qu'on les regarda de travers, de crainte de la contamination. Avec l'installation du concurrent, on les dédaignait quelque peu et Honorine se réfugiait dans une réserve parfois hautaine. Leur nouvelle pauvreté, les sentiments, jugés incestueux, de Joséphine et Célestin, les isolaient peu à peu, mais tout aurait été supportable si Planou n'avait pas changé lui aussi. Désormais, Honorine accepterait d'aller plus souvent à Maironnes même si elle devait parcourir la distance à pied, prendre la traverse le long du Libre. Et la nuit, dans ses insomnies désespérées, elle envisageait même de rester toute sa vie là-bas.

— Nous, si on récolte quinze hectos ce sera bien, disait Raynaud.

Une fois tout payé, depuis le soufre jusqu'aux labourages, ça ne ferait pas lourd. Pendant ce temps on disait, chez Anna, qu'Antoine Pla avait dépassé les cinq cents hectos et que pour la première fois il avait pu utiliser son grand foudre.

— Le cent deux hectos, insista Anna, avec un regard appuyé pour Honorine.

Le père de Planou rentra aussi du blé, de la paumelle et des graines de luzerne. Il ne s'était pas laissé griser par la vigne, lui.

Une fois de plus, Planou ne vint pas pour la fête de novembre. Honorine la passa à Maironnes, à s'occuper des deux ménines, de plus en plus vieilles, de plus en plus frileuses. Elle ne revint qu'un peu avant la Noël, aperçut Planou quelquefois. D'après Anna, il habitait Toulouse. Antoine Pla, la mort dans l'âme, avait renoncé à ses rêves de fils saint-cyriens. Planou allait certainement rentrer aux Chemins de fer du Midi où, grâce à son instruction, il pourrait faire une brillante carrière. À ces mots de chemin de fer, Honorine, qui n'avait jamais vu un train de sa vie, pensait que le garçon allait définitivement s'éloigner d'elle à bord d'une de ces machines crachant le feu et la fumée, comme dans *la Maison à vapeur* ou les images de *l'Illustration*. Il s'en irait dans quelque pays lointain, rencontrerait quelque belle jeune fille riche et ne reviendrait que rarement à Villeneuve.

En janvier 1886, une fois de plus, elle prit le chemin de Maironnes, à pied, n'ayant trouvé aucune voiture pour s'épargner la fatigue, ne s'en souciant guère. Chaque fois qu'elle longeait le Libre, elle espérait apercevoir l'Espagnol, uniquement pour parler de Planou avec lui. Elle n'avait plus personne avec qui elle puisse s'en entretenir. Anna restait une véritable amie mais elle évitait avec elle ce genre de confidences, trop fière pour que l'on sache qu'elle avait du chagrin.

Célestin venait tous les dimanches, apportant toujours une gâterie à la famille, conscient de ses ennuis financiers. C'était un lièvre de braconnage ou un poulet acheté à un volailler, des gâteaux du pâtissier de Durban, ou un morceau de bœuf à griller. Il commençait d'être admis, avec des réserves, à un autre titre que celui de neveu. Jamais on n'avait encore parlé mariage mais les Raynaud semblaient se faire à cette idée. La famille, face à l'adversité et aux racontars, se soudait étroitement et, comme par défi, acceptait ce que les autres jugeaient répréhensible.

Et au mois de mai, de retour de Maironnes, Honorine ne fut pas surprise que la date du mariage soit fixée pour la fin de juin. À la maison, on discutait surtout du repas, évitant ainsi toute allusion à la mairie, à l'église où cette union consanguine s'officialiserait.

Ce fut un mariage à l'économie, mais Eulalie fit de son mieux avec un demi-agneau de l'année, des poulets châtrés par elle, pas encore chapons mais bien dodus déjà, des truites qu'apportèrent les parents de Maironnes, conservées dans la glace prise directement à la glacière de Lagrasse. On mangea devant la forge, à l'abri des curieux derrière une bouronne tendue et c'est en allant chercher du sucre à l'épicerie qu'Honorine croisa Planou. Visiblement, il ne la reconnut pas tout de suite dans cette belle robe de cérémonie et souleva sa casquette par politesse avant de s'exclamer:

— Mais vous voilà jeune fille désormais... Je vous croyais à Maironnes, depuis le temps que je ne vous ai vue...

Elle avait grandi, pris des formes, mais elle n'avait que treize ans et il sentait braquée sur lui toute la réprobation du village depuis chaque fenêtre.

— Je suis à Toulouse.

— Je sais.

— Ferez-vous les vendanges pour nous cette année?

Jamais plus elle ne bâtirait de nouveaux rêves insensés, surtout en cette année où l'argent manquait dans la famille. Il souhaitait la rencontrer à nouveau durant les vendanges ou bien agissait-il par charité, sachant leur misère?

— Pourquoi pas, si votre père paie comme les autres?

À le voir déçu, presque malheureux de cette réponse inattendue, elle regretta sa méchante humeur. Il allait la juger mesquine, uniquement intéressée par le gain.

— Je veillerai à ce que vous receviez votre dû, fit-il déconcerté. Avez-vous été grugée la dernière fois?

— Non, balbutia-t-elle, ce n'est pas ce que je veux dire.

— Vous n'avez eu aucun plaisir à vendanger pour nous? Quelqu'un de la famille vous a-t-il peinée?

Prête à sangloter, elle préféra s'enfuir et il suivit son élégante silhouette jusqu'à ce qu'elle descende vers la forge. Honorine termina la journée dans une tristesse telle que Joséphine crut que c'était à cause d'elle:

— Saint-Jean n'est pas si loin, nous viendrons souvent. Le maître de Célestin lui prêtera une voiture.

Dès le lendemain, dans sa rage de lutter contre l'adversité, Eulalie entraîna sa fille à Pech de Grille. Elle avait semé du maïs dans un cotieux abandonné depuis longtemps et il fallait arroser les pousses à coups de seaux. Par la suite Honorine y monta seule deux fois par semaine et un jour, exténuée, elle n'enfonça pas tout à fait le bâton aux chiffons dans la bonde et la basse passa la nuit à se vider. Le bénéficiaire du jeudi se fit rembourser son eau par un ferrage complet. Eulalie prit cent sous dans la tirelire de sa fille.

Elles avaient semé des vesces entre les rangs de vignes pour nourrir les canards et les cochons mais il fallait toujours courir d'un lopin à l'autre, s'étirer les bras en charges lourdes, se crisper le cou sous le poids des paniers de légumes. Surtout des tomates. Quand, après une journée d'arrosage, Honorine retrouvait la maison et la forge baignant dans l'odeur aigrelette du tomatat, c'était plus qu'elle ne pouvait en supporter. Eulalie avait décidé d'en fabriquer assez pour pouvoir en vendre, calculant qu'il y avait dans le village des gens n'ayant ni le temps ni les tomates pour le faire. Elle établissait déjà ses prix, préparait ses pots, espérant gagner une cinquantaine de francs.

— S'il le faut, on ira comme la marchande d'allumettes, de porte en porte.

Honorine en avait le frisson, se voyait en pauvresse, proposant ce produit de quatre sous à chaque maison déjà bien dotée, il n'y avait qu'à respirer l'air des rues pour s'en rendre compte, mais sa mère persistait dans ses spéculations. Elle vendait déjà des haricots, des aubergines, des melons particulièrement réussis cette année, un miel, disait-elle pour les vanter. Pourquoi pas du tomatat? Et plus elle s'acharnait contre la misère, plus la forge manquait de travail, si bien que Louis l'éteignait avant midi. Passaient des jours sans un seul cheval, sans même un âne à ferrer. Mais par contre les coliques, les fics, les bleimes, toutes ces saletés qui dépréciaient la valeur d'un animal, il en soignait. Là, on se souvenait qu'il existait. Et il guérissait des chevaux qui arboraient les fers industriels de l'autre maréchal.

— Prends-leur plus d'argent, s'énervait Eulalie.

Mais il n'osait pas, gardait un peu d'espoir. Déjà la récolte de 86 s'annonçait belle :

— Trente hectos au moins.

— Tu vas nous porter la guigne, répliquait sa femme.

Et de courir chercher des tomates chez les voisins qui en étaient envahis cette année-là, et de remplir les comportes, puis les torchons. Avec des mines gourmandes, elle préparait des dizaines de pots qu'elle s'était procurés nul ne savait comment. Il fallait la voir les tasser, répandre de l'huile en surface pour la conservation, les fermer avec un papier trempé dans l'alcool, puisque le « sulfurisé » coûtait trop cher. Toute une fièvre de spéculation l'agitait la nuit.

Quinze jours après le mariage de Joséphine, Honorine, qui redescendait de Pech de Grille un panier de légumes en équilibre sur la tête, croisa Planou qui montait, lui. Elle le reconnut de loin, ralentit le pas malgré la pente qui l'entraînait. Elle pensait s'excuser, mais il souriait gentiment, ayant oublié l'histoire de la dernière rencontre.

— Je monte au Rec Caouffat. On va bâtir une tour et y dresser une statue de la Vierge. Je dois de temps en temps faire des concessions à la dévotion familiale, ajouta-t-il en riant.

Tranquillement, il l'aida à ôter le panier de sa tête et Honorine se hâta de cacher le cabezal pour libérer ses cheveux.

— D'autres jeunes gens sont là-haut, à choisir l'emplacement avec le curé et un maçon, ne voulez-vous pas monter? Une autre fois? Il y aura une procession pour l'inauguration à la fin de l'été juste avant les vendanges.

Désormais, elle le rencontra chaque jour ou presque sur son

chemin. Il portait un sac de chaux sur son épaule, ou un outil. Du jardin des Raynaud, on entendait les jeunes gens rire et crier tandis que la tour peu à peu s'élevait au sommet de la montagne rouillée.

Mais Honorine ne fut ni de la procession ni de la fête joyeuse qui dura toute la journée : pourtant, Joséphine vint de Saint-Jean pour y participer. Elle soignait les ménines à Maironnes et pleurait presque chaque soir.

Au moment des vendanges, il y eut un terrible orage de grêle, mais les Raynaud avaient déjà leurs raisins en cave, trente-six hectolitres qu'ils pensaient vendre vingt-deux francs. Peu à peu, quelques propriétaires revenaient pour les ferrages, un équilibre s'établissait entre les deux forges et Antoine Pla amena ses deux chevaux d'un coup, juste avant la récolte.

Durant ces trois semaines où elle travailla pour les Pla, Honorine se sentit constamment surveillée. Planou lui-même évitait de trop s'attarder auprès d'elle, mais il avait des regards si tendres qu'elle recommençait à rêver de lui. Cette fois, on ne l'invita pas pour le gros souper final.

Planou dut partir à Toulouse et elle se mit sérieusement à la couture. L'hiver dernier, elle avait déjà taillé des robes d'enfants dans de vieux vêtements d'adultes. Elles avaient plu. En travaillant de l'aube à la nuit, elle gagnait ses vingt, vingt-cinq sous, était heureuse de les joindre à la masse commune. Car bien sûr personne n'avait voulu du tomatat d'Eulalie. Il moisirait au printemps et on devrait en jeter des dizaines de pots.

Elle cousait en pensant à la fête de novembre. Planou lui ayant dit qu'il serait présent pour ces trois jours de bal, elle devait confectionner des robes sans tarder. Sa vie coulait tranquillement dans cette attente, alors que ses parents paraissaient inquiets, chuchotaient tard la nuit. Et une cliente, un soir, prononça les quelques mots de trop, qui allaient la tourmenter des mois.

— Je suis bien contente de cette robe, Honorine. Tu travailles très bien. C'est bien fini… Ta mère doit être contente. Tu pourras habiller la petite sœur ou le petit frère.

— Vous voulez dire ma nièce ou mon neveu ? C'est Joséphine qui attend.

Léonie, la visiteuse, parut embarrassée et eut un geste vague :

— Ta petite nièce ou ton neveu aussi, bien sûr.

Dans son trouble, Honorine ne vit pas que cette femme lui laissait cinq sous de mieux pour marquer sa satisfaction, resta immobile tandis que sous ses pieds la chaufferette en fonte émaillée, d'un vert tendre, refroidissait.

— Veux-tu du café au lait? vint lui dire sa mère. Tu m'entends? En voilà une de figure, tu es malade?

Honorine prit deux sous, alla acheter un sac de biscuits chez Anna, lui fit part de la réflexion de Léonie qu'elle jugeait stupide, mais Anna rougit faisant mine de ranger ses vermicelles en vrac.

— Elle sait bien que je n'ai ni petite sœur ni petit frère.

— Léonie n'est pas une méchante langue, dit Anna, mais on commence à le savoir dans le village.

— Savoir quoi?

— Que tu vas avoir une petite sœur ou un petit frère.

Très naïve, elle ne comprit pas tout de suite la rougeur de son amie et puis la vérité la paralysa soudain dans un corset de fer. Tant d'impudeur publique la dégoûta et la révolta:

— Ils n'ont pas le droit de dire des choses aussi laides... De parler ainsi de mes parents.

— Mais ce n'est pas laid, murmura Anna, l'air extasié. J'aimerais bien avoir une petite sœur, moi... On dit que ce sera pour mars ou avril.

— Mais c'est faux... Je ne veux pas... Ils sont vieux... Papa va vers ses cinquante et un ans... Et ils vont être grands-parents...

— Ta mère Eulalie a douze ans de moins que lui.

Pendant deux semaines, Honorine rechigna à sortir, à rencontrer des gens, à parler aux siens, surtout à son père qu'elle ne pouvait plus regarder en face. Ainsi leurs cachotteries, depuis des mois, c'était ce ventre qui s'arrondissait malgré les efforts de sa mère pour le dissimuler, alors que Joséphine fière du sien l'arborait ostensiblement, riant de son état d'épouse et de future mère. Si heureuse, alors que ses parents se recroquevillaient dans la honte.

Jusqu'au jour où elle découvrit qu'avec sa niaiserie vite effarouchée, sa bigoterie où elle se complaisait assez souvent, elle les rendait malheureux. Elle chercha comment en finir avec les réticences, les dissimulations. Les repas, la veillée devenaient d'une lourdeur insupportable à force de silence et de mines préoccupées, si bien que les parents la laissaient souvent pour aller chez les bourreliers ou le charron.

Combien de soupers tristes, de soirées accablantes avant qu'elle ne trouve comment leur faire comprendre qu'elle était heureuse, mais sa langue se paralysait comme l'autre fois avec l'Espagnol. L'occasion vint le soir du bouillon du samedi.

— On peut manger le bouilli ce soir, disait Eulalie, j'ai de la tranche de bœuf, dans la culotte pour demain.

— J'aime le bouilli, dit alors rapidement Honorine. Joséphine aussi, et j'espère que la petite sœur ou le petit frère l'aimera également.

Cette goutte de silence suspendue entre eux trois faillit gonfler outrageusement, les envelopper à jamais dans l'incompréhension mais joyeux, le père la creva très vite :

— Le bouillon fait du bien aux enfants et ce sera un garçon.

— Ça chasse les humeurs des femmes. Ce sera une fille, dit la mère.

Honorine comprit « mauvaise humeur » et s'indigna qu'on puisse déjà soupçonner le poupon d'un sale futur caractère. Ils en rirent tout le soir. Cette nuit-là, quelqu'un ouvrit la porte de sa chambre, n'osa rentrer et se retira sans bruit.

Depuis longtemps, la messe de minuit ne se déroulait plus à Villeneuve, mais cette année-là le temps clément incita le curé à renouer avec l'alternance. Honorine remarqua que les gens se retournaient vers leur groupe, évaluant la rondeur des deux femmes Raynaud, la mère et la fille. On souriait sans méchanceté, avec une douce ironie comme pour évoquer, sans oser se montrer trop précis, sinon l'amour, ce mot rarement prononcé, du moins la bonne entente qui avait présidé à cet état : « Ces deux-là, ils s'entendent si bien qu'à leur âge ils ont commandé. »

Et Honorine, dans cette atmosphère de recueillement qui la comblerait toujours d'émotion — elle fut la seule de la famille à garder sa foi enfantine, exigeant même, bien plus tard, de recevoir l'extrême-onction quelques heures avant d'entrer en agonie —, éprouvait un grand bonheur pour leur tendresse, un émerveillement de se trouver à leurs côtés au vu et au su de tout le monde, même s'il fallait braver quelques esprits chagrins.

Des semaines durant, honteuse de cette grossesse, elle avait appréhendé de rencontrer Planou. Pour la fête de fin novembre, elle avait dansé avec lui, redoutant ses questions précises, malheureuse de le fuir, d'apparaître comme une coquette capricieuse.

Il n'était pas à la messe de minuit. Seuls le père et la Muda occupaient leur banc, Albanie Pla ayant dû s'aliter une fois de plus. L'anticléricalisme des deux frères commençait d'être connu, surtout celui de Planou dont les amitiés avec des tribuns politiques étaient citées.

Le 31 mars 1887, ce fut une petite Éva qui naquit chez les Raynaud et Honorine fut sur-le-champ folle de ce bébé qui, en quelques heures, prit possession de la maison avec ses pleurs, ses maillots souillés, ses sourires. Le berceau devint le centre de la vie de famille. La petite jeune fille aimait s'occuper de l'enfançon, le démailloter, le nettoyer, le rhabiller pour le confier aux bras de sa mère. Les seins d'Eulalie la ravissaient de leur opulence veinée de bleu. Elle participait à un mystère, à une intimité chaude, devenait la petite maman de sa sœur.

Au cours des relevailles, elle veilla à tout, aussi bien à la forge qu'à la cuisine, à la propreté comme à la couture, se levait la première pour se coucher la dernière, devenait si bonne cuisinière que son père affirmait manger comme dans un hôtel et mieux encore.

Un monsieur de Durban voulut l'engager sur cette réputation, lui offrant trente francs du mois comme cuisinière, mais elle préférait rester à Villeneuve.

Joséphine venait souvent avec sa petite Isaure, restait quelques jours. Un soir, elle prit sa sœur Éva et sa fille chacune à un sein et, à la tétée suivante, ce fut Eulalie qui leur donna de son lait. Louis, surprenant la scène, s'en retourna à sa forge égayé et ému.

C'était un bonheur apaisant pour Honorine, même si la pensée d'un Planou inaccessible lui faisait mal. Et pourtant, l'argent ne rentrait pas, les chevaux restaient avec des fers usés, le vin ne se vendait pas. On accusait les trafiquants, les betteraviers du Nord qui, ne sachant que faire de leur sucre, alimentaient la fraude. Les journaliers s'embauchaient ailleurs, pour les nouvelles routes, les nouveaux ponts. Un jour, Honorine vit un homme qui zigzaguait à califourchon sur une étrange machine à deux roues. Il s'arrêta au café et provoqua un attroupement.

– C'est une bicyclette, déclara Anna qui prétendait qu'à Lézignan et à Narbonne, on en voyait beaucoup.

L'instituteur du gouvernement arriva et on installa provisoirement l'école sur le plancher de la cave des Faget. Les républicains l'appelèrent tout de suite Monsieur, lui promettant une école pour 1889, cent ans après la Révolution, ajoutaient-ils. Les seules choses qu'exigea Monsieur furent l'oubli du patois et le port des chaussures. L'une et l'autre obligation furent difficiles à respecter malgré la bonne volonté des parents. L'on vit des enfants se chausser à l'entrée de l'école, se déchausser à la sortie, ou bien emprunter les vieilles galoches d'un père, souvent d'un grand-père qu'on condamnait à rester devant son feu.

CHAPITRE XX

Le corbillard fantasque

1889 fut l'année des trois fêtes et resta, dans la mémoire des Villeneuvois, comme le signe attendu depuis toujours d'une nouvelle façon de vivre, d'autant plus qu'entre la première et la deuxième réjouissance une bonne récolte apporta un grand soulagement financier malgré la chute des cours du vin. Tout commença avec la commémoration de la prise de la Bastille dont on marqua le centenaire le 14 juillet. Nul n'aurait pu dire si c'était vraiment autorisé. Paris et quelques grandes villes donnaient l'exemple, mais les régions reculées restaient dans l'expectative. Les trois quarts du village participèrent au défilé dans les rues derrière l'orchestre et des drapeaux. Le soir, on dansa en plein air sous des lampions fabriqués par les familles, dans le bruit des pétards et les fumées colorées des feux de Bengale. Planou était parmi les organisateurs, apportant ses idées d'homme de la ville. Sa décision était prise depuis quelque temps. Il avait renoncé aux chemins de fer, à une bonne situation pour revenir à Villeneuve, ne pouvant plus attendre des semaines ou des mois avant de rencontrer Honorine. Il travaillait à la propriété, commençait un apprentissage de commissionnaire en vins. Il trouvait des acheteurs pour de grosses quantités, le charroi nécessaire pour transporter les demi-muids en gare de Port-la-Nouvelle ou de Lézignan, s'occupait des formalités d'expédition et de régie. Il se constituait une clientèle, mais son grand bonheur c'était de passer ses journées au grand air, vigne, jardin, de « bouscasser ». Bouscasser, c'était tout à la fois cueillir tout ce qui se mangeait dans la nature, chercher les asperges, les champignons, les poireaux sauvages, braconner le poisson et le gibier, se faire une cuisine rustique avec quelques escargots, de la salade sauvage. Il avait ses caches avec une vieille « padene » — une poêle —, un gril, de l'huile et du vinaigre, du sel.

La deuxième fête se déroula un dimanche avant la rentrée scolaire, pour l'inauguration de l'école publique enfin terminée alors que les travaux de la nouvelle église languissaient. Vinrent le conseiller général, des maires, tous républicains ou carrément socialistes. Une foule nombreuse les acclamait, visitait la classe, s'émerveillait du poêle, peu fréquent dans ces contrées. On put jeter un coup d'œil au logement de Monsieur qui, lui, comble du confort, avait installé un fourneau noir avec rampe de cuivre sur trois côtés et une chaudière pour l'eau chaude. Ce fourneau marqua d'une envie secrète bien des femmes et la première qui put s'en payer un ne l'utilisa jamais, l'installant simplement pour montrer son aisance et son égalité avec l'épouse de l'instituteur.

Les discours exaltèrent l'idéal républicain, la fin des superstitions, la volonté d'effacer les injustices sociales. Chacun en fut si impressionné qu'on décida de hâter la scission avec Cascastel pour gérer entre soi les affaires de Villeneuve. On décida de construire une mairie, petite, mais une mairie tout de même.

La fête patronale de Villeneuve clôtura cette série de manifestations. Celle-là, en célébrant un saint Saturnin dont on ne savait pas grand-chose, gardait bien un caractère superstitieux avec sa grand-messe solennelle, mais nul, à l'exception de quelques extrémistes en nombre réduit, ne s'en formalisait. Au contraire, ces trois jours-là réconciliaient les deux partis.

Les Mestre de Montgaillard venaient chaque année en charrette anglaise rachetée d'occasion, remplie de cadeaux et parfois d'un cuissot de sanglier.

Ce fut la première année où Planou et Honorine dansèrent si souvent ensemble. La petite fille de jadis qui le gênait de ses regards tendres venait d'avoir seize ans et s'habillait avec une grande élégance. Ils ne se quittaient plus, descendaient boire ensemble au café. Honorine acceptait volontiers une prune à l'eau-de-vie, mais Planou se contentait d'un mazagran fortement sucré, du café sans rhum. Et il était d'une telle gourmandise qu'il quittait plusieurs fois le bal pour aller acheter aux forains des feuilletés glacés, de la pâte d'amande ou du nougat.

— Qu'as-tu à faire de cette pilharde ? l'apostropha rudement son père au lendemain de ces trois jours de fête. C'est de la fille du maréchal de Maironnes dont je te parle. Laisse-la pour d'autres, quelque journalier. Ils ne font pas trente hectos.

La maladie d'Albanie lui aigrissait le caractère. La mère de Planou, ayant trop fait d'efforts durant la fête pour ne pas les attrister, était de nouveau alitée et le docteur, celui de Durban, ne savait qu'en penser. La tante soignait sa sœur avec une douceur dont tous s'étonnaient, sans jamais rechigner.

— Je la trouve à mon goût, répliqua Planou.

— Je ne veux plus en entendre parler. Ils ne sont même pas de Villeneuve.

— C'est un homme tranquille et honnête, le maréchal.

Planou commençait de vendre la récolte de l'année qu'on venait de soutirer, se rendait à Lézignan pour rencontrer des acheteurs, à Narbonne, le jeudi pour discuter avec les courtiers se réunissant sur les Barques, le long de la Robine. Il ne voyait Honorine que brièvement.

Ce fut Anna qui s'arrangea pour qu'ils se rencontrent discrètement dès le printemps. Les filles et les garçons allaient se promener vers la cascade sur la nouvelle route de Durban. D'abord les deux groupes allaient et venaient sans s'accorder un regard, s'ignorant. Mais, avec la nuit plus épaisse, les deux sexes se retrouvaient complices pour protéger les amours de plusieurs couples. C'est ainsi que Planou et Honorine purent échanger des confidences plus intimes dans l'obscurité.

— C'est ici que je ferai ma vie, disait-il, la faisant frissonner de bonheur.

Un soir, elle osa lui parler de l'Espagnol, de cette terrible nuit où elle avait vu brûler des dizaines de moutons sur un bûcher fantastique.

— Comme c'est étrange, dit-il... Cette menace a empoisonné mon enfance et voilà que vous m'en apportez la délivrance. Savez-vous que naguère, pas plus tard qu'hier, je restais sur mes gardes tant la rumeur m'avait profondément atteint ?

— J'ai repris le chemin de traverse et plus jamais ne l'ai rencontré.

Au mois de mai, mois de Marie, elle refusa de se promener le soir, comme toutes les autres filles, d'ailleurs. A la place elles se rendaient à l'église avec de l'aubépine et du lilas blanc qu'elles offraient à la Vierge en chantant des cantiques.

— On dit votre mère bien mal, lui dit-elle le soir de leurs retrouvailles le premier juin.

— Nous la savons perdue. Quelqu'un doit le savoir également, car le corbillard n'est plus dans notre cave. Chaque fois qu'il y rentrait, mon père avait les larmes aux yeux à voir ce char funèbre.

Le jour où sa mère mourut, Planou avait quand même décidé d'aller sulfater le Rec Dal Four. Le marin avait répandu ses brumes et le phylloxéra menaçait cette vigne non loin de la rivière. Pour alimenter sa sulfateuse il remplissait ses comportes à coups de seaux puisés dans le Rec des Courtals.

On était le 2 juin 1890 et ce fut là qu'il entendit le glas au clocher de la vieille église malgré la distance. Plus tard, on essaya de lui démontrer l'impossibilité de cette perception, le vent soufflant dans l'autre sens, mais lui l'entendit et sut que c'était pour sa mère. Il renversa les comportes et rentra par le chemin du haut, se fiant au cheval, ne voyant plus rien dans son brouillard de larmes.

Dès le premier coup sourd du glas, Honorine abandonna son ouvrage et se rendit à l'église neuve, juste en face de chez eux. Le bâtiment était à peine terminé. Les femmes du village se rassemblaient là et aussi dans le vieil édifice.

La nouvelle église lui parut froide, glaciale dans cette journée éclatante de juin. L'enduit séchait difficilement, il restait des plâtras, les bancs manquaient. Les plus généreux donateurs seraient les plus proches de l'autel, une des anciennes familles occuperait même la chapelle sur la gauche.

Albanie annonça qu'elle irait veiller jusqu'à trois heures du matin chez les Pla.

— Ensuite tu me remplaceras.

Louis l'accompagna et Honorine coucha la petite Éva qui avait trois ans, s'amusa avec elle machinalement, l'esprit tout entier auprès de Planou.

— Tu boudes, tu boudes, se fâchait la fillette impressionnée par la gravité inhabituelle de sa sœur.

Louis revint le premier, racontant qu'il y avait tant de monde qu'on s'installait dehors sur des bancs après avoir béni le corps.

— Cette chaleur n'arrange rien. On va la mettre en bière de bonne heure et on l'enterre demain après-midi.

Honorine s'émut de la profusion des cierges allumés par la

Muda. Il y en avait partout dans la maison et lorsqu'on connaissait l'avarice de la sourde-muette, sa douleur n'en devenait que plus bouleversante. Ne pouvant crier sa peine, la confesser, trop réservée pour pleurer sur une épaule compatissante, elle les avait tous sortis de la réserve, ces cierges fabriqués avec la cire de ses abeilles, estampillés de la fleur de lys. Depuis combien de temps, pensant à la fin prochaine d'Albanie, les avait-elle moulés? Nul ne put le dire mais ils embaumaient la maison, adoucissaient la rapide décomposition du corps dans un parfum de garrigue.

Dans la chambre, Planou la remercia d'un battement de ses paupières rougies. Il était comme un petit garçon malheureux malgré ses moustaches drues et Joseph, prostré sur une chaise, faisait peine à voir.

Des parents, ceux de Montgaillard, géraient la veillée mortuaire en grande discrétion, offraient le café, le muscat, les sirops et les biscuits. Antoine Pla, dans la cuisine, fixait la cheminée froide en hochant la tête aux conversations.

Dans les halos des lanternes accrochées sur l'aire de battage, comme pour le gros souper des vendanges, la nuit s'engluait de milliers d'insectes comme si elle-même se décomposait en de douteux grouillements de papillons énormes, de mouches, de moustiques et même de lucanes. Au bout d'un bras levé de charrette un fanal étouffait sous le nombre. Dans la chambre mortuaire, on récitait sans fin des prières qui, du dehors, donnaient l'impression que la maison tout entière, du sol au toit, bourdonnait sa miséricorde et parce qu'un hibou heureux d'avoir surpris un mulot huait quelque part, on se signait d'inquiétude.

Planou la rejoignit sur le banc alors que l'aube s'annonçait sur la Rec Caouffat. Ce petit sommet s'était féminisé depuis l'élévation de la statue de la Vierge. Avant on disait le Rec Caouffat.

— Voulez-vous du café?

— Merci, j'en ai déjà bu.

Il sucrait beaucoup et ça la faisait sourire. Ils chuchotèrent dans cette nuit chaude qui permettait aux gens de s'installer au-dehors, d'échapper à l'envoûtement des prières interminables. Tout un chœur de femmes de l'âge de la défunte ne cessait depuis des heures.

— Elle est morte tranquillement alors que ma tante allait faire sa toilette. Elle était si malade qu'elle ne pouvait plus rester parmi nous.

Le lendemain, derrière le vieux corbillard, Planou songeait à cette relation étrange qu'il entretenait avec le char funèbre qui tantôt s'assoupissait dans leur cave pour des années, tantôt les quittait pour une autre. Il songeait aussi à l'histoire de cet inconnu qui n'aurait jamais été enterré et que les enfants imaginaient installé sous les draps mortuaires. Quatre femmes en deuil portaient le poêle de sa mère, chacune tenant un coin et le cheval caparaçonné de noir également, la tête dans une cagoule qui ne découvrait en deux larges auréoles que ses yeux doux, dégageait une forte vapeur de sueur comme à la suite d'un tournoi épuisant.

La maison se vida, les parents de Villeneuve invitant ceux venus de loin, pour soulager un peu la Muda. Les Mestre voulaient repartir mais Antoine Pla les retint.

— Vous coucherez ici et partirez à la fraîche.

Avec Gaston et Joseph, Planou rentrait les chaises, les bancs, les tables. Puis il alla soigner les chevaux, suivi du fils Mestre.

— C'est la fille du maréchal à qui tu parlais cette nuit ? Ça lui fait quel âge ?

— Dix-sept. Ne me dis pas qu'elle est trop jeune pour moi.

— Mais je ne dis rien de tel. Ton père n'en veut pas ?

— Je passerai outre mais j'attendrai encore un peu.

— Et tu vivras de quoi ?

— Du vin des autres, des engrais, du guano et s'il le faut je vendrai des araires.

— Toi, si peu doué pour le commerce ? Laisse ça à d'autres.

Planou sourit, reconnaissant que c'était la vérité. Il ne voulait pas abuser du chagrin de son père, attendrait un peu.

Avec Joseph ils travaillèrent dur tout l'été, dans les vignes et surtout dans les jardins et les champs. On faucha encore du blé qu'on battit à l'ancienne mode alors que des entrepreneurs de battage commençaient à prospecter le pays avec une machine locomobile qui allait de village en village dans un bruit d'enfer, ameutant les foules, écrasant les chemins de ses grandes roues métalliques. Les deux frères fauchèrent la luzerne, ayant appris le maniement de la faux qui venait à peine d'être introduite dans les Corbières, mais sur les pentes rocailleuses la serpe restait inégalable.

Comme pour compenser la perte de sa sœur, la tante Muda travaillait encore plus, payant sa place au foyer. Elle avait déjà bien engrangé des provisions dans son éternelle lutte contre l'été, ne désarmant pas à soixante-cinq ans. Et bien entendu l'haleine molle et aigre du tomatat triomphait une fois encore dans la maison, exaspérant les hommes.

— C'est pareil chez nous, lui disait Honorine, et ce fut pire quand ma mère imagina de pouvoir en vendre une année.

Vendre du tomatat, ce résidu pâteux qui tachait les torchons de son acidité sanglante ? Quelle idée ! Une chance que la Muda n'y ait jamais songé. Les forains achetaient de tout mais pas ça. On pouvait leur vendre jusqu'à de la balle de blé, de la cendre de bois, les crins de chevaux, les cheveux de femmes. Cent francs une chevelure et celle qu'on appelait « Cap pelat » avait dû se faire tondre au début des années quatre-vingt pour nourrir ses enfants.

— Tu te loueras chez nous pour les vendanges et tant pis pour ce que dira le père.

— Elle viendra compter les souches et les comportes, ricana Antoine, pour prendre mesure de nos biens. Méfie-toi, Joseph.

Durant cet été torride, Honorine le rejoignit devant l'ancien moulin à huile où il dut leur ouvrir un passage dans les ronces. L'escalier céda dans une envolée de sciure quand il voulut grimper vers la mécanique, et même dans la cuve l'eau ne séjournait plus.

— Il ne mouline plus rien, même pas les nuages. Ah, j'y ai bien cru, comme à l'Espagnol, comme à la main coupée, comme à l'homme mort dans le corbillard qui désormais pour moi s'écrit en un seul mot !

Dans ce fatras de ruines et d'enfance enfuie, ils s'embrassaient tendrement, effrayant les lézards verts et dérangeant la sauvagine, un renard, peut-être une civette. Ces dernières n'avaient jamais tout à fait oublié leur domestication qui avait duré des siècles avant que les croisés ne ramènent les chats. Comme prises d'un regret ou d'une curiosité mal définie, elles se rapprochaient parfois des hommes mais en profitaient pour saigner un poulet ou un lapin et se faisaient haïr, massacrer.

— Je vais attendre un an, jura Planou, pas davantage.

CHAPITRE XXI

« *Nous nous marierons quoi qu'il arrive* »

Pour l'éloigner de Villeneuve, Antoine envoya Planou à Marseille chez un marchand de vin en gros. Puisqu'il s'intéressait au négoce, autant l'apprendre avec quelqu'un du métier. Ne voulant pas avouer la véritable raison de cet exil auquel il le condamnait, il offrit à son fils une belle montre en or et fixa à cent francs par mois la pension qu'il lui verserait tant qu'il resterait dans la grande ville.

Planou profita largement des joies de cette cité, passa du bon temps dans les cafés-concerts fréquentés par les calicots et les employées de commerce, les guinguettes et les cabanons où l'on se rendait en joyeux équipage du samedi au lundi matin. Il connut de charmantes dames peu farouches dans le milieu d'affaires où il évoluait, découvrit que le commerce du vin ne s'embarrassait pas de scrupules quant à certaines marchandises.

Presque chaque jour, Honorine recevait une carte postale que le facteur lui remettait avec un sourire entendu, dont elle se méfiait, soupçonnant cet homme de renseigner Antoine Pla sur cette correspondance régulière.

Il ne revint qu'aux vendanges de 1891, fut presque intimidé par la beauté tranquille d'Honorine, la fidélité de ses sentiments, se réjouit de voir que le village s'engageait sans regrets dans la République. Le symbole vivant en devenait l'instituteur qu'on appelait Monsieur, son épouse devenant Madame bien qu'elle n'enseignât pas. Certaines familles anciennes qui régnaient sur Villeneuve depuis des siècles enrageaient d'avoir perdu leur préséance, se vengeaient en adhérant, la haine au cœur, aux mouvements réactionnaires. Avec le général Boulanger déjà, ellcs avaient failli crier victoire.

En revanche Antoine Pla déchantait, et pour peu de chose, pour le banc qui lui avait été attribué dans la nouvelle église et qu'il ne jugeait pas, vu son éloignement du chœur, à la hauteur de sa générosité. Une fois de plus, ses compagnons en monarchie et ordre moral l'avaient habilement dupé, l'utilisant aux avant-postes un temps, pour les reléguer ensuite, lui et sa famille, à un rang qui l'humiliait. Il boudait certaines cérémonies, oubliait le denier du culte, s'absentait pour la quête des sœurs, laissant à la Muda le soin de les accueillir avec son avarice sans remords. Et malgré son opposition viscérale au nouveau régime démocratique, il s'amusait des menaces de séparation de l'Église et de l'État.

Planou apportait une nouveauté pour les vendanges, des sécateurs pour remplacer les serpettes. La « colhe » se moqua de lui, mais lorsqu'il eut achevé sa rangée avec une douzaine de ceps d'avance, les vendangeurs ne riaient plus. Même la tante Muda, se démenant avec la serpette, s'avoua vaincue dès cette première journée. On raconta pis que pendre de cet outil, mais l'année suivante il fut partout adopté.

Les vendanges terminées, Planou, peu pressé de retrouver Marseille, venait souvent à la forge discuter avec Louis Raynaud et Honorine, cousant dans sa chambre, tendait l'oreille juste pour la musique de sa voix, peu lui importaient les mots. Par cette visite quotidienne à son père, il donnait un gage sur la continuité de ses sentiments. Le soir, ils se promenaient vers la cascade la main dans la main et, plus rarement, pouvaient se rencontrer au moulin où elle usait sa vertu à contenir sa fougue.

Avant de sortir, elle endormait sa sœur avec des berceuses languedociennes et il l'écoutait chanter à quelques mètres de la fenêtre ouverte :

Nen, nen pétitou
La mama es al cantoun
Lou papa es a l'oustal
Qué fa queire Carnaval.

Do do mon petit tout petit
Maman est au coin de l'âtre

Papa est à la maison
Qui fait cuire Carnaval.

Mais elle donnait sa préférence à une autre pour ses vertus magiques sur la petite fille :

La son-son s'en es anada
A chabal sus una cabra
Tornara dema mati
A chabal sus oun roussi.
Son-son beni beni beni
Son-son beni beni pla.

Le sommeil s'en est allé
A cheval sur une chèvre
Reviendra demain matin
A cheval sur un âne.
Sommeil viens viens viens
Sommeil viens viens bien.

Planou abandonna définitivement Marseille et le négoce du vin en gros à la fin de la même année, pour la Noël. Honorine le bouda pour l'avoir attendu toute la fête de novembre. De dépit elle avait dansé comme une folle — même le quadrille des lanciers, pour la première fois de sa vie —, galopant ensuite avec l'escargot dans les rues de Villeneuve. Un orage ne gâcha pas ce tourbillon endiablé, les danseurs ouvrant leur parapluie pour protéger leur cavalière. Elle ressoupéta à trois heures du matin de saucisse grillée et de mougnettes, des merveilles réservées d'ordinaire à la Chandeleur, mais cette année-là on en fit aussi pour la fête.

En début d'année 1892, Planou finit par déclarer à Louis Raynaud qu'il voulait épouser Honorine malgré l'opposition de son père.

— Où irez-vous, soupira le maréchal, si Antoine Pla vous refuse même une paie de journalier ? Nous trois on pourrait vivre au-dessus de la forge, vous laisser la maison de devant, mais je ne peux faire plus.

— Je travaillerai pour les autres mais je compte surtout faire le commissionnaire en vins. Je connais des acheteurs dans toute la France, désormais.

— Je dis la maison de devant, car Joséphine et Célestin vont s'installer à Saint-Jean à leur compte. Éva ne sera grandette que dans une douzaine d'années. Ce sera difficile pour vous, mon garçon.

De l'escalier étroit conduisant à la forge, Honorine les écoutait sans inquiétude. Sa couture lui rapporterait toujours ses vingt sous.

— Nous garderons une autre chambre dans la maison de devant en fermant la porte sur le couloir à clé pour vous laisser bien tranquilles chez vous. Il vous restera trois appartements avec la cuisine, et quand plus tard j'éteindrai la forge, on y fera la cuisine et vous aurez la totalité de la maison.

La tante Muda conseillait la patience à Planou, mais il répondait qu'à vingt-cinq ans il avait bien le droit de songer à se marier et à s'établir, que seule Honorine était digne de devenir sa femme. Elle lui confia qu'elle pourrait lui donner de l'argent sur la somme qu'elle avait prévue pour les deux frères.

Planou s'étonna qu'elle disposât d'économies, car le père Antoine avait toujours eu tendance à confondre les biens de sa belle-sœur avec ceux de sa femme morte, rentrant le vin de la Muda dans ses foudres, n'ayant jamais de comptes bien précis à lui fournir. Mais c'était dans la coutume du temps où les tantes vieilles filles, trop heureuses de trouver un foyer, acceptaient de se laisser exploiter non seulement dans leur travail quotidien mais encore dans la gestion de leur patrimoine. On estimait que l'accès au cantoun, le foyer de la cheminée, représentait une part de sécurité, d'affection et d'avantages matériels qui méritait compensation en une mainmise tacite. Non seulement Jeanne était tante, vieille fille, mais sourde et muette, ce qui justifiait une quote-part de sacrifices encore plus importants dans tous les domaines. Elle ne s'en plaignait jamais d'ailleurs, puisqu'il lui restait quelques revenus, la location de champs de luzerne, une part de troupeau, le miel et la cire qu'elle vendait les bonnes années, en plus grosse quantité depuis que la consommation de sucre augmentait dans le ménage.

— Deux mille, annonça-t-elle en montrant deux doigts car elle savait au moins compter.

— C'est beaucoup.

— Il y en aura encore à ma mort.

— Je veux me marier avant les vendanges.

— Ça va faire un de ces rambals pire que pour la République, pire que pour les déserteurs. Tu te souviens ?

C'était l'époque du sarmentage et Honorine délaissait sa couture pour confectionner les fagots, si adroite et si rapide qu'elle gagnait ses quarante sous par jour. D'énormes charrettes de boufannelles pénétraient sans arrêt dans le village. Chargement et déchargement allaient vite avec cette marchandise légère et on en empilait partout, souvent dehors. Pour le café du matin, pour se réchauffer d'une flambée rapide, c'était commode. L'aouzine ou chêne vert n'était utilisé qu'après les fêtes de la fin novembre et certaines familles gardaient leurs vieux, ah ! ces vieux toujours frileux, au lit, les forçant à devenir grabataires avant l'âge pour économiser le bois. Alors, pour échapper à cette fatalité, ils essayaient de se réchauffer en se rendant utiles. On voyait des mamettes pliées en deux dès la ménopause aller chercher l'eau du ménage à coups de petits brocs pas trop lourds, n'arrêtant pas d'aller et venir entre la maison et la fontaine pour remplir les grosses cruches de terre ou les cruchons en zinc. Les papets, pour un peu de tabac, un café ou une absinthe chez Bringuier, sarclaient les jardins, ramassaient des brindilles en bordure des chemins ou faisaient les courses, laissant passer leur tour dans les épiceries, assis sur de vieilles chaises dépaillées, dans le fond, à côté du baril de pétrole, heureux d'un peu de chaleur, d'un peu de mouvement, de quelques paroles les sortant de leur anonymat, humant les odeurs fortes de sardines ou d'olives, s'étonnant des nouveautés auxquelles ils ne goûtèrent jamais comme les dattes en boîtes de bois, le chocolat en tablettes, le lait condensé, les oranges dans un papier de soie pour les fêtes de fin d'année, les confiseries inconnues. Parfois Honorine achetait deux sous de caramels pour leur donner et ils mâchouillaient des heures, les yeux larmoyants, ayant oublié ce qu'ils venaient acheter. Puis, un jour, on finissait par les clouer au lit pour un refroidissement, une grippe, un rien. Quand elle songeait aux ménines de Maironnes, Honorine envoyait vite un petit colis à la dernière survivante, sa grand-mère, ou allait passer deux, trois jours là-bas à la gâter de petits plats.

Ces fameux petits plats qui faisaient déjà sa renommée, si bien qu'un jour M. Léonce la supplia de venir préparer une partie du repas qu'il donnait à des amis de passage :

— Seulement des poules en sauce à ta façon. Seulement ça.

Mélanie réussit tout sauf ça et un jour j'ai respiré ici un parfum que je n'ai jamais oublié, alors que tu cuisinais tes volailles aux cèpes secs.

Il lui promit cent sous. C'était exagéré, pas tout à fait innocent. Il espérait bien la décider à travailler chez eux. Elle ne prit que trois francs, soigna ses préparations, craignit que Mélanie, par jalousie, ne fasse réchauffer la sauce à grand feu :

— Pourvu qu'elle mette bien la cassole sur le potager !

Le potager, Honorine l'utilisait pour ses mijotages. C'était, à côté de la cheminée, un petit foyer fermé d'une grille où l'on plaçait des braises ou des charbons de la forge, pour obtenir un feu doux qu'au besoin on recouvrait de cendres.

Pour la chandeleur, Planou fut invité à manger les mougnettes et il apporta du muscat de son père. Les oreillettes s'empilaient dans plusieurs corbeilles à linge tapissées d'un torchon blanc. Honorine et Eulalie avaient pétri et fait frire une partie de la nuit. Et avec le reste de pâte, la jeune fille avait confectionné des bonshommes, des animaux pour Éva.

Connaissant la gourmandise de son fiancé, Honorine riait de l'effarement des siens à le voir autant dévorer. Il en emporta une pleine banaste, disant que la Muda ne les faisait pas aussi bonnes que sa mère de son vivant.

Son père refusa d'y toucher et Planou lui fit part de sa ferme intention d'épouser Honorine avant l'été.

— Alors tu iras à la journée pour les autres.

— Je ne vous demande rien. Quand nous aurons fixé une date, viendrez-vous ?

Comme son beau-frère ne daignait répondre, la tante Muda se garda de donner son avis, mais ses lèvres frémissaient sur une envie d'articuler son accord.

— Moi, je viendrai, dit Joseph, souriant.

Les deux fiancés se rencontraient souvent et Planou attendait Honorine à côté du vieux moulin à huile, en ramassant pour elle un plein sac d'escargots, afin de la libérer de cette corvée, puisque c'était le motif qu'elle donnait pour le rejoindre. Il n'avait pas perdu la main à cueillir ces coquilles blanches sur les fenouils et les ajoncs. Dès les premières chaleurs de mai, le village se vidait, ne paraissait plus respirer en dessous de la colline du moulin. Plus rien ne semblait vivre, et pourtant il y eut bien quelqu'un pour prévenir Antoine que, consentant ou non, il risquait de devenir grand-père plus tôt que prévu.

Ce fut lui qui, soudain, brusqua les choses et décida que le mariage se ferait le 13 juillet.

— Mais, s'exclama Planou, nous devions fêter...

— Le 14 juillet ne vous suffit pas, à vous autres rouges? Ce sera le 13 un point c'est tout.

Ce retournement affola les Raynaud et Honorine, qui pensait acheter sa robe à Durban, se rendit un jour à Narbonne avec sa sœur Joséphine. La patache mettait bien ses quatre heures pour atteindre la sous-préfecture, quand ce n'était pas plus. On partait toujours à cinq heures pour rentrer à neuf, dix heures du soir. Elles ne voulurent pas d'une saquette mais emportèrent leur dîner dans un sac en tapisserie.

Les dames voyageant à l'intérieur, Honorine fut nauséeuse tout au long du chemin et à chaque arrêt, elle descendait respirer l'air frais matinal.

Sans Joséphine, la ville l'aurait terrorisée, mais sa sœur l'entraîna dans un étourdissement proche du vertige. Elles visitèrent au moins douze boutiques sans qu'Honorine se décidât pour du sur mesure ou de la confection. Dès qu'elle se voyait dans une glace elle détestait son accoutrement et s'enfuyait, poursuivie par sa sœur qui riait aux éclats. Elle finit par avoir le coup de cœur chez une retoucheuse qui soldait des articles commandés et qu'on avait négligé de venir chercher. Lorsqu'elle parla de modifier elle-même le modèle, la patronne et les cousettes se récrièrent avec Joséphine: ça portait malheur. Elle dut leur laisser cette robe que le voiturier viendrait prendre la semaine suivante.

Sur les Barques, la promenade ombragée le long de la Robine, branche du canal du Midi, la foule n'avait jamais l'air de travailler ou de rentrer quelque part, même pour le dîner. Des femmes seules au Café des 89 départements, un kiosque de la *Dépêche de Toulouse* avec tous les journaux et des publications inconnues, la laissèrent perplexe. Elle acheta un journal de modes avec un patron à l'intérieur, *le Pèlerin* pour sa mère. Sur le banc elle en oubliait de manger, les yeux ronds, la bouche empoussiérée, n'osant boire à la bouteille de vin coupé d'eau faute d'avoir pris le verre, rassurée dans son amour-propre par le nombre de gens, de familles installées comme elles sur les bancs avec la saquette, le panier d'osier, certains avec assiettes et couverts comme à la maison. Elles osèrent même acheter une glace à un drôle de kiosque et Honorine crut qu'une de ses dents du fond allait exploser sous le froid, mais le bon goût de chocolat et de vanille lui resta jusqu'à Villeneuve, où elle regretta de ne pas voir Planou pour qu'il en profite dans un baiser.

Elle ne ramenait que les souliers blancs, quelques babioles, des cadeaux pour ses parents, des poupées pour Éva et Isaure, la fille de Joséphine, *Michel Strogoff* pour Planou.

Au jour prévu, elle harassa le voiturier de recommandations, lui donna dix sous pour la commission, dix sous pour qu'il place le carton dans la voiture et non sur l'impériale. Dès six heures du soir, de l'école, elle guettait la route.

Lorsqu'elle défit le carton de la robe, son père se détourna, descendit à la forge sous prétexte d'éteindre ses charbons. Elle l'essaya et la petite Éva resta bouche bée :

— La Sainte Vierge, dit-elle.

Un jour de début juin, à la nuit, la Muda vint pour les détails du repas. Elle fournirait la vaisselle, du linge, des ustensiles, parlait de tuer un agneau, mais Eulalie s'était entichée d'un gros rôti de veau. Il fallut deux heures pour se mettre d'accord sur un menu. Lorsque Eulalie parla de ses œufs aux anchois, la Muda, vexée, reconnut qu'elle ne connaissait pas. Planou répétait à voix haute ce qu'il lisait sur les lèvres de sa tante en supprimant certaines réflexions, toutefois : « Commander un rôti au voiturier un treize juillet, avec la chaleur de la patache ? Ça sera du joli. Quoi, de la glace ? Il y a de la glace à Narbonne ? Ah ! Il ne faudra pas le faire revenir trop longtemps, sinon le veau durcira. Dis-lui, Planou. »

Pour commencer, on aurait les charcuteries habituelles, un pâté de foie d'oie offert par un ami des Pla, les œufs mimosa.

— Une sauce ensuite, ou une fricassée ? articula la Muda.

— Les deux, trancha Eulalie. Un civet de lapin sauvage, de lièvre si on peut, mais un lapin trois-quarts de l'année, on peut le mettre au gril et faire un saupiquet du foie monté à l'huile. Des vieilles poules en sauce et des canards ?

— Des gigots ! Pourquoi refuse-t-elle des gigots, la maréchale ? Planou, demande-lui si elle a peur de s'empoisonner avec mon agneau.

— Des salsifis pour le rôti de veau, des cultivés, pas des sauvages, réclamait Eulalie.

— C'est bon, ça ? demandait, méfiante, la tante.

— Excellent, disait Planou, et on commandera plusieurs mille-feuilles au pâtissier de Durban.

Honorine rêvait de glace, mais aussi loin de la ville, c'était exclu.

— Et le soir, s'inquiétait la Muda, il faudra encore nourrir tout ce monde ! En juillet, on peut rentrer chez soi de nuit, même à des lieues d'ici. On pourrait alors mettre des côtelettes d'agneau au gril, les gigots au four et le reste en fricassée.

— Elle y tient, à son agneau, maugréa Eulalie. Mais soit.

Planou ne regrettait qu'une chose, que leur union ne puisse être enregistrée à Villeneuve. Dans six mois, le village serait commune indépendante de Cascastel et disposerait de son propre état-civil.

Dans le confessionnal, Honorine hésita un instant, prit le risque de pécher par omission, estimant qu'elle ne devait des comptes qu'au Bon Dieu.

Enfin, à dix jours du mariage, Antoine Pla, comme par hasard, descendit à la forge au moment où Louis Raynaud éteignait ses charbons, rangeait ses outils. Les deux hommes allèrent prendre un quinquina au café Bringuier, discutèrent face à face durant deux heures, à voix basse.

Ce ne fut pas un très grand mariage façon vieille famille, mais les invités emplirent les trois quarts des bancs de la nouvelle église. Le village, entassé derrière, commenta la cérémonie, le prône du curé, la robe de la mariée, sa bonne mine rose, les billets que l'on déposa dans les assiettes en cuivre de la quête.

Au cours du repas, Honorine voulait se lever à chaque instant et on dut la menacer de l'attacher sur sa chaise. La Muda fronçait son nez acéré sur le rôti de veau, articulait que l'agneau du soir, son agneau, serait quand même autre chose.

Avant le souper, on se rendit en cortège au cimetière déposer les fleurs de la mariée sur la tombe de la pauvre Albanie. Au retour, les hommes entrèrent dans le café pour attendre le repas du soir.

Eulalie, aidée de la petite Éva, avait préparé la chambre sur le patio. La seule table de toilette de la maison supportait un pot à eau dans une cuvette fleurie. Grave et souriant, Planou ôta le voile d'Honorine, défit le chignon lourd de cheveux odorants.

— Attends, murmura-t-elle, ils vont venir et je ne veux pas être honteuse.

Il ne l'avait jamais vue que dans le désordre fripon de ses vêtements, là-haut vers le moulin. Sa nudité moelleuse ne fut qu'un éclair de chair, car elle souffla la chandelle pour enfiler sa chemise de nuit. A tâtons, il revêtit la sienne et, quand il se glissa dans le lit, la batiste amidonnée d'Honorine lui parut une cuirasse. Il regretta le vaporeux de ses robes d'été quand il déboutonnait son corsage, la nudité des jambes dans le pantalon ouvert.

— Quand ils seront venus avec le pissadou, chuchota Honorine.

— Ils sont taquins. Ils risquent de nous faire attendre des heures. Nous aurions dû nous cacher ailleurs, à Saint-Jean, par exemple.

— Ils l'auraient su. Ils savent toujours.

De baisers haletants en caresses furtives, ils durent patienter une heure avant que la porte ne semble voler en éclats et qu'une vingtaine de garçons et de filles, chacun éclairé d'une bougie au poing, n'entourent leur lit en poussant des rires comme des cris. Honorine préféra disparaître sous les draps, le temps de calmer sa pudeur irritée. Lorsqu'elle en sortit ébouriffée, Planou tenait sur ses genoux le vase de nuit blanc, empli du répugnant symbole ou prétendu tel de l'intimité nouvelle des deux mariés dans ce qu'elle connaîtrait de moins noble. Le regard effarouché d'Honorine alla de sa belle robe blanche soigneusement étalée sur deux chaises à ce vulgaire récipient, se voila d'appréhension.

— Encore un peu, insistait le meneur de la bande, Cagaraöu, toujours lui, déjà bien installé dans son célibat et son goût des grosses farces. Une cuillerée pour papa, une pour maman.

Là-bas, vers la porte, Gaston de Montgaillard essayait d'attirer la bande en dehors de la chambre.

— Venez, il y a du muscat et des gâteaux. Et même, on pourra faire griller de la saucisse.

Cagaraöu n'hésita plus. Sa gloutonnerie légendaire lui fit abandonner ses deux victimes. Dès qu'ils furent seuls, Honorine, dans l'obscurité, se précipita à la fenêtre ouvrant sur le patus. Louis Raynaud en avait retiré les chèvres, le cochon et les canards, l'avait soigneusement nettoyé pour que les « novi » ne soient dérangés ni par les bruits ni les odeurs de cette basse-cour. Un parfum sauvage venu avec le cers la ravigota. Elle ôta sa chemise empesée, se jeta dans le lit contre son mari.

CHAPITRE XXII

Un hôtel, c'est comment, Planou?
Jeanne, Jules et Marcelle Pla

A quelques jours de la fin de cette année 92, Louis Raynaud ne put ferrer de quelques jours, sa main étant grosse et violette d'un coup de marteau maladroit. Ses forces et sa vue le trahissaient désormais. Les chevaux se faisaient rares, ne sortant guère de l'écurie en cette saison, mais il y avait le cochon à saigner. Planou décida de s'en charger.

Dès les cinq heures, il alluma du feu sous la grande chaudière à lessive remplie de trois doubles décalitres d'eau, commença d'aiguiser les couteaux, les racloirs, attirant les chats du voisinage, le bourrelier, le cafetier et son fils Castule qui s'étaient proposés pour tenir l'animal de plus de cent kilos. Il fallait déjà le soulever, tête en bas, pendu à un palan aux moufles de bois, souvenir d'un ancêtre marin.

Les cris du goret réveillèrent Honorine et une partie du village:

— C'est le maréchal de Maironnes qui tue son cochon, disait-on en se prélassant dans la chaleur de son lit avec la satisfaction que son propre animal soit déjà au saloir et en pots, ou avec l'agacement de la corvée à faire prochainement.

Du premier coup, Planou trancha l'artère jugulaire et le sang jaillit comme d'une pompe, par à-coups, au rythme de chaque cri de l'animal, s'épuisant pareillement. La bassine était pleine mais autour tout se trouvait éclaboussé, même le petit Castule qui empêchait la coagulation avec un bâton tourné sans arrêt dans la masse rouge. Les femmes viendraient la chercher pour commencer vite, avec la chair et le gras, les boudins à conserver crus.

On descendit la bête morte dans l'auge en forme de demi-cercueil pour l'ébouillanter à grands seaux d'eau, racler la crasse et les soies. Ces dernières seraient mises à part et vendues à un forain ou aux caraques.

— Il est rose comme un poupon, disait Bringuier, tassant sa pipe.

Le porc fut rependu avec sa tête à moitié détachée que Planou acheva de trancher.

— Attention au fiel et à la vessie, conseilla Raynaud.

Méfiant, Planou ouvrit le corps et d'un coup les viscères, les entrailles tombèrent dans une énorme bassine en zinc. Honorine arrivait avec son gros ventre pour aider Eulalie à emporter le tout à la rivière pour un nettoyage méticuleux avant de faire bouillir. Planou débitait déjà la chair.

Sans arrêter une minute, on travailla toute la journée, mangeant le dîner sur le pouce. D'ailleurs, toutes les tables se trouvaient encombrées. Il fallait en finir vite avec les boudins, la saucisse, la saucisse de foie, le foie séché, celui à conserver dans l'huile, la fonte de la panne, la coudenne ou la couenne. Dehors on récupérait la graisse en écumant les fritons qui surnageaient, pour les pâtés et fougasses.

Parce qu'elle était grosse d'un enfant, Honorine fut gentiment chassée de toutes ces manipulations, et seulement autorisée à préparer le friginat qui ferait le souper pour les cafetiers, les bourreliers et les Pla.

Le friginat se composait du « cougot », la partie du cou ensanglantée par le couteau, revenu avec de l'ail et surtout du thym.

Ce tym qu'elle avait cueilli, toute rêveuse, au pied de l'ancien moulin à huile. Son friginat était célèbre car elle le faisait sans ajouter du vin comme certaines, mais, juste à la fin de la cuisson, une bonne cuillerée à soupe de thym frais.

Ce soir-là, à la nombreuse tablée réjouie, elle servit le boudin frais et le friginat avec un macaroni au gratin à sa façon. Antoine Pla grimaçait à cause de ce « gruyère » que les femmes commençaient de mettre partout et qu'on trouvait depuis peu chez Anna. L'épicerie s'était enrichie d'une grosse machine pour le mouliner à la demande. Il reconnut cependant que le macaroni de sa bru c'était autre chose, surtout arrosé de la sauce du friginat.

— Nous autres on met des haricots, disait la bourrelière, mais c'est bon, ça aussi.

Pour gratiner sans four Honorine plaçait une tôle fournie par son père sur le plat, répandait de la braise.

— A l'hôtel ce serait pas mieux, disait le jeune Castule.

Encore un qui, comme Raynaud, la jugeait digne d'un tel établissement. Elle était curieuse de savoir comment ces endroits-là pouvaient nourrir des voyageurs contre de l'argent.

— Les fougasses, ce sera pour demain. Je n'ai pas eu le temps.

Levée la première elle prépara sa pâte, la fourra de fritons, la laissa lever avant de la porter, sur une longue planche recouverte de torchons, au four des Pla. La Muda, ce jour-là, cuisait pour les deux familles. Elle enfourna les « fouasses », ainsi qu'on disait à Villeneuve. En attendant qu'elles cuisent, la Muda passa du café frais et elles goûtèrent la première, sortie du four toute brûlante. La tante Jeanne pointait son doigt tout déformé vers son ventre, mais ce que ce geste pouvait avoir d'inquiétant, comme celui d'une sorcière malveillante, s'atténuait en regardant la bouche qui essayait de murmurer alors que d'habitude elle paraissait crier désespérément. Et pour la première fois, Honorine comprit ce que voulait exprimer la Muda avec tendresse : « Ce sera un joli poupon, ma jolie, une fille, car j'en ai rêvé. »

Un soir dans leur lit, Honorine demanda à son mari s'il était déjà allé dans un hôtel.

— Pour manger ou coucher ?

— Manger, bien sûr.

— Dans la dernière année de Carcassonne, nous allions dans des gargotes à dix sous. Puis j'ai connu « L'Affligado », dans la Cité, où l'on mangeait les escargots et aussi le « Païcherou », du côté du barrage de l'Aude, où l'on se rendait en bande dans une voiture pour la friture de goujons et la pintade. Mais la toute première fois, c'était avec mon père à Carcassonne et je fus émerveillé.

Elle demandait des détails sur la manière dont se déroulait un repas, le service, la façon d'installer les gens, quels couverts, quelles assiettes.

— Dans les grands restaurants, on change assiette et couverts apres chaque plat.

— Même après les hors-d'œuvre ?

— Oui et pour le dessert on ne retourne pas son assiette à la mode d'ici. Il existe de toutes petites assiettes pour cela.

Ce mot de restaurant impressionnait tant Honorine qu'elle lui substituait celui d'hôtel. Planou lui expliqua la différence. Elle resta perplexe :

— On couche les gens même s'ils ne mangent pas ?

— Mais oui. On gagne de l'argent facilement ainsi.

— Comment est-ce possible qu'une chambre rapporte plus, s'indignait-elle. Quoi ! Un lit même chauffé avec le moine en hiver, une toilette et un vase de nuit vaudraient plus qu'un bon cassoulet ?

— Tu peux prendre jusqu'à deux francs pour une chambre avec un seau hygiénique.

A l'époque, elle ignorait de quoi il s'agissait et il lui raconta avoir vu à Marseille les femmes, bourgeoises ou domestiques, descendre le seau très tôt le matin quand passait le tombereau couvert où deux employés vidaient les récipients.

— Jamais ici nous n'aurons pareil tombereau, disait-elle.

— Il n'y a même pas de seaux hygiéniques.

Le premier apparut peu après chez ceux qui habitaient près de la rivière. Ce fut un beau rambal du côté des lavandières, qui exigèrent qu'on aille vider ces saletés en aval de leur lavoir naturel. A la fin du siècle, chacun avait acheté le sien en tôle émaillée et la bienséance voulait qu'on aille le vider avant dix heures du matin. Au-delà, les attardées ne pouvaient être que des feignantes, des malpropres ou des moins que rien. Un endroit fut fixé par arrêté municipal, très en aval de celui réservé aux lavandières, mais quelques-unes persistaient à déverser le contenu en amont.

— Sauf si le voyageur reste quelques jours, les draps doivent être changés après chaque nuit, c'est la règle.

— Mais les hôtels font au moins une bugade par semaine ?

— Dans les villes existent des blanchisseries.

— Ici on trouve des bugadières à la journée, mais pas l'hiver, avec l'eau si froide.

Dès lors, elle prit l'habitude de s'installer à la table de cuisine pour calculer au plus juste le prix d'un repas copieux, comme celui du dimanche par exemple, mais elle oubliait toujours quelque chose, le bois de la cheminée, l'huile de cuisine, le pain, le vin. Il faudrait enfourner le pain tous les deux jours et surtout pétrir, le plus fatigant. Aller prendre le pain à Cascastel, c'était perdre une heure. Et la viande ? Rien que du porc, de l'agneau à la boucherie, du bœuf et du veau une fois par semaine et sur commande. Qui fournirait les volailles, les œufs, les lapins ?

De découragements en déceptions, d'oublis en appréhensions, elle se renforçait d'autant plus dans son ambition que Planou rêvait avec elle, lui, encore plus fou parce que le rêve était sa seconde nature, voyait un étage, deux peut-être, des chambres. Pourquoi pas huit ? Et le soir à la grande table d'hôte, des voyageurs venus d'ailleurs, de loin, toutes sortes de gens, apporteraient un air différent, des mots différents, parleraient de la vie et des villes, des grandes capitales peut-être ou des contrées inconnues. Il rêvait de veillées cosmopolites dans l'odeur du café et des tisanes, dans le cliquetis des verres qu'on laverait à côté, des assiettes qu'on empilerait, de la chaleur d'un grand feu de souches ou de chêne vert devant lequel on se requinquerait des froids de la route. « Ah madame Pla, comme nous avons bien soupé ! » « Et comme votre vin est bon, monsieur Pla ! » On en aurait des moines pour fourrer une bonne douceur dans les draps sentant la lavande, des pots à eau fleuris, des gravures dans chaque chambre, de beaux édredons si joufflus, si fessus de duvet, que les gens y disparaîtraient. On ne serait jamais à court de bougies qu'on achèterait par cartons chez Anna, on aurait de la lumière, de la chaleur, des rires et de bons parfums de cuisine.

— Planou, avant la naissance du petit, je veux manger à l'hôtel.

— Mais Honorine, y songes-tu ? Celui de Durban te décevrait et il faudrait aller jusqu'à Tuchan.

— Emprunte un cabriolet et allons-y. Doucement, si tu crains pour l'enfant.

Dans la famille refermée autour de la grossesse d'Honorine comme un nid-cage, ce fut la grande affaire. Antoine Pla accourut et vociféra qu'on n'avait jamais vu pareil caprice chez une femme grosse d'un enfant, qu'Albanie son épouse avait tout au plus exigé, une nuit, de la merlusse frite lorsqu'elle portait Planou.

— Aller manger au restaurant à Tuchan ? Vous en aurez bien pour trois francs !

Sous un ciel menaçant, un peu gêné, Planou conduisit le cabriolet à douce allure pour arriver à Tuchan vers midi. L'auberge avait bonne apparence et dès l'entrée, Honorine remarqua avec étonnement le lave-mains en cuivre qui contenait bien un décalitre d'eau. Dans la cuvette mobile, stagnaient un bout de savon humide et une eau grisâtre. Les dîneurs la déçurent dans leur apparence commune, des rouliers, des voyageurs de commerce, des pensionnaires regroupés à une grande table, reconnaissables au rond de serviette posé à côté de leur verre. La serveuse se souvint du visage de Planou, les installa près d'une fenêtre aux rideaux noircis de chiures de mouches, aux vitres opaques de vapeur. La salle n'avait rien de spécial, elle aurait pu être celle d'un logement de propriétaire.

Dès le potage, Honorine reconnut que c'était bon. Le bouillon de poule était gonflé de vermicelles et les yeux gras se touchaient. La charcuterie avait bon goût et le beurre pour les sardines à huile ne sentait pas le rance.

— A Tuchan, ils avaient une glacière dans le temps, je me demande si elle fonctionne toujours, dit Planou.

On les regardait, surtout Honorine avec son gros ventre. Ils intriguaient, mais peut-être venaient-ils consulter le docteur Chavanette, d'une grande réputation dans la région.

Ce qui surprit le plus la jeune mariée, ce furent les pommes de terre frites accompagnant un morceau de viande grillée, juste après les coustellous de porc en sauce. Planou lui en avait souvent réclamé, de ces frites qu'elle n'avait jamais ni vues ni goûtées. A Villeneuve elle ne connaissait personne qui en fît.

Du bout de la fourchette elle en piqua une, la porta à sa bouche sous l'œil attentif de son mari qui la connaissait bien. Si elle décrétait que c'était mauvais, jamais elle n'essaierait de lui en faire. Elle se brûla le palais mais en reprit, les finit même avant la viande.

— Dimanche, j'en cuirai pour toute la famille.

Pendant soixante ans, elle n'utiliserait qu'une grande poêle et le feu de bois, mais ses frites ne ressembleraient jamais à celles servies ailleurs. Le fromage de Cantal lui parut fort, le chèvre trop dur, mais après les frites qui lui laissaient un sentiment d'infériorité, elle avait besoin de critiquer. Gâteaux et confitures réveillèrent leur gourmandise commune, mais le café ne fut pas à la hauteur: *« Bal pa res »*, « il ne vaut rien », dit-elle.

Planou paya quarante-deux sous.

— Ton père exagère toujours, fit-elle remarquer.

— Parce que lui, ici, il commande par lettre, deux jours avant, faisan et truites.

Ils s'en retournèrent lentement dans le cers aigrelet qui descendait du Tauch, peu pressés, enrichissant leur projet d'hôtel de comparaisons, de nourritures plus délicates, jugeant sans nuances, se répétant qu'avec leur jeunesse ils ne pourraient que faire mieux.

— Il n'y avait pas vingt sous de marchandises, disait-elle en haut du col d'Extrême. Et encore, la confiture... Les coustellous, un peu gras, avec de gros os!...

— On s'est quand même rempli la bedaine, continuait-il dans le tournant du Fer-à-Cheval, mais ça manquait de finesse.

— Deux tranches si minces de saucisson qu'elles auraient pu servir de lunettes, un doigt de pâté et une tranche de jambon fine comme du papier à cigarette. J'ai bien vu que tu te bourrais de pain pour compenser. Il faudra réserver le potage au souper et ajouter des crudités. La sardine, c'était bien.

— Pas les frites ? fit-il goguenard.

— C'est un légume de plus et ton père, qui déteste les « patanes », les aimera.

Eulalie, persuadée qu'ils reviendraient morts de faim, leur avait préparé un gros souper pour les réconforter mais Honorine fit ses comptes à côté de son assiettée de potage tiédissant :

— Si chaque jour nous n'avions que quatre voyageurs... Je n'en demande pas plus. Au même prix que Tuchan, nous aurions quarante-huit sous de bénéfice et avec la couture et tes commissions sur le vin, ce serait cocagne.

— Pour avoir des voyageurs ici, il faut des chambres. Tu ne les vois pas, les ambulants, avec saquette ou panière d'osier chez Bringuier ? Il leur donne l'assiette, la fourchette, le verre pour le vin et le café qu'ils lui paient.

— Une bougie par chambre ça ferait cinq sous. Et ces messieurs de la ville habitués au gaz en voudront peut-être deux ou trois.

— A Paris, ils ont même l'électricité.

Quand il prononçait un mot savant, elle faisait la tête. Ayant lu le mot électricité dans *la Dépêche de Toulouse*, elle ne se sentait pas capable de le répéter.

— Et le seau hygiénique qu'il faudra bien payer trois francs, peut-être cinq ? Pour une chambre avec la toilette en marbre, le pot, la cuvette, ce sera bien une dépense de cent francs. Combien de paires de draps ? Calcule sur une semaine si on doit changer quatre chambres tous les jours ! Clémence la bugadière ne pourra pas en laver quatre par jour, les faire sécher, les repasser... Il faudra prévoir douze paires.

— J'ai déjà deux mille francs et mon père doit me verser sur ce qu'a laissé notre mère, à la naissance de notre petit.

— Ce qui est dit n'est pas fait, murmura-t-elle.

Les douleurs la prirent le dix mars et, de la journée, elle n'osa en parler à sa mère. Ça ne faisait pas huit mois depuis le mariage en juillet et dans tout le village on allait parler en ricanant du « prématuré » chez les Pla. Ce fut la petite Éva qui, la voyant grimacer de douleur, prévint Eulalie. Celle-ci, le visage fermé, conduisit Honorine dans sa chambre et envoya l'enfant à la forge :

— Va dire à ton père de tuer la plus vieille poule, ordonna-t-elle.

Croyant que la petite avait mal compris ce que voulait Eulalie, le maréchal accourut.

— Oui, notre plus vieille poule, Honorine, ta fille est dans les douleurs.

— Voyons, Eulalie, elle en a pour quarante jours encore, au moins.

— Eh bien, c'est pour aujourd'hui et ce ne sera pas un né avant terme. Fais prévenir cette espèce de... Planou quoi.

Planou goûtait tranquillement au vin d'un propriétaire de Cascastel, sans l'avaler, l'agitait dans sa bouche de la langue et, sous le regard effaré des trois hommes présents, le recrachait dans une comporte de lie.

— *Aqueou es boun.*

— Mais tu ne l'as pas bu.

Il y en avait quatorze demi-muids, dans les quatre-vingt-dix hectolitres.

— Macarelle, à dix-sept francs l'hecto, c'est pour rien.

— Et encore, c'est bien payé, car d'autres acheteurs offrent des douze et même des dix francs. J'ai besoin de la même qualité pour mon wagon-foudre.

Voyant arriver Bringuier essoufflé, il crut à un malheur.

— Tot ba pla, tot ba pla.

Dès qu'ils furent dehors, Bringuier rit doucement :

— *Couilloun vaï*, Honorine te fait le petit. Ce n'était pas pour fin avril ?

Dans leur cuisine, le beau-père surveillait le gros toupin enfoncé dans les braises. Il n'eut qu'un regard résigné alors qu'Eulalie se libérait dans leur chambre en violences inattendues :

— On va rire, pour ça on va rire... Et nous, pauvres bêtes, qui avions confiance... La robe blanche achetée à Narbonne, hé ? Et le curé qui vantait ta sagesse et ta dévotion pour le prêche. Sainte Mère nous voilà beaux ! Il aura des ongles, ce pilhart, c'est sûr qu'il aura des ongles.

Pâle, Honorine, enfoncée sous l'édredon, fermait les yeux et n'en ouvrit qu'un, pour regarder Planou. Il cligna d'une paupière en frisant sa moustache. Elle disparut sous le duvet avec un hoquet de rire, que sa mère prit pour un sanglot de remords.

— Et des piques, on en aura... Et la veillée, y avez-vous seulement songé ? Il faudra bien recevoir les gens, offrir le petit verre ou les cerises à l'eau-de-vie, tout ça pour qu'ils rigolent sous cape.

On avait averti les Pla et la tante Muda se hâta avec de l'huile d'amande douce qu'elle pressait elle-même, un grand flacon, du savon parfumé, de l'eau de Lourdes, un sac de café torréfié de frais. Surprise des têtes navrées des Raynaud, elle semblait psalmodier une plaidoirie, caressait l'épaule de son neveu, souriait à la parturiente, à se demander où elle le cachait d'ordinaire, cet air de douceur.

Antoine Pla suivait, tout aussi souriant, se vantant de savoir que depuis le début les coquins avaient pris de l'avance sur le mariage. Comme promis, il déposa un sac de cuir sur la table, en défit avec une lenteur solennelle le lacet, renversa le tout. Des louis d'or roulèrent, tournèrent même sur leur tranche en jetant des éclats.

— Voilà pour le petit.

— Ou la petite, lança Eulalie, encore hargneuse. Il faut aller chercher la Baptistine.

— Le docteur aussi, dit Planou d'un ton sans réplique.

Pendant les heures qui suivirent, la rivalité entre le médecin et la Baptistine allait tenir la veillée en haleine. Déjà au sujet du lavement dont la sage-femme ne voulait pas et que le docteur préconisait dès que les douleurs seraient rapprochées. Il criait qu'il ne voulait pas que l'enfant naisse dans une colique. Et durant tout ce temps, Planou croyait rêver le bouillon de poule qu'Honorine avalait par bols entiers, les décalitres d'eau qui bouillaient un peu partout, même à la forge, à croire qu'on attendait une demi-douzaine d'enfants — les Bringuier disaient qu'ils en avaient prévu aussi un grand chaudron — les allées et venues, les vieux draps qu'on avait longuement cherchés, puisqu'on pensait avoir près de deux mois devant soi pour s'en soucier, et la mangeaille, toute cette nourriture qui au long des heures occupait de plus en plus de place dans la cuisine, la même chose que durant une veillée funèbre où l'on commençait toujours, avec des manières de gêne, d'une tasse de café, d'un doigt de muscat ou de carthagène, pour finir par encombrer les tables, les buffets et jusqu'aux chaises libres de charcuterie, de boîtes de douceurs, pâtes de coing et confitures. Les mains ne pouvaient se poser sans poisser à du sucré ou glisser sur du gras. Eulalie, toujours vexée de cette naissance avancée, semblait vouloir gaver la société en dévalisant ses réserves, remplir ces bouches au point de les rendre muettes.

On veilla toute la nuit dans une atmosphère de cabaret. On épuisa trois grosses cafetières apportées par les Bringuier, des boîtes de gâteaux secs, des terrines et du jambon. On ressoupéta en chœur chaque fois qu'une parenté ou une famille amie arrivait en catimini dans la nuit avec des mines de circonstances, n'osant trop se réjouir ni soupirer. Maintenant on sommeillait, repu dans sa faim et son inquiétude. La Muda avait préféré aller pétrir, car on avait déjà avalé quelques grosses miches.

Jeanne naquit le lendemain matin, onze mars 1893, et le docteur, en sortant de la chambre pour se laver les mains, déclara que tout allait bien. Il ne trouva que Joseph pour lui verser l'eau du cruchon, le seul de la famille qui ne tremblât pas des mains.

Dans la cuisine et le couloir, c'était la pause avant les visiteurs les moins intimes. On attendait dans le village de voir laquelle parmi les femmes aurait la curiosité plus forte que la gêne pour oser franchir le seuil de Planou. Elle serait vite rejointe par la grosse fournée des assoiffées de nouvelles et de café. Il n'y en aurait jamais assez, ni de grenache, ni de muscat, ni de douceurs, mais la tante Jeanne reviendrait avec du pain odorant, des fougasses au sucre caramélisé et aux grains d'anis, certaines décorées de cerises et de poires confites.

Sans remarquer l'air exténué de sa femme, Planou se pencha sur le berceau où dormait l'enfant, apaisé après cette nuit de lutte pour s'arracher au ventre maternel.

— Planou, ne rêve pas, ils m'ont oubliée pour le café au lait.

Eulalie en refaisait pour sa fille et les visiteurs du matin auxquels on ne montrerait Jeanne que plus tard. Si seulement elle avait songé à tricoter des moufles pour cacher ses menottes aux ongles bien formés, bien roses ! Autour d'elle, on était parti pour raconter des histoires effrayantes comme toujours, celles d'enfants nés avec une hure de porc ou la bouche pleine de dents.

Planou aurait aimé fermer à clé la porte de leur chambre, s'isoler avec Jeanne, dans son innocence encore neuve, se méfiant de la première parole mauvaise, du premier regard sans indulgence et même de la première odeur qui pouvaient marquer son enfant à vie.

Il se penchait tant qu'il semblait vouloir la rejoindre dans le berceau, ému par l'huile d'amande douce à l'odeur exaltée par cette chair délicate, enfouissait sa tête dans un monde inconnu où la vie se mesurait en menues dimensions, un pli soudain de la bouche ronde devenant une moue ou un baiser, un frémissement de joue rose, un sourire. Jusqu'aux cheveux abondants, fins comme de la laine d'agneau qui embaumaient.

Et jamais il ne s'expliqua la tentation qui le prit alors, et qui devait le hanter par la suite en bouffées irrésistibles. Il eut envie de prendre sa fille dans ses bras et de s'enfuir au bout du monde.

CHAPITRE XXIII

Jeanne la bien-aimée

Souvent, le maréchal désabusé étalait l'exemple de sa propre famille : « Trois filles c'est gentil, mais c'est la misère. Sans les biens de Maironnes je n'aurais jamais pu venir ici. Ah, si Joséphine avait été un garçon, nous n'en serions pas là ! » Il avait l'air de dire que pour Planou, ça commençait mal, alors que son gendre s'en moquait bien, souriait, ne rêvant que de fossettes, dentelles, parfum léger, se sucrant l'âme de tendresse, caresses, câlineries.

Dès qu'il la prenait contre lui, la petite, à peine âgée d'une semaine, appuyait ses cheveux noirs contre son menton qu'il rasait chaque jour pour ne pas écorcher la peau fragile.

— Oh, la pégouse, chantonnait Éva.

Planou n'avait jamais eu le courage d'être « pégous » auprès de ses parents, d'exagérer le besoin inné d'être câliné.

— Elle est plus pégouse avec toi qu'avec moi, remarquait Honorine. Avec moi, seul mon tété l'intéresse.

Dans son amour fou, il en oubliait les nouveautés de la commune, fier cependant que Jeanne figure presque en tête du registre des naissances, mais restait indifférent à la mise en place, jusqu'aux élections, de la commission municipale présidée par un Belissent. Les républicains s'activaient mais la réaction préparait une liste.

Antoine Pla ne se résignait que lentement, ne pouvait dire Monsieur en parlant de l'instituteur, ressortait un vieux mot inusité depuis cinquante ans, le régent, pour mieux montrer dans quel mépris il tenait ce hussard de la République.

Pas plus qu'aux affaires publiques, Planou ne prenait garde à l'argent qui manquait, Honorine se refusant à toucher à celui de la Muda et du père. Elle n'avait plus le temps de coudre et son mari avait du mal à vendre du vin aux grossistes, à trouver des charrettes-de-sept pour conduire les demi-muids à Lézignan.

Dès le matin, plusieurs fois par semaine, c'était le toupin aux mounjetos ou aux févettes qu'Honorine enfonçait dans l'âtre, des pois cassés aussi, avec juste un bout de lard minuscule. Pour souper, on s'arrangeait de pommes de terre ou d'omelettes à la mie de pain. Du pain, on n'en était pas privé avec la Muda, ni de sauce au tomatat. Planou bouscassait de la salade sauvage, des escargots, le gibier mais Honorine surveillait son alimentation de nourrice, ni salade, ni carottes, ni choux pour leur mauvais goût. Planou frottait d'ail des « chapons » de pain rassis, se contentait d'une nourriture misérable, ne réclamant au matin que son grand bol de café trop sucré et de larges tranches de pain.

Aux élections, un Dupré devint maire. Cette fois, on était bien débarrassé de Cascastel et à Cascastel on en disait autant de Villeneuve, ce qui n'empêchait pas les gens de se fréquenter et de faire des affaires comme auparavant.

Quand Honorine put reprendre sa couture, on avait déjà cloué la réclame de Singer juste en face, sur la portaillère au-dessus de la cave des bourreliers et, assise derrière sa fenêtre la journée entière, elle la regardait souvent, imaginant tout ce que cette merveille de machine pourrait lui apporter en travail plus rapide, plus aisé.

— Il faudrait le télégraphe ici pour mes affaires, se plaignait Planou.

On en parlait et d'une poste aussi, du chemin de fer également. On en parlait depuis quinze ans, depuis son entrée au petit séminaire. De temps en temps, il allait seconder son frère sur la propriété paternelle, se réservait les soins à donner à la vigne du Rec Dal Four.

— Après Jeanne, c'est ton autre manhague, disait Honorine.

Il s'y organisait une seconde vie, proche de son enfance, plus paresseuse, insouciante. Là-bas, il se faisait des poêlées de frites, des cagaräouladas et quand il avait vécu sa grande journée d'air, de parfums et de sieste, il revenait plus heureux vers les siens, chatouillait Jeanne d'un brin de lavande ou de fenouil.

— Tu n'en finis pas de sulfater là-bas, alors qu'une demi-journée te suffirait. Et la Plante, vas-tu laisser mon père la faire seul ?

La Plante faisait partie de son royaume mais de la route on pouvait surprendre son indolence. Il se cachait dans la rivière pour pêcher des goujons à la main et piéger des écrevisses avec une tête de mouton.

Honorine, avec ses quinze à vingt sous de couture, leur permettait de manger et Planou n'en éprouvait aucun remords, vivant à sa guise, prenant Jeanne dans ses bras pour aller discuter sur le parvis de la nouvelle église pourtant tristement réputée pour sa fraîcheur suspecte. On y prenait le froid de la mort, en disait-on à la suite de deux fluxions de poitrine.

— Tu vas me la rendre malade, s'insurgeait Honorine.

Mais Jeanne se lovait en lui de façon si particulière qu'il acquit dès lors la certitude qu'elle lui avait abandonné pour toujours une partie d'elle-même en nue-propriété.

Quand elle commença de marcher un an plus tard et s'échappa de ses bras, il en resta consterné des jours. Depuis quelques semaines, il la sentait s'affranchir, frémir de l'impatience d'étrenner ses gambettes, il se résignait mal à la laisser s'éloigner. Chaque fois qu'elle le quitterait, le même sentiment de froid l'étreindrait. Jamais il ne connut pareille tristesse d'abandon avec les deux autres, un fils tant attendu par la famille, Jules, qui naquit en 1896 et une autre fille, Marcelle, en 1898. Il les aima, les prit dans ses bras, mais ne ressentit pas avec ces deux-là la même communion totale.

— Essayons de faire restaurant, juste les repas de midi, pas l'hôtel, répétait Honorine sans se décourager, mais Planou ne partageait plus la même ambition, ni aucune autre d'ailleurs. Il se demandait si un restaurant serait assez convenable pour une petite fille, avec tous ces inconnus venus on ne savait trop d'où, qui s'installeraient à leur table comme chez eux, ne se priveraient ni de mots, ni de gestes, de regards pouvant attenter à Jeanne. Dans le village, peu ou prou on se surveillait en présence des enfants, à part quelques familles sans aveu, et sauf quelques « macarelles » échappés parfois au plus honnête. Lui qui avait souhaité cet afflux d'étrangers, espéré qu'ils livreraient à domicile un peu de ce monde extérieur encore si flou dans sa connaissance, devenait réticent. Quand la petite marcha, il se dit qu'elle irait buter dans les jambes de ces voyageurs, les agacerait, et qu'il ne supporterait ni les rebuffades ni encore moins les caresses machinales, les flatteries courtisanes.

– On fera restaurant et hôtel, disait-il pour retarder l'échéance. Je monterai deux étages, seul avec quelques aides. Si tes sœurs sont d'accord. Sans elles, on ne peut rien décider et Éva n'a que sept ans. Ton père a fixé à douze cents francs la part de chacune.

– Nous pouvons les donner.

– Et les matériaux, la pierre, la brique, la chaux, les poutres, les portes et fenêtres? Il faudra des tuiles neuves, ensuite meubler les chambres.

– A Tuchan, ils ne s'en faisaient pas, avec leurs couverts en étain. Ça suffira bien. Si le train se construit, il faudra loger les ouvriers.

Ce n'était pas pour le lendemain, la paperasserie allait s'accumuler avant la pose du premier rail. Lui le savait, qui avait souvent à faire à Lézignan. Les tracés des lignes changeaient sans arrêt et on disait que l'électricité arriverait plus vite que la première locomotive. Les fils commençaient de s'étirer depuis Axat et même à Tuchan on parlait d'une machine qu'on installerait dans les gorges de Padern, dans les anciennes forges appartenant au docteur Chavanette.

– Tuchan nous en cédera peut-être, de son électricité?

– Moi je m'en fiche, disait Honorine, dc ton élec... Enfin, de ces fils. Une bonne lampe à pétrole donne assez de lumière, non?

Elle y tenait, à son idée de restaurant, et Planou connaissait son opiniâtreté, cette volonté souterraine qui, après des mois, des années, jaillissait alors qu'on ne s'y attendait plus. N'avait-elle pas, huit ans durant, gardé la certitude qu'elle deviendrait sa femme, seulement après l'avoir vu quelques instants à Maironnes?

Planou se rendait compte qu'au café, bien des gens de passage demandaient à dîner, et à quelques habitués, banquiers, représentants de commerce, marchands forains, les Bringuier servaient l'omelette, la saucisse, la charcuterie dans la discrétion, sans développer l'affaire, juste pour faire plaisir.

— Ça ne rapporte rien, disaient-ils, juste les apéritifs, le vin, le café.

— Je n'en crois rien, répliquait Honorine à Planou. On peut gagner plus d'argent qu'avec la couture, et je n'abandonnerai pas celle-là. Le soir, on n'aura personne tant que les chambres resteront à construire. J'achèterai une Singer.

— Pour te coudre les doigts, la plaisantait son mari, faisant allusion à une femme de Durban qui s'était toute transpercé les doigts avec du fil noir, et cette précision du fil noir sur la peau blanche d'où jaillissait le sang n'en donnait que plus de frissons.

— La Singer sera comme le reste, la faux, les sécateurs, les seaux hygiéniques, les pommes de terre frites... L'élec...

Planou ne voulait que protéger Jeanne, curieuse de tout, qu'il fallait surveiller comme l'huile sur le feu tant elle montrait de vivacité. Lorsqu'en juillet 1895 Honorine découvrit qu'elle attendait un deuxième enfant, elle renonça provisoirement à son restaurant. Fatiguée par un mois d'août torride, elle abandonna même la couture, demanda à sa mère de faire la cuisine, écœurée par les odeurs. Jeanne l'énervait et Planou profita de l'aubaine pour s'en occuper encore plus, la juchant sur un cheval quand il menait ceux de son père à l'abreuvoir, allant pêcher avec elle des têtards qu'ils emprisonnaient dans une bouteille. Le soir, il la promenait sur le pont de Cascastel où les gens recherchaient une illusion d'air frais au-dessus de la rivière envasée par la canicule.

Un jour, il la grimpa, juchée sur ses épaules, jusqu'aux moulins, lui expliqua qu'autrefois ils avaient des ailes sans lui raconter l'histoire des nuages. Deux jours plus tard elle baptisait « moulin » une libellule.

En ces périodes de misère où le vin ne se vendait pas, on finit par se servir de l'argent de la tante. Planou avait le vin de son père et de son beau-père à vendre, il n'en finissait pas de courir télégraphier à Durban, d'aller retenir des charrettes-de-sept chez les frères Tournal à Tuchan, de les convoyer à Lézignan. Il en louait éventuellement, ainsi que les trois chevaux nécessaires pour tirer ces lourdes charges sur trente-cinq kilomètres. Il ne gagnait presque rien avec un hecto à quinze, dix-huit francs — les frais, les cadeaux pour Jeanne et Honorine.

L'hiver 1895-1896 fut rigoureux et, tandis qu'il se débattait sans grand profit, Joseph lui avait coupé plusieurs voyages de bois. On avait loué l'écurie en dessous à un marchand de chevaux qui ne savait où les loger en attendant les foires de printemps. Planou les nourrissait, les soignait avec l'aide du maréchal pour un franc par jour, fourrage, avoine et paille fournis. Leur bonne chaleur remontait dans la maison, empêchait le froid de mordre aux pieds. Honorine, dans son état, se plaignait de l'odeur.

— Nous aurons du fumier à ne pas savoir qu'en faire, plaidait Planou.

Vers Mouthoumet, une fois encore, peut-être la dernière fois, on parla de loup. Le soir à la veillée les voisins rapportèrent qu'on avait vu nettement les traces. Jeanne dormait dans les bras de son père et, quand il alla la déposer dans son lit, trop court pour le moine et réchauffé par des fers à repasser, elle demanda si les loups viendraient cette nuit-là.

— Non, pas jusqu'ici, dit-il attendant qu'elle dorme pour s'en aller.

Dans les bordes éloignées, les pastres s'affolèrent bien un peu quand les brebis se ruèrent une nuit contre les murs, mais au matin on sut qu'une harde de sangliers était venue fouiller dans le fumier des moutons.

Ce fut donc un garçon qui naquit le 2 avril 1896. Il n'y eut pas de veillée ni de ressouper, mais les deux grands-pères se congratulèrent au quinquina chez Bringuier. Jules ressemblait à Jeanne, mêmes cheveux frisés, même teint mat. Planou le souleva avec si peu d'habileté qu'Honorine le remarqua :

— Tu savais mieux faire avec Jeanne.

Ce fut à l'occasion de cette naissance que Joséphine, venue de Saint-Jean aider sa sœur, confirma qu'avec Célestin ils étaient d'accord pour leur laisser leur part de la maison et que pour l'argent rien ne pressait. Honorine dit qu'ils paieraient l'intérêt, parla du père qui allait abandonner la forge. Il n'avait pas toujours quelqu'un sous la main pour maîtriser les chevaux et le marteau devenait lourd. Le soufflet lui-même se crevassait de partout et l'autre maréchal prenait les trois quarts de la clientèle.

Joséphine voulait emmener Jeanne à Saint-Jean mais Planou refusa. Il ne voulait pas l'exiler maintenant que son petit frère allait devenir le monsieur de la maison. Flattée par toutes ces félicitations, trois fois plus que pour Jeanne, Honorine reportait sur le bébé l'honneur qui lui était fait.

Un matin il prit Jeanne à Rec Dal Four, son paradis secret, malgré le remue-ménage sans précédent des grands-parents. La

Muda le traita même de « cabourt », de fou, mais l'enfant passa la journée avec lui, partagea son repas de bouscassier et quand elle s'endormit à l'ombre mousseuse d'un amandier, il la couvrit de sa large ceinture de flanelle.

TROISIÈME PARTIE

1900-1942

CHAPITRE XXIV

L'hôtel de Planou et Honorine, la nouvelle fugue du corbillard

Un peu après les fêtes de fin d'année, au début de l'an 1900, Planou rejoignit son frère Joseph dans la cave pour l'aider à démolir une vieille futaille qui datait d'au moins cent ans. Malgré le suif dont on colmatait ses douves, elle fuyait. Lorsqu'elle se fut ouverte — les cercles de bois à l'ancienne furent rapidement rompus — ils découvrirent qu'il y avait pas mal de tartre à gratter. Cela représentait un bon prix. Ce tartre, soi-disant vendu pour les cotonnades et la chimie, servait surtout aux trafiquants pour faire un vin sans raisin.

— Si on le vend, disait Joseph, on encourage ces fraudeurs et ils en feront une piquette qui nous empêchera de vendre notre vin.

— On a besoin d'argent, soupira Planou.

Soudain, Planou éprouva une impression de manque et se retourna vers le fond.

— Il n'est plus ici ? murmura-t-il.

— Tiens, c'est vrai. Quelqu'un a dû venir le chercher, peut-être Baptistou avait-il de la place chez lui. Ou bien le charron pour réparer un rayon ?

Mais Planou ne l'avait pas vu chez le charron. La tante Jeanne était couchée avec un bon rhume. Rien de grave, mais elle se sentait fatiguée et ne voulait pas entendre parler de docteur. Ni de l'un, officier de santé, ni de l'autre, véritable docteur en médecine.

Ils grattèrent le tartre jusqu'en fin de matinée puis, avant de rentrer chez lui, Planou monta dans la chambre de la tante

Muda. Elle gisait dans son petit lit à rouleau, enfoncée sous l'édredon, le visage las. Il l'avait toujours vue grande, véhémente dans ses gestes et elle n'était qu'un pantin sans force au regard résigné. Les volets clos, elle se contentait de la lueur d'une veilleuse à sa façon, une mèche flottant dans de l'huile d'amande

— Veux-tu que j'ouvre la fenêtre?

Non, elle ne voulait pas voir la lumière du jour.

— Qu'est-ce qui te ferait plaisir?

— *Pa res*, rien.

Ses lèvres manquaient de leur force habituelle et s'étaient avachies. Il se pencha pour l'embrasser et trouva son front brûlant.

— Tu te souviens du « sale prolétaire »? dit-il soudain.

Alors son visage se rebâtit d'un coup, l'œil devint luisant sous la paupière flétrie.

— Ça fait des années que tu ne m'as pas traité ainsi! murmura-t-il.

Pourquoi l'avait-il toujours tutoyée alors qu'il disait « vous » à ses parents? Certes, elle n'avait jamais été bien tendre, bien maternelle, mais elle était si quotidienne, comme une servante de l'ombre.

Son père lisait *le Figaro* dans la cuisine. Il avait changé d'abonnement depuis quelques années.

— Ça lui fait quel âge, à la tante Jeanne?

— Je pense qu'elle doit avoir dans les soixante-quinze ans. Elle a quelques années de plus que moi.

— Vous devriez appeler un médecin.

— C'est elle qui ne veut pas. Têtue comme une mule toute sa vie.

Honorine, malgré ses trois enfants — la petite Marcelle n'avait que deux ans — apportait chaque jour le dîner, mettait de l'ordre, soignait la tante, les autres nièces venaient, elles, le soir et la nuit. Antoine Pla ne se rendait compte d'aucun bouleversement et traitait la malade à la légère puisque le train de maison restait le même.

Lorsque Planou rencontra Baptistou et lui parla du corbillard, l'autre s'étonna:

— Je pensais qu'il vous gênait dans votre cave et que vous... Comme j'ai de la place, ça ne me fait rien. Je l'ai trouvé l'autre matin, quelqu'un a dû le tirer jusque chez moi, peut-être pour le nettoyer, puisque je suis près de la fontaine.

À cette époque, on laissait encore les clés des caves dans une encoche creusée entre deux pierres du chambranle.

— Marcel, peut-être, continuait Baptistou.

— Peut-être.

Marcel conduisait le cheval du corbillard, s'occupait des draps mortuaires, du nettoyage du char. Une nuit, pour faire une farce, des jeunes gens avaient baladé le corbillard dans le village en faisant tinter une clochette, avant de le coincer dans la porte d'un grincheux. Les mêmes plaisantins pénétraient parfois au cimetière à minuit pour mesurer leur courage.

— C'est vrai qu'à la mort de mon père, on l'a retiré de chez nous... Pour nous épargner sa vue certainement.

Planou n'osait jamais y songer sérieusement. Il s'effarouchait devant trop de précisions, préférant garder toute sa vie le vague espoir d'une confrérie qui aurait perpétué cette tâche d'avertissement et de compassion dont personne ne voulait jamais parler.

La tante Muda mourut le 2 février 1900 et fut enterrée par une forte tempête de neige.

Louis Raynaud avait tout donné à Planou et Honorine devant le notaire de Durban en 1899, se réservant la petite maison de la forge en usufruit. La même année, Planou, durant la belle saison et avec l'aide de journaliers, monta deux étages de plus, un premier avec quatre chambres et un grenier au-dessus qui, plus tard, pourrait aussi se diviser. Les poutres venues d'une scierie de l'Ariège, longues de dix mètres, avaient été attachées sur deux essieux indépendants pour affronter les tournants serrés des Corbières. Il dut poser les fenêtres, monter les cloisons, carreler, plâtrer, tapisser et peindre. Le travail de huit longs mois sans jamais un jour de repos, épuisant toutes les économies et obligeant le couple à solliciter un prêt du Crédit foncier. Honorine cousait du matin au soir en attendant l'ouverture de l'hôtel prévue à la fin des travaux.

C'est quelques jours après la mort de la tante Muda que la petite Jeanne, âgée de sept ans, demanda à son père s'il avait prévu « une gatière » dans la porte.

— Tu en voudrais une pour les chats ?

— Oh non, j'aurais peur que la main coupée ne vienne m'étrangler.

Toujours les mêmes légendes qui se transmettaient entre enfants et seulement jusqu'à un certain âge, quatorze, quinze ans. Ce soir-là, il dut rester auprès d'elle pour qu'elle s'endorme en paix tant l'évocation de cette histoire la troublait.

Par décret en date du 25 mars 1898, la création des tramways à vapeur de l'Aude avait été décidée et les travaux pouvaient commencer. La ligne numéro 3 irait de Lézignan à Thézan, Ripaud, la Nouvelle par Portel et Sigean et devait être, selon les prévisions, terminée en 1902. La ligne numéro 9 reliant Ripaud à Tuchan par Villesèque, Durban et Villeneuve-les-Corbières était également prévue pour 1902.

— Il y aura des ouvriers à nourrir, à loger, répétait Honorine. Allons-nous laisser ce travail à d'autres? Et si Bringuier y songeait? Dans la salle de bal, il peut installer des lits.

— Je ne crois pas que ça l'intéresse.

— Le train montera à Tuchan trois fois par jour et en redescendra aussi trois fois. Il y aura forcément des gens pour s'arrêter à Villeneuve, des ambulants, des commis-voyageurs, des banquiers, l'agent-voyer, l'inspecteur des écoles. Il faut bien que l'inspecteur vienne voir si Monsieur fait bien son travail, et aussi celui de Cascastel et Albas.

— Dès que le prêt sera accordé, nous déciderons... Peut-être après les vendanges.

Honorine soupirait, regardait la réclame Singer en face, chez le bourrelier. Jamais elle n'avait pu mettre assez d'argent de côté pour acheter une machine à coudre et elle craignait qu'il n'en fût de même pour l'hôtel. Planou continuait ses rêveries, courait après six sous, alors qu'ils auraient pu empocher des pièces d'un franc.

Avec ses trois enfants, elle ne manquait pas de travail, mais sa mère l'aidait, depuis que le papet avait laissé la forge et ne vivait plus que de ses rentes et du vin. La Plante produisait fort et ils n'étaient pas trop malheureux. Le samedi soir, Eulalie faisait le bouillon de viande de bœuf pour toute la famille, ou une poule farcie avec du riz. Planou préférait le riz sucré cuit au bain-marie dans un moule caramélisé, et aussi les flans au lait de vache, dont l'hiver, Anna, mariée avec le fils Faget, se faisait livrer un gros bidon — mais l'été, il tournait vite.

En se rendant à Lézignan, Planou découvrait la progression du chantier de la voie métrique qui, la plupart du temps, suivait le tracé des routes existantes. Comme l'aurait fait un tramway dans les rues d'une ville. Ce n'était pas tout à fait un véritable chemin de fer. À Ripaud, on creusait un tunnel pour franchir un angle rocheux que la route, elle, contournait en un virage trop raide pour un convoi. Déjà, on s'était trompé dans les calculs et la roche blanche garderait toujours la cicatrice couleur rouille du premier essai.

Fabrezan était déjà relié à Lézignan et de la patache, on pouvait voir fumer la petite locomotive qui, bientôt, serait multipliée à plus de trente-cinq exemplaires dans les débuts de l'exploitation, pour passer enfin à quarante-trois. Des Corpet et Louvet 030 toutes neuves.

— Elles pèsent seize tonnes cinq, criait un voyageur de l'impériale, enthousiaste. Le voiturier, lui, claquait ses deux chevaux de son catalan, essayant de rivaliser avec le petit train qui les rattrapait. Il dut finalement sauter à terre pour les calmer. De l'unique wagon on leur criait des plaisanteries ironiques en agitant les bras.

— Vous verrez, disait le voiturier à Planou assis à côté de lui, vous verrez quand cette sale mécanique vous réveillera tôt le matin et que Villeneuve empestera le charbon et le soufre... Sans parler des enfants, des vieux qu'il faudra faire rentrer et des volailles, des chèvres que la machine écrasera. Entre Lézignan et Fabrezan, on ne compte plus les animaux écrabouillés, ainsi qu'une vieille femme.

Mais le voyageur enthousiaste lui rappela que lui-même avait aussi quelques accidents à son compte, avec son habitude de faire le « babart », le vaniteux, en rentrant à toute allure dans le village.

Après les vendanges, Planou et Honorine tapissèrent deux chambres une fois les peintures sèches mais durent renoncer aux deux autres, remettant à plus tard ce travail si l'hôtel laissait quelques bénéfices.

Désormais, le jeune couple disposait de trois pièces au rez-de-chaussée : une cuisine, une chambre et une salle à manger plus deux chambres au premier pour commencer. D'ici quelques mois, les Raynaud ayant aménagé une cuisine dans la forge, les deux pièces juste au-dessus deviendraient des chambres, et ainsi ils pourraient libérer la quatrième pièce de la maison, sur la rue, celle qui communiquait avec leur petite maison.

Au fil du temps, et jusqu'à sa mort en 1955, Honorine bouleverserait l'agencement du rez-de-chaussée. La chambre donnant sur le patus deviendrait cuisine, puis en se délabrant faute d'entretien, souillarde, où s'accumuleraient au cours d'un demi-siècle toutes les poussières, tous les relents avec la dominante du tomatat. La salle à manger des voyageurs, elle, traverserait de temps en temps à l'oblique le grand couloir, passant du sud-est, sur la route nationale, au nord-est juste au-dessus de la porte de l'écurie. La cuisine serait mixte, tantôt cuisine, tantôt salle à manger supplémentaire mais en cas de besoin, on dresserait des tables dans le grand couloir.

Ils ouvrirent après la Toussaint. Honorine souhaitait qu'on accroche une pancarte au-dessus de la porte avec juste deux mots : « Hôtel Pla », mais Antoine, son beau-père, avait juré de ne plus remettre les pieds chez eux dans ce cas.

Au bazar, qui déballait place du Christ tous les mois, devant la vieille église, elle avait acheté une fontaine lave-mains pour l'entrée. Une petite de cinq litres en tôle émaillée munie d'un robinet en étain qu'on faisait pivoter pour obtenir un filet d'eau. Julot déclarait que la fontaine faisait pipi et se quillait sur une chaise basse de coin du feu pour se laver les mains, ce qu'il fit trente-six fois le jour où son père l'accrocha.

Le jour de l'ouverture, elle avait prévu un « fricot » qui, éventuellement, les nourrirait pendant quatre à cinq repas, du porc aux pommes de terre. Avant elle servirait, seulement aux clients bien entendu, de la charcuterie et des grillades d'agneau comme rôti. Ils attendirent donc avec angoisse. Bringuier devait leur envoyer des clients éventuels. Ils attendirent jusqu'à près de deux heures de l'après-midi, mais personne ne vint. Les enfants, affamés, s'agitaient. Ils se jetèrent sur le ragoût tandis qu'Honorine, désespérée, ne pouvait rien avaler. Dans l'après-midi, en cachette, elle alla prier à l'église et fit brûler un cierge.

Deux jours à la suite. Deux jours avec un autre fricot qui réchauffait. En voyant le visage consterné de sa femme, Planou songeait déjà à passer outre les menaces de son père et à accrocher la pancarte « Hôtel Pla », prête depuis longtemps, lorsque se présenta le ramoneur, accompagné de son petit Savoyard et sa marmotte.

— On est un peu en retard pour la saison, mais vous avez bien une cheminée froide ?

Justement celle de la salle à manger.

— Vous faites aussi à manger, m'a dit le bistrot ?

Honorine s'affola. Ce jour-là, par superstition, elle n'avait rien cuisiné.

— Si vous n'êtes pas difficile... dit-elle, la voix faible.

— Avec le petit, on a travaillé tard. On a encore deux cheminées après la vôtre et si vous pouvez nous prendre vers trois heures ce sera très bien. Demain matin, avant que vous ne l'allumiez, je vous ferai celle de la cuisine. Vous avez bien un coin de paille pour coucher ?

— Même une chambre, proposa Honorine.

— Vous voulez qu'on vous noircisse vos draps ? Non, un coin de paille et on connaît la règle : on laissera ici allumettes et tabac.

Ce furent les premiers clients. Ils devaient rester trois jours en payant soixante sous par jour, plus le ramonage gratuit, pour le coin d'écurie où Planou avait répandu de la paille fraîche sous une toile de bâche et laissé des couvertures de cheval lavées de peu.

Le premier repas inquiéta tant Honorine qu'elle faillit tout laisser brûler. Rien n'eut le temps de mijoter à sa façon et elle sortit du canard de la jarre d'huile, qu'elle fit simplement réchauffer avec des pommes de terre frites et, pour le rôti, de la longe de porc achetée le jour même à la boucherie.

Le soir, elle réussit mieux sa soupe de févettes aux lard, les fameux œufs mimosa de sa mère et des goujons frits qu'un gamin lui avait vendus, enfilés sur des joncs, pour cinq sous.

Et le lendemain, outre les deux ramoneurs, deux commis-voyageurs, l'homme et la femme, arrivèrent vers dix heures du matin en cabriolet et demandèrent s'ils pouvaient loger et manger deux jours. Juste le repas du soir, mais seulement des plats à leur goût. Du gibier, des escargots grillés, des côtelettes de mouton au sarment de vigne. Du vrai mouton, pas d'agneau.

— Tout ça ? demanda Honorine ahurie.

— Non, mais au moins une de ces choses à chaque souper.

Planou courut le village pour acheter du gibier chez les « bouscassiers » connus. Lui-même braconnait comme tout le monde mais ne chassait pas. Ce fut la matelassière qui lui vendit un lapin, un trois-quarts, c'est-à-dire un jeune de l'année. Elle n'avait jamais oublié que le maréchal avait guéri son nourrisson et ne lui prit que vingt sous.

— Il en vaut quarante.

Honorine s'indigna. Vingt sous pour un trois-quarts ! Où

allait-on si on commençait ainsi ? Planou lui fit remarquer qu'un repas commandé devait se payer plus cher. Au moins deux francs par personne.

— Quarante sous ? Mais on va les écorcher vifs. Non ce sera trente sous au plus.

Cette humilité dans l'estimation de son travail de cuisinière ne devait jamais l'abandonner et attira chez elle tous les commis-voyageurs de la région. Nombreux durant des années, ils n'enrichirent jamais la famille.

— La chambre te remboursera de ton manque à gagner, répétait Planou.

Un couple de commis-voyageurs, les Montel de Carcassonne, allait pendant quarante ans fréquenter la maison, régulièrement, chaque trimestre. Ils réservèrent par lettre puis par télégramme et leur séjour s'allongea jusqu'à une semaine complète. On finirait même par s'appeler par les prénoms, on connaîtrait les habitudes bonnes ou mauvaises, les manies. Geneviève Montel exigeait un paravent pour le seau hygiénique mais en revanche elle descendait chercher son eau chaude. Lui fumait dans la chambre et se rasait devant la fenêtre du couloir, ce qui agaçait Planou qui s'était réservé, à l'imitation de son père, cette place de choix d'où, en barbouillant son visage, il découvrait la route. Le dimanche, son grand plaisir était de regarder le défilé des cléricaux se rendant à l'église, seulement quatre ou cinq hommes entraînés par leur femme.

Jusqu'à la Noël, il y eut toujours une chambre occupée, parfois les deux, mais durant les fêtes plus personne. Honorine ne s'y attendait pas et resta avec ses provisions, passa des heures à sauver ses côtelettes de porc, ses charcuteries et ses œufs. Pour l'instant, mais ça ne durerait guère, le porc que l'on tuait restait réservé à la consommation familiale.

L'un dans l'autre, ils avaient gagné un peu d'argent. Une fois tout réglé, même le trimestre du Crédit foncier, ils comptèrent une centaine de francs mais ils avaient mangé à cinq là-dessus, acheté tout ce qu'il fallait pour installer une troisième chambre, depuis la tapisserie jusqu'au seau. Clémence, la lavandière, avait été payée et l'Espagnole aussi, qui vidait les seaux à la rivière, passait la « pelhe », la serpillière, lavait la vaisselle et surtout assurait le ravitaillement en eau. On lui donnait quinze sous pour la matinée plus des restes, et deux fois par semaine un litre de vin.

— Ça ira mieux en janvier, pensait Honorine.

Mais le début du mois fut difficile, avec juste deux à trois repas le midi et quelques nuitées jusqu'en février, et ce fut le moment que choisirent les employés d'une compagnie d'électricité pour faire leur réclame dans le village et surtout à l'hôtel. La mairie avait donné un accord verbal, mais tout le monde restait prudent. On verrait, quand ils auraient installé les lampadaires publics qu'ils promettaient.

— Avec ce qu'on vous fournira, vous pourrez éclairer quatre pièces au moins avec des ampoules de seize bougies. On vous installera un basculateur et même on s'arrangera pour qu'une lampe publique soit sur votre façade. Ainsi, votre entrée sera éclairée.

— Oui, mais vous percerez ma façade, dit Planou.

Les démarcheurs revinrent à la charge en février et cette fois prirent deux chambres pour deux nuits. Ils prospectaient tous les villages alentour, mais ne trouvaient à se loger qu'à Villeneuve.

— Si nous on accepte, disait Planou, ça décidera pas mal de monde. Ça mérite une ristourne.

Bringuier, perplexe, venait le voir pour en discuter et bien d'autres aussi. Son père ne voulait rien savoir mais les Raynaud pensaient au plus petit abonnement pour deux lampes.

— Il paraît que ça fatigue la vue et qu'on reste ébloui à trop la faire brûler, disait-on de l'électricité.

— Ça tremble tout le temps.

Finalement, Honorine gagna de l'argent avec ces démarcheurs puis avec les électriciens, ceux de la Compagnie d'abord, ensuite les monteurs qui allaient de maison en maison pour leur propre compte. Durant plusieurs mois, ils furent quatre en pension. On dut donner toutes les chambres, même celle qui n'était pas encore tapissée. La pension était fixée à quarante sous pour des repas simples, bien que copieux. Sans grillades cependant, juste du fricot, mais Honorine finissait par s'attendrir et par leur donner un bout de bœuf grillé aux sarments ou une côtelette de mouton. Le fumet de ce qu'elle servait aux clients de passage était trop éloquent pour qu'elle garde une tête froide de marchande de soupe devant les regards envieux des pensionnaires.

Ce fut une bonne fin d'hiver, qui laissa des bénéfices supérieurs à ceux du premier trimestre et ils terminèrent la dernière chambre pour Pâques. Le jour des Rameaux, la petite Jeanne guetta le départ des cloches pour Rome, affirma avoir vu celle de Villeneuve suivie de celle de Cascastel et attendit chaque jour leur retour sur le perron avec Marcelle. Le lundi de Pâques, les enfants de chœur vinrent demander les œufs traditionnels pour leur omelette annuelle.

– Pour les habitués, il faudrait faire table d'hôte, répétait Planou, surtout ceux qui couchent ici.

Réticente, Honorine savait bien pourquoi Planou y tenait tant. Il voyait filer le meilleur de l'autre côté du couloir, devant se résigner, lui, à la soupe à l'ail et aux « patanes » bouillies avec un peu d'huile. Si généreuse pour ses voyageurs, Honorine devenait ladre pour les siens et dès qu'on apportait un gibier – lièvre, perdreau, perdrix, une douzaine de tourdes –, elle songeait d'abord à les cuisiner pour ceux de la salle à manger, si bien que Jeanne, Jules et Marcelle considéraient ces inconnus avec un respect envieux, prenaient l'habitude de vivre dans un monde de nourriture chiche, alors que sitôt franchi le corridor, ces femmes, ces hommes se goinfraient en parlant et en riant fort. Les fumets des mijotages commencés à l'aube et qui, au fil de la matinée, épaississaient l'air de la cuisine, creusaient dans leur estomac et dans leur tête des gouffres de faim. Honorine, sans la moindre malice, sans même y penser, préparait les plats de service en bout de la table où eux-mêmes se résignaient à quelques restes de la veille, au toupin de haricots ou à l'omelette aux oignons. Et les senteurs opulentes allaient en réjouir d'autres, persisteraient une fois les plats torchés par les plus goulus, refroidiraient en un regret si fort dans la salle à manger où les trois enfants iraient « plier » la table, qu'ils en viendraient à oser, dans un sentiment de péché mortel, passer un doigt rapide sur un fond de sauce, à sucer un rogaton, à enfouir dans la poche de leur blouse une croûte de fromage. Fromage qu'Honorine ne mettait jamais sur la table des siens, soit qu'il fût trop cher comme le roquefort, soit qu'il n'y en ait pas suffisamment et qu'il faille le laisser pour « à côté ». Et les petits, effarés, découvraient qu'une dame qui disait avoir les dents agacées par le papier argent du roquefort laissait toujours une belle épaisseur de ce fromage sur le bord de son assiette. Eux mettaient tout en bouche et leur langue faisait le tri.

Parfois, au bout de deux jours de réchauffage d'un civet ou d'une fricassée, Honorine consentait à placer ses merveilles culinaires devant eux, le visage fermé comme si elle donnait du froment à ses poules. Planou, fébrile, sur le qui-vive, commençait de remplir les assiettes des petits, absolument certain qu'avant la fin, un voyageur attardé toquerait à la porte de la cuisine avec un mielleux « on peut encore manger, madame Pla ? » et que la cassole ou le toupin n'attendrait pas la fin de cette question de pure forme pour rejoindre les braises ou la grille du potager. Entre les mains promptes, rapaces et la voix aimable, courtisane d'Honorine, se cachait sa double personnalité mal équilibrée, l'épouse, la mère stricte, pudique dans ses affections, imprégnée de religion, s'effaçait devant l'hôtelière affable, dévouée, prête à tout sacrifier non seulement d'elle-même mais des siens, la femme nourricière qui, en d'autres temps, aurait pu offrir le lait de son sein, et qui apportait dans une générosité inépuisable les meilleurs aliments dont elle disposait. Il ne lui serait jamais venu à l'esprit de refuser, sinon à sa famille, un morceau de choix, une douceur rare, de renvoyer un dîneur tardif ou de laisser coucher à la rue un inconnu à la recherche d'un lieu pour dormir.

La complicité tacite entre Planou et Jeanne se renforça de cette frustration et, à défaut de se nourrir de bons petits plats, se fortifia de connivence dans les regards, d'ironie dans les sourires, de fatalisme dans les soupirs. Plus tard en cachette, la petite confectionna des gourmandises pour son père, profitant d'une grippe, d'une messe un peu longue, d'une rare visite de la mère dans le village. Au contraire, Jules et Marcelle, trop jeunes, plus dépendants de la mère, subirent cette loi des années, encore que le garçon en tant que tel bénéficiât à l'âge intermédiaire de faveurs que jamais les deux autres ne connurent. Parce que instinctivement, Honorine avait déjà reconnu en lui un futur voyageur, un de ceux qui auraient besoin d'une cuisine, d'une hospitalité mercenaire pour accomplir leur métier. Le mot voyageur, détaché de son acolyte « commis », connut très vite un grand rayonnement à l'hôtel Pla, désignant en moins d'un an tous les clients, fussent-ils même d'un naturel sédentaire.

Et pourtant, un jour, elle se décida pour la table d'hôte dans la cuisine, pour tous les habitués devenus des amis, les jours de glace où un seul feu économisait le bois. Mais cette faiblesse envers les étrangers ne concernait nullement les siens dont elle savait refréner la gourmandise d'un regard, d'un hochement de tête paralysant les mâchoires, serrant les gorges.

— Non, servez-vous d'abord, disait Planou avec une politesse forcée, épiant du coin de l'œil le pillage du plat, sachant qu'il ne resterait pour les enfants et lui-même que portion congrue, morceaux gras ou avec os, et toujours plus de « patanes » que de viande, plus de sauce que de blancs de poulet.

Mais les voyageurs bien gavés, en demi-cercle autour de la vaste cheminée, en train de prendre le café ou des tisanes, le petit verre de cerises à l'eau-de-vie — rarement la prune — Honorine toute à sa vaisselle — celle qu'elle refusait de laisser à l'Espagnole trop peu soigneuse à son goût — Honorine, dans la satisfaction du devoir accompli, déléguait la suite de son hospitalité, affermait la nuit, les chambres, les moines pour chauffer les lits, l'eau pour les toilettes, la bougie dans sa bobèche de cuivre et c'était Jeanne qui s'occupait de ces menus riens. Jeanne, qui montait dans les chambres avant le coucher des voyageurs pour descendre les bougies qu'on allumerait en bas, Jeanne qui répartissait équitablement les braises dans les cassoles des moines, Jeanne qui se faisait gronder si le drap roussissait à cause de brandons mal choisis, ou si le voyageur menaçait de s'asphyxier en libérant de la fumée à l'ouverture de son lit. Une simple toux à l'étage et le regard d'Honorine accusait. De crainte de rencontrer la fameuse main qui se faufilait par les « gatières » ou par n'importe quelle issue, l'aînée s'accompagnait de la petite Marcelle dont les effrois lui donnaient le beau rôle de consolatrice, chassaient sa propre terreur quand elle murmurait des mots apaisants. Marcelle descendait les bougeoirs d'un air respectueux à porter le saint-sacrement, tandis que l'aînée remplissait chaque pot, ouvrait les lits, enfonçait le traîneau du moine.

Lorsque l'électricité fut installée, qu'il suffit de tourner d'une pichenette un bouton, qu'avec des seize bougies on put illuminer les chambres, à condition d'éteindre la salle à manger, Marcelle se crut libérée de toute responsabilité et joua au loto, aux dominos avec Jules et quelques voyageurs complaisants. Et souvent pour une lampe en trop, une fantaisie mystérieuse du courant, le basculateur commençait de tic-taquer et chacun d'avoir l'impression de battre des paupières. Vite on recherchait l'ampoule coupable, on se privait du superflu, et il leur faudrait à tous une longue patience, près de soixante ans, jusqu'au compteur bleu qui supprimerait cet emballement de l'ombre et de la lumière, cette succession ultra-rapide de jour et de nuit bien comprise des enfants qui s'exclamaient souvent en comptant les nictations : « J'ai dix-sept, vingt-deux jours de plus en moins d'une minute. »

On conserva la lampe à pétrole, les bougeoirs dans les chambres pour un supplément de confort. Honorine enrageait un peu de cette nécessité, mais s'en félicita lors des restrictions en bougies et pannes d'électricité au cours de la Première Guerre mondiale.

Le perron s'illumina pour la nuit mieux qu'une enseigne racoleuse, guidant le voyageur attardé qui, parfois, à minuit, venait taper de ses poings à la porte, mais n'osait pas appeler. Planou se levait, ouvrait la fenêtre pour demander qui était là, mais, connu ou non, le client était reçu. Il l'aidait à dételer, conduisait son cheval à l'écurie, le faisait boire et remontait s'occuper de l'homme, trouvant toujours quelques charcuteries à offrir, omelette froide, soupe à réchauffer, souvent de la sanquette. Dans cette maison, il y avait toujours une crêpe de sanquette quelque part. Il retournait à l'écurie nourrir aussi le cheval, avec un peu d'avoine et beaucoup de fourrage.

Le voyageur au chaud dans ses draps, il revenait dans la chambre. Au bout de dix ans de mariage, ils commencèrent de faire lit à part, Honorine dans un grand à rouleaux, Planou dans un tout petit qu'on appelait chaise-longue. Il lisait tard la nuit à la bougie et cela gênait sa femme.

— Qui était-ce ? demandait-elle sans se soucier de la réponse.

Faute de place ou d'argent, certains couchaient dans l'écurie, des rouliers qui abandonnaient leur chargement devant la vieille église, des forains, des ramoneurs et des rémouleurs, des ferblantiers et des raccommodeurs de porcelaine et de faïence, des saltimbanques aussi. De petits cirques misérables rampaient, tant ils allaient lentement au pas de vieilles rosses, sur les routes et chemins des Corbières avec quelques animaux exotiques. D'un coup, l'écurie habitée par un dromadaire, un ours muselé, des chèvres angoras, sentait l'Afrique ou l'Asie et la nuit, les enfants, envahis dans leur sommeil par ces haleines sauvages, rêvaient différemment, se réveillaient à regret.

Le dromadaire, avec ses grosses pattes, écrasa toute une

couvée de poussins et acquit une célébrité de près d'un siècle. À quatre-vingts ans passés, Honorine racontait : « Avec ses gros pieds chaque fois il en écrabouillait un. Quand j'ai vu ces grosses taches jaunes et rouges, j'ai cru que c'étaient ses bouses, mais non, il avait massacré mes poussins. Vingt en deux jours. » En cinquante ans, le chiffre était passé d'une demi-douzaine à vingt. Le lion édenté, l'hyène mitée, restaient au-dehors dans leurs cages bâchées, affolant les nuits de tous les chevaux, mulets et ânes de Villeneuve.

Rituellement, Planou exigeait allumettes et tabac et ne dormait que d'un œil la nuit où il y avait du monde dans l'écurie. On finit par y installer une seize bougies en supprimant celle du couloir du premier. Mais un soir de nictations électriques, un mountanhol, marchand de balais de bruyère venu pour la fête, se mit à hurler des cantiques, croyant que le diable s'annonçait dans cette succession de flammes et de ténèbres. Le vin corsé des Corbières l'avait saisi.

Avec la table d'hôte et ces voyageurs encombrant la cuisine, les voisins ne venaient plus veiller qu'en de rares occasions et peu à peu, Planou et Honorine se coupaient des amis, ne s'en rendirent pas compte tout de suite, sauf Planou, que l'apport si attendu de voyageurs pour satisfaire sa connaissance du monde décevait fort. Les blagues de commis-voyageurs, les grosses farces des rouliers, les beuveries des ambulants finirent par l'excéder au point qu'il sortait pour aller jouer aux cartes chez Bringuier, se contentant d'une limonade. Mais l'odeur du rhum dans le café des voisins, celle de l'absinthe, des petits verres, des prunes à l'eau-de-vie, les bouffées nouvelles de la bière en tonnelets d'acier lui montaient à la tête comme s'il avait trop bu.

Et puis l'affaire Dreyfus apporta quelques discussions véhémentes chez lui, au point qu'il dut séparer deux voyageurs prêts à en venir aux mains. La chronologie de cette injustice se vivait à contretemps et, alors que vers 1906, le capitaine était déjà réintégré dans l'armée, on en restait dans les veillées à Zola, à son « J'accuse », les uns admirant le romancier qu'ils n'avaient jamais lu, les autres le salissant avec de faux extraits, parlant de « l'ordure charriée par ses romans ».

Jeanne faisait ses devoirs en bout de table entre deux commissions chez Anna, chez la bouchère, ou bien à Cascastel pour le pain. Lorsque les boulangers catalans, les Fabre, vinrent s'installer dans le village, ce fut un beau soulagement pour tous. Depuis la mort de tante Muda, on ne pétrissait plus que rarement et le four ne servait plus qu'aux fougasses, aux grattons et à quelques gigots encombrants.

Planou surveillait les devoirs de Jeanne, lui expliquait ses leçons et la fillette occupait une bonne place à l'école. Elle avait comme amie Adrienne, la fille d'Anna, et une Pauline de Cascastel. Sa tante Éva, de six ans seulement son aînée, devint sa grande sœur.

Le rôle d'Honorine se bornait à exiger des enfants la prière chaque soir — agenouillé au pied du lit à la bonne saison, dans ses draps l'hiver — mais gare si on oubliait ! Et le dimanche, il fallait suivre la messe, mais aussi les vêpres, cette cérémonie languissante où ne se rencontraient que de vieilles femmes qui sentaient le plus souvent mauvais. Dans l'église sombre, on n'allumait guère de cierges pour cet office de l'après-midi et Jeanne croyait voir flotter un grand voile de veuve tamisant les gestes et la voix du prêtre.

CHAPITRE XXV

Le petit train des Corbières et la troisième fugue du corbillard

Le jeudi matin, dès le printemps, Jeanne accompagnait Planou au jardin de Pech de Grille. Ce n'était pas son jour d'arrosage, mais le plus souvent il échangeait son mercredi avec un riverain en contrebas pour le plaisir de se retrouver seul avec sa fille.

Parce qu'il adorait les tomates, il cueillait les premières avant tout le monde, les choisissant une à une de sa main caressante. Déjà, il ne taillait plus l'ongle de son pouce droit, qui atteignait plus de deux centimètres, pour en châtrer les plants. Jeanne s'accroupissait avec lui, repérait les bonnes pour la salade, celles que la rosée matinale embuait et son père, d'un coup d'ongle, tranchait un bon morceau de la tige verte pour la beauté du fruit.

— Pas celle-là, disait-il. Tu la vois comme elle est mal partie une grosse dondon qui ne sera jamais bonne que pour le tomatat une mollasse, trop rouge, toujours prête à crever en jus épais Tandis que celle-là avec ses côtes vertes, c'est la jeunesse ferme parfumée.

Certaines avaient des veines bleutées comme un téton juvénile. À l'ombre de la cabane encastrée dans le mur de soutien, Planou prenait deux grosses assiettes de fer-blanc et, de la pointe de son couteau de poche, ouvrait les tomates en deux, les salait, tendait une moitié à Jeanne.

— Tiens, régale-toi, c'est toutes les Corbières qui sont là-dedans.

Avec juste au départ le café ou le café au lait dans l'estomac, ils se seraient gavés de fruits, mais Planou ouvrait sa musette — en fait un long étui en cuir destiné primitivement aux ciseaux à tailler la vigne — qu'il avait pris l'habitude d'emporter partout avec son manger et un livre.

Jeanne courait emplir un vieux pot d'eau fraîche à la basse et ils se glaçaient l'estomac de pureté liquide. Ensuite, ils ne descendaient qu'une fois le jardin bien trempé jusqu'au samedi et s'arrêtaient toujours au même endroit pour contempler les travaux de la future gare. L'insignifiance de cette construction révoltait Jeanne qui avait en tête les gravures de grandes stations admirées dans *l'Illustration* ou dans *le Tour de France par deux enfants*, cette bible de l'école laïque que désormais chaque écolier recevait et qu'il n'oublierait de sa vie.

— Il n'y aura donc pas de verrière ?

Planou riait. Juste un guichet pour les billets, la minuscule salle d'attente, le quai de chargement à côté, une voie de manœuvre.

— Il passera devant la maison ?

— On pourra le toucher, mais tu t'en garderas car il roulera déjà à vingt kilomètres à l'heure.

Ils continuaient et Jeanne essayait de porter le panier sur la tête comme les femmes, avec juste le torchon roulé pour protéger le crâne et équilibrer la masse, le cabezal. Une fois ou deux le panier bascula et ils avaient dû courir en riant derrière les tomates qui roulaient dans les ornières du chemin.

— Ce sont des rails, disait Jeanne.

— Des rails d'un siècle.

Une fois les roues coincées dans ces deux rainures parallèles, le charretier pouvait oublier son cheval, se rouler une cigarette, contempler les vignes du voisin. Et le charron devait, à un centimètre près, calculer la voie de l'essieu des chariots, charrettes et autres carrioles pour la tranquillité du conducteur assoupi.

L'hôtel Pla logeait des ouvriers étrangers, un contremaître et parfois l'ingénieur des tramways à vapeur de l'Aude venu vérifier le bon déroulement des travaux. Quelques terrassiers couchaient à l'écurie avec les chevaux de trait des entrepreneurs de charroi. Quand l'ingénieur arrivait, les enfants cédaient leur place et allaient, selon la saison, coucher au grenier sous la houlette de Jeanne, sinon chez les grands-parents Raynaud dans la chambre d'Éva. On dédoublait les matelas et on riait sous cape une bonne partie de la nuit.

Mais l'aubergiste de Villesèque commença de venir leur voler des clients, offrant la pension pour un tiers moins cher. Le soir, il ramassait les ouvriers dans un omnibus brinquebalant attelé à deux chevaux et le matin, à l'aube, les ramenait sur le chantier la saquette pleine, leur prêtant un réchaud à pétrole pour réchauffer leur tambouille.

Honorine, furieuse, dépêchait tout le monde, les enfants, Planou, le papet Raynaud, sur la route de Durban et à la gare, pour qu'ils essaient de mettre le nez dans les gamelles. Ils revenaient tous l'air dégoûté, le plus souvent pour faire plaisir à Honorine, disant que c'était vraiment de la nourriture de gargotier. D'ailleurs, ceux qui restaient fidèles à Mme Pla vantaient auprès des autres l'excellence de sa cuisine, la vie de famille, les petites attentions, le café Bringuier juste en face. À Villesèque, la ligne passait à près de deux kilomètres du village et le soir venu, l'auberge se trouvait bien isolée. Il y eut des défections et l'aubergiste concurrent baissa encore ses prix. Versatiles, plusieurs ouvriers retournèrent alors chez lui.

— Ici, ils peuvent manger à table à midi, au chaud.

— Surtout au mois de juillet, se moquait Planou.

— On verra cet hiver, quand ils attaqueront, vers Tuchan, le col d'Extrême.

Elle voyait juste, car les difficultés ne manqueraient pas pour vaincre la rampe de ce passage et la ligne définitive n'atteindrait Tuchan qu'en 1905, avec cependant une voie provisoire dès 1902.

Dès que les rails se rapprochèrent de Villeneuve, on alla chaque jour à leur rencontre mesurer la distance à équiper. C'était une grande attraction et le petit convoi qui livrait le matériel nécessaire, les traverses, les rails, emplissait la vallée de son bruit de mécanique dont l'écho, avec le vent, surprenait les vieux restés au village. À la veillée, l'été, on se réunissait sur le perron, avec trois personnes sur chaque marche, on discutait techniques. On apprenait que les rails étaient de type Vignole et qu'ils pesaient vingt kilos au mètre, que les traverses seraient placées tous les quatre-vingts centimètres et que dans la traversée du village le rail serait double plus tard. Et le jour où, à l'école, Monsieur enseigna les intervalles, tous les enfants comprirent très vite à cause des fameuses traverses.

— Ce sera un train mixte, disait-on, avec un wagon de voyageurs et des wagons de marchandises, des plates-formes pour demi-muids.

Le mot gabarit devenait familier. Il représentait deux mètres vingt en largeur, trois cinquante en hauteur. Le tunnel de Ripaud avait une voûte largement suffisante, mais tout le monde attendait le train l'hiver, au col d'Extrême, quand il neigerait. Il pouvait neiger là-bas, sans que Villeneuve voie un seul flocon pour cent mètres de dénivelé.

Au milieu de l'été, les voies atteignirent Villeneuve et la gare, et la première locomotive, tirant avec peine une demi-douzaine de plates-formes lourdement chargées, siffla longuement depuis Durban.

Dans le village, ce fut la stupeur durant quelques secondes. Les chevaux dressèrent leurs oreilles et ruèrent, les chiens hurlèrent à la mort. Jamais un son aussi puissant n'avait stridulé dans la vallée, ricochant en échos jusque sur la route d'Embrès. Tout le village, malgré l'heure — celle de la sieste —, se mit en marche vers la gare et assista au déchargement des rails et des traverses prévus pour la rue principale. On commençait de démolir la vieille église pour élargir la courbe vers Tuchan, et tout le monde savait qu'il fallait au moins quarante mètres de rayon pour les rails et au maximum une pente de cinquante pour mille.

Passaran pu lou coul... Ils ne passeront pas le col.

On avait déjà inauguré Lézignan-Ripaud-Port-la-Nouvelle le 1er juin 1902, et quelques personnes avaient assisté à la cérémonie dans le village. On pouvait aussi embarquer à Durban pour les deux terminus. À la rigueur, si on ne craignait pas les courants d'air, il était possible de revenir à Durban sur une plate-forme à vide.

Le voiturier persistait à dire que pas un de ces feignants du chemin de fer ne ferait ce qu'il faisait lui, n'importe quelle commission, même la plus extravagante ou la plus gênante, comme aller acheter « *oun farat per caga* » ou encore ramener de l'hôpital un papet avec le mouchoir déjà noué sous le menton, c'est-à-dire proche de la fin, puisqu'on nouait ainsi le mouchoir pour empêcher la bouche des mourants de s'ouvrir.

— Vous n'en trouverez plus un comme moi qui sache acheter des aiguilles à tricoter ou une purge pour les « maïnatches »!

Il disait vrai, mais il finit par disparaître, car les parents, les amis se chargeaient à sa place des courses en ville. Avec le train de cinq heures vingt-cinq, on arrivait trois heures plus tard à

Lézignan et à partir de 1905, à Narbonne, toujours par voie métrique. Huit heures à tuer dans l'une et l'autre cité avant de se retrouver chez soi vers vingt et une heures, si tout allait bien, si le mécanicien et le chauffeur ne profitaient pas de cette heure tardive pour souper tranquillement à Ripaud.

Les travaux s'accélérèrent tout l'été, à la grande colère des propriétaires qui ne trouvaient plus personne pour vendanger.

— Il est temps qu'on en finisse, grognait-on dans les cafés.

Le 10 octobre 1902, un train inaugural, composé de plusieurs voitures drainant depuis Lézignan des maires, des conseillers généraux et un député, accueillis par les directeurs de la compagnie et des journalistes, fit le trajet jusqu'au terminus de Tuchan malgré la voie encore provisoire sur les treize derniers kilomètres, s'arrêtant dans chaque gare où l'on admirait le luxueux wagon-salon de la Direction.

Le repas eut lieu à Tuchan, au grand dépit d'Honorine qui avait longtemps espéré qu'on l'en chargerait :

— Pourquoi Tuchan, puisque la ligne est provisoire et qu'ils n'auront aucune certitude sur l'horaire ? Si jamais le train ne peut monter, un hiver, ils seront beaux avec leur inauguration.

Et comme elle avait toujours raison, elle vit juste, une fois de plus. Dans l'hiver, le train de neuf heures dix qui devait arriver à Tuchan vers dix heures ne put escalader la rampe du col et dut revenir en marche arrière jusqu'à Villeneuve. Quelques Tuchanais, que n'effrayaient pas les six kilomètres à parcourir à pied dans la neige, descendirent avant, mais les autres furent tout heureux d'aller chez des amis, ou pour quelques-uns, à l'hôtel. On dut coucher les femmes et les enfants dans une chambre, les hommes dans une autre en dédoublant tous les lits de la maison.

Dès les premiers flocons, Honorine avait prévu du pot-au-feu dans la matinée et un gros ragoût de vieilles poules, avec des champignons et des pommes de terre. Il fallut caser tout ce monde dans la salle à manger où, exceptionnellement, on alluma du feu. Il faisait un froid de loup et Planou, compatissant, fit même brûler dans la chambre de ces dames du trois-six, dans une vieille assiette de fer-blanc, le temps qu'elles aient bien chaud en quittant leurs vêtements.

C'étaient des soirs de liesse pour les trois enfants Pla, et Éva, qui allait sur ses quinze ans. Elle participait à la vie de famille, plus proche de Jeanne que de sa sœur Honorine. Les deux filles grimpaient et descendaient l'escalier, rouges d'excitation, s'occupaient des lits, des toilettes, servaient de l'autre côté — ainsi appelait-on la salle à manger — le vermicelle, le bouilli aux légumes et une mayonnaise qui avait des airs d'ailloli, attendaient impatiemment, en pouffant, de servir le ragoût. Les voyageurs, surpris par cette abondance, se regardaient, inquiets du prix à payer. Planou, au début du repas, avait servi du muscat de son père. On avait parlé de vin chaud pour ragaillardir tout ce monde, mais dans le brouhaha, l'encombrement du rez-de-chaussée, on n'y pensait plus. Tous grelottaient d'émotion, d'avoir dû, quand le train avait patiné dans le col, patauger dans la neige depuis la gare, une neige qui ne cessait de tomber.

— Nous serons obligés de rester demain si ça continue, disaient-ils.

L'électricité vint à manquer et, dans les exclamations de déplaisir et les rires nerveux, on ralluma les bougies. On dut même aller chercher les chandelles de cire-maison. Depuis la mort de la tante, Planou « bresquait » le miel. Il s'occupa toute sa vie des ruches et ne fut jamais piqué par une abeille.

Le matin, vers cinq heures vingt, s'il n'avait aucun retard, le train sifflait au début du village, le mécanicien mettant une certaine application malicieuse à réveiller les Villeneuvois, prétextant que sa voie n'était jamais libre. Il était vrai que les gens, n'en ayant encore aucune habitude, laissaient facilement un tombereau, un tas de fagots, voire les chaises d'une veillée estivale, en travers des rails.

Planou aimait son lit, surtout l'hiver. Il attendrait toujours l'époque où il ne se lèverait plus avant l'aube. Honorine, de son côté, ne détestait pas la grasse matinée, comptait sur son mari pour risquer le premier un pied sur la glace du carrelage. Et le lendemain de cette mémorable chute de neige, alors qu'ils espéraient une trêve dans la routine quotidienne, un cadeau de quelques heures dans leur lit bien chaud, le train en provenance de Tuchan siffla encore plus fort que jamais, avec à peine un quart d'heure de retard. Une équipe avait dégagé la voie et comme Tuchan, le terminus, était un dépôt qui ne disparaîtrait qu'en 1908, on avait attelé une seconde locomotive à l'arrière du convoi qui avait triomphalement franchi le col. Si bien qu'il fallut bondir en hâte, car le train de neuf heures quarante n'attendrait pas.

On passa la journée à ranger, à reconstituer les lits. Il ne neigeait plus mais un froid vif verglaçait les rails, si bien que le train de onze heures trente connut quelques ennuis. On apprit aussi qu'à Ripaud une grosse masse de neige s'était écroulée sur la voie depuis les rochers suspendus.

Jeanne allait à l'école en tenant Jules et Marcelle par la main, Planou leur ouvrant le chemin à coups de pelle. Chaque fois, Monsieur sortait pour lui serrer la main, échanger quelques mots, à la grande fierté des enfants. Madame, aussi, venait à l'hôtel, pour annoncer qu'elle devait aller soigner ses parents, et que son mari prendrait pension quelques jours. Et les enfants restaient bouche bée devant un maître mangeant avec un gros appétit, buvant du vin, riant, racontant des histoires, nouant sa serviette en dépit du bon sens et oubliant chaque fois de la glisser dans le rond en bois. Ils se disputaient ce privilège comme des gueux jusqu'à ce que Planou les calme à coups de casquette.

Plus tard, on eut même une Madame en pension complète, une vraie, pas l'épouse d'un Monsieur. Une remplaçante quand Monsieur fut malade. Et ensuite une postière qui resta l'amie de la famille.

Mais le vin se vendait si mal que les commis-voyageurs, les banquiers, les ambulants, faisaient des affaires exécrables et ne revenaient plus aussi régulièrement. Seuls les Montel de Carcassonne continuaient de retenir une chambre pour huit jours chaque trimestre et arrivaient toujours par le train de treize heures cinquante-cinq. Ils avaient sorti leur repas de leur sac en cours de route, mais Honorine les attendait avec un en-cas gourmand, du bon café frais, des gâteaux et de la confiture de figues, pas la spéciale avec les figues entières, mais l'autre avec les fruits écrasés, des amandes et des morceaux de poire caramélisés.

Le prix de l'hecto baissait régulièrement et personne ne parvenait à le vendre douze francs. Planou trouvait encore quelques demi-muids à expédier, que les propriétaires livraient eux-mêmes en gare par charrettes-de-sept. Une fois les barriques bien calées sur la plate-forme, Planou les accompagnait à Lézignan, effectuait lui-même le remplissage à la petite vitesse.

Dans sa naïveté et surtout sa désinvolture, il se crut autorisé à des opérations de regroupage, d'expéditions, de retour dans sa cave en contravention formelle avec les lois et règlements des Contributions indirectes, et se vit infliger un premier procès-verbal le 23 novembre 1903, par des employés de Régie. Le vin délictueux fut saisi pour une valeur de trois mille francs, le wagon-foudre resta sous séquestre.

Trois mille francs! Honorine, prise d'une colère effroyable, accusa son mari d'être toujours dans ses moulins à nuages, et de n'être pas plus doué pour le courtage que pour le travail de la terre. Jeanne découvrit combien sa mère pouvait être injuste envers son père. Le lendemain matin, elle se leva la première pour qu'il trouvât son café prêt. Ils se comprenaient sans avoir besoin de parler.

Un second procès-verbal, deux années plus tard, ruina Planou, puisque cette fois la somme fut de huit mille francs, et ruina aussi la confiance que les gens avaient en lui, personne, ni parents ni amis, n'osant plus lui réserver leurs demi-muids.

Alors, après des jours et des jours perdus à confectionner de bonnes sauces, à préparer des plats riches pour des voyageurs qui se faisaient si rares que la famille, profitant de l'aubaine, engraissait, Honorine décida de reprendre sa couture et, dans un moment d'audace inouï, sacrifia ses dernières économies dans l'achat d'une Singer. Par nécessité impérieuse, son rêve se réalisait enfin et la machine arriva un jour, en petite vitesse. Avisé par le chef de gare qu'un gros colis leur était destiné, Planou emprunta un charreton pour aller en prendre livraison.

Tout le monde, y compris les voisins, se regroupa dans la salle à manger pour assister à l'ouverture de la caisse. Planou, qui admirait les belles planches de celle-ci, procédait avec une lenteur méticuleuse qui exaspérait l'assemblée.

Enfin la Singer apparut, noire avec des filets dorés, cachant son bras dans un coffret de bois, au milieu de la paille de protection, dans un silence respectueux. Des mains précautionneuses retirèrent les derniers brins. C'était la première machine moderne qui pénétrait dans le foyer. L'électricité, c'était quelque chose qu'on ne pouvait ni voir ni toucher, et on ne comprenait même pas d'où ça pouvait bien sortir. Le train passait devant la maison avec trop de fumée, trop de bruit, trop de vapeur pour entretenir la curiosité au-delà de deux ou trois semaines, tandis que la Singer, objet d'un culte opiniâtre, garda longtemps son auréole. D'abord personne, à part Honorine, n'aurait osé la faire marcher et dès qu'un enfant s'en approchait, une voix s'élevait pour le mettre en garde. Julot lui-même, si polisson, s'en méfiait comme d'une idole vindicative. Plus tard, des années plus tard, dans l'ennui des dimanches après-midi de pluie, il fut autorisé à faire aller la grosse pédale une fois la courroie désaccouplée, et il passa des heures à suivre l'accomplissement de cette mystérieuse opération qui en quelques oscillations faisait tourner la grande roue de fonte.

— Tu ne l'essaies pas ? chuchota Eulalie qui peut-être souhaitait que sa fille rompe le sortilège.

— Quand j'aurai compris ce qu'ils disent dans le petit carnet.

Mais dès le lendemain, elle s'enfermait seule dans la salle à manger, alors que Jeanne ôtait le couvert et commençait la vaisselle du dîner avec Éva, puisqu'il n'y avait plus d'Espagnole bien sûr et plus de « bugadière ». Il ne venait pour ainsi dire plus personne et les rares forains et commis-voyageurs emportaient leur saquette qu'ils ouvraient chez Bringuier devant un verre de vin.

— Ils ne dépensent rien, se plaignait le cafetier, et même ils choisissent le mazagran à la place du café. Quelle misère !

Vers la fin de la journée, Planou, qui rentrait de tailler, « espoudasser », comme on disait, la Plante, s'immobilisa, empêtré dans un bruit nouveau. Pourtant, des bruits nouveaux, il n'en manquait pas avec ces trois aller et retour de train, des ferraillements, des grincements, des halètements et des coups de sifflet, sans parler des jurons du chauffeur et du mécanicien. Il y avait aussi la résonance des rails. Un fer à cheval, le bandage en fer d'une roue de chariot, et la vibration du choc arrivait, s'amplifiant dans le goulet de la rue principale. Sans oublier les deux ou trois automobiles qui s'étaient risquées dans le coin avec des pétarades comme des coups de fusil. Lui n'en avait vu qu'un nuage de poussière, tandis que quelqu'un criait que c'était une De Dion Bouton. On parlait d'une Panhard achetée par un riche héritier de la commune, mais on ne l'avait pas encore entendue.

Ces bruits-là restaient quand même à la porte, s'atténuaient quand on s'enfermait chez soi mais nul, dans la maison, n'échapperait désormais au tic-tac lancinant de la Singer. Pendant quarante-cinq ans, il gratterait à vif la quiétude comme un animal. Il rongerait les moments de détente, persisterait dans la tête. Et comme pour le tomatat que, parfois, il croyait sentir en dehors de la saison, Planou entendait la machine à coudre même quand il piochait ses vignes.

Durant cette longue défection des voyageurs, on vécut au rythme de la Singer qui commençait de grignoter bruyamment ses tissus vers neuf heures du matin, interrompait sa boulimie vers midi, reprenait son festin jusqu'à la nuit. Quand Honorine cessait de pédaler pour trancher le fil, pour surfiler ou préparer une canette, personne n'y croyait vraiment. C'était dans les esprits. Les enfants s'habituèrent, eux, déjà ouverts à d'autres intrusions bruyantes. Planou, jamais. Il défendait les idées nouvelles, les inventions, à condition que le progrès n'usurpe en rien la continuité d'une douceur de vivre qu'il rêvait plus qu'il ne la pratiquait.

— Mais regarde donc, j'ai fait les ourlets de ce drap en quelques instants, lui dit Honorine ce premier jour où la Singer commença de dévorer un peu tout, le drap, le temps, la vie de famille, la paresse surtout et l'horloge qui s'arrêta comme si elle ne pouvait suivre la cadence. Son tic-tac d'ancêtre quelque peu compassé s'accommodait mal de cette nervosité moderne. Planou eut le plus grand mal à la persuader de continuer à marteler les secondes.

Le matin il partait, fuyant ce ronron rageur de bête affamée un os en gueule, l'emportait malgré lui dans sa tête et au retour ce même acharnement remplaçait le petit mot d'accueil habituel de sa femme. La maison commençait de suer l'huile de graissage et l'apprêt acide des étoffes, la vieillerie des vêtements transformés, très peu la cuisine et le fricot. Dans sa hargne de gagner de l'argent et de rembourser leurs dettes, y compris une part de la Singer, Honorine déléguait ses prérogatives à un peu tout le monde pour les repas, y compris sa mère, Éva et Jeanne surtout, Jeanne qui, ses devoirs terminés, devait se mettre à la cheminée pour les ragoûts du lendemain.

Outre cette passion nouvelle pour la dévoreuse d'étoffes, le manque d'argent redonnait aux haricots secs toute leur importance des jours de disette. Quatre et même cinq fois la semaine, on enfonçait dès le matin leur toupin dans les braises avec juste un peu de lard ou une couenne.

Et quand, miracle, des voyageurs se présentaient, Honorine,

partagée entre ses deux fidélités, paraissait contrariée, hésitant à délaisser la Singer toute neuve qui ne payait pas d'ingratitude, pour la cuisine qui l'avait gravement trompée.

Enfin la trêve, l'oasis, se disait Planou qui finalement préférait les commis-voyageurs et leurs blagues stupides au grignotement de la machine, même si la bonne cuisine devait passer à côté et s'il devait se contenter d'un reste réchauffé. De plus, il lui semblait que les voyageurs devenaient moins frivoles, commençaient de pronostiquer des événements graves, des soulèvements de viticulteurs. Partout où ils allaient, les gens se plaignaient, s'endettaient pour se nourrir de pain, et jamais on n'avait autant fabriqué de vin avec le sucre des betteraviers, du tartre, de la lie, des acides. Avec des raisins secs achetés en Turquie aussi. Dans *le Petit Journal* on avait trouvé une réclame révoltante :

UNE VIGNE À L'ABRI DES GELÉES
BOISSON – VIN DE TABLE
7 centimes le litre. Dose d'essai pour 60 litres
envoyée franco pour un franc.
J. GAVIRATI 2, rue Curtes NICE (A.M.)

Les commis-voyageurs souffraient de la mévente, ne faisaient plus de bonnes affaires dans le milieu vigneron alors qu'avant tout se vendait. Les gens de la vigne avaient la réputation de savoir dépenser, aimaient se monter en ménage, avoir de beaux meubles, de l'argenterie, du linge, surtout du linge de maison. On remplissait, à les faire craquer, les vieilles armoires languedociennes que l'on ouvrait ensuite pour l'admiration des parents, des amis. Honorine n'avait pas échappé à cette frénésie et sous le prétexte d'équiper l'hôtel et des rabais consentis par ses voyageurs, ne savait plus où entasser ses richesses en draps, taies d'oreiller, couvertures de laine, de coton piqué, courtepointes, dessus de lit, édredons. Suivaient les serviettes de table, de toilette, les chemises pour Planou, pour dames, camisoles, cache-corsets. Plus tard, on retrouverait des piles de torchons encore ficelées d'un ruban, des draps aux pliures marquées d'un trait de poussière vieille de soixante ans, des pièces de sous-vêtements brodés, des nappes.

– Un jour ça pétera, annonçaient les représentants qui savaient écouter, malgré leur bagout, et qui, mieux que des mouchards préfectoraux, étaient à même de jauger en profondeur le mécontentement de tout le Languedoc. Et comme ils étaient en général plus proches de l'idéologie de Maurras que de celle de Jaurès, ils en rajoutaient, surtout contre Clemenceau, colportant aussi de fausses nouvelles, des ragots, apportant au brasier qui couvait une part des brandons qui, trois ans plus tard, mettraient le feu à tout le Midi vinicole.

Joseph s'était marié et vivait avec son père qui commençait à se faire vieux, mais continuait à surveiller ses propriétés, regrettant qu'on abandonne trop les champs pour la vigne qui ne rapportait plus rien. Au moins, avec le blé, on pouvait manger son pain. Joseph avait été élu maire. Il signa le cahier des charges avec la Société méridionale de transport de force, qui fournissait l'électricité. Onze lampes éclairaient en tout le village et, pour cinq sous par jour, les Pla disposaient d'un ampère de courant à cent vingt-cinq volts. Plus tard, quand l'hôtel retrouva une certaine prospérité, Honorine prit l'abonnement à deux ampères pour s'offrir des ampoules de 25 bougies.

Planou prit l'habitude d'aller veiller chez des voisins quand sa femme, prise par son démon, s'installait à sa Singer après le souper. Il y rencontrait des jeunes filles, plaisantait, racontait des histoires du temps du petit séminaire ou quand il gaspillait l'argent paternel à Toulouse ou à Marseille. Il revenait, ravi d'avoir charmé quelque jeunesse en dépit de sa calvitie. Honorine finit par le trouver bien faraud et devint jalouse, ce qui compliqua encore les choses et gâta quelques belles relations de voisinage. Elle lui reprochait de rencontrer telle ou telle en cachette et de la tromper, ce dont il se défendait. Désormais, l'atmosphère s'alourdit et Jeanne, en silence, continuait d'accuser sa mère d'injustice. Même si Planou avait des torts, elle ne voulait pas l'admettre. Il y eut des soirées tendues avec, de l'autre côté, la Singer qui paraissait enrager contre l'existence même, tant les pieds d'Honorine s'énervaient sur la pédale. Tous se tenaient sur le qui-vive, certains que la mère surgirait avec des reproches, envoyant les deux derniers au lit et Jeanne à la vaisselle ou à l'écurie :

— Tu as fermé les poules ? Je n'en suis pas si sûre.

Il fallait descendre sur le côté de la maison avec une bougie qui s'éteignait bien avant d'avoir atteint la porte de l'écurie, tâtonner une fois à l'intérieur à la recherche d'un commutateur qui s'était décroché du mur et pendait en bout de fil. Jeanne redoutait le cochon dans le patus. On n'avait plus de chèvres mais Planou gardait toujours deux ou trois chevaux pour le même marchand, plus ceux des forains qui ignoraient le train. S'il n'était pas en veillée, son père l'accompagnait et lui apprenait à se familiariser avec les chevaux, lui parlait de ce « Narbonnais » dont il avait si peur tout petit enfant. Elle profitait de sa présence pour s'accroupir dans la paille tandis qu'il fermait le passage des poules. S'il n'était pas trop tard, ils rentraient dire bonsoir à la mamette et au papet Raynaud, qui veillaient dans la cuisine en attendant Éva, partie chez des amies. L'odeur de corne brûlée et de transpiration traînait encore dans l'ancienne forge pourtant transformée. Pendant un siècle, Raynaud ayant succédé à trois générations de maréchaux-ferrants, des animaux de trait avaient sué de peur en attendant qu'on leur cloue de nouveaux fers.

— Dans le temps, on ferrait aussi les bœufs de labour. C'étaient des fers différents.

Papet et sa femme racontaient comment était la vie à Maironnes. Ils regrettaient le village, surtout l'eau si abondante là-bas alors qu'à Villeneuve on traversait régulièrement jusqu'à des huit mois de sécheresse.

Quand ils remontaient, la Singer persistait sur un ourlet, une robe, un manteau. C'était un travail de transformation qu'on donnait à Honorine, qui savait mieux qu'une autre recopier les patrons des journaux de mode. Un manteau de femme devenait celui d'une fillette et on taillait une culotte d'écolier dans le pantalon en velours d'un grand-père. Les temps difficiles la privaient de son travail de cuisinière, mais l'accablaient de couture à bon marché, l'obligeant à donner à la Singer de vieilles étoffes parfois usées au lieu de beau tissu tout neuf.

En guise de récompense, Jeanne apprit à faire des canettes. Elle en préparait de toutes les couleurs. Alors, la Singer ne martelait plus le silence de son aiguille, mais se feutrait d'un ronronnement de bête satisfaite.

En juillet 1904, le père de Planou prit froid, parce qu'il avait voulu piocher une vigne, et refusa de se coucher. Maria, la femme de Joseph, lui fit des ventouses. Il but du sirop mais on finit par appeler le médecin qui l'ausculta avec soin. Les poumons étaient pris.

— Dans cette famille, vous êtes tous fragiles des poumons et des bronches, dit-il à Planou. Toi aussi, il faudra te surveiller. Un chaud et froid est vite attrapé en cette saison.

C'était un été lourd, orageux, où après avoir espéré la pluie, avec tous ces éclairs et ce tonnerre épouvantable, on n'avait jamais que quelques gouttes qui faisaient floconner la poussière. Les canards ne voulaient jamais rentrer, attendant eux aussi la bonne averse et les chevaux s'agitaient tant dans l'écurie que seul Planou pouvait descendre et les calmer avec des mots appris par Raynaud.

À cette occasion, un commis-voyageur se crut malin de dire que les chevaux sentaient la fille quand Jeanne descendait, et Planou faillit le jeter à la porte. Jeanne resta sur l'impression d'avoir commis un péché sale dont elle n'osa même pas se confesser pour sa première communion.

Dans la deuxième quinzaine de juillet 1904, Joseph passa par hasard à la maison. Honorine le salua ironiquement d'un bonjour « Monsieur le maire », mais il ne sourit même pas, entraîna Planou au café. Jeanne vint avec eux boire une grenadine et regarder jouer aux cartes.

— On est venu reprendre le corbillard, murmura Joseph à voix basse. Je m'en suis rendu compte ce matin.

Ils n'osèrent se regarder.

CHAPITRE XXVI

La petite Jeanne et le télégraphe, le voyage à la mer, les vacances

Le papet Antoine Pla fut enterré le 5 août 1904. Il était mort de la veille seulement, mais avec cette chaleur on dut comme pour sa femme faire vite. Le train amena beaucoup de parents et d'amis. Raymond Mestre, sa femme, son fils Gaston et sa bru débarquèrent du train de Tuchan à cinq heures vingt-cinq et firent halte à l'hôtel déjà ouvert pour le déjeuner. Mestre pleurait. A cinquante-sept ans, il restait jeune avec ses cheveux noirs et sa minceur. Il parlait du jour de froid où le père de Planou les avait trouvés, lui et le couvreur parisien, déserteurs enfuis de la terrible débâcle de la guerre de 1870, ne sachant s'ils étaient recherchés ou démobilisés.

— Il nous a cachés des mois. Il nous a cachés et l'autre pourtant était un rouge. Un prolétaire, comme il disait. Et voilà qu'ils sont tous morts : lui, Albanie, la tante muette. Et chaque fois, je perds quelqu'un de ma famille.

On enterra le papet au milieu d'une foule qui n'en finissait pas de tourner en rond dans le village. Certains venus à cheval d'Albas, des vieux, n'avaient jamais vu le train et s'alignaient le long des rails pour le regarder passer.

— Il vous fichera le feu, dirent-ils, avec ces escarbilles.

Ils n'avaient pas tort. Cette année-là il y eut plusieurs alertes dans le col d'Extrême, parce que le chauffeur devait bourrer la machine de charbon pour arriver tout en haut. Les gens disaient, en plaisantant, qu'à l'automne on pouvait ramasser tout un « farat » d'arbouses, le temps qu'elle grimpe, et rejoindre ensuite le convoi pour reprendre sa place.

Aux vendanges, Planou eut droit à la moitié de la récolte, moins la part revenant à son frère qui travaillait sur la propriété, soit quatre-vingts hectos qui arrangèrent bien ses affaires. Ce ne fut qu'un bref rayon de soleil dans leurs ennuis. La deuxième amende leur tomba dessus peu après. La Singer s'emballa à nouveau. On venait de Cascastel se faire habiller par Honorine et même Madame apporta un beau tissu pour une robe. Grâce au traitement de son mari, l'instituteur, elle pouvait y mettre le prix. Ces quinze cents francs de salaire annuels faisaient rêver Honorine. Jamais elle n'arrivait à se faire quatre francs dans une journée, plutôt deux. Ne lui pardonnant pas ce deuxième procès-verbal, elle renvoyait Planou à ses moulins à nuages. Lui, regrettait qu'elle lui resserve, en injures, un secret qu'ils partageaient depuis leurs tendres fiançailles.

— Si tu étais journalier, tu aurais au moins quatre francs par jour.

Aussi le moment fut-il bien choisi par le maître d'école lorsqu'à quelques jours de la rentrée d'octobre il s'en vint trouver les parents de Jeanne :

— Elle travaille bien et aura une réussite au certificat. On va déménager le télégraphe de la gare et en attendant un endroit pour la poste, l'administration nommera un facteur-receveur, il n'y a personne. Dans l'année on doit recevoir et envoyer dans les cent cinquante dépêches, ici. J'ai pensé à Jeanne, c'est la seule qui soit capable d'apprendre le morse. Elle est vive et appliquée. En quelques jours elle pourra se mettre au manipulateur.

— Mais elle n'a que onze ans.

— Qu'importe, puisque personne ne peut faire mieux.

La première réaction de Planou fut de refuser mais comme toujours il prenait son temps, enrobait son refus d'amabilité. Il fut devancé par Honorine qui voyait déjà les avantages de la situation.

— Elle sera payée ?

— Vingt francs par mois.

— C'est tout ? fit-elle déçue.

— L'appareil étant installé chez vous, elle n'aura pas à se déplacer. Elle n'aura jamais plus de quelques minutes de travail pour recevoir ou envoyer un bleu. Par contre, elle ne devra pas s'absenter durant les heures de service.

— L'appareil ici ! murmura Planou horrifié. Non seulement

on avait la Singer, mais une autre machine allait régner en maîtresse, imposer son bruit, sa nouveauté, peut-être son odeur, régler la vie familiale.

— On tirera les fils jusque chez vous et vous direz où l'on doit installer l'appareil et les piles.

— Les piles de quoi? fit Honorine.

— Les piles électriques. Des bocaux en verre bleuté. Quand elles seront usées on vous en livrera d'autres. Vous verrez, ça fait de très jolis vases pour les fleurs et des pots à confitures originaux, à condition de bien les nettoyer avec des cristaux.

Jeanne, immobilisée à la maison par le télégraphe, pourrait s'occuper du ménage et de la cuisine tout en gagnant vingt francs par mois, pensait Honorine, satisfaite.

— Elle devra porter les télégrammes à domicile et surtout garder le secret sur leur contenu. En tant que mineure, c'est vous qui serez les garants de cette discrétion. Mais j'ai confiance.

Flattée, Honorine approuvait, mais Planou soupçonnait chez Monsieur une intention courtisane. Il finit par savoir, bien plus tard, que le maître était en effet le vrai responsable du télégraphe mais que, peu soucieux de devenir l'esclave d'une autre administration, il avait trouvé cette solution lucrative. Lui aussi recevrait vingt francs.

Aux premiers mots, Jeanne fondit en larmes et Planou décréta que jamais l'appareil ne pénétrerait dans cette maison. Honorine pinça sa petite bouche, mais le soir, dans leur chambre, ce fut un beau rambal. Si bien que Julot quitta son lit, pour se réfugier, très effrayé, chez ses sœurs. En ces temps difficiles, l'absence de voyageurs la nuit leur permettait d'avoir chacun sa chambre. Mais les deux sœurs couchaient dans une seule. La mère criait qu'ils avaient vraiment besoin de ces vingt francs et que le certificat d'études ne servirait à rien pour une fille.

— Tu veux peut-être l'envoyer en pension? Lui faire passer ton baccalauréat?

Planou avait soufflé sa bougie, espérant que la demi-obscurité obligerait sa femme à se taire mais elle continuait, aussi véhémente:

— Et puis j'ai besoin d'elle ici. Tu oublies nos dettes?

— On va toucher de l'argent de mon père.

— Tu crois ça?

Là, elle mettait en doute l'honnêteté du frère et il protesta:

— Tu te méfies de tout le monde.

— La maison est à moi, c'est celle de mes parents.

— Nous avons payé la part des autrcs.

Elle gagna, néanmoins. Jeanne, résignée, dut apprendre le morse. De Durban, le receveur lui envoyait des télégrammes fictifs. L'appareil était installé sur une petite table entre les piles de verre bleu. Pendant une semaine, Monsieur vint chaque soir lui faire réciter ses leçons de points et de traits, jusqu'à ce qu'elle ne commît plus la moindre erreur.

Quinze jours plus tard, elle recevait son premier télégramme et lorsqu'elle l'eut traduit, le contenu la consterna. On prévenait M. Marius de la mort d'une tante.

— Je ne peux pas lui apporter cette mauvaise nouvelle.

— Il le faut, exigea Honorine.

Ce fut M. Marius lui-même qui la reçut dans son immense chai. On disait qu'il récoltait quinze cents hectolitres.

— C'est pour moi, petite?

Il lui fit signe d'attendre, décacheta la dépêche et la lut sans paraître bien attristé. Elle crut même voir l'ombre d'un sourire sous sa moustache tombante. Il lui donna dix sous.

— Attends la réponse.

— Mais, s'inquiéta-t-elle, je n'ai pas le tarif sur moi.

— Tu me diras plus tard combien je te dois.

Cette fois elle devait appeler à son tour, envoyer le code. Elle se crispa sur le manipulateur mais tout se passa très bien.

Après quoi elle reprit sa vaisselle, donna un coup de balai et prépara le repas de midi qu'elle nota sur un cahier d'écolier: aubergines farcies au maigre avec des tomates. Dans la souillarde, le « tomatat » continuait de s'écouler depuis la mort du papet Antoine, et sa fabrication se poursuivrait bien jusqu'à la Toussaint. De Pech de Grille Planou ne rapportait, d'un air dégoûté, que de grosses mollasses boursouflées qui s'écrasaient pour un rien, drainant des dizaines de guêpes dans leur sillage de sucre. Lui n'aimait que les demi-vertes, celles qu'il partageait en deux, celles qui ressemblaient à des jeunes filles avant de devenir comme bien des femmes, flasques, n'inspirant plus de convoitise.

Outre les Montel restés fidèles à l'hôtel — ils appréciaient d'être les seuls clients qu'on chouchoutait d'autant plus —, un certain Minda venait régulièrement. Pas mauvais bougre malgré ses blagues, son bagout, ses exaspérations, sa familiarité avec chacun. Il se crut un jour autorisé, sachant que Planou craignait les chatouilles, à venir à pas de loup dans son dos pour lui enfoncer ses deux index dans les côtes. Sautant en l'air, Planou se retourna et lui allongea une belle gifle qui les laissa tous les deux effarés, mais Minda revint le mois suivant.

Éva Raynaud fréquentait un garçon du village, Justin Imbert, et on parlait de mariage pour l'année suivante à l'automne. Jeanne se sentait un peu abandonnée par sa jeune tante, isolée par son métier, avec pour toute ressource amicale Adrienne, la fille d'Anna de l'épicerie. Et sa chère Pauline, qui venait de temps en temps.

Les électriciens réapparaissaient pour d'autres campagnes de persuasion, les habitants ne se convertissant que lentement à l'électricité. On appelait ainsi les démarcheurs aussi bien que les vrais techniciens et les installateurs. Ça faisait toujours deux, trois clients pendant plusieurs semaines. Jeanne, comme toujours, se chargeait des chambres, allait jeter les seaux, remplissait les pots à eau. Parfois, en dehors de ses heures de permanence, elle s'occupait de lessive, mais Planou exigea que l'on reprenne Clémence pour les gros lavages.

Avec tout ce travail, la couture, le télégraphe, on ne s'en sortait toujours pas et tout calculé, c'était à peine quatre-vingts francs par mois dont on disposait, y compris le vin. Il manquait au moins cinquante francs pour vivre correctement à cinq. Plus que jamais les bons petits plats passaient directement du feu dans la salle à manger, n'abandonnant que leurs bonnes odeurs. Les restes étaient enfermés pour le soir.

Aussi les Montel et Minda, qui mangeaient à la cuisine, ne se doutaient pas que l'accueil ravi des enfants ne leur était pas tout à fait destiné. Leurs yeux brillaient à l'avance et seuls Planou et Jeanne remarquaient la mine mal résignée d'Honorine, quand elle devait déposer le dîner sur le dessous de plat en fonte émaillée. Et encore ils n'osaient pas se servir à la mesure de leur attente, choisissaient les morceaux les moins gros, puisaient trois, quatre cuillerées de sauce pour y tremper d'énormes morceaux de pain. Seul Julot, qui se sentait le « manhaguet » de sa mère, ne s'embarrassait pas de scrupules et si un paquet de langues de chat accompagnait la confiture, il en bourrait les poches de sa blouse.

Quand elle recevait un sou pour une dépêche portée à domicilc, la grande joie de Jeanne était de découper pour son goûter une grosse tranche de pain et de filer chez Anna lui faire poser dessus une sardine salée, puisée dans le quart de tonneau.

— Mais dessale-la, au moins, s'étonnait Adrienne.

— C'est meilleur ainsi.

Le poisson lui emportait la bouche et elle étanchait directement sa soif au bec du cruchon bleu dans le couloir, mais gare si Honorine surprenait cette façon malpropre de boire.

Parfois une dépêche incompréhensible pour Jeanne déridait Planou. Une dépêche signée par un certain Michel, qu'elle devait porter à un propriétaire veuf depuis peu et qui lui donnait jusqu'à vingt sous, somme considérable :

— N'en parle à personne, margaridette.

— Mais j'ai juré, répondait-elle.

Plus tard elle comprit que c'était sa maîtresse de Lézignan qui lui signalait ainsi sa disponibilité. Quelques minutes plus tard elle le voyait passer en costume du dimanche, le panier d'osier rempli de provisions, allant prendre le premier train pour la ville.

Un jour, Planou décida qu'on irait voir la mer à Port-la-Nouvelle. On partirait de bonne heure, au premier train, pour avoir la correspondance à Ripaud et du terminus on irait à pied jusqu'à la plage. Honorine déclara qu'il ne fallait pas compter sur elle, une gitane lui ayant prédit qu'elle mourrait noyée.

— Et d'autre part avec quel argent irions-nous ?

— Ils vont lever la saisie du wagon-foudre, celui de 1903.

Grâce à ses relations, à son activité dans le parti radical-socialiste qui se mettait en place dans le canton, il avait obtenu un arrangement avec l'administration et attendait effectivement quelques rentrées.

Ce fut un dimanche de juin qu'ils choisirent d'aller pique-niquer, Honorine s'étant laissé convaincre, à condition qu'elle puisse s'installer loin de l'eau.

Jeanne n'avait voyagé en train que jusqu'à Durban pour aller voir un médecin, mais Jules, Marcelle et leur mère n'avaient même jamais mis les pieds dans un wagon. La journée s'annonçait si belle que bon nombre de Tuchanais occupaient déjà le wagon quand le convoi s'immobilisa en gare de Villeneuve. La famille Pla eut un temps le sentiment d'être spoliée par ces intrus qui, venant du terminus de la ligne 9, s'en croyaient les propriétaires au point de s'étaler sur les banquettes à claire-voie. Ils réussirent à se caser, Jeanne avec les deux petits dans un coin, les parents à l'autre bout. A Durban, Villesèque, les familles, les pêcheurs attendaient et bien du monde resta debout ou sur la plate-forme d'accès. Tous descendirent à Ripaud où le train pour la mer était déjà formé avec deux voitures. Il ne partirait que dans une heure trente, quand arriverait le convoi de Lézignan. On put se regrouper pour prendre le petit déjeuner mais c'était surtout la limonade qui intéressait les enfants, tandis qu'Honorine préparait des tartines avec de la charcuterie, réservant l'omelette, la saucisse grillée froide pour midi. Peut-être aussi le souper, car on risquait de rentrer tard.

Quand le convoi s'ébranla, dans une odeur de soufre et de métal surchauffé, on étouffait dans le wagon et au bout de quelques virages Julot chuchota à Jeanne qu'il avait envie de vomir. Honorine lui ordonna de conduire son frère jusqu'à la plate-forme mais celle-ci était encombrée de messieurs qui fumaient et Julot n'y parvint jamais. Il aspergea quelques chaussures blanches et se fit traiter de cochon par un monsieur en chapeau de paille. Ils retournèrent honteux vers leurs parents et à Portel, Planou emmena son fils sur le quai. Il n'y avait plus que deux haltes jusqu'au terminus. Là-bas, on nota l'heure du retour et Planou et les enfants partirent presque en courant devant, le long du canal portuaire où un voilier attendait de débarquer du soufre de Sicile. Il était jaune de partout. On dépassa les guinguettes en bois dans les odeurs de bouillabaisse et de bourride, de fritures et on se moquait bien de ces pauvres restaurants bâtis de bric et de broc, alors que celui des Pla était quand même fait de pierres et non de planches goudronnées.

— Qu'est-ce qui sent drôle? demanda Jeanne.

— L'iode, le varech, l'odeur de la mer.

Et Julot qui tendait les mains:

— Les petites maisons!

Des cabines de plage peintes de rayures blanches, bleues, rouges, alignées au cordeau et puis le premier homme en maillot qui effaroucha Honorine. Elle tourna la tête de l'autre côté.

— Tu crois qu'ici c'est pour les enfants?

On continuait le long de la jetée, on approchait de la mer qui formait des vaguelettes sur plusieurs centaines de mètres après en avoir laissé la réplique sur la plage.

— Pourtant il n'y a pas de marée en Méditerranée, disait Jeanne jouant la savante.

— C'est le vent qui ondule le sable.

C'était comme devenir Julien dans *le Tour de France par deux enfants*. Avec ses amis, elle jouait souvent les scènes de ce livre, mais ici c'était comme s'ils avaient pénétré dans l'histoire. Ils trouvèrent un creux dans la digue et regardèrent les dames en maillots longs qui approchaient de l'eau avec de petits cris perçants.

— J'y vais, dit Jeanne.

— Attends ton père.

Ce fut toute une affaire que de se déchausser, de relever les robes, et d'affronter l'eau froide. Julot en eut bientôt en haut de sa culotte et resta soudain yeux et bouche ronds. Deux jeunes femmes en maillots très courts passaient, l'air bien à l'aise, continuaient à marcher dans l'eau, loin, et se mettaient à nager. Jeanne surprit le regard de son père et n'aima guère son expression à ce moment-là.

— Avez-vous vu ces dévergondées, leur demanda Honorine, comment peut-on laisser faire ça ?

Julot, qui avait vu faire d'autres enfants, rapporta un crabe dans son chapeau de paille et le mit sur la tête de Marcelle qui poussa des hurlements d'effroi. Il fallut plusieurs minutes pour libérer l'animal du piège des cheveux.

— Julot, assieds-toi ! cria sa mère.

Planou s'éloignait discrètement et Jeanne le suivit à distance. Il abandonnait la mer, se dirigeait vers un grand hôtel dont les garçons installaient des tentes de bain non loin des cabines. Des dames en blanc, des hommes en pantalon bleu et veste blanche, chapeau de paille et moustaches en croc, flânaient sous les tamaris roses et les grands pins, se laissaient aller d'un air maussade dans de grands fauteuils de bois laqué.

— Tu es là ? s'étonna Planou en voyant Jeanne.

Elle s'approcha :

— Ce sont des riches ?

— Je pense. Tiens, je vois M. Albert, le fils d'un gros courtier de Narbonne. Il a ruiné déjà une fois son père avec ses dettes de jeu. On dit qu'il a un bateau de plaisance ici.

Un serveur apportait un plateau de verres contenant de la glace et les remplissait d'un liquide rose. Jeanne aurait aimé y goûter, se doutant qu'elle n'en trouverait jamais à Villeneuve. Ils retournèrent vers Honorine et la vue de tous ces gens vautrés dans le sable, les femmes osant relever leurs robes, avec les mêmes paniers d'osier, les mêmes façons de parler et de rire, apporta une ombre de nostalgie à cette sortie pourtant si désirée. La nostalgie d'une vie dont le peu qu'elle en avait surpris la fourvoierait dans une longue suite de regrets inexplicables.

— Il y a des gens chics là-bas, dit Marcelle. Je les ai vus.

C'était un hôtel où elle reviendrait d'ici quelques années pour un repas d'anciens combattants avec son mari, sans jamais en retrouver la magie, le luxe.

— Quand vous aurez mangé, plus de bain!

Honorine appelait bain une trempette jusqu'aux chevilles, mais on obéissait, terrorisé par de terribles histoires lues par la mère dans le journal. Le meilleur, c'était toujours l'omelette baignant tout le pain, mais Jeanne se demandait ce que l'on servait là-bas, au dîner, à ces gens élégants et à leurs enfants. Et pourtant, comme les deux autres, elle aurait dû se réjouir car la mère n'avait pas lésiné avec son canard rôti et ses aubergines farcies au gras.

Quand, ayant regardé le soleil à travers ses paupières où flottaient des fils minuscules, elle ouvrit les yeux, Planou avait disparu et elle sut qu'il était retourné là-bas, fasciné lui aussi par ce monde d'oisiveté désinvolte.

Planou osa pénétrer dans l'hôtel pour commander un mazagran et le but, tout en regardant les gens qui dînaient, les jeunes sous des tonnelles fleuries, les plus âgés dans la véranda en rotonde. Parfois, mais il chassait ce souvenir, il songeait à sa vie, Toulouse, Marseille, des endroits similaires avec des relations à l'image de ces inconnus, capables d'oublier leurs ennuis pour quelques heures de rire et de plaisanter de choses parfois graves. Peut-être s'en était-il stupidement effrayé et Villeneuve n'avait-elle été qu'un prétexte pour s'enfuir? Possible.

En se retournant, il vit Jeanne qui s'était arrangée pour rendre sa robe du dimanche plus courte, comme les petites filles que l'on voyait ici. Elle venait vers l'hôtel sur l'ordre d'Honorine toujours sur le qui-vive avec un mari aussi beau, aussi mince et ne faisant pas son âge alors qu'elle s'empâtait déjà de ne se déplacer que de sa cheminée à sa Singer. Il avait fallu la mort de son beau-père pour qu'elle traverse la rivière et découvre la boulangerie.

Jeanne, de loin, admirait Planou qui ne détonnait pas dans ce milieu. Mais elle n'osa pas le rejoindre et ce fut lui qui alla à elle, un peu bizarre, comme s'il fuyait.

— Viens, allons voir les pêcheurs, dit-il.

— Un jour, on pourrait revenir et dîner dans cet hôtel ?

— Peut-être, qui sait ?

Les pêcheurs s'alignaient de l'autre côté de la jetée. Ils relevaient souvent leur ligne avec comme une pelote d'éclairs argentés au bout.

— J'aimerais habiter près de la mer, dit-elle.

— Si tu la voyais vers Nice, où elle devient turquoise au pied de roches rouges où poussent des mimosas, des eucalyptus et des palmiers !

— Tu as mangé des oranges, des citrons de là-bas ?

Toujours le Julien du *Tour de France par deux enfants*...

— Oh, les oranges sont souvent amères et petites, mais les citrons sont bons.

Parfois, la réalité contredisait le livre, mais Jeanne savait composer entre le merveilleux de la lecture et les inexactitudes et elle finirait par rester solidaire de Julien jusqu'à la fin de sa vie.

Ils retournèrent vers Honorine qui crochetait un napperon, incapable de vivre quelques heures futiles. Malgré les interdictions, Jules pataugeait, mais s'en défendait avec vigueur, trahi par deux chaussettes de sable qui lui montaient aux mollets. Marcelle avait tracé le plan d'une maison et s'était installée dans la chambre du fond pour bercer sa poupée.

Là-bas, vers l'hôtel, on jouait au diabolo et au croquet. Des petites filles en robes de dentelle et des petits garçons en costumes marins attirèrent Jules qui alla se planter devant, sans vraiment avoir envie d'entrer dans leur cercle, mais fasciné, si fasciné que Jeanne en eut honte pour lui. C'étaient les enfants des gens aperçus le matin dans les jardins de l'hôtel, et elle ne voulait pas que son petit frère emporte de cette journée à la mer ce même sentiment de bonheur inachevé qui ternissait la sienne.

— Viens ramasser les coquillages, Jules ! dit-elle.

— Tu as entendu, ils ne parlent pas comme nous.

— Ce sont des Parisiens.

— Je n'y comprends rien...

Tout en arrachant couteaux et palourdes vides du sable humide, il se retournait. Le vent changeait, venait de la mer chargé de sel, les rendait frileux comme si ce dimanche était pressé d'en finir avec tous ces envahisseurs venus de l'arrière-pays.

Quand la famille se mit en marche vers la gare, Jeanne vit que les petits Parisiens s'installaient dans la véranda en rotonde et que des femmes de chambre leur apportaient le goûter. De grands pots qui fumaient, des corbeilles de brioches et de croissants.

— Qu'est-ce qu'il y a dans les pots? demanda Julot.

— Du thé, du chocolat.

— Et c'est bon?

Une fois elle avait bu du chocolat chaud chez Pauline de Cascastel, un liquide mousseux, odorant, crémeux dont elle conservait le goût intact dans sa bouche.

— Le thé c'est de la tisane, ricana Marcelle.

— Mais non! s'indigna-t-elle.

C'était bien trop tôt pour rejoindre la gare, mais Honorine prétextait qu'elle avait froid, craignant en fait de manquer le train. En route, elle s'arrêta devant une femme de pêcheur qui débitait un thon rouge énorme. « Des tranches comme une roue de brouette », affirmerait-elle plus tard.

— Il ne tiendra jamais jusqu'à Villeneuve avec cette chaleur.

— Mais si, dit la poissonnière, attendez un peu.

Elle revint avec de la glace, un petit sac en jute, plia le poisson dans une page de *l'Éclair*, cassa la glace avec un pic et plaça le tout dans le sac, contre juste un petit supplément.

— Ce soir, chez vous, vous le saisissez à peine et demain, hop sur le gril, avec un ailloli ou une sauce tomate à l'ail...

Dans le train il leur sembla que leur thon empestait l'air, mais c'étaient les moules que tout le monde ramenait, des kilos de moules pêchées à la Vieille Nouvelle. A Ripaud, on eut le temps de boire une limonade et des sirops à l'auberge avant la correspondance pour Villeneuve. On ouvrit le panier d'osier pour un reste de canard, d'aubergines farcies et de cantal qu'on appelait fromage de table, comme si les autres ne méritaient pas cet honneur. Julot et Marcelle s'endormirent contre les épaules de Jeanne tandis que le train s'enfonçait dans le long crépuscule orange des Corbières, dans les odeurs de genêt finissant. Jeanne, dans sa tête, était avec les petits Parisiens, soupant avec eux à la table de leurs parents, se mêlant à leurs conversations paresseuses, allant se coucher parce que les grands danseraient très tard dans la nuit. Les enfants, libres de leurs rires, de leurs polissonneries, s'endormiraient dans leur chambre ouvrant sur la mer, dans la musique étouffée de l'orchestre. Et dès le matin le soleil, la mer, toute une journée de jeux s'ouvrirait à eux par un petit déjeuner dont elle n'avait qu'une vague idée. Ce n'était plus le petit Julien du *Tour de France*... mais *les Petites Filles modèles* de la comtesse de Ségur, ce roman dont elle avait douté qu'il puisse décrire des gens existant vraiment.

De la gare à la maison, ils se traînèrent encore dans une odeur de mer, saluant des groupes de promeneurs.

— Il faisait beau à la plage ?

— Plus frais qu'ici, certainement.

— Vous avez mangé du poisson ?

— Nous, nous irons la semaine prochaine.

La cuisine parut étiolée, empestant la suie froide et l'ozone des piles, la friture et l'eau de Javel. Planou prit Jeanne pour descendre à l'écurie.

— Tu as aimé ? demanda-t-il doucement.

Elle aurait voulu sangloter sans trop savoir pourquoi, mais il aurait imaginé qu'elle s'était ennuyée.

— C'était beau et nous avons plein de coquillages.

— Et maman un coup de soleil sur son nez.

Cela les faisait rire tout en enfermant les poules, en servant une pâtée froide au cochon affamé. Quand ils remontèrent, Honorine faisait frire son thon et Marcelle tenait fermement dans ses doigts fermés un bout de glace qui gouttait, en hurlant que Julot voulait le lui prendre. Il en restait quelques morceaux mais ils sentaient trop le poisson pour en mettre dans un verre et jouer à l'hôtel.

Les grands-parents appelaient de leur chambre qui communiquait avec la maison, par une porte tapissée si habilement qu'elle dissimulait le passage.

— Bouh ! vous empestez *lo peis*, cria Eulalie en riant sous son édredon.

Le papet en bonnet de nuit dit que ce n'était pas le poisson, mais l'air de la mer, iode et sel mélangés.

— Ça fait du bien aux os des enfants, déclara-t-il.

— En tout cas, fit Honorine pincée, ce n'est pas un spectacle pour les enfants... Certains ne se gênent pas...

Le verdict venait de tomber et on n'y retournerait pas de sitôt, a Port-la-Nouvelle. Ce qui effarait le plus les deux vieux, c'étaient ces Parisiens qui venaient de si loin pour ne rien faire de toute la journée. Ils devaient finir par s'ennuyer dans cet hôtel. C'était donc ça les vacances?

Éva rentra de chez son fiancé Justin, annonçant que justement ils devaient aller à Leucate chez un ami de la famille qui avait une cabane dans les sables.

— On ira tirer la « traîne » avec les pêcheurs et je veux manger une langouste entière.

— Elle te pincera le derrière, lui lança Julot.

Jeanne ne put s'endormir. On disait que la mer énervait, mais, elle, elle en revenait toujours aux enfants de l'hôtel. Quelles vacances! Quitter Paris, voyager des heures et des heures en train dans la perspective de passer tout un mois au bord de la mer! Les grands-parents avaient eu le même étonnement, mais sans son émerveillement. Un mois à ne rien faire, à se faire servir, à profiter d'une cabine de bains pour enfiler son maillot, à danser le soir, à se coucher tard. Il n'y avait personne à Villeneuve qui puisse les imiter, et elle n'avait jamais entendu dire que les plus riches du village agissaient ainsi. Ou alors ils ne s'en vantaient pas.

Marcelle, à côté d'elle, eut un cauchemar en pleine nuit et Jeanne dut aller lui chercher de l'eau sucrée pour la calmer.

— Ce n'est pas si bon que ça pour la santé, dit Honorine, et ça fait des journées qui coûtent cher. Et nous avons manqué un couple qui voulait dîner et qui est reparti à Tuchan.

Le cauchemar lui donnait raison.

CHAPITRE XXVII

Le couple illégitime

Depuis la mort d'Antoine Pla, les deux frères avaient procédé au partage des biens et Planou hérita de la grande cave et du jardin qui la bordait au sud, cet enclos abrité, véritable serre naturelle où poussaient un grenadier et un énorme aloès. Jeanne venait arracher l'herbe, donner à manger à la tortue qui se promenait depuis longtemps entre les murs. De temps en temps, elle amputait la grosse plante exotique d'une de ses griffes recourbées et tirait, de la pulpe humide, un très long fil d'une résistance surprenante.

La cave l'effrayait à cause du corbillard qu'on y entreposait après de longues périodes d'absence. Pourquoi fallait-il qu'on le remette chez eux ? Lugubre, dans le fond, avec ses plumets qui se fanaient de plus en plus, les draps mortuaires, le caparaçon noir du cheval, la cagoule pour sa tête, il paraissait toujours environné de froid. Elle avait l'impression que ces velours défraîchis, jetés en vrac dans la caisse, dissimulaient d'ignobles restes que le fossoyeur n'avait pu enfouir dans le cimetière et, comme son père, elle n'osait trop s'interroger sur les allées et venues de ce char à moitié déglingué. C'était un mystère qui rejoignait celui des morts qui, d'un jour à l'autre, disparaissaient dans leur famille, le village.

Elle détestait le corbillard, comme elle détestait voir Planou pénétrer dans les foudres par la petite porte arrondie du bas pour les brosser avant les vendanges. Il semblait avalé par le grand tonneau où il retrouvait la bougie qu'il venait d'envoyer en avant pour détecter le gaz carbonique. Elle lui passait la brosse, le racloir et la voix si agréable de son père devenait caverneuse, effrayante.

— Monte au plancher et envoie-moi la manche. Fais attention à ne pas trop te pencher.

Le plancher ne lui faisait pas peur du tout. Il était presque nu, avec juste la mécanique du fouloir et quelques comportes d'eau. Elle prenait le tuyau qui plongeait dans l'une d'elles et le laissait filer vers son père, par la double trappe du plancher et du foudre reliés par un cylindre de toile. Elle s'accroupissait pour regarder le visage de son père levé vers elle, éclairé en dessous par la bougie qui lui faisait le crâne allongé et de grandes oreilles. Il aspirait l'eau avec sa bouche, pinçait l'embout et arrosait l'intérieur luisant du foudre.

— Ça suffit, criait-il, et elle soulevait l'autre extrémité du tuyau. Il balayait soigneusement et expulsait l'eau teintée de lie hors du foudre. Elle pouvait alors le rejoindre, heureuse de voir réapparaître ses gros croquenots cloutés. Il était si souple! Depuis des années, il dirigeait la gymnastique des jeunes gens du village. Il avait même installé une barre fixe dans le patus, autour de laquelle il faisait le grand soleil en donnant l'impression qu'il ne s'arrêterait jamais et tout le monde venait l'admirer. L'hiver, il grimpait au grenier faire des anneaux, se hissait à la force des poignets sans le moindre effort, faisait aussi le grand écart — de gros lourdauds, fiers de leurs muscles, n'avaient jamais pu en faire autant. Il s'intéressait enfin à l'équipe de football-association qu'il entraînait sur le terrain de la mairie où se construisait la nouvelle poste.

Avant de quitter la cave, Planou lui servait rituellement un doigt de grenache dans un verre rosâtre de dépôt.

— Il est bon?

Fidèle à son aversion, il n'y goûtait jamais. Parfois ils parlaient du grand cent deux hectos et elle collait un œil à la porte entrouverte, essayant d'imaginer l'Espagnol.

— Qu'est-il devenu?

— Il serait mort. Mais on n'a jamais retrouvé son cadavre, peut-être a-t-il simplement quitté le pays.

Un jour, et à elle seule, il avait raconté toute cette histoire qui avait gâché sa jeunesse. Mais depuis, l'homme enragé ne faisait plus recette dans les légendes, ne s'était même pas hissé au niveau de l'homme d'Albas, avec lequel on effrayait les vauriens.

Tout de même, beaucoup plus petite, Jeanne avait frissonné quand un camarade d'école, sans même savoir que Planou était directement concerné, avait évoqué l'Espagnol. Depuis qu'on apprenait par cœur comment Pasteur avait sauvé le petit berger des Vosges, le frisson n'était plus le même.

Ils ramenaient les fruits du verger, surtout des abricots éclatés sous l'excès de sucre. Tous les fruits de ce petit jardin atteignaient une maturation précoce et exubérante. Les abricots bien sûr, mais aussi les prunes et surtout les figues qui une fois ouvertes séchaient un peu, se muscataient et donnaient la meilleure confiture au monde.

Ils descendaient la « carrière », poursuivis par le bêlement des chèvres en étable, passaient le Sabaric à gué sur les espacières, pour le plaisir, Planou à cloche-pied pour la faire rire, apercevant parfois Julot qui pataugeait plus loin, à traquer les grenouilles qu'il dépouillait sur place, ne rapportant que les cuisses, harcelé durant toute l'opération par une bande de canards. Ou bien des goujons, des sophies, des barbeaux truités. C'était un drôle de « bouscassier », disait-on de lui dans le village. Pour piéger les lapins dans leur cagadou, pour les asperges, les champignons, les escargots par sacs entiers, il ne craignait personne sauf Léon qui était le roi et pouvait survivre à longueur d'année de cueillettes et de braconnages.

Parfois, Julot se faisait tanner à coups de casquette par le père, quand il négligeait son travail d'école et celui de la maison, mais rien n'y faisait. L'été, il disparaissait, ne surgissait, déchiré par les ronces, brûlé par le soleil, que pour les repas avec toujours dans ses mains de quoi faire sourire sa mère.

Bientôt Jeanne n'aurait plus la responsabilité du télégraphe, sauf pour les remplacements en cas d'absence du receveur, mais en fait elle fut souvent de permanence quand le fonctionnaire allait distribuer le courrier, parfois même jusqu'à Montmal avec sa bicyclette.

A dix heures, Jeanne commença donc de se rendre à la petite poste désormais accolée à la mairie, où elle recevrait les clients jusqu'à midi. Sa plus grande émotion fut de voir rentrer, un matin, une sorte de monstre en houppelande de mouton et grosses lunettes pare-poussières. Dans un bruit d'enfer une automobile avait dévalé de la route de Cascastel pour s'immobiliser avec des hoquets et des soupirs de vapeur bleue.

— Mademoiselle, une formule.

Il commença d'écrire et elle crut bon, d'une voix timide, de lui signaler que chaque mot était facturé. Il ne leva mêmc pas les yeux. Les lunettes sur sa casquette à la visière retournée sur la nuque, il écrivait et le vertige la prit quand elle vit la longueur du texte. Elle recompta trois fois les mots. Il lui laissa vingt sous de pourboire et attendit qu'elle eût expédié sa dépêche.

Ce jour-là, le manipulateur eut la vélocité gourmande de la Singer et en quelques minutes le message fut expédié, confirmation reçue, et l'automobiliste repartit dans le même bruit épouvantable alors que les enfants sortis de l'école accouraient pour voir la Daimler, Julot en tête bien sûr.

Quand elle rentrait, c'était souvent pour servir à côté, Marcelle, timide, répugnant à le faire et les voyageurs ayant pris l'habitude de Jeanne. Minda la taquinait toujours. A midi, il mangeait avec les clients de passage mais le soir, familier, il s'installait dans la cuisine comme la plupart de ceux qui couchaient.

Ce fut Minda qui attira l'attention de Planou sur Marcellin Albert, le futur organisateur de la révolte vigneronne. Depuis 1900, existait le comité d'Argelliers, dirigé par un cafetier de ce pays, Marcellin Albert, qu'on appelait familièrement lou Cigal ou Marceau. Plus tard ses ennemis le baptisèrent prêcheur de platanes et, en réponse à Clemenceau parlant avec mépris « des gueux du Midi », il s'intitula chef des Gueux.

A l'automne 1906 on reçut une lettre d'une certaine dame F. Elle réservait une chambre pour huit jours pour elle et son mari. Un mandat postal de quarante francs était joint à la lettre. Honorine ne voulut pas y toucher tout de suite, disant qu'elle avait comme un pressentiment, que c'était beaucoup trop pour une double pension d'une semaine, et que ces gens-là s'attendaient peut-être à autre chose qu'à leur petit hôtel. Jeanne n'en prépara pas moins la chambre de devant, la plus agréable parce que la cheminée de la cuisine la traversait et la tempérait.

Avec son argent, elle acheta chez Anna un paquet de thé qui attendait le client depuis des mois. Honorine haussa les épaules pour cette bêtise, mais lorsque sa fille parla aussi de chocolat à cuire elle refusa net d'en commander à Narbonne.

Les F. arrivèrent au dernier train de neuf heures six. Ils avaient même envoyé une dépêche depuis Narbonne, que Jeanne avait reçue à l'heure de sa vacation, demandant qu'on vienne les attendre à cause des bagages.

On était fin novembre, à une semaine de la fête de trois jours, et comme la période de deuil du grand-père était terminée on projetait de bien en profiter. Jeanne, très intriguée par ces clients, accompagna Planou qui poussait sa brouette. A cette heure tardive, la gare était déserte et seul le chef vint les saluer, parlant de la mévente du vin et du marasme du trafic des demi-muids. Le train sifflait déjà dans les lacets entre Durban et Villeneuve et sa lanterne frontale jetait des lueurs floues.

Ce soir-là il n'y eut que les F. à descendre dans un nuage de vapeur que rabattait un début de cers. Un homme très jeune sauta sur le quai, chapeau à la main, aidant une dame en paletot bordé de fourrure. Il remonta prendre les bagages tandis que Planou s'approchait, avec Jeanne à deux pas. Un parfum délicat, élégant, nimbait l'inconnue qui cachait son visage derrière la voilette d'un chapeau plus petit que ceux portés par les femmes à la messe du dimanche.

— Voici mon mari, dit-elle d'une voix nerveuse en désignant le jeune homme de sa main gantée.

Jeanne pensa que c'était lui qui aurait dû présenter son épouse. Son jeune âge apparent obligeait-il Mme F. à prendre les devants? Ils suivirent derrière, lui la soutenant plein de prévenances, elle se plaignant des aspérités de la route. Le train les dépassa dans une envolée d'escarbilles et ils s'arrêtèrent sous une lampe publique parce qu'il avait de la suie dans l'œil. D'un coin de son mouchoir de batiste, elle essaya de la lui ôter.

— Ils en font, des chichis, murmurait Planou, voilà qui va plaire à ta mère.

Mais Jeanne restait sous le charme, respirait à nouveau cet air des Parisiens de Port-la-Nouvelle. Ce n'étaient pas des manières, mais un art de vivre et comme elle allait quelquefois à Narbonne depuis le fameux voyage à la mer, elle savait que les citadins vivaient différemment. Or, ceux-là venaient de Lyon, qui ravalait Narbonne au rang de gros village.

— Fait-il toujours aussi froid? demanda la femme d'une voix agréable, comme ils atteignaient le perron.

— C'est la saison, madame, juste un peu frais, dit Planou.

— Il y a du feu dans notre chambre?

Non, aucune cheminée n'existait dans les chambres mais celle qu'on leur réservait était très agréable l'hiver, juste au-dessus de la cuisine et s'ils le voulaient on mettrait le moine dans leur lit.

— Un moine! pouffa la dame.

Dès lors, le fou rire les tint toute la soirée, ce qui plaida en leur défaveur auprès d'Honorine. Planou alluma vite du feu dans la salle à manger, car ils n'avaient pas soupé, n'étant pas du genre à déballer un panier de victuailles dans le wagon.

— Pouvez-vous me montrer la chambre?

Elle gardait sa voilette, son paletot, toujours secouée par ce rire qui, parfois, devenait frisson de froid ou de toute autre chose, excitation, angoisse. Là-haut, elle hocha la tête devant les deux reproductions de *l'Angélus* et des *Glaneuses*, désigna un endroit pour les valises, ouvrit la porte du placard, se pencha sur l'eau du pot de la toilette.

— Puis-je avoir de l'eau chaude?

— Maintenant?

— Bon, eh bien après le dîner.

Le dîner? Jeanne ne comprenait plus. Voulait-elle parler de celui du lendemain?

— Non, lui souffla son père une fois dans la cuisine. Ces gens-là disent petit déjeuner, déjeuner et dîner, le souper se prenant vers minuit.

Honorine faisait la tête, pensant que son bouillon ne serait pas apprécié à sa juste valeur, suspectant tout ce qu'elle tenait au chaud de trop de simplicité pour séduire ces étrangers. Lui descendit le premier et demanda si vraiment il n'existait pas de toilettes.

— Mais si, répondit Jeanne trop vite, sur la table en marbre.

Gêné par sa jeunesse, il regarda Honorine.

— Le petit coin...

— Mais le seau? fit-elle remarquer. Le beau seau hygiénique tout neuf, jaspé de bleu et blanc que tout le monde à la rivière trouvait si joli, bien des femmes n'utilisant qu'un ustensile en zinc.

— Ah très bien, fit-il avec une politesse douce. Veuillez m'excuser pour mon ignorance.

L'heure passait. Ils se permettaient d'arriver par le dernier train sans avoir soupé, perdaient imbécilement du temps dans leur chambre et risquaient d'avoir un vermicelle qui ne serait qu'une bouillie épouvantable.

Toujours secoués par des rires, ils finirent par descendre. Jeanne avait installé le couvert à la grande table, mais elle les retrouva à la petite qu'ils avaient rapprochée du feu, penchés l'un vers l'autre, front contre front. Ils avaient eux-mêmes déplacé assiettes et couverts. La femme était brune, les yeux maquillés ainsi que sa bouche, portait des bijoux en or, un bracelet, une grosse chaîne, des bagues qui étincelaient à chaque geste étudié de sa main. Sa taille mince sanglée dans un corset faisait ressortir des hanches assez fortes pour qu'on puisse lui donner plus de trente-cinq ans, peut-être quarante. Sa robe était de faille grise, avec des parements verts.

— Vous avez le menu?

Saisie, Jeanne ne comprenait pas.

— Oui, que mangeons-nous ce soir? demanda Mme F. en se retenant toujours de pouffer.

La joue dans sa main fine, elle écouta avec attention:

— Pas de daube pour moi. Du vermicelle et du bœuf grillé.

— Moi, je goûterai la daube, dit son mari, et pouvez-vous servir le vin?

Planou l'apporta lui-même, celui d'un barricot vieux de trois ans. Il arrangea le feu, sourit à la dame qui le regardait du coin de l'œil et retourna dans la cuisine.

— Votre père est allé faire son galant, dit Honorine toujours réticente.

Lorsque Jeanne ressortait d'à côté, le parfum de Mme F. la suivait et Julot fermait les yeux d'extase. Honorine finit par envoyer les plus jeunes au lit, mais Marcelle, toujours froussarde, refusa net tant que Jeanne ne serait pas auprès d'elle.

— Va demander quand on pourra mettre le moine. Il est plus de onze heures.

— Couche-toi, proposa Planou, je resterai avec Jeanne.

— Il y a le registre à remplir. Les gendarmes peuvent passer demain et l'autre fois ils m'ont reproché de ne pas inscrire tout le monde et menacé de me verbaliser.

Jeanne ne voulait pas s'en charger, pas plus que Planou qui estimait révoltant d'exiger de personnes couchant sous son toit une formalité aussi déplaisante. Honorine s'y décida et, onctueuse comme toujours, leur demanda si tout allait bien, si le souper suffisait. La dame vanta sa confiture de figues, celle aux fruits entiers confits dans un sirop dont Honorine avait le secret, et elle eut la promesse qu'on lui en servirait pour le déjeuner.

Le registre ? Mais bien sûr, Jean allait s'en occuper. Honorine revint avec le registre rempli mais, encore plus pincée, repoussa la porte sans ménagement.

— Je suis sûre qu'ils ne sont pas mariés. Je ne veux pas de ça chez moi. Ce n'est pas une maison mal famée ici.

— Que fait-on pour le moine ? demanda Jeanne.

— J'ai oublié de leur demander.

La petite y alla, mais comprit que c'était un mot à ne plus jamais prononcer devant eux si on ne voulait pas qu'ils éclatent. Lui demanda si c'était une sorte de bassinoire et comme elle prenait la braise dans leur cheminée pour la placer dans la cassolette, Mme F. déclara qu'elle voulait monter voir ce brave moine. Quand elle découvrit l'appareil, elle s'exclama que c'était une sorte de traîneau, parla de la Suisse où elle avait voyagé dans un tel équipage tiré par des chevaux.

— Voilà, dit Jeanne, voulez-vous que je vienne le retirer quand les draps seront bien chauds ?

— Nous le ferons nous-mêmes.

Elle leur conseilla de mettre le moine dans le couloir pour ne pas s'asphyxier la nuit.

— Je n'ai pas besoin d'un moine, fit Mme F. d'une voix pleine de sous-entendus... Et mon eau chaude ?

— Oh ! fit Jeanne la main sur sa bouche.

Ils lui souriaient et lui dirent que ce serait assez bon de l'avoir le lendemain matin vers dix heures.

Mais le train de cinq heures trente les réveilla et les enfants entendirent Mme F. crier « que se passe-t-il ? », puis le couple chuchota. Le lendemain, Honorine ne voulait mettre qu'un grand toupin d'eau à chauffer mais Jeanne obtint qu'elle remplisse un chaudron.

— Le petit païrol de dix litres, alors.

Elle fit grand feu dessous mais vers neuf heures elle s'impatienta car elle avait sa cuisine à commencer. Ils déjeuneraient à quelle heure, ces paresseux ? Ce fut le monsieur qui descendit, en robe de chambre beige gansée de rouge, un foulard vert noué autour du cou et l'air très endormi.

— Pouvons-nous avoir du thé avec du pain grillé, du beurre et un peu de lait ? Ah, un citron, avez-vous des citrons ici ?

— Vous ne déjeunez pas en bas? s'insurgea Honorine qui, la veille, n'avait pas très bien compris.

— Ma... Ma femme est très fatiguée avec ce voyage.

— Et pour l'eau chaude?

Ce fut Jeanne qui prépara le thé en suivant les prescriptions du paquet, courut chez Anna pour un citron tout ratatiné dans un fond de panier, du lait de vache. Honorine faisait griller du pain comme pour une bouillabaisse et tout le monde voulut goûter au thé. Seule Jeanne le trouva excellent, tandis que Julot crachait dans la cheminée et recevait un coup de casquette du père.

Lorsqu'elle apporta le plateau emprunté au café, Jeanne se demanda si c'était bien la même chambre où elle dormait parfois avec sa sœur. En quelques pas elle changeait d'univers. Déjà le parfum de Mme F., léger dans le couloir, prenait ici une force mystérieuse, donnait à l'air une qualité luxueuse et sur le petit lit d'appoint, tout un fouillis de sous-vêtements, de dentelles, de soies bouillonnait de couleurs gaies, du saumon délicat au vert tendre. Sur la toilette, un blaireau épanoui en éventail pétillait d'une mousse qui éveillait l'envie d'en manger, comme une pâtisserie. Une trousse en cuir ouverte dévoilait des flacons de cristal, des brosses à manche doré et dans une timbale en or une brosse plus petite pour les dents.

La dame, calée dans plusieurs oreillers, sa chemise décolletée sur sa poitrine, laissant même voir le brun du tétin, les cheveux défaits balayant ses épaules demi-nues, lui souriait.

— Oh, quel amour de petite jeune fille! Bonjour ma chérie... Que nous apportez-vous donc là?

M. F. prit le plateau et le déposa sur les genoux de sa compagne.

— Voulez-vous que j'aille jeter le seau?

Bientôt il serait dix heures, donc mal vu d'aller à la rivière. Ils parurent désolés que ce fût elle qui s'en charge, mais elle déclara qu'elle avait le temps avant de remplacer le facteur. Quoi, elle travaillait aussi à la poste? Et elle savait se servir du télégraphe? Ils s'émerveillaient qu'elle accomplisse tant de choses à son âge. Et surtout qu'elle connaisse le morse. Elle dut leur faire une démonstration avec les tititi pour les points, des tatata pour les traits.

— Dites-moi en morse, ce fut une nuit merveilleuse, supplia Mme F.

— Voyons Clémence, protesta Jean F.

— Mais c'est vrai, à part cet affreux tortillard qui a fait tant de vacarme j'ai très bien dormi, répondit-elle avec malice.

Troublée, Jeanne commença ses ti et ses ta tandis que Clémence joignait les mains:

— Ne dirait-on pas un oiseau des îles?

Pour connaître le sens du mot tortillard, elle dut attendre le retour de Planou et dès lors le petit train des Corbières perdit tout prestige à ses yeux. La matinée lui parut bien longue à la poste, le facteur-receveur ayant crevé un pneu de sa bicyclette en rentrant de Montmal. Mais à l'hôtel c'était la révolution, avec une salle à manger regorgeant de voyageurs venant de Cascastel et devant prendre le train de quatorze heures.

— Et les autres, qui veulent « déjeuner » dans leur chambre mais pas avant une heure et demie, crachait Honorine entre ses dents.

Le chaudron était vide et Marcelle, toujours furtive dans ces moments agités, lui chuchota comme au confessionnal que le monsieur était venu prendre deux brocs, et qu'il faudrait aller jeter le seau une fois de plus.

— L'après-midi, s'affola Jeanne, mais ce n'est pas comme il faut.

— Maman a dit d'aller à l'écurie puisqu'il n'y a pas de chevaux en ce moment.

Les huit personnes qui suffisaient à rendre la salle à manger inabordable discutaient fort autour des hors-d'œuvre, de la charcuterie avec de la salade de pommes de terre au thon en boîte.

— Va desservir.

Jeanne se démenait, apportait du vin, puis la daube de la veille. Honorine, rouge et essouflée — elle devenait vraiment grosse —, avait du mal avec ses sarments qui refusaient de faire de la braise pour son rôti de côtelettes de porc.

— Et les autres qui veulent de la rognonnade d'agneau et des petits pois en boîte, pas de hors-d'œuvre, juste de la salade.

Vers trois heures, dans le calme enfin retrouvé, ils descendirent, annonçant qu'ils allaient se promener dans le pays.

— Le café est en face?

— Oui, mais fermé jusqu'à cinq heures, répondit Planou qui faisait ses comptes sur la table de la cuisine.

Le couple fit sensation et plusieurs amies d'Honorine affirmèrent qu'il s'agissait d'une cocotte de Paris, venue se mettre au vert avec son gigolo à la suite d'un scandale. Au café, ils commandèrent des liqueurs et Castule, le fils Bringuier, leur raconta des histoires du village qui les amusèrent. Ce fut lui qui leur promit de trouver un cabriolet pour le lendemain.

— Ils veulent visiter la région, vint-il dire aux Pla, peut-être même acheter une propriété.

Honorine voulut leur proposer un panier d'osier pour le dîner en plein air mais ils refusèrent, assurant qu'ils mangeraient bien quelque part.

— Mais je vous dois ce repas, s'obstina-t-elle.

— Ne vous inquiétez pas.

Contre toute attente, ils réussirent à partir avant neuf heures en direction de Tuchan, soulageant Honorine heureuse de rétablir l'ordre des choses dans sa maison, et de ne plus dépendre du caprice de gens bizarres. Mais la dépêche que reçut Jeanne mit toute la famille dans un bel état.

Une dépêche adressée à Madame Clémence F., Hôtel Pla, à Villeneuve-les-Corbières:

Demain dix heures, te somme d'être gare de Narbonne
Sinon plainte pour adultère. Félix F.

Le télégramme tomba à onze heures et jusqu'à midi Jeanne resta tremblante, obsédée par ce serment qu'elle avait prêté sous la responsabilité de son père devant le juge de paix de Durban: « Je jure de ne jamais divulguer à des tiers le texte des dépêches dont j'aurai connaissance dans l'exercice de ma fonction de manipulatrice en télégraphe. »

Une heure où elle pensa à ses parents qui auraient à supporter les conséquences de cette terrible menace si Félix F. déposait une plainte. C'étaient tous les siens qui pouvaient se retrouver accusés de complicité. Il fallait vite les prévenir, mais liée par son serment, revoyant le visage sévère du juge de paix lors de sa prestation de serment, que lui arriverait-il devant Dieu et les hommes si elle se parjurait?

Planou, à la voir arriver en courant, crut à un terrible malheur et commença de sourire lorsqu'elle lui lut le contenu du petit rectangle bleu, avant de prendre un air consterné. Et elle éclata en sanglots.

Entre trois clients tapageurs à servir et la fureur rentrée d'Honorine qui avait prononcé un horrible mot, la nervosité criarde de Marcelle et la tristesse de son père, elle ne se souvint jamais des heures qui suivirent, une fois le télégramme déposé sur la taie d'oreiller droite du lit des F. Elle aurait voulu atténuer la vue de cette horrible tache bleue administrative, mettre des fleurs ou un ruban. Mais elle n'osa pas.

Ils rentrèrent gais, le visage fouetté par le cers très frais de cette fin d'automne, affamés, disant qu'ils avaient très mal mangé dans une gargote bien après Tuchan. Jeanne se cachait à l'écurie où elle était descendue par la trappe et l'échelle de meunier, ne voulant pas assister au moment où ils monteraient dans leur chambre, à ce silence mortel qui suivrait. Elle se doutait qu'ils avaient enfreint toutes les lois, celle des hommes comme celle de Dieu, ainsi que l'avait déclaré impitoyablement Honorine qui, sans avoir lu la dépêche, se doutait du contenu. Ces deux êtres charmants, pleins de chichis peut-être mais si différents, insolents mais sans méchanceté, pleins de tendresse et de caresses l'un pour l'autre, allaient recevoir le coup fatal, s'enfuiraient éperdument, disparaîtraient de sa vie en ne laissant que quelques sourires, un peu d'admiration pour ses jeunes talents, pas grand-chose en fait alors qu'elle pressentait mieux, une immense possibilité d'amour pour tous ceux qui les comprendraient.

Ce fut pire que tout ce qu'elle avait imaginé, car le silence s'était à jamais établi entre eux. Ils se détruisirent en quelques minutes, sans un cri, sans un murmure. Lui redescendit comme un fou, erra dans le village, termina chez les Bringuier à boire de l'absinthe tandis qu'elle, enfermée dans sa chambre, répondait à Jeanne à travers la porte qu'elle n'avait besoin de rien.

Jean Sans Nom revint à sept heures trente s'installer dans la salle à manger, seul à une petite table. Dans l'autre coin, deux marchandes de coupons et de chutes, la mère et la fille, se gavaient comme chaque fois qu'elles venaient, se comprenant par des grognements, indifférentes à tout ce qui n'était pas dans leur assiette et leur verre, en voulant pour leur argent et même plus.

— Un peu de bouillon avec du vermicelle ? murmura Jeanne dans un souffle.

Il regardait le feu qui faisait briller ses yeux, mais deux traces luisantes coulaient encore de chaque côté de son nez délicat. Oui du bouillon, oui du bouilli, une salade à l'oignon et une côtelette...

A la fin du repas, il frappa timidement à la porte de la cuisine, les regarda en train de veiller paisiblement sous la lampe. Julot faisait ses devoirs, les deux filles jouaient aux dominos avec Planou et la mère raccommodait du linge de table.

— Nous partons demain au premier train... Cinq heures vingt-cinq n'est-ce pas ? Nous ne prendrons qu'un peu de thé... Nous sommes désolés de vous faire lever si tôt... Voulez-vous préparer la note ?

— C'est moi qui vous dois, dit Honorine sans lever le nez de son torchon. Au moins vingt francs.

— Je vous en prie, dit-il... Vous nous avez très bien reçus.

— C'est un hôtel ici, dit Honorine, un petit hôtel mais convenable.

Peut-être voulait-il exprimer que malgré le drame il s'était senti comme dans une famille, mais Honorine sèchement lui rappelait qu'il avait profané sa maison, qu'il en avait usé comme d'un hôtel louche. Il hésitait encore, souriait à Jeanne comme pour reprendre courage. Il était si jeune, si proche d'elle.

— Pourrai-je... Pourrai-je avoir une chambre pour cette nuit ? Ma... Mme F. est fatiguée, pas très bien et je préfère lui laisser le lit.

— Il y a un lit d'appoint dans votre chambre.

— Je prendrai quand même une chambre si vous en avez une.

Le lendemain matin quand Jeanne se réveilla pour leur départ, elle aurait aimé avoir le courage de préparer leur thé, d'accompagner Planou qui emporta leur bagage dans la brouette. Mais elle resta dans son lit.

CHAPITRE XXVIII

Le vin humilié et les 250 000 gueux de Carcassonne

Comme au temps du phylloxéra, quelque vingt-cinq ans auparavant, on les voyait revenir. Ils utilisaient largement le train désormais, en descendaient à n'importe quelle heure, de celui de Tuchan comme de celui de Durban, passaient vite à l'hôtel retenir une chambre car leur besogne allait leur prendre plusieurs jours. Honorine, d'abord ravie de cette clientèle qui payait sans rechigner, commença de la regarder de travers. Mais elle les supporta, ces jeunes commis de banque tout farauds, ces huissiers porteurs d'assignations, ces usuriers qui se cachaient sous l'apparence banale de voyageurs de commerce et qui n'avaient rien à vendre, aucune valise d'échantillons, pas le moindre catalogue. Plus tard vinrent les démarcheurs d'antiquaires, les brocanteurs et tout le ramassis habituel. On gardait mémoire des autres, mais on avait déjà tout raclé une première fois et, en un quart de siècle, on n'avait guère eu le loisir de se refaire un patrimoine.

Le vin, même proposé à six francs, restait dans les foudres, même le bon des Hautes-Corbières, celui qui parfois titillait les quatorze degrés. Les caves étaient pleines de deux récoltes et la troisième, celle de 1907, serait difficile à loger. Planou regrettait d'avoir prêté son cent deux hectos à son frère, car il allait en avoir besoin pour lui. L'hôtel n'absorbait d'une faible quantité de ses réserves.

Minda avait vu juste. Au début, ils n'étaient que six cents à Bize autour de Marcellin Albert, le 31 mars, mais chaque dimanche de manifestation, le chiffre des participants enflait. On atteignit cent mille à Narbonne le 5 mai et cent cinquante mille le 12 à Béziers, près de deux cent mille à Perpignan le 19.

La grève des impôts fut décidée et si tous ceux qui spéculaient sur la misère vigneronne osaient encore se montrer, par contre les employés de régie, les contrôleurs avaient disparu et les percepteurs se terraient dans leurs bureaux fermés.

— Nous irons à Carcassonne, décida Planou dès que fut annoncé un train spécial au départ de Tuchan.

Pour une fois, Honorine n'osa rien dire, d'autant plus que le vieux Raynaud, son père, affirmait qu'il y serait bien allé, s'il avait pu supporter la fatigue d'un défilé de plusieurs heures.

— Jeanne m'accompagnera. Il faut qu'elle voie ça et le raconte plus tard à ses enfants.

Le dimanche 26 mai, des Villeneuvois attendaient déjà à la gare et le convoi de cinq wagons — on avait dû le pousser avec une deuxième locomotive dans le col d'Extrême — arriva au milieu des chants, des cris et des bravos. Des banderoles étaient tendues, des pancartes sortaient des fenêtres, et le fameux cercueil des Tuchanais était posé droit sur la plate-forme. Il symbolisait la mort de la vigne méridionale.

— Jamais les Durbanais ne pourront monter, fit Planou.

Il y avait des gens d'Albas, de Cascastel. Beaucoup, le plus grand nombre, avaient quitté les Corbières la veille au soir, marchant ou roulant toute la nuit en direction du chef-lieu de département, à soixante kilomètres de Villeneuve. D'autres convois partiraient directement de Durban, de Port-la-Nouvelle, de Mouthoumet et, pour ne pas forcer les manifestants à prendre un train de la grande ligne, on ne quitterait pas la voie métrique, on ferait le détour par le Minervois pour rejoindre la ville par Olonzac, Caunes-Minervois, ce qui allongerait le trajet de deux heures mais on y serait pour midi, c'était juré par les TAVA[1].

Dans la joie générale, avant la répression sanglante de Narbonne, c'était une fête que d'aller manifester contre les fraudeurs, ces betteraviers qui empoisonnaient le marché, contre M. Clemenceau qui avait traité les vignerons de gueux. On ouvrait les saquettes, les gibecières, les paniers d'osier et on déjeunait solidement, ne sachant si on aurait le temps de dîner. On se passait des bonbonnes de son terroir pour comparer et

1. Tramways à vapeur de l'Aude.

Planou dut y goûter comme les autres, mais comme toutes les vitres étaient baissées, il put recracher au-dehors, dissimulé par Jeanne. Ce n'était pas le moment de montrer qu'on n'aimait pas le vin.

Les trains se suivaient de si près qu'on pouvait apercevoir celui qui précédait, à la faveur d'une courbe, et dans la plaine de Thézan on en compta quatre. Les nuages de fumée finissaient par se souder les uns aux autres en un chapelet ininterrompu. L'on recevait cendres et suie en abondance, les mécaniciens dévorant toute la vapeur avec leur sifflet perpétuel et les chauffeurs chargeant les foyers sans arrêt.

On se faisait ovationner dans les petites gares, les haltes, par tous ceux qui n'avaient pu venir, les vieux qui agitaient leurs cannes, des vieilles secouant leurs mouchoirs, et partout on relevait des inscriptions sur des murs, des pancartes. Caillaux et Clemenceau étaient traités de tous les noms, mais chaque village avait sa devise. Thézan : « Les meurt-de-faim de Thézan. » Déjà Durban affichait : « Quatrième croisade sans argent, sans pain, sans crédit. » Les Villeneuvois regrettaient de n'avoir pas songé à s'être mieux concertés. Sur des murs de vieilles bordes, on pouvait lire : « Comment acheter du pain si cher avec six centimes pour un litre de vin. » Plus loin on avait dessiné un énorme escargot sur une pancarte de bouillon Kub avec cette légende : « Ci-gît le dernier escargot. » Et le mot gueux qui revenait sans cesse comme un cri fier et une gifle, des jeux de mots et toujours des gens en bordure des rails même en pleine campagne, des riches en voiture légère qui agitaient leur chapeau, des pêcheurs au bord de l'Orbieu, l'Aude, le canal du Midi avec sur une péniche une banderole : « Vive Marcellin Albert ! »

Le train fut retardé en pleine campagne et on disait que c'était la troupe qui avait déboulonné les rails, mais on finit bien par apercevoir les tours de la Cité dans le lointain. Il faisait une chaleur à crever. On roulait au pas parce que chaque arrêt en gare de Carcassonne provoquait une réaction en chaîne de ralentissement et, comme on ne trouvait pas suffisamment de voies de manœuvres et de voies de garage pour les petits trains des Corbières et du Minervois, on les envoyait vers Lastours où ils attendaient sagement l'heure du retour.

Grisée par les cris, les chants, l'amitié chaleureuse de tous, Jeanne donnait le bras à son père, le trouvant magnifique avec sa belle ceinture noire, ses moustaches relevées et sa casquette. Et lui, fier de cette jeunesse à son bras, esquissait des pas de danse, aurait volontiers fait la roue en pleine gare ou marché sur les mains.

A l'entrée de l'avenue de la Gare, un arc de triomphe, surmonté d'une République tenant le Livre des lois, accueillait les manifestants d'un « Salut à nos frères de misère », mais plus loin d'autres banderoles étaient tendues en travers des rues : « A notre rédempteur Marcellin Albert » ou « Vive le comité d'Argelliers ».

On avait eu tout le temps de bien dîner et c'était d'un pas de digestion qu'on rejoignait le centre et la rue Courtejaïre, puis le boulevard Barbès où aurait lieu le meeting. Planou remarquait le nombre incroyable de drapeaux tricolores par rapport aux drapeaux rouges et noirs.

— C'est bien, disait-il, sinon ils nous accuseraient à Paris de ne pas être patriotes.

Une telle manifestation à l'époque pouvait discréditer à jamais un mouvement revendicatif, indigner le reste de la France. On n'en voulait qu'aux betteraviers, si riches qu'après la récolte ils pouvaient vivre la moitié de l'année à Nice et perdre des fortunes au casino. On en voulait au gouvernement méprisant qui avait sous-évalué la misère languedocienne.

Toutes les maisons étaient décorées de drapeaux, de banderoles et des milliers de têtes apparaissaient aux fenêtres. On s'interpellait sans se connaître, on riait et même on dansait au son d'un accordéon, d'un cornet à piston, mais une fois dans le grand défilé on devint plus graves et fiers d'être là. Les délégations se succédaient, précédées parfois d'un tambour, d'un clairon.

Planou en avait les larmes aux yeux de se sentir de toutes parts environné de gens qui pensaient comme lui, ces gens qui ne voulaient pas s'exiler comme facteurs, sergents de ville, gabelous ou employés de régie. Il ne regrettait plus rien, ni Saint-Cyr ni la carrière dans les chemins de fer.

Boulevard Barbès, on applaudissait Marcellin Albert en chapeau haut de forme qu'il ôta pour saluer la foule. Ce fut du délire pendant des minutes, une ovation que toute la ville dut entendre. Il était habillé comme un Monsieur, et Planou racontait à Jeanne qu'il avait créé une troupe théâtrale qui donnait *Ruy Blas* et aussi *Marceau ou les enfants de la République*.

— C'est pourquoi on l'appelle aussi Marceau.

Chaque village hissait bien haut sa pancarte qui ralliait les manifestants égarés dans l'immense foule qu'on évalua à deux cent cinquante mille personnes. Certains, trop pauvres, étaient venus en charrettes à dix, douze, et même à pied. Partis la veille, pour les plus éloignés, ils venaient de rejoindre les leurs, parlaient de la nuit passée à rouler à la queue leu leu, à marcher, et à la nuit prochaine du retour. Dans les villages on leur avait offert des « croustets » avec pâté et même de la soupe. Une brave vieille de Capendu en avait même cuisiné tout un « païrol » et en distribuait des bols sur le pas de sa porte éclairée par une lanterne sourde.

L'émotion gagnait Jeanne devant cette entente générale. Pour un oui ou pour un non, on se serrait chaleureusement la main, on s'embrassait, on se disait qu'après une telle journée rien ne serait plus pareil. Il n'y aurait plus deux partis dans chaque village puisqu'on se montrait les socialistes, les anarchistes, les curés de campagne qui marchaient entre les vignerons. On n'avait jamais vu ça, d'autant plus que dans certains coins, l'affaire des Inventaires des biens de l'Église avait parfois tourné mal, des hommes en armes défendant aux agents des domaines l'accès des églises. A Villeneuve, grâce à l'église offerte par les plus aisés à la paroisse, rien de tel ne s'était passé.

L'apôtre des vignerons le premier fit allusion à l'armée des Albigeois venus défendre, sous les murs de Carcassonne, leur pays et leur foi, la comparant à l'armée des Vignerons venue camper aujourd'hui au pied de l'antique capitale du Carcasses.

Lorsque l'apôtre se tut, une petite fille débita un compliment à son intention et Jeanne l'envia pour son audace de s'adresser à un homme aussi célèbre. Et ce fut le Dr Ferroul, maire de Narbonne, qui prit la parole. Très vite, comme pour Marcellin Albert, elle ne comprit pas ce qu'il voulait signifier lui aussi dans une envolée lyrique où il s'écriait : « Lorsque les barons féodaux du Nord envahissaient le Midi et le saccageaient, un troubadour toulousain pleurait ainsi : “Ah, Toulouse et Provence, et la terre d'Agen, Béziers et Carcassonne qui vous a vues et qui vous voit...” Depuis les barons d'industrie nous ont envahis et ruinés. Nous ne voulons pas les supporter davantage[1]. »

1. *La Révolte des vignerons de 1907* de Felix Napo chez Privat.

Contre elle, le corps de Planou vibrait et il paraissait murmurer quelque chose. Elle lui serra le bras. Il se pencha à son oreille :

— Simon de Montfort, les Cathares... C'était ce qu'il fallait dire, exactement ce qu'il fallait dire.

On distribuait des tracts et lorsque son père en eut un en main, il changea de visage comme s'il allait exploser de colère :

— Marquis de Castellane ? Marquis de Panebœuf de Maynard ? Qu'est-ce que ça signifie ? On n'a pas besoin de ci-devant pour faire notre révolution, pour demander notre justice.

Apeurée, elle craignait qu'on les conspue, qu'on les bouscule mais Planou n'était pas le seul à s'indigner, à comprendre que de riches terriens profitaient du mouvement viticole, payaient le voyage, la journée à leur domesticité, leurs commis de cultures, leurs laboureurs, dans l'espoir de nuire à la République qui, déjà ébranlée par l'affaire Dreyfus, venait de consolider sa position dans une adhésion générale. Marcellin Albert reprit la parole pour rappeler justement le fameux serment des Fédérés déjà prononcé à Narbonne trois semaines auparavant : « ... celui ou ceux qui par intérêt particulier, par ambition ou par esprit politique, porteraient préjudice à la motion première et par ce fait nous mettraient dans l'impossibilité d'obtenir gain de cause, seront jugés, condamnés et exécutés séance tenante. »

Cela faisait peur à entendre et Jeanne connut un autre frisson que celui de l'allégresse générale. La Révolution allait-elle recommencer avec sa Terreur et sa guillotine ? Plusieurs manifestants se promenaient justement avec des guillotines plus ou moins bien miniaturisées et elle crispait sa main sur le bras de son père.

Quand on commença de se disperser, on avait grand-soif, mais on se contentait des fontaines publiques car par un mot d'ordre tacite on évitait les cafés, qu'on n'aille pas dire que les gueux se plaignaient de pauvreté mais avaient toujours vingt sous pour s'offrir des panachés.

La délégation de Tuchan les précédait avec son jeune tambour et son cercueil. Jeanne n'osait pas boire à la régalade comme les autres. Son père alla remplir le verre de la saquette pour qu'elle se rafraîchisse. Lorsqu'on se sépara, chacun se répétait à dimanche prochain, *« a dimenge que ven »*. On se retrouverait à Nîmes, deux cent cinquante mille, puis à Montpellier, huit cent mille. Et enfin, malheureusement, à Narbonne pour y mourir.

Ils attendirent longtemps le train pour Tuchan, les convois défilaient pour toutes les directions, jamais pour la leur, mais bientôt il arriva et dans la campagne ensoleillée de cette fin de mai on voyait les charrettes, les bicyclettes, les automobiles qui ramenaient les gens chez eux. Ferroul et Marcellin étaient venus en automobile de Narbonne. En moins d'une heure. D'autres restaient à Carcassonne dans d'immenses dortoirs mis à leur disposition où ils referaient leurs forces avant de reprendre leur route.

— Papa, qui était ce Simon de Montfort et les Albigeois dont Marcellin Albert et le maire de Narbonne ont parlé ?

Planou commença de le lui expliquer à voix basse mais les voisins écoutèrent et bientôt tous dans le wagon cessèrent de parler pour tendre l'oreille. Il leur raconta cette religion qui s'était répandue voici sept cents ans dans tout le Midi parce que le catholicisme était en pleine décadence, pourri par les richesses des abbayes et des prélats, ne s'occupant que d'entasser des biens terrestres par la corruption et l'exaction, au lieu de se montrer pieux et charitable.

— Tout le Languedoc se convertit à cette foi nouvelle car c'était surtout une manière de dire non au pape et aux gens du Nord.

Jeanne regardait, très fière dans le fond, ces visages attentifs, creusés par des rides de dur labeur et par l'effort de compréhension, salis par la suie, la poussière d'une longue journée de manifestation. Son père parlait comme un livre et une fois de plus elle fut Julien du *Tour de France*, loin, bien loin de la comtesse de Ségur et de ses petits soucis de riche.

Leur train eut un important retard. Villeneuve les attendait dans une grande inquiétude car déjà, des bruits alarmants se propageaient dans les Corbières. On disait que la troupe avait tiré sur les manifestants de Cascastel, qu'un train avait déraillé à cause des voies déboulonnées.

Le lendemain, pantelante d'horreur, Jeanne lut dans *la Dépêche* qu'un manifestant juché sur le toit d'un wagon avait été décapité, alors qu'il était assis tournant le dos à un tunnel.

Ce fut la même semaine que Minda, le commis-voyageur, fit encore des siennes et faillit en subir de rudes conséquences.

Descendu à l'hôtel pour quelques jours, il prenait un peu à la blague la passion que soulevaient les manifestations, et surtout le personnage pittoresque de Marcellin Albert. Ce dernier, devenu l'objet d'un véritable culte, ne pouvait être moqué sans provoquer des réactions très vives. Chez Bringuier, Minda, incapable de renoncer à une bonne farce, raconta, en ayant l'air de confier un secret, que Marcellin Albert viendrait le lendemain à l'hôtel Pla pour haranguer les gens du canton de Tuchan jugés trop tièdes, mais que pour éviter la cohue à Villeneuve on avait préparé son voyage avec toute la discrétion voulue.

Le malheureux n'avait pas prévu que, très tôt le lendemain, non seulement les gens de Villeneuve, mais ceux de Cascatel et même d'Embrès, se regrouperaient devant l'hôtel, plusieurs centaines, obstruant la voie ferrée où le tortillard eut beau siffler, personne ne recula ou ne put s'écarter. Minda se leva en hâte mais n'osa descendre au rez-de-chaussée où un groupe essayait d'arracher à un Planou éberlué, mal réveillé, l'heure exacte de cette venue flatteuse.

— Marceau doit arriver par le neuf heures quarante.

Planou les regardait comme s'ils devenaient fous.

— Mais je n'ai reçu ni lettre ni télégramme.

— Oui, oui, on sait que tu as juré de tenir ta langue mais tu vois, on est quand même au courant.

Ils finirent par sortir de la maison et Minda, penché dans la cage de l'escalier, appela Planou qui alla le rejoindre. Minda expliqua tout.

— Macarcelle, ils vont vous lyncher...

Marcellin Albert ne descendit pas du train de neuf heures quarante, mais la foule garda encore l'espoir pour celui d'une heure cinquante-cinq et ne se dispersa que très lentement Profitant de la trêve rituelle du dîner qui vidait les rues quoi qu'il arrive, Planou aida Minda à regagner la gare où il attendit, caché dans le petit bureau du chef, le convoi qui descendait de Tuchan On ne le revit pas de plusieurs mois et quand Marcellin Albert manœuvré par Clemenceau qui le fit pleurer dans son bureau et lui donna cent francs pour son retour, eut perdu tout son prestige et faillit être brûlé vif dans sa maison, accusé d'être un vendu, il y eut quelques personnes de Villeneuve pour déclarer : « Nous ici on n'a pas voulu le recevoir. Il voulait venir nous faire un de ses beaux discours, mais on savait bien qu'il n'était pas à la hauteur. »

Puis ce fut le drame. Les morts de Narbonne, les rébellions de deux régiments refusant de tirer sur des compatriotes, les arrestations. Planou avait failli aller à Narbonne avec Jeanne et quand il lut dans *la Dépêche* qu'une des victimes était une jeune fille venue là par hasard, il n'en dormit pas de la nuit à la pensée que Jeanne aurait pu être tuée à sa place. Dans les Corbières, après avoir sonné le tocsin pour toutes les manifestations, ce fut le glas qui accompagna les funérailles de ces innocents. Le 19 juin 1907, *le Figaro* écrivait : « Ne vous y trompez pas, c'est un pays (le Languedoc) à reconquérir comme au temps de Simon de Montfort. »

Les esprits ne se calmèrent que très lentement, on ne croyait guère à ces quelques lois promulguées en toute hâte contre les fraudeurs. Et puis la libération de Ferroul, le maire de Narbonne, de Marcellin Albert et de tous les emprisonnés, comme les non-lieux pour l'incendie du théâtre de Narbonne furent bien accueillis. Les vendanges arrivèrent et le grand élan révolutionnaire retomba.

Plus tard des chanteurs des rues, accordéon et grosse caisse, parcoururent les villages en proposant les textes de toutes les chansons nées durant cette période mouvementée : *la Marseillaise des vignerons, le Midi bouge, les Gueux de la vigne* et le célèbre *Honneur au 17ᵉ*, le fameux régiment de mutins d'Agde.

Salut, salut à vous,
Braves soldats du 17ᵉ,
Salut, braves pioupious,
Chacun vous admire et vous aime.
Salut, salut à vous,
A votre geste magnifique,
Vous auriez en tirant sur nous
Assassiné la République.

Les années suivantes, le vin ne se vendit guère mieux et il fallut la récolte déficitaire de 1910 pour qu'à Villeneuve on l'écoulât à trente-cinq francs l'hecto.

L'hôtel ne marchait pas trop mal et selon les saisons les enfants allaient coucher au grenier ou chez les grands-parents Raynaud. Éva, mariée avec Justin, avait eu un fils, Jean, et Jeanne aimait s'occuper de lui quand elle le pouvait. Parfois, aux veillées, on se souvenait des événements de 1907 et il y en avait toujours un pour dire qu'il était allé à Narbonne, à Perpignan ou à Montpellier, se donnant des airs de vétéran.

— Le Midi, quoi qu'on fasse, sera toujours écrasé par ceux du Nord.

Et pendant des mois on avait regardé de travers les gens qui arrivaient d'au-delà d'Avignon et surtout mieux valait éviter de dire qu'on était originaire de Lyon, à cause des cuirassiers assassins, des morts de Narbonne. Certains parlèrent d'interdire, comme à Narbonne, l'entrée du village aux commis-voyageurs représentant des fabriques du Nord, et pour un temps les Pla s'abstinrent de recevoir certains clients fidèles.

Il y eut le premier voyage de Planou et d'Honorine à Toulouse. Jeanne resta maîtresse de l'hôtel, secondée par Jules et Marcelle sous la surveillance des grands-parents et de tous les voisins. Elle n'acceptait du monde qu'à midi, fermait l'hôtel pour le souper et le coucher. Les parents revinrent avec des cadeaux, des robes très chics et tant de choses à raconter que Planou promit à ses deux filles que la prochaine fois ce serait leur tour, si le vin se vendait aussi bien.

Depuis peu il représentait des engrais, des phosphates. Un beau jour, ce fut un camion automobile qui lui livra les sacs. Il n'eut pas à les charrier depuis la gare, le véhicule s'arrêtant juste devant la maison. Encombrant la voie, il se fit siffler par la petite locomotive et le mécanicien se pencha pour crier au père de Jeanne: « C'est la mort du train que vous cherchez avec cette saloperie qui pue le pétrole? »

Même la glace était ainsi livrée dans un véhicule spécial, tout fermé et protégé du soleil par d'épaisses plaques de liège, et la bouchère pouvait avoir désormais autre chose que du mouton et du porc toute la semaine. De petits autocars d'excursions traversaient quelquefois le village, bien amusants avec leur caisse directement empruntée aux grosses diligences. On y accédait par le côté mais aussi par l'arrière et ils transportaient une dizaine de personnes. Un jour, l'un d'eux débarqua des pèlerins revenant de Lourdes et dont le repas était commandé chez les Pla. Ils retournaient à Estagel et vantaient les avantages du nouveau transport. Plus de changement dans les gares, plus d'attente et le véhicule empruntait les routes les plus directes.

Désormais, à l'automne, on recevait de plus en plus de chasseurs qui louaient toutes les chambres et demandaient de bons repas. Dès le premier soir, le gibier s'entassait sur le marbre de la cheminée non encore allumée de la salle à manger. Parfois jusqu'à six lièvres, des dizaines de perdreaux et de lapins. Cet entassement de plumes et de poils laissait Jeanne muette d'horreur. Un écoulement de sang filait jusqu'au carrelage, rameutant tous les chats de la maison. Marcelle riait de cette abondance de chairs sauvages, plongeait ses mains dans la masse tiédie par un début de faisandé. Et c'étaient des civets, des salmis, des perdreaux à la catalane qui obligeaient Honorine à se lever tôt. Mais elle préférait ses commis-voyageurs, ceux qui le soir s'installaient autour de la table de cuisine, racontaient, rappelaient des souvenirs déjà communs après douze ans d'existencc de l'hôtel, comme s'ils étaient de la famille.

CHAPITRE XXIX

L'époque heureuse

Ce fut l'époque heureuse, devait dire Planou trente ans plus tard, et pas seulement parce que le vin se vendait bien, se vendrait encore mieux à l'approche de la guerre et durant celle-ci grâce au « quart du soldat ». C'était l'époque heureuse, avec des petits matins douillets quand l'une des filles frappait à la porte avec une tasse de café matinal. A la façon de frapper, d'ouvrir la porte, il savait si c'était l'une ou l'autre. Marcelle toujours nerveuse, pressée de retourner s'asseoir dans la cuisine devant *la Veillée des Chaumières* ou *l'Ouvrier*, précipitait l'affaire, posait chaque tasse sur chaque chevet, ouvrait vite la fenêtre sur la nuit encore tenace. Jeanne riait de voir le pompon du bonnet de nuit de son père descendre entre ses sourcils, l'embrassait, embrassait Honorine déjà bien calée dans ses oreillers pour la dégustation de son café. Jeanne disait souvent que son père avait l'air au piquet dans son petit lit, se penchait, les volets ouverts, pour commenter ce qu'elle voyait :

— Lucie de Castulle a déjà allumé la salle du café... Voici Justin et François qui passent... Bonjour, il ne fait pas chaud ce matin ? Où allez-vous ?... Éva doit être encore couchée avec son petit Jean. Ils repartent ce soir à Narbonne.

L'air extérieur n'apporterait plus jamais l'odeur de son enfance. Entraient des puanteurs de charbon, d'huile de vidange et de pétrole dont on avait dû livrer un bidon à Anna et il fallait renifler longtemps pour percevoir les senteurs des cheminées en train de se réveiller d'une flambée de sarments, celles des soupes de l'aube. Qui mangeait encore de la soupe en se levant, quelques vieux? Et l'âcreté des chevaux encore nombreux pourtant? Comme s'ils ne transpiraient plus autant qu'autrefois.

— Mathilde qui va jeter son seau, la première comme toujours.

La chambre se vidait de cette haleine de la nuit engraissée par le relent des pots de chambre repoussés sous chacun des lits, par la bougie du père, le lumignon de la mère qui le plus souvent oubliait de le souffler, si bien que, réveillé par la lueur, Planou, dressé sur ses coudes, découvrait un visage figé dans la cire du sommeil.

— Je vais me lever, commençait de murmurer Honorine en refermant les yeux, occupe-toi du feu, Jeanne.

L'un et l'autre se guettaient, jouaient à celui qui se lèverait le dernier et ce, depuis le premier matin de leur vie commune, se donnant toujours quelques bonnes excuses pour remporter la victoire. Honorine attendait une des filles pour l'aider à lacer son corset et pour Planou, c'était soit le vent marin qui l'essoufflait avec ses brumes, soit la fumée du premier feu qui « rondinégeait » dans la cuisine avant de s'évacuer vers le toit. En général, il gagnait par opiniâtreté, la volupté de rester seul dans ce lit étroit, maître de la chambre, maître de son indolence, de lire ou de rêvasser à la meilleure façon d'entamer sa journée. Si Honorine succombait à l'appel de sa passion de bonne hôtesse, lui ne savait toujours pas, à quarante ans passés, quelle exaltation urgente pourrait bien le sortir de la tiédeur des draps, quelle émotion véritable, alors qu'il ne connaissait que routines semi-plaisantes et engouements stériles.

L'été, la lumière trop vive de l'aurore gâchait toute velléité de grasse matinée et ne favorisait guère cette paresse qui prolongeait si délicieusement le sommeil. Il avait un sulfatage ou deux de retard, une charge de bois à couper, un arrosage qui ne supportait pas les grosses chaleurs.

Et seul, désormais, il s'en allait vers Pech de Crille sans Jeanne à ses côtés, sans ce bavardage qui trompait sur la longueur du chemin. Bu son grand bol de café bien sucré, il emportait son déjeuner dans l'étui de cuir. Dans la fraîcheur des buis, son visage s'emperlait à cinquante mètres du bassin, sous les arceaux de feuillages touffus, son œil cherchait la robe claire de sa fille devant lui. Il piétinait le long des rigoles beiges de sécheresse dans le gris perlé de la terre, jetait un regard à cette Vierge juchée sur le Rec Caouffat qui lui avait fait transpirer des litres ainsi qu'aux autres jeunes du village, quand il avait fallu la hisser là-haut en procession.

Mâchonnant une herbe, une fleur, la première violette en janvier, la première fleur d'amandier peu après ou l'aubépine et l'églantier, il atteignait le village juste comme Jeanne arrivait en route pour la poste et il lui offrait une prune, un abricot, une figue fleur prématurée. A cette époque les figuiers donnaient deux fruits à quelques mois d'intervalle, la figue fleur violette, un peu acide dans sa nouveauté, et la figue blanche, ridée des vendanges, celle qui s'ouvrait pour piéger comme une plaie béante guêpes ou abeilles.

Renfrognée, parce que restée seule des trois enfants, Marcelle s'occupait dans la cuisine tandis qu'Honorine maniait le hachoir. Ce n'était pas une lame à deux poignées que l'on fait osciller sans bruit, mais un couperet à manche très court dont on tapotait frénétiquement la planche épaisse de noyer. Cette planche dont Planou se disait qu'on aurait pu en tirer un bouillon aux saveurs extraordinaires en la plongeant dans l'eau. Tous les sucs d'oignons, d'ail, de carotte, de tomate, de foie, de viandes diverses, de cansalade, d'herbes l'imprégnaient depuis des générations, lui donnant une apparence de marbre jaspé. Chaque fois pourtant Honorine la raclait soigneusement, emportant quelques sciures juteuses, mais en cinquante ans avait-elle seulement perdu un centimètre d'épaisseur?

Les voyageurs couchant pour la première fois dans la maison se demandaient bien ce que pouvait être ce tapotement régulier dès huit heures du matin. Annonçait-il qu'il était temps de se lever, quelque bizarrerie locale? Plus tard, les petits-enfants en vacances dans le vieil hôtel surent en déduire avec satisfaction que tous les adultes s'affairaient déjà à construire le bonheur du repas, la mamée Honorine d'abord et puis la mamée Jeanne.

Ce n'était pas un bruit spécifique de l'hôtel et, si l'on tendait bien l'oreille, on percevait une sorte d'écho qui ricochait sur tous les murs du village. Il y avait même comme une émulation à vouloir hacher la première, certaines n'hésitant pas à commencer à l'aube. La cuisine locale fixait là une des règles strictes qui exigeaient qu'un repas ne se prépare que des heures à l'avance, sinon ce ne serait pas grand-chose ce qu'on offrirait aux siens pour le dîner. Du pas grand-chose bâclé par une pas grand-chose.

Et du laisser-aller en cuisine on dégringolait très vite dans tous les abandons, dans toutes les tentations du vice. La malheureuse qui, dès le petit matin, ne s'était pas jointe au chœur villageois des hacheuses n'avait plus qu'à s'en excuser, et pas qu'une fois. En allant jeter son seau, ou à la fontaine, ou à la boucherie, à l'épicerie, le plus souvent possible, si elle voulait être absoute et sans varier dans son aveu. « Aujourd'hui, j'avais un reste d'hier » ou bien « Pour midi, un "bistèque" frites suffira ». On tolérait l'exception, encore que l'absence de sauce à midi ne puisse que détraquer un estomac d'homme de la vigne. Le « bistèque frites » c'était tout juste bon pour le soir mais à dîner, le cassoulet, la daube, le fricot quoi! prenaient des valeurs diététiques imprescriptibles.

Planou déballait ses trésors de jardin, ses précieuses tomates, les haricots verts, les dernières fèves à ragoût, quelquefois des radis et plus tard les aubergines noires, énormes, tous les fruits. « Je vais à la cave », annonçait-il, et Honorine soupirait car un autre du village aurait fait deux journées, le jardin et la vigne. Pour Planou c'était l'un ou l'autre, jamais les deux et sur le chemin de la cave, elle le savait, il s'arrêterait dix fois, sollicité par quelque chercheur de conseil ou pour taquiner quelque jeune fille, quelque jolie femme, parce qu'il restait bel homme et, dans le premier cas, parce qu'un bachelier, qui avait failli devenir général, c'était toujours bon à consulter.

Cette période heureuse était si généreuse que le corbillard n'avait plus la bougeotte et se ternissait de poussière, il finirait enseveli sous les toiles d'araignée. A part le décès de quelques vieillards bien rassis, à la mort toujours affligeante bien sûr, le village se gardait bien de tous les maux et semblait prospérer. Même les journaliers se trouvaient un peu mieux payés, leur rareté donnant du prix à leur sueur. Julot — Planou détestait qu'on l'appelle ainsi comme un paillasse de foire — faisait déjà sa journée payée aux trois quarts en attendant ses dix-huit ans, en 1914, où il recevrait salaire entier.

A la cave, Planou ouvrait grands les deux battants, pour inviter les passants à entrer le voir s'il n'avait pas l'intention de rêvasser dans le jardin mitoyen, le petit paradis exotique. Sinon, il se faufilait comme un maraudeur par la porte basse qu'il refermait derrière lui, s'asseyait un instant sous l'ombre douteuse du figuier. Douteuse comme celle du noyer, disait-on, capable de vous rendre phtisique sans même avoir le temps de dire ouf. Un mot très à la mode depuis quelque temps, cette phtisie. Désormais, lorsqu'on mourait jeune dans ces années-là, c'était de phtisie ou de typhoïde.

Puis il traversait le jardin, tâtait ses fruits pour les faire mûrir précocement, surtout les abricots, se disait que tout ça aurait eu besoin d'un bon arrosage, mais en général, la rivière étant quand même en bas de la côte à cent mètres, il ne faisait pousser que ce qui n'exigeait pas d'eau, semait les petits pois en novembre avec les fèves, les pommes de terre en février.

Son frère Joseph finissait par le rejoindre comme un comploteur, car les deux belles-sœurs ne s'entendaient pas trop. Joseph avait été maire, ne l'était plus, le redeviendrait certainement. C'était un homme paisible et ils discutaient longuement de politique, des parents, de la tante Muda, du déserteur et de l'Espagnol.

Lorsqu'il rentrait à l'hôtel, il s'efforçait de nier la bonne odeur qui l'accueillait et regardait tout de suite le lave-mains en tôle émaillée. Surtout la coquille qui recevait l'eau savonneuse quand les clients s'étaient rincé les doigts. S'il n'avait relevé aucune trace d'humidité en bas du perron et si la coquille était vide, c'était peut-être signe qu'aucun voyageur n'était venu lui dérober une bonne part, peut-être la totalité du ragoût en train de mijoter, par exemple du mouton bien gras avec des haricots ou à la rigueur des pommes de terre, son régal. Mais les apparences se montraient toujours trompeuses, certains clients ne se lavant pas les mains avant de passer à table, ou bien Marcelle ayant vidé déjà la coquille dont l'eau s'était évaporée sur la route. Mais comme elle oubliait la plupart du temps, c'était un indice assez digne de foi.

— Il faut tirer du vin, lançait Honorine alors qu'il se laissait choir sur sa chaise de paille.

Il grognait en patois qu'elle aurait pu le dire avant, descendait vite à l'écurie avec le panier à bouteilles, craignant qu'entretemps ne se présente un affamé.

Ce n'était pas tout de s'asseoir, de remplir son verre d'une eau bien fraîche tirée par Marcelle cinq minutes avant — Jules devenu journalier, donc adulte, se voyant dispensé de la corvée des cruchons —, d'ouvrir sa tomate en deux, de la saler si abondamment qu'elle en bavait. Rien n'était encore sûr, même au moment de plonger la cuillère dans la cassole pour se servir. Honorine, avec l'expérience de toutes ces années, avait acquis des réflexes extraordinaires et le moindre pas dans le couloir suffisait à faire disparaître si vite toupin ou cocotte, que le bras en restait en l'air tout bête. Elle battait ses propres records d'efficacité.

L'été, souvent frustré dans son appétit, le bourdonnement des repus d'à côté l'endormait sur sa *Dépêche de Toulouse* que dirigeait désormais son condisciple Maurice Sarraut. Il lui avait rendu visite à Toulouse au journal, revoyait son visage à travers ses éditoriaux, lui gardait toute son estime, alors qu'il se montrait réservé envers son frère député et souvent ministre.

« Va te coucher, va. »

Il s'éloignait du bourdonnement et de la tentation de torcher les restes d'un plat, pour retrouver la vibration des mouches dans la chambre aux volets coincés sur un rai de poussière de soleil qui les affolait. Il se déshabillait en partie, s'allongeait dans un bien-être ravi. Parfois Honorine remontait, mais le plus souvent, elle sommeillait dans un fauteuil proche de la fenêtre, espérant peut-être quelque client de dernière heure, jamais fatiguée dans sa tâche d'hôtelière. Les dîneurs sortaient dans la fournaise de la route encaissée entre les maisons, ne sachant où aller avec cette sieste qui ensevelissait tous les villages dans la même torpeur durant au moins trois heures. La salle de café offrait sa fraîcheur mais Castule et Lucie, montés dans leur chambre, ne servaient pas. Les habitués insomniaques attendaient, accoudés aux tables de marbre qui à chaque fête de novembre s'enrichissaient de nouveaux prénoms gravés au couteau, sans parler des cœurs. Le cliquetis du rideau de perles participait à cette petite mort provisoire. On aurait fait cuire un œuf sur les dalles bleutées du perron.

Puis revenaient toujours les périodes de sulfatage après un coup de marin et Planou transportait des comportes d'eau dans les vignes, se levait à la nuit pour partir avec la sulfateuse sur le dos, sans oublier l'étui en cuir contenant son déjeuner qu'il fallait avaler les mains vertes de cuivre et dans la gorge, un goût de métal. Il revenait souvent pour le réveil des siens, pour le café frais. Jules, au service du cousin Alcide, ne rentrait qu'à midi, n'ayant plus une goutte d'eau dans le corps, mais au lieu de siestes solides filait bouscasser, souvent à la rivière, jusqu'à ce qu'on prévienne les Pla que Lucie, la fille des boulangers, aimait aussi patauger dans l'eau des mêmes recoins.

Le train, les automobiles et jusqu'aux pétrolettes ramenaient les voyageurs chez eux chaque soir si bien que les chambres restaient vides, mais à midi on faisait plus que le plein et il fallait vite libérer la cuisine pour caser quelques affamés de passage.

L'été on veillait sur le perron, les marches de l'église, le pont de Cascastel et parfois jusqu'à la fraîcheur de minuit. Au café s'obstinaient les manilleurs, quelques jeunes amateurs de petits verres. Des groupes passaient et repassaient devant l'hôtel, finissaient par s'arrêter pour discuter, admirer Planou qui traquait les scorpions sortant des fentes de la façade et les déposait au creux de sa main pour effrayer les dames. Honorine le grondait à mi-voix, plus jalouse de son succès que véritablement inquiète. Il avait été déjà piqué deux fois et, comme la tradition voulait que la troisième fût mortelle, il y avait chez les gens une sorte d'attente trouble qui révoltait Jeanne. Plus tard, elle se demanda si lui-même n'attendait pas cette ultime attaque de l'animal qui, le dard en spirale, tournait dans sa main.

Ceux qui sulfataient essayaient de se coucher aussitôt que le permettait la fournaise des chambres, certains tiraient même des paillasses dans leur cave et une année beaucoup couchèrent près de la rivière. Jules, avec la jeunesse, rôdait de la gare à la cascade, là où la dernière lampe publique laissait place à la nuit. Quand son groupe rentrait, on le reconnaissait aux sifflotements du garçon.

« Tu ressembles à un innocent à force de faire le cul de poule », lui disait Planou que ce sifflement perpétuel agaçait.

Jeanne et Marcelle faisaient partie de ce groupe, mais la cadette prenait parfois ses distances, pleine de réticences quand par hasard un garçon marchait à ses côtés. Elle rentrait, alors, s'asseyait dans l'ombre du couloir, attristant Planou tandis qu'Honorine disait que c'était l'attitude d'une fille convenable.

A cause des sulfatages et de cette chaleur qui ne s'atténuait jamais de la nuit, Planou préférait l'hiver, les fins d'automne, quand la vendange mise en foudres, on pouvait choisir librement son travail, aller couper du bois, faire un premier labour, apporter le fumier en bordure des vignes, rien de bien urgent, toutes choses pouvant se remettre à plus tard si le temps menaçait ou si les reins tracassaient un brin. Six bons mois en perspective de nuits longues, et même le train avait beau siffler dès cinq heures trente, il ne faisait qu'annoncer un sursis de deux bonnes heures.

Le froid venait avec de longues périodes d'hibernation pour l'hôtel. Les commis-voyageurs se faisaient plus rares, attendaient que le vin fût vendu. On avait déjà bien entamé les économies avec les vendanges, et les trois jours de fête du 29 novembre et la Noël achevaient de vider le porte-monnaie. Le café lui-même entrait dans une somnolence qui permettait à Castule de partir chasser les tourdes. Jules en ramenait des brochettes, fabriquant des pièges avec un rien, un fil de cuivre oublié par les électriciens, quelques sarments de vignes.

Sagement, Honorine s'en tenait au cassoulet, qui ne pouvait que se bonifier de réchauffages multiples, et ceux qui s'égaraient jusqu'à la salle pouvaient s'empiffrer pour un prix ridicule, heureuse qu'elle était d'en finir avec sa grande cassole pleine.

L'heureux temps avec ces trois jours de fête que l'on pouvait s'offrir grâce à un vin bien vendu ! Les robes des deux filles, le costume de Jules venaient de Narbonne. Jules qui dansait peut-être trop souvent avec la petite Lucie des Fabre, les boulangers. Les deux familles tremblaient un peu sans oser se fâcher de cette amourette d'une gamine et d'un garçon estimé, encore que très insouciant.

Comme la tante Muda, Honorine entassait l'été dans ses placards mais une partie était réservée aux fêtes. Planou tuait le premier cochon avant la Toussaint et était devenu si habile qu'on le réclamait dans toutes les familles pour ce sacrifice. Honorine engraissait ses volailles, répétait un mois à l'avance à Jules qu'il lui faudrait lapins, lièvres et perdrix à défaut des derniers perdreaux.

Jeanne dansait les trois jours sans jamais avouer la moindre fatigue, alors que la cadette finissait par rentrer toujours trop tôt, attendant qu'on ressoupète, seule au coin du feu, plongée dans *le Forgeron de la Part Dieu*, *La Porteuse de pain* ou *Roger la Honte*. Jeanne de tous les danseurs, de tous les sourires, Jeanne toujours prête pour une valse ou un quadrille, suivant l'escargot sans jamais s'essouffler, Jeanne couvée par le regard plissé de Planou qui se demandait lequel parmi tous ces garçons empressés serait un jour choisi.

Depuis quelque temps un trafic aimable de cartes postales s'établissait entre la famille Pla et des correspondants dispersés dans toute la France, mais c'était Jeanne qui en recevait la plus grosse part, deux à trois par jour. Cartes postales d'une ville, d'un quartier, d'un monument, mais aussi plus ambiguës avec de petits poèmes amoureux, des angelots joufflus, fessus, pointant leur arc, plantureuses femmes en extase, levant les yeux vers le visage de l'aimé flottant dans un nuage ou créatures languides aux voiles révélateurs, étendues sur des sofas. Tout un art naïf gonflait chaque matin le courrier de la petite poste, tout le village recevant une part de cette fantaisie nouvelle. Jeanne pouvait choisir celles qui pourraient être montrées à la famille, celles qui resteraient dans son sac. Même pour un petit voyage on envoyait une carte, et Adrienne, l'amie de Jeanne, lui écrivait tous les jours, comme les garçons accomplissant leur service militaire qui se rattachaient ainsi non seulement au souvenir d'unc jolie fille, mais à celui du village tout entier dont ils se sentaient exilés pour des mois. L'un d'eux amusait parce qu'il commençait la sienne toujours de la même façon: « Je vous annoncerai aussi... » On n'attendait de ces bristols illustrés que des nouvelles ordinaires, joyeuses, coquines, sans grande importance, mais durant la guerre les badinages cachèrent souvent mal les peurs, les larmes et la souffrance, tandis qu'au recto s'affichaient des héroïsmes patriotiques glacés.

C'était un véritable engouement qui atteignait chacun, même ceux qui ne savaient ni lire ni écrire. Castule éditait les siennes, avec des vues de son café, de la gare, du village, comme l'épicière. Ils s'entendaient avec un photographe de Narbonne ou de Carcassonne, n'hésitant pas à passer commande de centaines de cartes qui se revendaient en quelques mois.

Honorine y songea aussi et un jour un photographe vint prendre un cliché de l'hôtel. Toute la famille se rassembla sur le perron et quelques voisins se joignirent à eux. L'un d'eux, installé confortablement sur deux chaises en travers des rails, se contenta de tourner la tête vers l'objectif. Tout au fond, Planou, avec sa casquette, s'appuya à la rampe tandis qu'Honorine, comme pour mieux faire corps avec son cher hôtel, choisit l'embrasure. Marcelle se plaça devant son père, Jules entre eux deux et Jeanne descendit quelques marches. Dans la rue, on reconnaissait une amie de la famille, Constance avec Andrée, son bébé dans les bras, à ses côtés son mari qui serait tué au front en septembre 1914, troisième mort du village qui en compterait treize. On était en été, les arbres le prouvaient de leur feuillage épais, les damcs s'étaient faites belles avec leurs robes claires à volants et guipures. Planou avait noué une cravate pour atténuer le laisser-aller de son gilet ouvert sur la « faisso », la large ceinture noire enroulée plusieurs fois à la taille.

La carte postale se compliqua très vite d'ingéniosité, de maniérisme. Un cœur de velours rose s'ouvrait sur la photographie d'un amoureux transi ou sur quelques vers intimes. Certaines se parfumaient de violette, de muguet ou d'œillet. On en fabriquait à partir de l'écorce fragile d'un bouleau, d'un carré de liège, d'une dentelle empesée, voire d'un ruban tricolore raidi sur lequel s'imprimaient des slogans revanchards.

Combien de vues de leur petit village les mobilisés de Villeneuve reçurent-ils ? Dans quelles tranchées boueuses, au milieu de quel abominable et sanglant désordre contemplèrent-ils la gare minuscule avec ses demi-muids sagement alignés, le café Bringuier ou la vue générale avec les vieux moulins sans ailes, deux tours bien dérisoires pour des hommes qui vivaient un enfer dans le dédale des fortifications de terre.

Les deux filles passèrent une semaine à Toulouse avec leur père qui les mena dans les grands magasins, aux spectacles, au café-concert. Ils visitèrent des musées, *la Dépêche de Toulouse*, déjeunèrent dans des restaurants que Jeanne et Marcelle trouvaient d'un luxe fou, comparés à leur petite salle à manger où s'entassaient les commis-voyageurs.

En ce tcmps-là, les rentrées d'argent penchaient en faveur de Planou avec le vin qui se vendait bien. A ses vignes il ajoutait celles du beau-père qui lui laissait la moitié de la récolte. Les Raynaud vieillissaient tranquillement dans leur maisonnette et Eulalie, encore dégourdie, venait aider Honorine à la cuisine, invitait tout son monde le plus souvent possible. Ceux de Saint-Jean arrivaient en voiture à cheval et leur fille Isaure restait souvent avec ses cousines, reprenait son train pour Durban où son père allait la chercher. Les Mestre venaient pour les fêtes mais les deuils les frappaient eux aussi et les obligeaient à fuir les réjouissances. Planou et les siens allaient les voir régulièrement. Un jour de printemps, en 1912, Gaston Mestre vint chercher des plants et, avant de dîner, proposa à Planou d'aller boire quelque chose au café. Lui prit un quinquina, Planou son éternelle limonade.

— Tu te souviens de Ravanel?

— Je n'avais que quatre ans à cette époque.

— Je pensais que tu te souviendrais de lui. Ce fut un moment important pour ta famille et la mienne.

— J'ai les souvenirs des autres.

— Il ne serait pas mort au bagne de Nouvelle-Calédonie, se serait évadé, aurait rejoint l'Australie. On l'a considéré comme officiellement mort, mais il aurait fait fortune dans ce grand pays.

— Un continent, fit Planou rêveur, une île grande comme quinze fois la France. Mais comment le sais-tu? Il a écrit à ton père Raymond?

Raymond, celui qu'Antoine Pla avait caché et recueilli avec l'ouvrier parisien, restait gaillard à soixante-cinq ans.

— Un jour, il coupait des branches d'amandier pour le cheval qui n'avait que du sec à manger, lorsqu'une automobile s'est arrêtée juste en bas de Montgaillard. Il en est descendu un homme jeune, très élégant... Mais pas un Français, même s'il parlait notre langue, et il a demandé à mon père s'il connaissait Raymond Mestre... Tu parles d'une coïncidence? Papa se méfiait et puis il a fini par dire qu'il était Raymond Mestre. L'autre a cru qu'il blaguait, a insisté: « Vous dites que vous êtes Raymond Mestre? Vous étiez dans quel régiment en 1870? » Tu connais mon père, courtois mais jusqu'à un certain point. Il hausse les épaules et lui tourne le dos, continue à couper des rameaux d'amandier à coups de sécateur. Et l'autre dans son dos de dire: « Aux tirailleurs algériens dans la débâcle de Sedan. »

Et voilà que Planou revivait cette fameuse veillée où son père avait lu la lettre d'un officier de Sedan, respirait l'odeur des lanternes sourdes, revoyait les gros souliers, les bottines du curé.

— Mon père lui répond: « Et quand cela serait? » L'autre a souri et lui a dit qu'il avait le bonjour d'un ami à lui donner. Mon père pensait à des tas de gens, pas à Ravanel. Il avait d'autres bons amis dans ce régiment, qu'il avait perdus de vue. « Ravanel. André Ravanel, prononce l'inconnu. Il élève des moutons en Australie et il possède des milliers d'hectares. Il dit toujours qu'il reviendra faire un séjour en France mais n'en trouve jamais le temps. »

Tous deux, baignés depuis toujours dans les récits de leurs

pères, en avaient la chair de poule, même Gaston qui l'avait déjà entendue plusieurs fois, cette histoire.

— Et alors?

— Rien, le type s'est dirigé vers la grosse Peugeot et a mis le moteur en route. Sans entendre mon père qui lui disait de venir à la maison, boire, manger, coucher, discuter, mais il est parti comme ça Tu connais le comportement flegmatique de cette sorte d'hommes.

Planou ne pouvait même pas avaler sa limonade, se souvenant du cœur gravé dans le plancher de l'écurie, les deux prénoms sous le foin, André et Jeanne.

— Mon père, désormais, croit que ce type lui ressemblait.

— A qui? fit Planou qui ne pouvait même pas réfléchir.

— A Ravanel André, l'ouvrier couvreur de Paris. Mais c'est après qu'il a établi la comparaison, trop tard.

— Ce serait son fils?

— Qui sait?

Planou n'en parla que plus tard au moment de la guerre, quand *la Dépêche* publia un article sur les Australiens qui venaient combattre les Allemands.

Pendant plusieurs semaines, un couple de jeunes mariés de Villeneuve s'installa à l'hôtel dans la chambre de devant, juste au-dessus de la cuisine. Ils étaient gais, oisifs, le jeune garçon attendait de prendre une position et ils se moquaient de l'avenir, disposant de quelques avances. Ce furent des jours et des veillécs constamment drôles. On jouait avec eux, ils se poursuivaient dans les couloirs, les escaliers et jusqu'au grenier, se faisaient des niches et Honorine se déridait, ne se fâchait jamais. Un souffle allègre, tendre et moderne traversa leur vie, au point que Planou en renonçait à son dîner à Rec Dal Four pour le plaisir de retrouver sa maison transformée, sa femme ne sachant qu'inventer en petits plats pour enrichir à sa façon cette fête quotidienne. On laissa fricot et ragoût pour « à côté » et on licha des pommes de terre farcies, des perdreaux ou des saucisses à la catalane, des lices, ces mulets de haute mer, grillées avec une sauce aux herbes, des ris de veau, des cervelles, des flans, des gâteaux de riz, de semoule, des tartes maisons. Les Pla en restaient muets de surprise quand ils passaient à table, n'osant se servir avant les « novi » qui, eux, ne songeaient qu'à se bécoter ou se chatouiller. Jeanne, songeuse, découvrait l'intimité d'un couple, surprenait des caresses qui, bien que discrètes, la troublaient, des regards prometteurs, des provocations qui faisaient frémir celui qui en était l'objet. Elle approchait de ses vingt ans et ne se décidait pas à porter son dévolu sur ces garçons qui espéraient tous un jour attirer son attention. Alors Planou se couchait, mélancolique, sachant qu'elle finirait par les quitter et que l'élu ne serait pas de Villeneuve. Puis ce serait le tour de Jules, de Marcelle et la maison ne serait jamais plus qu'une longue attente que les voyageurs les plus agréables ne combleraient pas.

On assassina Jaurès alors que la guerre menaçait, et ce meurtre lui donna comme un remords d'avoir manqué d'audace, de s'être satisfait d'un modèle de république trop bourgeoise.

CHAPITRE XXX

Le soldat d'une nuit de neige, les suspicions

Tout de suite, Planou décida que pour toute la durée de la guerre il ne s'attarderait plus paresseusement dans son lit à attendre son café. Dès le 4 août, il se leva à l'aube, surprenant Honorine qui, sachant la période des sulfatages finie, lui demanda s'il avait la colique, et descendait à l'écurie.

— C'est la guerre, dit-il.

— Mais pas ici chez nous, là-bas, loin.

Parce que celle de soixante-dix n'avait pas provoqué de gros bouleversements dans les souvenirs de ses parents, elle s'imaginait qu'il en serait de même pour cette nouvelle stupidité des hommes. Dans son bon sens quotidien, elle ajouta même qu'on devait laisser ces gens du Nord s'étriper entre eux, maintenant qu'ils n'avaient plus d'innocents vignerons à massacrer dans le Midi.

— C'est l'Allemagne qui a déclaré la guerre, pas nous, tenta-t-il d'expliquer, mais elle se retourna sur le côté gauche pour se rendormir.

Les trois enfants se trouvaient dans la cuisine, chuchotant d'un air grave tandis que dans une grande casserole bouillait l'eau du café avec le marc de la veille.

— Il y a déjà du monde au Christ, dit Planou.

Du perron, Planou compta la quasi-totalité des hommes du village, y compris les gamins, réunis sur la place du Christ. Il but rapidement son café pour les rejoindre. La veille, on avait sonné le tocsin durant des heures et les bergers avaient ramené les troupeaux dans les bergeries du village, si bien que l'odeur dominante de cette première journée de guerre était celle du suint. Au premier train de cinq heures vingt-cinq, bien des jeunes mobilisés avaient déjà quitté Villeneuve, Tuchan, Cascastel et les autres villages alentour. D'autres embarqueraient pour le convoi de onze heures cinquante.

— Trois mois et c'est terminé. On va leur flanquer une de ces roustes et envoyer Guillaume au bagne de Cayenne.

Deux heures avant le départ, on accompagnait les enfants du pays à la gare. L'un d'eux avait un drapeau qu'il agitait, comme s'ils allaient passer le conseil de révision à Durban. Il y avait d'autres drapeaux, d'autres vociférations, des inscriptions sur le wagon lorsque le tortillard descendit du col d'Extrême. On avait croisé deux drapeaux sous la lanterne de la Corpet qui n'arrêtait pas de siffler depuis la route d'Embrès, gaspillant sa vapeur au nom de la patrie. Des femmes de Tuchan avaient même encadré de lauriers les fenêtres, anticipant la victoire.

L'euphorie fut entretenue de longs mois par tous les journaux, y compris *la Dépêche*. À les en croire, les succès s'accumulaient chaque jour et l'invasion de la Belgique, en violation de sa neutralité, se révélait une bonne chose puisque l'Angleterre venait de déclarer la guerre aux Boches. L'Angleterre c'était tout de même un empire ; des Indiens coupeurs de têtes, des Africains cannibales, ces Canadiens tous Français d'origine et ces Australiens habitués aux sauvageries de leur immense pays, tout ça n'allait faire qu'une bouchée de ces Prussiens et compagnie.

Les Australiens ! Planou, dès qu'ils débarquèrent, essaya d'avoir le plus de précisions sur eux, leur position, leur bravoure, leurs actions d'éclat. Il imaginait déjà que le fils Ravanel appartenait à l'un des contingents se battant sur le sol français et qu'à la première permission, il viendrait tout naturellement chez lui, ne pouvant qu'avoir envie de connaître des gens qui avaient hébergé son père en fuite.

Et ce fut le premier mort de Villeneuve. Le capitaine Pierre Cassignol, tué le 19 août 1914, quelques jours après l'entrée en guerre. Quelques-uns essayèrent bien de dire qu'il était normal qu'un officier disparaisse, puisqu'il avait choisi de donner l'exemple, mais ce fut la fin brutale des illusions.

On n'osa pas trop, puisque c'était une des anciennes et riches familles qui se trouvait meurtrie, abuser des visites, mais on se rendit à l'église pour prier et ce premier deuil voila désormais de pessimisme toutes les conversations.

On apprenait que les ennemis menaçaient Paris directement et que les réfugiés affluaient de toutes parts. Les troupes françaises, alliées, reculaient, alors que les journaux faisaient toujours dans le triomphalisme. Les commis-voyageurs, non mobilisables parce que trop âgés, qui remplaçaient les habituels, venaient de Paris, de villes occupées déjà par les Allemands, comme celui-ci qui avait dû quitter Lille précipitamment avec sa femme et ses petits-enfants pour se réfugier à Lyon.

— S'ils ne les arrêtent pas bientôt, toute la France sera conquise. Ce sera pire qu'à Sedan et cette fois, ils ne vous épargneront pas, même ici.

Avec les mauvaises nouvelles du front, les terreurs collectives, les soupçons, les fausses informations, les prémonitions rampèrent dans le village, dans tous les villages. Chacun et chacune y allaient de leur prophétie, disant qu'ils avaient entendu leur fils, leur frère, leur mari crier au secours. Planou essayait d'exhorter tout le monde à plus de sang-froid mais, curieusement, la réalité confirmait ces pressentiments. Certains soirs de la fin d'août, le ciel s'ensanglantait au couchant comme jamais il ne l'avait fait, et chacun de murmurer qu'une grande bataille épouvantable devait se dérouler là-bas. De subites alarmes jetaient une femme dans l'église où elle se mettait à sonner le tocsin pour faire accourir les gens et prier en commun, afin d'exorciser les craintes, le mal personnifié par le Kaiser.

Dès la première victime, le maire revêtit son écharpe tricolore. Ce télégramme, Jeanne fut heureuse qu'il fût arrivé en dehors de sa vacation. Quelques habitants surpris avaient suivi le maire jusqu'au domicile de la famille, et peu après les fenêtres se fermèrent en signe de deuil.

La guerre frappa directement en face de l'hôtel, chez les bourreliers, et au moment de la bataille de la Marne qui angoissait le monde entier. Un fils. On décida qu'on irait veiller, veiller un mort qui était enseveli ailleurs, dont on ne savait pas grand-chose pour l'instant. On se réunirait avec plus de gravité que de coutume et sans chercher à profiter du café, du grenache, des petits gâteaux secs, encore moins du casse-croûte dans la nuit. Ces sanglots perdus quelque part dans une maison vide de cadavre impressionnaient ceux qui venaient en silence s'asseoir, un peu n'importe où, sans savoir où s'installer pour manifester un plus grand respect à ce malheur. On voyait une mère, un père, une sœur aller et venir, désemparés comme s'ils cherchaient l'être cher dans sa chambre, la cuisine et encore dans une autre chambre, s'arrêter devant un groupe avec une interrogation muette dans les yeux à laquelle nul ne pouvait répondre. On laissait couler ses propres larmes car presque tous avaient quelqu'un là-bas en grand danger.

Honorine, offusquée contre sa propre désinvolture des premiers jours, découvrait que c'était cette même guerre si lointaine qui pouvait atteindre le petit village malgré les mille kilomètres qui le séparaient des tueries et, lorsque Jules fut déclaré bon pour le service, elle aussi refusa de rester douillettement dans son lit et se leva en même temps que son mari.

La bataille de la Marne, commencée le 5 septembre 1914, s'acheva le 12 du même mois dans un repli général de l'ennemi. Les noms des battus, von Kluck et von Bülow, ne connurent pas la même célébrité goguenarde, la mémoire collective ne retenant surtout que le nom de von Kluck et il arriva, dix ans plus tard, qu'à bout d'injures, on se traitât péremptoirement de sale voncluc. Les journaux annoncèrent avec emphase cette victoire, laissant entendre que l'ennemi à bout de souffle n'en avait plus pour longtemps, et que les trois mois annoncés seraient respectés pour obtenir une reddition sans condition. On ne savait pas alors que la guerre allait s'enterrer pour quatre années encore.

Ce qu'on retint de cette victoire de la Marne, ce furent les images de *l'Illustration*, qu'on se passait de maison en maison, sur le rôle des taxis de Paris réquisitionnés par le général Gallieni pour transporter soixante mille hommes sur le champ de bataille, toute la garnison de Paris. Dès lors, l'automobile se trouva consacrée définitivement et le petit train des Corbières, si longtemps attendu à la fin du siècle dernier, devint vraiment un tortillard un peu ridicule. De cette bataille data sa défaveur, qui ne fit que s'accroître après l'armistice. Même les automotrices à essence mises en service en 1924, le service mixte route-fer en 1930, ne purent enrayer sa disgrâce qu'il traîna jusqu'à la fermeture définitive de la ligne en 1932. Ce mot de taxi devint magique et le premier qui amena des clients de Narbonne fut entouré par une foule admirative et pleine d'une déférence qui, après avoir quelque peu inquiété le chauffeur, le rendit fier d'être, malgré son âge, le représentant d'un corps de métier capable d'exploits guerriers uniques au monde.

Et ce fut le troisième mort, un voisin, un ami, Édouard Mieille. Il habitait à côté du café, en face de l'épicerie, et laissait une femme, Constance, et la petite Andrée. On avait cru après cette victoire de la Marne que les soldats se trouvaient moins exposés, que les activités meurtrières s'étaient bien ralenties. Or, Édouard avait été frappé le 25 septembre. On alla veiller auprès d'une famille éperdue, incapable de réaliser que la mort, c'était cette lettre officielle, l'écharpe du maire, le glas à l'église, tout le village solidaire et en larmes.

Malgré tout, on s'installait dans une certaine routine dont les émotions, les craintes, les espoirs formaient les points forts, on finissait par admettre que le conflit pourrait bien dépasser les trois mois, durer. Depuis la Marne on piétinait, on s'enlisait dans quelques mètres de terrain qu'on abandonnait le lendemain.

Le sucre manquait sévèrement et la saccharine faisant grimacer Planou, il se laissa convaincre d'en acheter au marché noir, à des forains, qui se le procuraient en Espagne. Les contrebandiers en passaient des caisses de pains à dos de mulet. La ruine des betteraviers stoppait net la fraude sur le vin et les besoins de l'armée ne se contentaient pas des réquisitions. Les cours s'envolaient. On avait des malheurs, on craignait pour les siens mais on gagnait un peu plus d'argent que d'habitude sans même trop y faire attention. Le pain manquait également et malgré le rationnement, la farine n'arrivait pas régulièrement dans les Corbières. Il fallut pétrir à nouveau, réanimer les vieux fours. Joseph accepta que Planou vienne faire cuire sa pâte, mais Honorine n'avait pas le tour de main de la tante Muda.

L'électricité parfois coupée pour de longs jours, faute de matériel, de personnel, d'huile de graissage, disait-on, et de charbon pour les centrales de secours, on moula des chandelles de cire, car évidemment les bougies se faisaient rares chez Anna. Le moule en fer avait disparu et on se servait des bons vieux roseaux, de la partie entre deux nœuds. Les chandelles furent superbes et on put en échanger contre du sucre et du pain. L'hôtel bénéficiait d'allocations supplémentaires de bons d'alimentation et il n'y avait jamais eu autant de clients.

Une famille de Cambrai prit pension dans la chambre à l'est, la plus grande. Un couple d'une quarantaine d'années, avec un petit garçon de dix ans qui allait à l'école du village et se faisait évidemment traiter de « Parigot tête de veau », bien qu'il n'ait pas son pareil aux billes. Les Meyer étaient de braves commerçants ayant tout perdu dans l'invasion. Lui souffrait d'asthme et on leur avait conseillé le Midi. Ils avaient des connaissances à Cascastel qui leur avaient recommandé ce petit hôtel familial où ils pourraient, en attendant l'avenir, se reposer.

Ce nom de Meyer déplaisait dans le village. Les gendarmes, par deux fois, avaient vérifié les papiers du couple sans trouver quoi que ce soit, mais la rumeur s'amplifiait, les accusant d'être des espions et on commençait à battre froid aux Pla.

— Mais que viendraient-ils espionner à mille kilomètres?

— La mine, le chemin de fer...

On avait ouvert la mine de Pech de Grille. Il y travaillait juste un contremaître et quelques ouvriers âgés qui essayaient d'extraire un peu de minerai pauvre que des bennes, coulissant sur un câble d'acier, descendaient jusqu'à un wagon-tombereau qui s'emplissait lentement.

Planou en riait dans ses moustaches. Et voilà qu'on apprenait qu'ils étaient juifs.

— Des apatrides, murmuraient les toujours coriaces ennemis de Dreyfus, qui excitaient les gens dans l'espoir d'en faire pâlir la République.

Les Meyer, discrets et fatigués, ne se montraient guère, sortaient pour aller chercher leur garçonnet à l'école où il avait le tort de se montrer brillant.

Lorsque la neige tomba au début de l'année 1915, on pensa aux soldats qui devaient geler dans leurs tranchées. On tricotait pour eux des chaussettes, des passe-montagnes dont le modèle avait été proposé par plusieurs journaux de mode, des gants. On tricotait aussi pour le voisin, on envoyait des colis à tous ceux qui souffraient de faim là-haut et surtout on écrivait. Parfois, Jeanne achetait douze cartes postales d'un coup et allait les poster le jour même, une pour chacun de ses cavaliers des temps heureux. Ils répondaient, émus qu'on pense encore à eux.

Justin, le mari d'Éva, avait été mobilisé lui aussi et elle venait souvent passer l'après-midi avec Jeanne, attendant que le petit Jean sorte de l'école. Il faisait très froid et une fois de plus le train de neuf heures dix ne put franchir le col d'Extrême, ses roues patinant. Il redescendit en gare de Villeneuve. Les quelques voyageurs trouvèrent à se loger chez des amis et un soldat permissionnaire frappa timidement à l'hôtel.

Par ces temps d'hiver et d'inquiétude permanente, on s'enfermait tôt pour la nuit, peut-être à cause des contrebandiers et des trafiquants de toute sorte qui, disait-on, erraient dans le coin, peut-être pour mieux se resserrer dans un endroit chaud, entre vivants. Planou alla ouvrir et vit le garçon en uniforme bleu horizon :

— Je suis de Padern. Le train n'a pu monter... Je ne connais personne ici et le café est fermé. Vous n'auriez pas un coin de paille, un bout de pain et quelque chose à boire pour vingt sous ?

Une barbe noire lui mangeait le visage, ne laissant qu'une double trouée pour les yeux fiévreux, fatigués et une fente pour la bouche désabusée, tremblante.

— Entre, petit...

Le garçon secoua la tête : « *Soy plèn de pezouls*... Je suis plein de poux » et puis « *Boli pa infestar l'oustal*, je ne veux pas infester la maison. »

— Reste dans le couloir un moment.

Honorine tricotait des chaussettes auprès du feu en discutant avec Mme Meyer qui faisait de la dentelle. Jules réparait des pièges à tourdes, Jeanne aidait le petit Meyer dans ses devoirs. Marcelle venait de se coucher ainsi que M. Meyer qui couvait la grippe.

Après avoir jeté un long regard au poilu, Honorine alla chercher un grand chaudron qu'elle fit emplir d'eau. Comme il avait vidé les cruchons, Jules retourna en chercher, pour la première fois depuis des années. Planou trouva dans l'armoire un vieux caleçon long, une chemise en flanelle, un pantalon et une couverture.

— Déshabille-toi ici. Je reviens.

Il avait tendu la couverture en travers du couloir pour épargner la pudeur de l'inconnu. Il rapporta la grande bassine de zinc dans laquelle on faisait tremper le linge avant de le mettre en chaudière, et la plaça devant le feu. Jules et lui la remplirent. Les dames et l'enfant passèrent à côté. Honorine se souvint d'un flacon de produit contre les poux et le signala à Planou.

Pendant que le garçon prenait son bain, Planou descendit à l'écurie par la trappe et l'escalier intérieur, commença de remplir la chaudière a lessive à coups de pelle de neige. Il alluma un grand feu dessous qui alerta les bourreliers en face. Planou remonta jusqu'à la route pour leur expliquer de quoi il s'agissait et l'homme, qui avait perdu son fils à la guerre, descendit l'aider, apporta de l'alcool qu'ils jetèrent dans le feu pour activer le chauffage.

— Je vais faire la lessive de ses habits militaires.

— Ça ne séchera jamais.

— Je ferai du feu toute la nuit dans la cuisine s'il le faut.

Là-haut, le soldat venait de se rhabiller. Il avait taillé sa barbe, ses cheveux, s'était rasé et on avait tout jeté dans le feu. Honorine passait le peigne fin dans ce qui restait de poils sur sa tête et secouait sa récolte au-dessus d'une bassine d'eau. Marcelle, apeurée, descendit et se rendit utile en faisant réchauffer un reste de soupe et de civet.

On le coucha dans la chambre inoccupée et Planou veilla effectivement toute la nuit pour entretenir le feu et retourner les vêtements pendus devant. À quatre heures, Honorine vint mettre ses fers et le repassage acheva de chasser les dernières traces d'humidité.

Planou le réveilla à huit heures.

— Le café t'attend et tu peux manger ce que tu veux. Il y a un train pour Tuchan à neuf heures quarante. Ce matin celui de cinq heures trente a pu passer. Qui es-tu ?

La veille, on ne lui avait rien demandé parce qu'il y avait plus urgent à faire. Parce qu'on respectait celui qui arrivait de là-haut aussi misérable, épuisé. Il avait quinze jours de permission et une neige stupide le paralysait dans les derniers kilomètres, lui qui avait réchappé à des mois de batailles meurtrières, traversé toute la France en deux jours.

— Gomez, je suis français car je faisais mon service quand la guerre a éclaté.

— Tu vas où ?

— Chez mon patron... mes parents sont morts... J'ai seulement ce patron. Il est brave.

— C'est qui ?

Planou le connaissait.

— Je suis son domestique depuis l'âge de dix ans. D'abord avec mes parents, puis seul. Il m'aime bien... Je lui ai écrit chaque semaine mais il n'a jamais eu le temps de me répondre. Il est seul avec sa femme pour deux cents hectos, de la luzerne et un demi-troupeau.

On l'avait épouillé au mieux : Planou lui demanda s'il avait mis du produit antipoux entre ses cuisses. Il dit qu'il y avait pensé.

— La musette est garnie, dit Honorine.

— Voici dix francs, ajouta Planou. Maintenant je t'accompagne à la gare.

Le lendemain, il faisait toujours aussi froid et Planou, le premier levé désormais, ouvrit la porte pour voir s'il devait pelleter la neige de la nuit. Le soldat de Padern était là qui attendait avec sa capote et son barda :

— *En t'e bas?*

— Je viens vous dire au revoir, je retourne là-haut.

— Et ton patron ?

Il le fit entrer, prépara le café, sortit le pâté, la saucisse sèche, le boudin, du pain, du vin.

— Je ne suis pas venu pour ça, dit Gomez restant debout. Juste pour vous dire au revoir. Je prends le train d'onze heures et demie.

— Bois et mange. Ton patron, alors ?

— Il a fait venir un autre couple d'Espagnols et ils occupent mon logement, pardi. Il a bien voulu que je passe la nuit au fenil, mais j'ai vu que ça gênait la patronne, alors je repars. Il y a des foyers à Paris pour des gens sans famille comme moi.

Honorine s'était levée, commençait à hacher quelque chose sur la fameuse planche, écoutait sans rien dire. Quand Planou alla dans la souillarde, elle l'y suivit :

— Il pourrait rester ici pour ce temps... À Paris, il va traîner dans les mauvais lieux, boire...

— J'y pensais.

Mais Gomez refusa. Il souriait gentiment, regardait autour de lui, le feu sur les chenets en cuivre, l'horloge ancienne, le vaisselier, la grand-mère Eulalie avec sa coiffe de dentelle qui venait faire sa visite grâce à la porte de communication :

— S'ils vous le disent, c'est de bon cœur, fit-elle souriante.

Mais il n'accepta que quelques provisions de route, une bouteille de vin, donna son secteur postal à Jeanne mais lui dit qu'il ne savait ni lire ni écrire. Il embrassa tout le monde :

— Quand je reviendrai... Je vous rendrai visite et peut-être que je trouverai à me placer ici... ou à Durban. Si les gens sont comme vous, ça me conviendra bien.

À la gare, il embrassa Planou et monta dans son wagon. Il ne revint jamais et nul ne sut ce qu'il était devenu. On le porta simplement disparu en Champagne. À l'époque, les Allemands utilisaient des gaz depuis le mois d'avril. Jeanne envoya des cartes mais ne reçut jamais une réponse.

Un jour de printemps, au moment où Planou attelait le cheval de son frère, Castule du café l'appela et, quand il fut entré, referma à clé :

— Le jus est frais. Viens en boire une tasse.

— C'est déjà fait, dit Planou perplexe.

— Bah, une de plus ne fait pas de mal...

Ils s'installèrent à une table de marbre, dans la salle vide qui sentait la bière et l'absinthe.

— Jules n'est pas encore parti ?

— Il ne va pas tarder. Il travaille toujours pour Alcide.

— Alors, viens.

Ils grimpèrent dans la salle de bal où Castule entrouvrit les volets.

— Tu vas voir.

Il n'eut pas besoin de regarder. Sifflant *la Valse des patineurs*, Jules sortait de l'hôtel, gai comme un pinson. Castule le désigna de son pouce renversé :

— Tu l'entends ?

— Je le lui dis tous les jours.

— Ça marque mal... Ça marque mal pour ceux qui ont perdu quelqu'un et ceux qui sont sans nouvelles et qui sont dans le souci. Ça marque mal pour le village et le soir, à la manille, je n'arrive pas à expliquer que c'est un brave « maïnatche » qui ne le fait pas exprès.

— C'est un distrait.

Désormais, il le surveilla et l'obligea à se taire. Déjà qu'avec les Meyer, on faisait causer...

Et puis on commença d'écrire sur les zeppelins, de parler de ces ballons dirigeables qui allaient bombarder les villes françaises et anglaises, même celles qui s'estimaient à l'abri. On racontait n'importe quoi, qu'ils pourraient même traverser la France pour aller rejoindre les sous-marins en Méditerranée. On mélangeait renseignements scientifiques et histoires romancées du bazar qui vendait chaque mois des dizaines de fascicules exaltant l'héroïsme et le patriotisme à travers des élucubrations ahurissantes.

Voilà qu'on se mit à soupçonner les Meyer d'aller chaque jour se promener jusqu'aux moulins pour faire des signaux aux zeppelins allemands qui volaient si haut qu'on ne pouvait les voir qu'avec des jumelles. Les braves gens avaient des jumelles, et même un appareil photographique à plaques. Ils faisaient semblant de ramasser de la salade sauvage, des asperges ou des petits escargots pour les canards mais en fait travaillaient pour l'ennemi, disait-on.

— Les Allemands construisent un zeppelin chaque jour, et quand ils en auront deux cents, ils débarqueront des milliers d'hommes pour attaquer la France depuis le sud, la couper de l'Espagne et prendre nos armées à revers.

Quelques hommes, une faible minorité cependant, grimpèrent donc aux moulins en ruine pour surveiller les clients de l'hôtel, cherchant en vain quelque matériel dans les ronces, des appareils pour faire des signaux. Cette histoire dura jusqu'à ce que les Meyer trouvent une boutique à acheter à Béziers. On raconta que, sur le point d'être arrêtés, ils avaient fui en Espagne. Jeanne et Marcelle allèrent passer une semaine chez eux, revinrent avec des robes de confection offertes par le couple devenu des amis, mais personne ne voulut ajouter de crédit à leurs récits. Le premier avion aperçu dans le ciel fut aussi qualifié d'appareil ennemi. On alla jusqu'au lynchage dans un village de l'Hérault. Partout, c'était la suspicion.

CHAPITRE XXXI

L'ambulance, les maisons des morts, le récit de Jules

Ce n'était plus une guerre, mais un massacre généralisé de plusieurs générations de jeunes hommes, et même les riches commençaient à dire que les régiments du Midi avaient toujours été en première ligne, l'état-major se vengeant à sa façon des mutineries de 1907. Dans les cantons des Corbières, les maires n'en finissaient pas d'apporter l'horrible nouvelle aux familles et quand celui de Villeneuve traversait la rue, se faisant toujours accompagner du premier adjoint, on se découvrait comme s'il s'agissait du curé apportant l'extrême-onction.

La guerre repoussait vers ces contrées reculées, qui depuis un siècle s'étaient senties à l'abri des barbares du Nord, ce dont elle se débarrassait dans sa fureur sanglante, les réfugiés, les bouches inutiles, les blessés.

Le service de santé militaire, au cours d'une visite au maire, avait décidé d'installer une ambulance sur un terrain juste en face de la poste. Quelques semaines plus tard, deux wagons livrèrent une baraque Andrian démontée. Les spécialistes suivaient en camion Renault et très vite élevèrent ce bâtiment provisoire qui pouvait recevoir une trentaine de lits.

Le maire fit publier qu'il attendait, de la population, un accueil digne des héros mutilés dans leur chair qui débarqueraient tel jour en gare de Villeneuve. Il comptait sur ses concitoyens pour entourer les braves soldats d'attentions amicales, comme s'il s'agissait de leurs propres enfants ou de leurs frères.

À l'hôtel, Honorine ne desserra pas les dents tandis que le garde municipal, après un coup de trompe, lisait, en trébuchant sur chaque mot, l'appel du maire. Elle préparait le sac de son fils qui était à son tour mobilisé. L'avait-on assez maudit pour ses continuels sifflements, sa chance de ne pas être appelé en même temps que ceux de sa classe. Maintenant, ils seraient bien obligés de se taire, mais elle n'en retirait aucune satisfaction préalable. On lui prenait son seul garçon pour l'envoyer dans des endroits dont elle n'aurait jamais soupçonné l'existence, s'il n'y avait eu cette saleté de guerre. Fallait-il aller au secours des gens qui ne pouvaient s'entendre avec leurs voisins ? Qu'auraient-ils dit et fait, tous ces Parisiens, ces habitants du Nord si les Languedociens avaient cherché quelque méchante affaire aux Espagnols ? Je vous le demande. Depuis Napoléon, on n'avait jamais plus eu d'histoires avec eux. Ils venaient même travailler à Villeneuve pour remplacer les enfants qui se faisaient tuer là-haut. Non seulement ceux du Nord prenaient les enfants, mais encore ils privaient les parents de sucre et de pain et d'un tas d'autres choses. En plus cette ambulance, avec ses pauvres estropiés. Ils se débarrassaient des blessés dans un endroit où on ne pourrait les soigner convenablement, les pauvres. Pour ce qu'ils s'y connaissaient, d'ailleurs, les majors de l'armée, toujours prêts à tailler, à couper ! On en avait un dans le coin, d'officier de santé, et on voyait bien de quoi il était capable.

« Et ce sont toujours les nôtres, ceux du Midi, qu'on envoie à la boucherie. Tout le monde le dit. Même les plus riches. »

Tout cela, elle le chuchotait d'une voix terrible, le soir, pour Planou seulement et il ne savait que répondre pour la calmer, la rassurer, alors elle s'emportait :

— Si c'était Jeanne, hein, si c'était Jeanne ta manhague qu'on envoie se faire tuer, lâcha-t-elle avant de lui tourner le dos la veille du départ de Jules.

Il partit et l'on ne sut pas tout de suite où ils l'avaient envoyé, malgré un code préétabli avec sa sœur aînée. Jusqu'à ce qu'on l'expédie à un hôpital de Nîmes pour lui apprendre le métier de brancardier.

Les soi-disant convalescents arrivèrent enfin et tout le village se transporta à la gare. Même les plus riches vinrent en automobile pour transporter ces hommes jusqu'à l'ambulance. Déjà, on avait donné de bon cœur tout ce qu'on avait trouvé de meilleur en cette année 1916, du vin bien sûr, du grenache, de la confiture de ménage, du miel, des pâtes de fruits et aussi du tabac qu'on trouvait à des prix forts avec la farine, l'huile et le sucre.

On attendait des convalescents, mais ce furent des blessés qu'on reçut dans un silence consterné. Certains purent descendre par leurs propres moyens — ceux atteints à la partie supérieure du corps — d'autres s'aidaient de béquilles avec un pied, une jambe en moins. Enfin les autres, posés sur des civières.

Au début, il n'y avait pas de gueules cassées dans ce contingent. On ne voulait pas frapper d'horreur les populations, surtout celles du Midi toujours promptes aux coups de cœur, aux coups de sang. La méfiance régnait toujours envers le Sud et quand ils venaient en permission, très rarement avant 1917, les mobilisés de Villeneuve rapportaient les réflexions significatives de leurs chefs, y compris des officiers supérieurs. « Ah, un lascar de la région de Narbonne ? Un rouge hein ? Je parie que vous tiriez sur les soldats en 1907 ? » « Un bâtard de Ferroul et de Marcellin Albert ? »

Les femmes et les filles se dévouaient pour l'ambulance, faisaient la cuisine, la vaisselle, lavaient le linge sans jamais se plaindre de leur tour de rôle. Quand les plus valides trouvèrent le café Bringuier, certains aidés par un camarade ou leurs béquilles, on leur faisait de la place, on leur offrait le café, la bière, le petit verre.

Les plus aisés finirent par venir souper à l'hôtel après avoir commandé, mais lorsque les autres surent qu'on faisait des prix pour les blessés, ils vinrent plus nombreux.

Honorine fut gavée d'horreurs malgré la sobriété de leurs récits. Ils n'essayaient pas de se donner le beau rôle, de se vanter, préféraient raconter les jours farces, les ribotes qu'ils parvenaient à organiser à l'arrière, enfin à quelques centaines de mètres de la première ligne, avec de grandes ruses et pas trop de scrupules, enrichissant quelques habitants restés dans la zone des combats qui vendaient tout à un prix exorbitant, même l'eau quelquefois.

— Oui, mais la guerre, exigeait Honorine, la guerre ! Ils vous lancent en dehors des tranchées comme ça en criant ?

— Il y a le quart de gnole quand ça canarde trop et que l'artillerie donne depuis des jours sans jamais cesser, même la nuit. On ne s'entend plus, on ne voit plus rien à cause de la poussière qui n'a pas le temps de retomber entre chaque obus, les fusées éclairantes. Alors, on se hisse en haut de la tranchée et on essaie d'aller jusqu'à celle d'en face, parfois il n'y a que quelques pas, comme d'ici à l'autre côté de la rue, et les copains blessés ou morts s'entassent devant vous, font un rempart contre lequel on trébuche et les autres, les Boches, aussi ivrcs et sourds que nous autrcs, ne savent plus s'ils doivent s'enfuir ou avancer.

— Au début de cet hiver, disait un autre, on a commencé à s'envoyer des cadeaux. En face, ils criaient *« brot, brot »*, du pain, du pain. Ils nous lançaient des gourdes de Schnaps qu'on prenait pour des grenades nouvelles. Et puis un costaud de Saint-Étienne a osé y goûter, nous on pensait que c'était du poison. Il n'est pas tombé raide et on a fait l'échange. Ils crevaient de faim depuis une semaine, les pauvres bougres.

— Mais, balbutiait Honorine, vous vous tiriez ensuite dessus?

— Que voulez-vous, les sous-officiers, les officiers se plantaient derrière nous. Le général avait fait savoir que si ce trafic continuait, il y aurait des exemples, le falot, le conseil de guerre autrement dit, et de l'autre côté, les Allemands ont menacé leurs troufions pareil. On s'est à nouveau étripés.

— Une fois on a reçu des marmites pendant trois jours sans discontinuer. On avait beau s'enfoncer dans l'abri sous terre, mettre des poignées de boue dans les oreillers, c'était l'enfer. Tout tremblait, tout hurlait et nous on hurlait comme ça pour rien, pour faire comme les canons, pour dire qu'on était vivant et qu'on pouvait encore hurler.

— Des marmites? s'étonnait Honorine.

— Des obus, quoi.

— Et les brancardiers, ils sont protégés par le drapeau à croix rouge, la convention de Genève?

Elle avait lu ça dans *la Dépêche*.

— Pensez-vous, dit un nouveau qui ignorait que le fils de la maison recevait à Nîmes une formation de ce type. Un voisin lui envoya un coup de genou, mais c'était trop tard.

— Enfin, c'est rare, très rare qu'on leur tire dessus... Les Allemands du Sud sont braves, les Autrichiens aussi... Les pires, ce sont les Prussiens. Ah, les Prussiens!

Le soir dans son lit, Honorine reprenait ses réquisitoires hargneux:

— Il sera plus exposé que tous ceux d'ici qui resteront à l'abri des tranchées quand lui ira ramasser les moricauds, des nègres, des vauriens, des Parisiens, des Allemands.

— Tais-toi, Honorine, ça marque mal ce que tu dis là.

— Et toi, qu'as-tu fait avec tes radicaux-socialistes, tes Sarraut, pour qu'il n'aille pas là-haut ?

Ce qui l'enrageait le plus, c'était de reconnaître que l'hôtel marchait comme jamais, faisant rentrer de l'argent. Comme si la guerre n'existait pas pour ces commis-voyageurs plus âgés qui venaient régulièrement, ainsi que des clients recherchant un endroit calme pour ne plus entendre parler de combats. Mais il y avait les familles des blessés, enfin les plus aisés, car les autres ne pouvaient guère s'offrir de repas, même à vingt sous, ni une nuit pour encore moins. Celles-là finissaient par être recueillies par quelques familles charitables, par Honorine elle-même si elle disposait de chambres.

Heureux ces parents qui retrouvaient leurs enfants avec la certitude, pour la plupart, que le cauchemar avait pris fin au prix d'un bras, d'une jambe, d'une éventration plus ou moins bien rafistolée, et de toutes ces lésions qui d'ici quelques années se révéleraient dans toute leur gravité, au prix de poumons rongés par l'ypérite ou d'un asthme épuisant. Enfin, de ces troubles que les commissions de réforme jugeraient insuffisants pour se voir bénéficier d'une pension.

Ce qui émouvait le plus Jeanne et Planou, c'étaient de très jeunes femmes qui accouraient auprès d'un fiancé, d'un mari, souvent accompagnées de jeunes enfants. Elles débarquaient du train de neuf heures quarante, ayant couché dans une salle d'attente à Narbonne ou Lézignan pour prendre le tortillard de l'aube. Toutes avaient la même joie anxieuse dans le regard. On leur avait bien dit que l'être aimé avait perdu un bras, une jambe, un œil, avait une blessure profonde au ventre, mais avant la rencontre, on ne pensait qu'à la partie sauve du corps, on croyait pouvoir accepter que le reste ait disparu. Et lorsqu'elles revenaient à la gare vers 14 heures, on lisait souvent une incertitude, un doute, et même un désir de fuir sur leur visage bouleversé.

Les convalescents connaissaient bien le danger de cette première entrevue, la désirant follement mais la redoutant, atermoyant, guettant des jours une lettre, qui parfois n'arriverait jamais.

Les parents, eux, auraient accepté bien pis, pourvu qu'on leur rendît ne fût-ce qu'un morceau vivant de leur fils complètement libéré de l'étreinte meurtrière des combats. On en voyait de très heureux venir dîner avec un grand mutilé, un aveugle, et plus tard des gueules cassées, car les hôpitaux militaires ne savaient plus où les cacher. Ces braves gens si pathétiques essayaient de les gaver de bonne nourriture, ne sachant trop où enfoncer la cuillère remplie.

En somme, tout se déroulait au mieux pour la petite commune, pensait Honorine, avec le vin qui se vendait bien, les affaires qui n'allaient pas si mal, apportant un argent que l'on pouvait employer à se procurer ce qui manquait. En échange d'un fils, d'un père, d'un mari, la vie, comme pour compenser, devenait plus acceptable pour ceux de l'arrière, plus confortable. On disait que dans les grandes villes les bals n'arrêtaient pas, ainsi que les spectacles les plus frivoles et qu'à Paris les permissionnaires demeuraient effarés de constater que les civils s'habituaient, s'accommodaient fort bien de ce conflit interminable, considérant même de haut ces poilus épuisés, pleins de vermine.

Éva, sans nouvelles de Justin depuis quelque temps, reçut la nouvelle qu'il avait été blessé au bras et se trouvait dans un hôpital. Il lui fallut ensuite attendre dans l'angoisse qu'on veuille bien lui préciser la gravité de cette blessure. En définitive, on dut l'amputer du bras droit.

— Ça commence pour notre famille, se contenta de dire Honorine quand elle se coucha ce soir-là, et lui peut encore se dire qu'il n'y retournera pas.

— C'est très cher payé, répondit Planou, réalisant qu'elle craignait que cette chance toute relative dont avait « bénéficié » le mari de sa sœur se soit épuisée d'un coup et ne puisse protéger Jules. Comme si Dieu n'en accordait qu'une par famille.

Jeanne, qui ne travaillait plus à la poste, fut sollicitée par les Tramways à vapeur de l'Aude pour seconder le chef de gare débordé par les réquisitions de vin et tout le trafic marchandises. Paralysé à la suite d'un accident du travail — il avait été coincé entre deux tampons —, il continuait d'occuper son poste le temps de la guerre grâce à un fauteuil roulant. Elle devint pour ainsi dire chef de gare adjoint.

Dès le début, elle dut s'imposer à l'équipe volante de manutention qui chargeait les demi-muids sur les plates-formes, y réussit sans se fâcher mais connut d'autres émotions avec les voleurs de vin. Ceux-là opéraient la nuit avec un vilebrequin, mettaient une barrique en perce, se servaient a coups de bonbonne, de tonnelet même, enfonçaient ensuite une « guillette », sorte de tampon en bois, dans le trou pour stopper le jet. Des gens sans vignes, mais aussi de petits propriétaires du coin, les convalescents de l'ambulance, des gens de passage, les ouvriers de la mine de Pech de Grille.

Planou venait veiller chaque soir avec elle jusqu'au dernier train, celui qui montait vers Tuchan, et de même il se levait en même temps qu'elle pour le convoi qui redescendait du terminus vers cinq heures trente. Elle délivrait les billets, enregistrait les colis, les marchandises en vrac, surveillait les opérations de vin, effectuait des versements à la caisse centrale tous les cinq jours quand le chef de gare, souvent épuisé par son handicap, la laissait seule. Cet argent inquiétait son père — certains soirs il y avait des milliers de francs en caisse — et il veillait sur elle. Honorine s'inquiétait dès qu'ils avaient du retard après le dernier train qui de son coup de sifflet habituel mettait un terme à la journée. Mais Jeanne aimait ce travail, heureuse de la compagnie de Planou avec lequel elle riait fort, se moquant discrètement de certains voyageurs.

— Celui-là c'est recta, tous les mardis il débarque du neuf heures trente... Ensuite, il part à pied vers Cascastel.

— Bien sûr, le mari de la Tilou se trouve à Lézignan chaque mardi à remplir des wagons-foudres !

Parfois des chemineaux débarquaient un peu au hasard avec des quantités de musettes dans le dos, des réformés qui erraient ayant tout perdu, famille, emploi et qui cherchaient du travail en attendant le règlement de leur pension. Planou les logeait à l'écurie, leur apportait quelque chose à manger. L'un d'eux coupa pour lui du bois pendant une semaine puis repartit vers Lézignan. Il avait perdu un œil.

Honorine et les deux filles attendaient le facteur chaque jour, depuis que Jules avait quitté Nîmes pour le front et l'on était souvent sans nouvelles. Planou se rendait régulièrement à la cave et le vieux corbillard, dans son coin sombre, le rassurait pour vingt-quatre heures de plus. Des toiles d'araignée voilaient ses roues entre deux enterrements, le fixaient de leurs liens précaires.

— Ne vous inquiétez pas, madame Pla. Les brancardiers sont

souvent peinards, bien nourris, bien abreuvés et les majors sont moins sévères que les officiers... Bien sûr, de temps en temps c'est la corvée de ramassage sur le champ de bataille, mais le plus souvent la position est gagnée... L'ennui, ce sont les Boches qu'il faut aussi ramasser.

— Et risquer de se faire tuer pour eux, disait Honorine aux convalescents qui la voyaient inquiète.

Une fois de plus, on avait veillé dans une maison amie pour un mort qui ne serait rapatrié que plus tard. On commençait de se demander si tous les hommes de Villeneuve entre dix-neuf et quarante ans ne finiraient pas ainsi, rayés de la vie, des souvenirs, de l'affection sans une tombe au cimetière, simplement parce que le maire avait apporté une lettre officielle. On se réunissait, mais Planou redoutait de plus en plus cette sorte de rite effrayant, ces cierges qui brûlaient dans une chambre vide, cette eau bénite avec le rameau de laurier ou de buis dans une assiette sur une sellette. Le deuil, la peine, la solitude s'enterraient dans cette maison meurtrie, n'en sortaient plus comme avec les autres morts qu'on avait avec délicatesse déposés dans leur cercueil, attendant le dernier moment pour en visser le couvercle. Avant, on les avait vus agoniser, on leur avait fermé les yeux, on avait bourré leurs narines de coton et noué le mouchoir sous le menton, on les avait habillés, admirés dans leur solennité, tout le village les avait vus, les avait embrassés, bénis. Les hommes les plus robustes avaient peiné sous le poids du cercueil qu'on devait descendre de l'étage puis porter jusqu'au corbillard. On se souvenait d'un tel ou d'une telle par la marque profonde, la douleur que leur bière avait laissée dans une épaule. Pour ces soldats morts au loin, c'était la maison qui devenait tombe, caveau de famille, cimetière. Le corbillard restait dans la cave des Pla, ne servant plus que pour quelques vieillards, quelques personnes dont la fin toujours tragique offusquait moins que celle d'un combattant. « Vous au moins, vous savez sur qui pleurer, disait-on à ces familles-là comme pour les consoler, nous on ne sait pas. On dit qu'il est tombé, mais jusqu'au jour où ils nous le rendront on n'en sera pas vraiment convaincu. »

Quand il traversait Villeneuve, ces maisons encore remplies de chagrin, refermées sur elles-mêmes de tous leurs volets même après deux années, semblaient annoncer la mort du village lui-même. Et si aucun ne devait revenir? S'ils allaient se retrouver sans hommes jeunes, avec des estropiés, des vieux, entre veuves et vieilles filles?

On ne les croyait plus tellement, ces journaux qui d'une échauffourée faisaient une bataille gagnée et de quelques mètres de tranchées un jour aux Alliés, le lendemain aux Allemands, une grande offensive. On n'allait plus lire les communiqués affichés à la mairie qu'avec scepticisme. Chacun se résignait à une longue guerre, à d'autres morts, à d'autres misères. Le premier signe d'espoir, dans ces jours noirs qui se succédaient avec toujours l'appréhension d'une mauvaise nouvelle, fut celui des livraisons de farine américaine. Enfin, depuis trois ans, un produit indispensable arrivait d'un pays lointain qui se déclarait ami de la France, prêt à intervenir sur les champs de bataille. Et ce produit ne restait pas seulement à la disposition des villes mais parvenait dans un petit village des Corbières. Pour commencer, ces gens de l'autre côté de l'océan envoyaient de la farine, en attendant le corps expéditionnaire. Et quelle farine! Blanche, fine, on n'en avait jamais vu de la pareille, même avant 14. Et en cadeau, luxe inestimable, c'était dans des sacs de belle toile qu'elle arrivait! Une toile qui faisait dire aux Villeneuvois qu'ils devaient être bien riches, ces Américains, pour en faire des sacs à farine alors qu'en France on utilisait des sacs ordinaires. Et avec cette toile, on se mit à coudre les plus beaux torchons qu'on n'ait jamais vus. D'une solidité inusable. Les boulangers les réservaient à la famille, aux amis et grâce à Lucie qui était considérée comme la fiancée éventuelle de Jules, les Pla étaient bien servis.

« Si ces gens-là entrent en guerre, on n'a plus à se faire du souci, les Allemands sont foutus, eux qui bouffent leur pain-caca. »

Honorine et Jeanne faisaient les ourlets de ces torchons à la Singer, disaient que la petite Lucie serait une bonne épouse pour Jules et que la vie reprendrait bientôt son cours et son goût.

Quand il revint en permission, on remarqua très vite qu'il ne sifflait plus autant et quelqu'un lui ricana méchamment que là-haut on s'était chargé de le lui couper son sifflet. Il ne se fâcha pas. Il racontait son travail, l'hôpital de campagne, l'infirmerie du front où on triait les blessés avant de les acheminer vers l'arrière comme on pouvait, en automobile ou en portant les civières le plus souvent.

Honorine se rassurait en partie, même si la vision de Jules rampant entre deux fronts pour récupérer les pauvres estropiés lui était insoutenable chaque nuit. Il avait beau énumérer les sauvegardes, le drapeau à croix rouge, le brancard, les brassards, les blouses blanches que parfois ils enfilaient, la présence des infirmiers allemands qui opéraient à quelques mètres d'eux, elle pensait à l'imbécile qui, tapi derrière son sac de terre, le fusil dans la meurtrière, pouvait très bien prendre son fils pour cible et comme ça pour rien, par désœuvrement, bêtise appuierait sur la détente.

— On échange quelques mots et souvent des blessés. Je ne devrais pas le dire, mais nous savons, ceux d'en face comme nous-mêmes, que l'ennemi est soigné après le compatriote, alors on évite de trop ramasser d'Allemands. On n'a pas besoin d'ennemis pour gaspiller le temps des médecins-majors, les remèdes et la charpie.

Un matin, il rejoignit son père qui taillait la vigne, une tâche où Jules excellait. On le demandait souvent pour cette opération qui conditionnait la récolte et aussi pour le greffage des nouveaux plants. Mestre de Montgaillard le faisait venir plusieurs jours chez lui, naguère.

— Tu ne serais pas mieux avec Lucie ? lui lança Planou flatté de sa visite.

— Le matin elle sert. Le boulanger se couche et les femmes ont fort à faire avec le pain, l'épicerie et la maison. Et puis il faut que je te dise...

Ce qu'il n'avait pu raconter à sa mère, il le sortit là à la Plante, dans cette nature tranquille où flottaient de vagues tiédeurs printanières bien qu'on fût en janvier, avec le clapotis de la rivière sur quelques cailloux à deux pas, il allait déposer son gros paquet d'horreur, ne pouvant le ramener là-bas où d'autres encore plus lourds l'attendaient. Et Planou, des années durant, considéra cet endroit, entre deux peupliers, à jamais rendu stérile par ces terribles confidences.

« Chaque nuit. Chaque nuit à l'hôpital de campagne quand les blessés dorment, les majors sont très stricts là-dessus... On est toujours deux... avec une grande bassine en zinc... Comme celle de la lessive de chez nous... On la remplit au fur et à mesure avec un peu de charpie pour cacher... Des nuits c'est que des bras. Jusqu'à vingt. C'est lourd un bras, alors vingt ! Il faut qu'on se cramponne pour la soulever. On sort par-derrière de l'hôpital, une ancienne ferme en partie en ruine sur laquelle flotte le drapeau de la Croix-Rouge. Dans l'ancienne grange, on a creusé profond, deux mètres. Une corvée de tirailleurs sénégalais. On a déversé de la chaux vive, par tombereaux. Chaque nuit, nous sommes quatre équipes qui arrivons avec nos bassines. Il faut bien répartir ce qu'on vient jeter, pas déverser le tout d'un seul coup. Alors, chacun on prend un bras et on l'envoie aussi loin que possible vers le centre. Une autre nuit, ce sont des jambes. Chaque major est spécialisé dans une opération. Une nuit, il y avait presque un homme dans notre bassine. Sur la table d'opération, il ne restait que la tête et le tronc. Nous on avait les deux jambes, les deux bras. C'est le camarade qui a tout fait, moi je vomissais... Mais ensuite, il y a le fond de la bassine... Pour le reste, ce qui se fait en quelques minutes... »

Il étouffait dans ses sanglots et Planou passa son bras autour de ses épaules sans rien dire, le serrant contre lui, souhaitant qu'il se taise mais ne se sentant pas le droit de le lui ordonner. Lui, il restait au village avec ses vignes, son Pech de Grille, son Rec Dal Four, sa cave, son bon lit chaque soir, son café trop sucré et ses petites escapades avec son étui en cuir rempli d'un dîner et d'un livre.

« Dans le fond de la bassine, les mains, les doigts, les orteils, des choses innommables, des bourses et des verges, des éclats d'os pointus comme des arêtes et puis les yeux... Voilà, le pire ce sont les yeux... Ils sont dans le fond et ils regardent. On n'a qu'une lampe tempête mais on peut les voir qui luisent. Et il faut qu'on rapporte la charpie pour la faire bouillir et la réutiliser. Plus tard, on a placé des planches sur la fosse pour remettre de la chaux, la ratisser pour qu'on ne voie rien. Il y a un réserviste qui monte la garde. »

Il repartit, bien sûr, aller refaire provision d'horreurs comme pensait Planou en l'accompagnant à la gare. Honorine n'en avait pas trouvé le courage. Et désormais chaque soir, chaque nuit, dans son petit lit, essayant de lire à la clarté d'une chandelle en cire, Honorine se réservant l'ampoule électrique au-dessus de son lit, il déposait son livre, son journal au bout d'un moment, regardait l'heure à sa montre en or. Jules, à cette heure-là, sortait furtivement de l'hôpital dc campagne avec sa grande bassine.

Les Américains entrèrent en guerre le 2 avril et dès lors les visages parurent moins mornes. Ils allaient débarquer, disait-on, avec un matériel extraordinaire, des camions, des canons énormes. À leur suite, tous les États d'Amérique du Sud envoyaient des renforts. On allait gagner, mais à quel prix?

La lettre d'un inconnu arriva à cette époque:

Vous ne me connaissez pas mais je suis voisin de lit d'hôpital de votre Jules Pla qui me prie de vous donner de ses nouvelles qui ne sont pas très bonnes. Lui et moi avons été gazés du côté de l'Argonne, lui allant ramasser des blessés. Il vous fait dire que pour l'instant il a perdu l'usage de ses deux yeux, mais les majors pensent que dans quelque temps, il pourra voir à nouveau. Il vous demande...

À midi, ce jour-là, il y avait une dizaine de personnes qui dînaient « à côté » et Honorine continua de préparer avec soin ses plats de hors-d'œuvre, ses sauces, son rôti, comme si elle n'avait pas entendu la lecture faite par Planou. Elle fixait avec reproche les deux filles qui pleuraient, Planou qui, lui aussi, laissait couler ses larmes. Quand les gens furent partis, elle monta dans sa chambre et se coucha. Ils se regroupèrent autour de son lit à la regarder qui étouffait dans ses sanglots trop longtemps contenus. Lucie Fabre arriva en hurlant et Planou dut descendre et lui ordonner de se calmer:

— Il n'est pas définitivement aveugle. Son camarade dit que d'après les majors...

— Les majors mentent. Ils mentent tous.

Trois jours plus tard — on n'avait rien reçu entre-temps —, une infirmière à l'écriture violette très élégante leur fit parvenir une autre lettre.

Chers Parents.

Je commence à aller mieux car je peux me lever et marcher, aidé par une personne volontaire très dévouée. Les poumons sont toujours douloureux ainsi que la trachée-artère et la bouche. Quand je respire c'est comme du plomb fondu. Je m'alimente de liquide épaissi à la pomme de terre. Pour l'instant je n'y vois toujours rien mais on m'assure que c'est à cause du pansement. Ça ne sera que momentané. Dans quatre semaines, on saura vraiment si à travers les paupières je vois du jour. Ça fera bien quarante jours. J'apprends à jouer de l'accordéon, ça pourra toujours servir. Ici tout le monde chante cette chanson que je fais recopier pour mes chères petites frangines. La plupart, nous avons eu des ennuis aux yeux.

J'ai perdu la lumière
Mais je garde en mon cœur
La vision première
Des femmes et des fleurs.

Quand mon regard s'élève
Dans son obscurité
Je crois revivre un rêve
De gloire et de beauté.

Quand je revins du combat les yeux clos,
On me plaignait, je dis sans artifice
Plaignez les morts qui dorment dans l'enclos
Sans avoir vu les nobles sacrifices.
J'ai vu s'enfuir les soldats ennemis,
J'ai vu la gloire au front de nos armées.
Pourquoi me plaindre alors qu'il m'est permis
De tout revoir, les paupières fermées.

— Un accordéon, hurla Honorine, et il ira en jouer dans les rues du canton pour gagner sa vie ?

Ce fut toujours la même infirmière qui lui écrivit ses lettres et Lucie, partagée entre l'anxiété et la jalousie, trouvait qu'elle exagérait, cette inconnue. C'est qu'il était beau, Jules, avec ses cheveux très noirs, frisés, sa petite moustache conquérante et son œil un peu fanfaron.

Il finit par recouvrer la vue et annonça qu'il viendrait en permission. La relève américaine et étrangère permettait aux poilus français de souffler un peu et, après les mutineries de 1917, il avait bien fallu, pour la première fois en trois années de guerre, adoucir quelque peu le sort des soldats. Les hommes arrivaient toujours sales, crottés, fourbus, avec des barbes énormes et des poux, mais ce qui stupéfiait le village, c'était que très vite, ils se rasaient complètement le visage. Plus de barbe, plus de moustache, parce que les soldats américains arrivaient tous glabres et connaissaient auprès des filles un succès sans précédent.

Dès lors qu'il fut là, Jules joua de l'accordéon, chaque soir des chansons de la guerre, depuis *la Madelon* jusqu'à l'*Hymne du 17e*, que les mutins de Verdun chantaient pour se donner du cœur au ventre devant les pelotons d'exécution.

Ce fut au début de 1918 que la première victime de la grippe espagnole décéda en quelques jours dans le canton. Le fléau occupa désormais dans les journaux presque autant de place que la guerre. On commença de regarder d'un sale œil journaliers et domestiques espagnols et quelques propriétaires en renvoyèrent certains.

Honorine leur causa une forte frayeur en restant couchée avec une forte fièvre, mais sa robuste nature eut raison de la maladie. Elle resta néanmoins si faible que tout le monde, Éva et Lucie comprises, dut aider Marcelle et Jeanne. Celle-ci continuait de travailler à la gare.

Côté guerre, on s'était rassuré trop vite et quand les Allemands attaquèrent partout, en Champagne comme sur la Marne ou en Picardie, on crut que les jours sinistres revenaient. Les nouvelles les plus alarmistes couraient. Depuis la révolution russe et le traité de Brest-Litovsk, on craignait que les divisions dégagées sur le front oriental pour le Kaiser ne viennent changer la face des choses. Les débuts de cette année-là et l'été furent très difficiles à vivre.

Planou montait souvent à Pech de Grille pour échapper à ces rumeurs, à ces discussions stériles sur la place du Christ et au café. Il s'asseyait pour écouter les cigales, pour regarder l'eau venir dans ses rigoles, imaginait des armées en campagne, des terres ravagées. Chaque tomate cueillie devenait un cadeau. Devenaient cadeaux aussi chaque pas dans cet été flamboyant, l'angélus de quelque église, puisque même celui d'Albas lui parvenait quelquefois, cadeaux échappés à la tuerie, à la folie généralisée là-haut et quand il observait le vieux commis-voyageur de Lille avalant goulûment sa salade de tomates et d'oignons, l'envie lui prenait d'arrêter sa fourchette, de lui faire comprendre qu'ils étaient peut-être en sursis de quiétude, en simple apparence de tranquillité. La guerre, nourrie à nouveau d'hommes, repartait, deviendrait endémique comme la grippe espagnole, une nécessité qu'aucun corps expéditionnaire étranger ne pourrait faire disparaître.

Et le maire, une fois de plus, se rendit dans une de ces maisons que l'annonce du décès sur le champ de bataille allait verrouiller pour des mois, des années. On n'osait même plus demander de qui c'était le tour, car le décompte devenait de plus en plus facile à faire entre les vivants, les demi-vivants qu'étaient les blessés et les morts. Encore quatre noms. Mais, si le maire traversait la rivière, plus que deux noms encore?

Pour les vendanges, on s'arrangeait entre familles amies ou parentes. Des femmes de Narbonne venaient aussi offrir leurs bras pour un peu d'argent, des veuves, des épouses de soldats. Ce n'étaient plus les journées d'autrefois avec leurs rires, leurs musettes pleines de nourriture. Avec une sorte de gêne, on se hâtait de trouver la récolte belle, le degré élevé, d'emplir les foudres, d'être sollicité par des acheteurs bien avant que le vin soit fait. Au moins les agents de la Réquisition permettaient de se mettre de méchante humeur, encore que le plus souvent ils fussent tous des réformés pour blessures graves occupant un emploi réservé.

Les gendarmes, eux, n'étaient pas en faveur. Beaucoup, à leur âge, auraient dû se trouver là-haut au lieu d'embêter les permissionnaires pour un bouton de capote perdu pour quelques heures de retard dans la présentation de leur permission à la signature du chef de brigade. Très vite portés à parler de déserteurs et de réfractaires, ils venaient de régions lointaines plus disciplinées où ils avaient été prévenus contre ces vignerons cabochards. Et les soldats parlaient aussi de ces dames patronnesses, dans les gares du Nord, qui agaçaient les poilus avec des attentions exagérées et qu'ils fuyaient en se les signalant comme si elles avaient la peste.

Le 11 novembre, Planou avait décidé de monter jusqu'aux moulins. Pris d'un remords de les avoir négligés depuis si longtemps, il se demanda s'il aurait une fois encore dans sa vie l'occasion de venir jusqu'à eux. C'est là-haut que les volées des cloches de plusieurs villages le surprirent.

On parlait bien d'armistice depuis quelques jours sans trop y croire et voilà que les cloches sonnaient. Le télégramme venait d'arriver, en cette fin d'après-midi, mais les signatures de Rethondes dataient de 11 heures du matin. Onze heures le onze, onze. Les trois onze, dit-on.

Tous les mécréants de Villeneuve avaient envahi l'église pour se disputer la corde de l'unique cloche qu'ils faillirent bien décrocher, tant on tira dessus tard dans la nuit.

CHAPITRE XXXII

La vie au galop
Le départ de Jeanne, la longue attente

L'armistice signé, tout alla vite, très vite, trop vite, se disait Planou qui ne retrouvait pas la mesure, l'harmonie d'avant-guerre. Le village s'emballait dans sa frénésie d'effacer les quatre années terribles, d'oublier les maisons endeuillées, les blessés. La famille se laissait emporter, disperser par des riens. Par le cinéma qui, une fois par semaine, emplissait la salle de café comme une boîte à sardines, chacun tirant une chaise de chez soi dès huit heures le soir pour aller voir Fantomas ou Judex, par les bals en dehors des périodes de fête grâce à un phonographe que l'on installait le samedi soir, soit chez Castule, soit dans une cave, avec leurs danses nouvelles, Jeanne, Marcelle et Lucie se levant aux aurores pour prendre le premier train et revenir avec le dernier de Narbonne. Un jour même, elles partirent dans l'automobile d'un jeune homme presque inconnu, certainement un ancien embusqué qui maintenant paradait en costume blanc et lunettes noires, cheveux gominés coiffés en arrière.

L'insouciance gagnait les rescapés de la guerre, ceux qui s'en tiraient avec une jambe, un bras en moins. Jules rechignait au travail de la vigne avec ses poumons abîmés, mais pouvait aller danser une partie de la nuit, quitte à rester trois jours au lit. Il avait demandé une place à la Compagnie électrique. « J'aurai une petite pension », disait-il. On parlait de conseil de réforme, de code des pensions, de retraite des combattants. Certains attendaient un bureau de tabac. Tant de souffrances endurées et de mutilations pour se retrouver derrière un comptoir à débiter du gris... La nation s'en tirait pour pas grand-chose.

La réquisition des vins continuait pour les troupes d'occupation en Allemagne parce qu'on n'arrêtait pas d'un coup une mécanique de paperasseries, de tracasseries, de sinécures, mais aussi d'emplois réservés à de grands blessés dont on n'aurait su quoi faire en supprimant cette administration née de la guerre.

Et un jour, il arriva, tout fringant, au trot d'un petit cheval arabe capricieux qui tirait un cabriolet léger. Il alla de la gare au nouveau cimetière sans daigner ralentir, en route pour Nouvelles, un domaine vers Tuchan. Il revint le soir, toujours aussi « babart », c'est-à-dire faraud, arrêta son cheval devant l'hôtel, sauta à terre, dégourdi malgré sa jambe raide, la droite. Il grimpa le perron, demanda s'il pouvait souper, coucher, avoir une place pour son cheval. Planou vint l'aider à dételer, descendit avec lui pour s'occuper du cheval en nage.

— Celui-là, dit-il, il m'a joué un de ces tours à Ripaud, ce matin ! Dans le grand tournant... Il ne voulait plus ni avancer ni reculer, le sifflet du train l'avait paralysé. Alors j'ai arraché une touffe d'herbes sur le bord de la route, je l'ai mise sous sa queue et j'y ai flanqué le feu. Il ne s'est plus arrêté jusqu'à Villesèque.

Planou en resta confondu. L'homme le quitta pour aller boire une suze-citron chez Bringuier.

— Quel prétentieux, dit-il en entrant dans la cuisine. Il a signé le registre ?

— C'est le nouvel agent de réquisition, dit Jeanne, blessé à la guerre, réformé. Dieu me garde d'un homme pareil.

Planou ouvrait le registre :

— Élie Arnaud. Et il habite Leucate. Ça ne m'étonne pas. Ces gens du bord de mer...

Lorsqu'il revint et s'installa « à côté », Marcelle refusa de le servir, déjà crispée par ce genre d'homme. Jeanne n'accepta qu'avec réticence.

— Ici les vignerons sont durs à la détente, dit-il. Ils ne livrent pas tout le vin réquisitionné. Il nous manque dans les deux cents hectolitres et il faudra bien qu'ils le donnent, pour les camarades qui sont en train de mater les Boches là-bas.

— À quoi sert l'armistice, alors ? dit Jeanne en plaçant la soupière devant lui. Il souleva le couvercle, grimaça.

— Vous n'avez pas de hors-d'œuvre, plutôt ?

— Il y aura aussi des hors-d'œuvre, fit-elle sèchement.

La semaine suivante, il était de retour et s'arrêta d'abord à la gare, sachant que Jeanne faisait fonction de chef de gare. Elle dut l'accompagner sur le quai aux demi-muids pour compter ceux qu'il devait enregistrer.

— Vous direz à votre mère que je dîne, soupe et couche.

Dans l'après-midi, Lucie monta à la gare pour bavarder avec Jeanne et surtout lui parler de ce nouveau venu.

— Tu as vu ses beaux yeux verts? Qu'est-ce qu'il est rigolo! J'ai volé de la « sibade » à papa pour son cheval.

— C'est du joli, dit Jeanne, quand Jules saura que tu voles de l'avoine pour un étranger.

— Oh, c'est pour rire un peu, tu penses bien.

Désormais, il revenait régulièrement, même si son travail l'entraînait plus loin. Il s'installa aussi le dimanche et au café on l'aimait bien pour sa façon de rire, de faire des farces, de raconter ses années de guerre, de chanter l'opéra et le samedi, quand on apporta le phonographe dans la salle de bal au-dessus du café, il fut le premier à danser avec Lucie. Malgré sa jambe raide, il était très agile. Jeanne aurait bien voulu refuser mais ne put l'éviter. Marcelle préféra faire tapisserie toute la soirée. Lui ayant refusé, elle ne pouvait danser avec un autre.

Après le bal, ils se retrouvèrent tous en bas dans la salle du café, à boire des petits verres ou à croquer des prunes à l'eau-de-vie, et il leur demanda si on ne pourrait pas faire griller de la saucisse dont il avait trois kilos dans son cabriolet. Jules, qui restait sur ses gardes, ne répondit pas, mais Lucie affirma qu'il devait y avoir encore de la braise dans la cuisine de l'hôtel.

En pleine nuit, une odeur de saucisse grillée vint chatouiller l'odorat de Planou qui se vit à Rec dal Four en train de préparer son dîner, avant d'entendre la voix affolée de sa femme:

— Planou, il y a le feu!

Il descendit en caleçon long et bonnet de nuit, trouva toute la bande dans la cuisine en train de ressoupéter de saucisse et de confitures.

— Venez avec nous, l'invita Élie Arnaud, elle est fameuse et votre vin est excellent.

Lorsque Honorine sut ce qui se passait dans sa cuisine, elle lui reprocha de ne pas avoir mis ce « type » dehors et les enfants dans leur chambre.

— Écoute, dit-il, Jeanne a vingt-sept ans, Jules vingt-quatre et il arrive de la guerre où il a failli perdre la vue.

— Marcelle est couchée, elle.

— Oui, elle est couchée depuis un moment, mais je crains que jusqu'à la fin de ses jours, elle ne soit jamais de ces petites fêtes-là.

Dès le début, il avait pressenti que Jeanne serait attirée par ce beau parleur qui s'accommodait avec panache de ses blessures de guerre, ne doutait de rien. Il était comme un défi que sa fille aînée relevait en connaissance de cause.

Élie Arnaud fut présent pour l'enterrement de la mamette Eulalie en novembre 1920, juste après la Toussaint. Il apporta une couronne de perles artificielles. Malgré ce deuil, le mariage de Lucie et Jules, fixé au 12 décembre, eut quand même lieu mais on resta en famille, avec seulement Élie Arnaud comme invité puisqu'il était considéré comme le fiancé de Jeanne.

Planou, qui avait reproché à Honorine de considérer toujours Jeanne, Jules et Marcelle comme des enfants, s'était lui-même persuadé parfois qu'ils ne les quitteraient jamais et découvrait avec tristesse que celle qui resterait auprès d'eux serait la dernière, la plus ingrate, la plus repliée sur elle-même. Marcelle qui l'irritait mais savait aussi l'attendrir, Marcelle qui serait comme un enfant attardé avec déjà des manies de vieille fille, ses chats, ses refus apeurés, ses inquiétudes permanentes pour des riens — un voyageur un peu bizarre, un nuage trop blanc dans le ciel donc chargé de grêle, un craquement dans la maison, un marchand qui avait du retard dans sa tournée et qui la faisait trépigner... Désormais la vie serait faite de cette présence tourmentée, des impatiences d'Honorine en contrepoint de ses flagorneries envers les voyageurs, d'un lent ensevelissement dans la poussière du passé alors que l'époque bouillonnait, entraînait son monde vers une autre façon de vivre, une folie permanente.

Parce que la Réquisition disparaîtrait bientôt, il fallut lui trouver une situation, au futur mari de Jeanne. Lui aurait bien repris son ancien métier de boucher, rêvant d'un magasin, mais sa fiancée, indignée à la pensée de devenir bouchère, de tripoter la viande, ne voulait pas en entendre parler. Alors, Planou prit son bâton de pèlerin radical-socialiste, alla trouver les uns et les autres, tous ces anciens du petit séminaire de Carcassonne convertis dans l'anticléricalisme et la politique. Et le futur gendre entra dans les Indirectes avec un premier poste dans la Somme, là-bas, tout en haut de la carte de France, dans les régions ravagées par la guerre. Il y serait vérificateur dans une sucrerie Lebaudy, pour contrôler la fabrication de l'alcool de betteraves. Son salaire ne serait pas très élevé, mais avec sa pension militaire de deux cent quarante francs par trimestre, soit un mois de traitement, le couple pourrait s'en sortir.

L'ancien agent de réquisition partit donc pour Nesles, dans la Somme, pour essayer de trouver un logement et préparer l'installation de Jeanne. Planou, secrètement ravi de le voir disparaître pour quelques mois, espéra en vain une rupture. Jeanne vivait une grande passion et lui écrivait une carte postale chaque jour.

Le père Raynaud vivait avec eux et la petite maison de l'ancienne forge avait été prêtée à Jules et Lucie qui venaient de s'y installer. Louis Raynaud perdait un peu la tête depuis la mort de sa femme, ne songeait plus qu'à se goinfrer de tout ce qui lui tombait sous la main, plongeait au besoin celle-ci dans un plat destiné aux voyageurs. Honorine, attendrie et rieuse, le trouva la main coincée dans le sucrier en verre. Il ne voulait pas lâcher les morceaux de sucre ni, de ce fait, permettre de libérer ses doigts.

En prévision de la solitude qui suivrait le départ de Jeanne, Planou consacrait beaucoup de temps à la politique. En échange des services demandés, on lui avait fait comprendre que sa personnalité pourrait s'avérer déterminante dans le canton. Il connaissait la valeur de la reconnaissance et cette activité lui prit de grandes journées, au dépit affiché d'Honorine qui voyait les vignes délaissées, sauf bien sûr les préférées comme la Plante et le Rec dal Four. Le jardin de Pech de Grille conservait lui aussi l'affection de Planou qui, là-haut, prenait le temps de réfléchir comme dans une thébaïde. Il couvait ses tomates de l'œil attendri d'un séducteur sur une classe de jeunes filles en fleur.

Mais il gardait toujours une certaine distance, considérait les jeux politiques, le petit trafic de l'hôtel, la vie elle-même, avec un sourire amusé sous ses moustaches grises mais toujours retroussées.

Jeanne allait se marier. L'autre revint de la Somme pour l'emmener, n'ayant trouvé qu'un petit hôtel épargné par les obus, mais on lui avait promis une baraque. Là-bas, affirmait-il, tous les gens vivaient ainsi dans des baraques en attendant la reconstruction. Honorine ne voulut pas le croire, mais Planou, qui se rendit là-haut, put attester du fait.

Jeanne se maria en février 1922 et on vit arriver par le train Caroline Arnaud, la mère d'Élie, veuve depuis deux ans d'un certain Philibert, ferblantier, à l'occasion vigneron, grand buveur tout le temps. Cette espèce de Catalane — elle en portait la cravate noire nouée sous le menton avec arrogance — impressionna de son visage laiteux de blonde et de son regard d'un bleu de lame. Dans son panier d'osier, elle transportait son linge et quelques cadeaux pour la belle-famille, qu'elle distribua avec une onction de prêtre donnant l'absolution.

Mais la merveilleuse surprise fut le cadet, Camille Arnaud, engagé dans la musique de la Flotte pour avoir les moyens d'assouvir sa passion malgré la pauvreté des siens. Musicien, il pouvait jouer de n'importe quel instrument et composait. Grand séducteur discret, raffiné, il apporta à la noce une distinction que Lucie elle-même, pourtant dotée d'un franc-parler, respecta. Planou fut tout de suite en harmonie avec ce garçon et l'emmena avec lui à Rec dal Four, l'écouta parler, s'enflammer pour la musique, Chopin, Schubert, Mozart. Tous ces noms qu'il avait peut-être entendu prononcer deux ou trois fois dans sa vie, la littérature ayant passé avant la musique, et qui, dans la bouche exaltée de son compagnon, devenaient aussi lustrés par la gloire que Virgile ou Victor Hugo. Quand le frère d'Élie repartit avec sa semi-Catalane de mère, il laissa à Planou le regret de la musique, enfin d'une musique qu'il n'avait jamais eu l'occasion ni le désir d'écouter jusqu'à ce jour. Une musique qui, comme le lui avait si bien fait sentir Camille, ressemblait à ces émotions qu'il connaissait, seul dans la nature, quand le silence de cette beauté environnante faisait monter des larmes à ses yeux.

— Il y a une musique du silence, lui avait-il dit.

La plus grande joie de cette époque-là fut d'aller chercher Jeanne enceinte, car elle désirait accoucher à Villeneuve. Ce voyage dans la Somme l'enchanta, mais au-delà de Paris il découvrit un paysage de guerre, les tranchées non encore comblées, les ruines noircies sous le ciel bas. Du train, il distinguait des silhouettes qui s'agitaient, il ne pouvait croire qu'un jour toutes les traces de cette démence auraient disparu. Le couple habitait un baraquement dans un terrain limité par des alignements de vestiges guerriers, douilles d'obus, caisses à munitions, crosses de Lebel brisées, tas de grenades désarmorcées, prolonges d'artillerie sans roues. Pas un seul arbre de plus de quatre ans, seulement des troncs grêles, jeunes, entêtés à vaincre la malédiction. Le pire avait été épargné à Jeanne, les tas d'ossements non identifiés dans le « jardin » des voisins, parmi les choux et les navets, les piles d'obus et de grenades que les artificiers viendraient — qui savait quand ? — rendre inoffensifs. De temps en temps, une explosion secouait la région et un chercheur de souvenirs ou un enfant s'éparpillait sur cette terre déjà repue d'horreurs.

Comme un couple fraîchement marié, le père et la fille passèrent deux jours à Paris qu'ils visitèrent dans le détail, mangèrent dans des restaurants exotiques, s'amusant comme des enfants. La seule minute d'émotion de Planou fut pour l'Assemblée nationale et le souvenir d'une nuit de septembre 1870 fit surgir dans ses yeux des larmes nostalgiques.

La petite Élyane naquit le 29 janvier 1923 et Planou crut que sa vie recommençait trente années plus tôt. Il aurait tant voulu que sa fille et elle restent encore quelque temps mais le mari, nouveau père, descendit en train les chercher. Avec sa carte de réduction de mutilé de guerre, il voyageait avec une aisance qui agaçait Planou. Ce modique quart de place qu'il payait pouvait le faire surgir dans les moments les plus inattendus, et toujours lorsque se reconstituait un bonheur.

Alors, malgré la politique, le temps s'écoulait sans surprise, sans regards entendus, sans expressions complices. Honorine, si rieuse avec les clients, n'avait aucune gaieté dans la vie de tous les jours. À nouveau, il résistait dans son lit aux petits matins, essayait de sourire à Marcelle quand elle apportait leur café et ses gémissements sur le temps, sur une vaisselle oubliée la veille, sur un chat malpropre qui empuantissait l'escalier.

— Papa, il faut aller sulfater... Demain matin, papa... Demande à l'oncle, à quelqu'un, de porter de l'eau...

Ensuite, elle houspillait le grand-père Raynaud qui perdait la tête et qui filait doux en cachant du sucre ou des biscuits dans sa large ceinture noire. Jules se plaignait de devoir grimper aux poteaux électriques, d'y attraper des bronchites qui ne voulaient pas guérir.

— Moi aussi, je voudrais bien entrer dans les Indirectes.

Planou faisait la sourde oreille. Toujours intervenir, demander des passe-droits, des recommandations, lui qui n'avait jamais rien exigé, qui s'était satisfait de revenir à Villeneuve en espérant que le temps s'éterniserait en sérénité... Alors, comme Marcelle trépignait trop, il allait sulfater, couper du bois pour cette cheminée insatiable où Honorine s'échauffait pour des étrangers, prête à se lever tôt et à se coucher tard pour la satisfaction des autres, même pas pour de l'argent, on n'en gagnait guère, mais pour se repaître ensuite d'une satisfaction morale quand elle lisait son Histoire sainte ou égrenait son chapelet. Parfois, elle rêvait des bonnes sœurs de Lagrasse, celles qu'on avait chassées au début du siècle et qui étaient revenues, celles qui la prenaient dans leur char à bancs pour la laisser à des kilomètres de Maironnes.

Jeanne ne descendait qu'une seule fois par an et c'était pour elle toute une expédition avec la petite Élyane qu'on appelait finalement Josette. Ça faisait plus joli, disait Honorine, et puis Jules avait une chienne nommée Diane et les gens, disait-elle, confondaient. Dans la salle d'attente d'Austerlitz, Jeanne préparait tranquillement le biberon de sa fille sur un petit réchaud à alcool, s'organisait très bien mais que c'était loin, que c'était long!...

Le grand-père Raynaud mourut le 2 octobre 1923. Jeanne était déjà dans la Somme jusqu'à l'année suivante, dans cette baraque, où elle ne pouvait s'endormir tant que son mari, qui surveillait de nuit la distillerie, ne rentrait pas. Elle ne se plaignait pas, écrivait que la Reconstruction leur avait promis un pavillon.

Tout en grimpant à ses poteaux, Jules continuait de bouscasser, rapportant toujours quelque chose, un lièvre, quelques grives, des champignons, des escargots ou des asperges et pour déguster un gibier prohibé, il tendait une toile de sac, une bouronne dans la descente vers la petite maison, invitait toute la famille.

Planou devint secrétaire de mairie alors que son frère occupait les fonctions de maire. Les vignes autres que la Plante ou Rec Dal Four furent un peu plus abandonnées. À Rec Dal Four, il avait aménagé une cabane pour les temps de pluie, rêvait d'y passer une nuit, mais ne le fit jamais La simple pensée de la réaction générale, familiale et villageoise, le retenait. Mais il regrettait, aurait aimé dormir dans le bruit léger du ruisseau voisin, dans la rumeur de toutes ces vies nocturnes, s'éveiller dans ce vallon suave où les amandiers fleurissaient avec quinze jours d'avance.

Le secrétariat de mairie ne l'occupait que deux soirées par semaine, mais les gens venaient le trouver aux heures de repas. Il était de bon conseil, disponible, savait écouter, expliquer, procurer des appuis pendant que l'hiver, Jules traînait ses bronchites qui fatiguaient ses poumons gazés.

— Si je pouvais entrer dans un bureau, n'importe où !

Planou n'entendait jamais cette requête timide. Il lui fallait songer à Jeanne si lointaine, si démunie là-bas. Au début, elle faisait du repassage dans l'hôtel qu'ils avaient habité pour payer sa pension et maintenant, il se doutait que dans la baraque c'était insupportable. Et le gendre qui se faisait remarquer, partait en guerre contre Lebaudy, qu'on appelait l'Empereur du Sahara parce qu'il avait voulu s'y créer un royaume. Le mutilé de guerre ne doutait de rien, se croyait des droits avec sa jambe raide pour dénoncer les injustices sociales, les combines. On le trouvait gênant. Planou estimait qu'il fallait les faire rapatrier au plus vite et quand Jeanne attendit son deuxième enfant, pour le début de juillet 1928, il commença à se démener.

— Et Jules, alors ?

Tous les soirs, de son grand lit, Honorine lançait ses trois mots en direction du petit lit de Planou, à la façon d'un navire amiral envoyant ses coups de semonce à un petit bâtiment frondeur. Jules traînassait, accumulait ses jours d'absence et le docteur affirmait que ce travail ne lui convenait pas.

Quelques mois avant la deuxième naissance, le vitupérant commis des Contributions indirectes fut nommé à Saint-Gilles du Gard, juste à la lisière de la Camargue.

> *Nous voilà installés dans une belle et grande maison, écrivait Jeanne, mais que de moustiques ! On dit que nous pourrions attraper la malaria et nous avons droit à une attribution de quinine comme aux Colonies, car nous n'avons pas l'habitude. Mais il y a bien pis. Hier, tandis que je faisais mes courses, ils ont lâché une vachette dans les rues. Il paraît que c'est fréquent à l'approche des fêtes et des corridas. J'ai tellement eu peur que j'ai cru que j'allais avoir l'enfant*

Honorine ne se laissait pas émouvoir, disait qu'ils avaient voulu revenir dans le Midi et qu'ils devaient s'estimer heureux d'avoir une situation d'État. Et puis il y eut une autre lettre qui bouleversa Planou :

> *Mon beau-frère Camille est décédé après la longue maladie que vous savez. Depuis quelques années, il se soignait à Leucate mais son état s'est vite aggravé. C'était un être si gentil, si délicat et il n'avait que vingt-six ans. Élie est descendu à Leucate. Aux obsèques, on a joué la marche funèbre qu'il avait composée.*
>
> *Élie m'a écrit pour me raconter ces tristes journées et la mystérieuse dame en blanc a réapparu dans le cimetière, au moment où le corbillard arrivait. Une grosse voiture chic l'attendait dehors. Il paraît qu'elle suivait Camille partout, que ce soit au Caire ou à Valparaiso. Elle s'y trouvait juste avant l'arrivée de la musique de la Flotte. Depuis que mon beau-frère était malade, elle logeait, dit-on, dans un hôtel de Perpignan et ils se rencontraient fréquemment. Elle venait le chercher, tant qu'il a pu se déplacer. La voiture et le chauffeur attendaient à côté de la cave coopérative. Ni Élie ni sa mère n'ont jamais su son nom ni qui elle était.*

Ce jour même, Planou partit pour le Rec Dal Four. Il savait que ce garçon lui parlerait encore longtemps de musique et des compositeurs qu'il avait adorés. Il s'assit jusqu'au soir à écouter ce fameux silence de la nature qui était aussi de la musique.

Lorsque la naissance du deuxième enfant approcha, Jeanne leur écrivit que sa belle-mère, Caroline Arnaud, venait d'arriver à Saint-Gilles avec son panier d'osier, sa cravate noire catalane et qu'elle aimerait bien ne pas rester seule avec elle en ces moments-là.

— Nous allons passer quelques jours là-bas, décréta Planou avec une autorité qui surprit tout le monde.

— Mais les voyageurs ? s'indigna Honorine.

— Marcelle est assez grande pour s'en occuper. Si à trente ans elle ne le peut pas, quand sera-t-elle adulte ?

Marcelle gémit deux jours durant, mais Lucie déclara qu'elle l'aiderait. Le couple des grands-parents put partir quelque temps assister à la naissance de leur petit-fils Georges.

CHAPITRE XXXIII

Le suicide quotidien de Marcelle

De Saint-Gilles du Gard, on avait ramené la petite-fille Josette-Élyane, et Planou croyait que c'était Jeanne enfant qu'il berçait sur ses genoux dans la motrice De Dion Bouton qui désormais remplaçait les petites locomotives à vapeur des Corbières. Jeanne, qui revenait pour toute une année, irait à l'école de Villeneuve, l'accompagnerait à Pech de Grille, Rec Dal Four, qu'il porterait dans son lit quand elle s'endormirait le soir à la veillée.

Comme si elle suivait ces pensées sur son visage d'homme heureux, Honorine parla de catéchisme.

— À cinq ans et demi? s'effraya Planou.

— Elle a du retard à rattraper.

Ils étaient attendus à la gare du village, Jules, Lucie et Marcelle qui s'agitait pour deux voyageurs laissés seuls dans la cuisine où ils pouvaient tout voler. Elle finit par courir devant dès qu'elle les eut embrassés. Josette s'éveilla sur le perron pour déclarer qu'elle avait soif.

Ce fut une belle année et Jeanne ne put venir qu'à l'automne avec son gros bébé goulu qu'elle n'arrivait pas à rassasier. Il avait souffert des moustiques de Camargue où, racontait-elle, pour cultiver son jardin, Élie portait une voilette pour ne pas être dévoré.

— C'est un poste où l'on ne reste pas plus de trois ans et nous voulons nous rapprocher encore.

Lucie et Jules se pincèrent un peu. Ils attendaient aussi une place, n'importe laquelle pourvu qu'ils échappent à Villeneuve et aux poteaux électriques.

« Il y a un autocar maintenant, celui d'Azalbert, mais ils finiront par supprimer le train pour les voyageurs. Dans ce cas, on aurait un autobus qui ferait Tuchan-Narbonne par Thézan », écrivait Planou.

L'autocar désignerait désormais le véhicule de la compagnie privée, l'autobus celui de la compagnie départementale qui succéderait aux Tramways à vapeur de l'Aude. La ligne n'en avait plus que pour quelques années et dans le village on attendait avec impatience la fin des escarbilles, des odeurs de soufre et du coup de sifflet. Une demi-douzaine d'automobiles, y compris les camionnettes, étaient apparues.

Au bout d'un an, Josette retourna chez ses parents à Saint-Gilles où, après avoir quelque peu tourmenté un gros petit frère trop pataud à son goût, elle finit par l'adopter en l'incluant dans ses jeux. Il devint tour à tour le bébé, l'écolier toujours polisson qu'on peut mettre au coin, la bonne à tout faire si on jouait à la dame, le client d'une épicerie ouverte avec trois morceaux de sucre, une poignée de nouilles et une pincée de sel.

Après trois ans de purgatoire, les Arnaud s'installèrent à Coursan, à côté de Narbonne, et un dimanche sur deux, le vieux bonheur se réinstalla dans la maison. Jules, ayant enfin obtenu un poste dans les Indirectes, se déclarait enchanté dans la Drôme à Péage-du-Roussillon. Honorine loua la petite maison à une veuve de berger qu'on appelait la pastresse. C'était son fils, un officier, qui réglait le loyer.

Les dimanches avec, Jeanne et les enfants descendaient de l'autocar sur la place le samedi soir. Son mari la rejoignait le dimanche matin en pétrolette, le chien Kiki installé dans une caissette à l'arrière. Planou eut tout de suite de la tendresse pour ce bâtard vif et cabochard qui, un jour, lui débusqua un blaireau au Rec Dal Four. Il bagarra deux heures avec le puant tout au fond de son trou, avant de l'extraire couvert de sang de son terrier. Depuis longtemps, Planou voulait de la graisse de cet animal pour ses articulations d'arthritique. Et le nuisible ne dévorerait plus ses raisins de table, ce rusé dédaignant le carignan ordinaire.

Le gendre partait à la pêche dans toutes les rivières du coin et Planou découvrait le soulagement de Jeanne lorsqu'il emportait son repas froid, signe qu'il ne rentrerait pas avant le soir. Dans le regard de la petite Josette, il y avait aussi une constante alarme

Pourtant, l'agent de constatation ne manquait pas de charme, rentrait satisfait de ses dimanches de pêche, racontait des histoires, allait au café où il était toujours bien accueilli, taquinait le boulanger père de Lucie qui l'attendait impatiemment tous les quinze jours pour la partie de belote. La manille commençait de battre en retraite devant le nouveau jeu et les belles cartes catalanes allaient se faire rares.

Pour quinze jours, ils se retrouvaient tous les trois, Honorine, Planou et Marcelle avec des veillées silencieuses, chacun lisant dans son coin, la fille des romans sentimentaux qui la faisaient pleurer, Honorine son *Histoire sainte* et Planou *la Dépêche de Toulouse* qu'il épluchait dans le détail, comme pour se convaincre chaque fois que le directeur restait digne de son amitié.

Marcelle, peu à peu, avec le départ des deux autres, perdait son statut privilégié de dernière enfant, et son apparence physique, une maigreur osseuse accentuée par un teint jaunâtre, la rangeait depuis longtemps dans la caste des vieilles filles, de ces tatas célibataires qui avaient toujours joué un rôle important et méconnu dans les familles des Corbières, très vite résignées à ne connaître que des tâches ingrates dont l'accomplissement ne suscitait aucune reconnaissance mais qui, négligées, provoquaient les foudres de tout le clan. Elles devaient se montrer discrètes, pire, obscures, un peu dévotes pour suppléer aux manques familiaux, un peu acariâtres, savoir à l'occasion donner un conseil utile sans en retirer de gloire, accepter des vêtements sans éclat, anachroniques au besoin, talocher les enfants pour ménager les parents et les grands-parents, ce qui leur attirait des haines enfantines coriaces, remettre les voisins à leur place, exiger le bon poids et les meilleurs prix chez les marchands locaux ou forains, ne pas s'en laisser conter par les journaliers et les vendangeurs, bref servir de bouc émissaire, de fatalité inéluctable et par là même contribuer comme une éminence grise à la gloire et à la prospérité de la famille.

C'était un peu tout ça qui attendait Marcelle, sauf qu'elle surmontait difficilement une nervosité permanente qui lui valait une réputation d'hystérique. Dès le départ, dès la petite enfance, elle semblait avoir involontairement pris en charge les tares, enfin toutes les imperfections physiques et morales de l'hérédité familiale. Elle était laide, les deux autres étaient beaux, même très beaux, elle était maigrichonne, osseuse, maladive, les autres n'avaient jamais de graves maladies si on exceptait Jules marqué par sa guerre, elle n'était qu'instinct apeuré dans une famille qui savait réfléchir, manquait d'humour là où ils s'esclaffaient, considérait les enfants comme ses ennemis de toujours alors que Jules qui n'en eut jamais les adorait.

Sans que Planou réagît ou en eût quelque remords, elle devint un peu tout, l'esclave, la souillon, la commissionnaire, la journalière capable de travailler dur à la vigne, aide-soignante, porteuse d'eau, porteuse de seaux hygiéniques, éleveuse de canards, de poules et de cochons, porte-parole de la famille quand on avait quelque chose à faire dire aux autres sans trop se compromettre, oui, elle fut tout ça au service de ces deux adultes, papa et maman, qu'elle continua d'appeler ainsi même après leur mort, toujours confite en respect profond jusqu'à l'âge de quatre-vingt-trois ans. Elle devint tout cela en n'y mettant qu'une condition, mais comme celle-ci ne fut jamais ouvertement exigée, elle ne fut jamais respectée : surtout ne pas servir « à côté », ne pas rencontrer les voyageurs, ne pas leur ouvrir la porte. Quand les affaires le permettaient, Honorine employait quelqu'un, « une femme » comme elle disait, avec la morgue de la bonne cuisinière qui a trop à faire avec son feu de bois et ses casseroles pour sacrifier encore aux tâches subalternes, mais quand il y avait moins de passage, Marcelle devait servir. Et c'étaient souvent les crises, la catastrophe. Elle emportait chaque plat dans un élan de colère, le déposait à la sauvette, n'importe comment, sans se soucier des sauces qui pouvaient déborder, du pain qui n'était pas coupé, des assiettes à changer. Le jour où elle put rester seule dans sa cuisine, devant une boîte de sardines où tremper son quignon tout en lisant Delly, fut peut-être le meilleur jour de sa vie. Lorsque sa mère mourut en 1955, elle dut pour survivre garder l'hôtel ouvert encore dix ans et ce fut une souffrance quotidienne. Lorsqu'un voyageur, intimidé sur le seuil par son apparition furtive, demandait s'il pouvait déjeuner, elle hésitait longuement, soupirait. « Ma foi, si vous voulez », finissait-elle par dire. Et ainsi pendant dix ans encore à subir des inconnus, à se coucher tremblante parce qu'un homme seul avait demandé une chambre.

Planou l'utilisait à la cave sans se rendre compte que le corbillard l'épouvantait. Le corbillard qui, depuis pas mal d'années, paraissait se trouver si bien dans son coin qu'il n'en sortait presque plus, du moins pour la famille. Finies les fugues inexpliquées. Deux, trois fois l'an, on venait le chercher pour le laver, le brosser, l'atteler à un cheval qu'on habillait de noir et quand l'enterrement était fini, on le remettait là tout au fond, en compagnie des grandes toiles d'araignée. Planou en arrivait à se persuader que sa famille possédait, sinon le don d'immortalité, mais au moins celui de la longévité, et il finissait par entretenir avec le char funèbre, qui aurait eu bien besoin d'une restauration, un certain dialogue, du genre de ceux qu'on peut avoir avec un animal ou un objet domestique. Il lui avait arrangé une roue, avait graissé ses moyeux, plié les draps et le caparaçon avec plus de soin. De temps à autre, il fallait bien lui marquer une certaine attention, ne pas faire comme s'il n'était pas là.

D'une, le corbillard épouvantait Marcelle, et de deux, son père l'obligeait à pénétrer dans ces foudres ventrus pour les nettoyer, lui-même ne pouvant plus se contorsionner comme avant pour passer la porte étroite. Malgré ses quarante ans proches, il lui arrivait de gémir qu'elle avait peur, et il la traitait sans ménagement de grande bête. Il enfonçait la bougie allumée dans le grand cent deux hectos, lui montrait la flamme :

— Il n'y a plus de gaz carbonique, tu le vois bien.

Mais restée enfant, elle pensait à l'Espagnol enragé qu'on y avait caché et dont on connaissait une partie de l'histoire dans la famille et craignait d'attraper, qui sait, le virus de sa folie.

Elle finissait par ramper dans le grand foudre, la tête la première, ayant enfilé un vieux pantalon de son père, son père qui sans se douter qu'il la blessait secrètement riait de la voir déguisée en véritable épouvantail. Elle grattait frénétiquement l'intérieur, lavait, balayait les déchets dans la comporte placée au-dehors, en ressortait trempée, encore plus jaune et recroquevillée sur son émotion.

Si elle se réconfortait à l'idée de se jeter sur une chaise avec un Delly, Honorine l'attendait pour l'envoyer chez la bouchère, le boulanger ou à l'épicerie.

– De la culotte, mais sans le gras. Il y a toujours trop de gras.

— Mais je le dis, se lamentait Marcelle, je le dis !

Et elle revenait quand même avec du gras, se faisait gronder comme une petite fille avant d'empoigner les cruchons pour s'en retourner chercher de l'eau juste à côté de la boucherie. Elle aurait pu s'économiser un voyage, mais n'avait rien en tête sinon des craintes réelles et d'autres plus vagues, toujours rattachées à son enfance, à ces bruits terrifiants qui couraient, ces rumeurs affolantes, ces moqueries qu'on lui lançait, ces méchancetés parce qu'elle n'avait jamais de « fiancé » même imaginaire, parce qu'elle « rapportait » souvent à ses parents, parce qu'elle assistait à vêpres quand les autres filles organisaient un goûter sur l'herbe.

Le matin, Honorine trouvait mille raisons pour ne pas se lever alors que Planou, sans chercher de prétexte, s'accrochait à son petit lit, se faisait tout miel. Heureux, ils la voyaient entrer avec le café, semblables à deux vieux oubliés visités par une voisine charitable, la traitaient avec affection.

— Oh, la manhague, susurrait Honorine dans le bien-être de ses couvertures.

— Merci, poulido, rajoutait Planou, ce qui aurait pu être pire que tout, le mot signifiant jolie.

Marcelle, en ces quelques instants, devenait naïvement la petite fille qu'on aime toujours, la chérie, la gâtée, la jolie.

Les jours de mauvais temps, de cers glacial, quand l'hôtel résonnait du vide des voyageurs, que Planou préférait rester à la maison, qu'Honorine, comme abasourdie, s'attardait au coin du feu, la vie n'était pas si mauvaise pour Marcelle. Une fois qu'elle était allée chercher de l'eau, luttant contre le vent, s'aspergeant toute à cause du jet de la fontaine dévié par le cers. Une fois qu'elle avait vidé les seaux à la rivière, même si le couvercle emporté d'un coup l'obligeait à galoper derrière — un jour, elle en perdit un et Honorine l'obligea à retourner le chercher deux heures durant. Une fois les commissions faites, le bois remonté de l'écurie. Oui, c'était agréable de s'installer auprès du feu, à lire dans la monotonie d'un après-midi d'hiver.

Dans de très brefs instants qui le laissaient anxieux comme un coupable, Planou découvrait que cette sérénité dont il jouissait loin des désirs d'autrefois, loin des rêves non accomplis, reposait sur le renoncement de sa dernière fille, sur ce suicide quotidien, il l'avait lu dans Balzac, qui la transformait en tata traditionnelle sans lui laisser d'autre issue. Il se réveillait soudain en pleine nuit et si Honorine remuait dans son grand lit, il essayait de l'intéresser à un mariage possible, a de vagues allusions faites par les parents d'un autre célibataire, par un veuf. Sa femme, dérangée dans son confort se récriait :

— Lui ? Il paraît qu'il a de drôles d'habitudes... Sa femme en serait morte. Elle se confessait toutes les semaines à M. le curé qui en était médusé.

— Le fils d'un tel ? Pour qu'elle devienne sa bonne ? Il paraît qu'à cinquante ans, sa mère lui lave encore les pieds.

— Tu ne te souviens pas de son papet qui buvait ? Lui est en train de tourner pareil.

Lâchement, il se laissait convaincre, se rendormait rassuré. Et le lendemain, le couple souriait d'aise à Marcelle et à son café, l'accablait encore de cette douceur matinale qui fondrait dans la journée comme neige au soleil.

— Ne vous levez pas encore, attendez que j'allume le feu.

Tout ce qu'ils attendaient et tout ce que Marcelle souhaitait. Elle avait fini par composer avec leur égoïsme, par se ménager quelques instants de solitude juste avant qu'ils ne descendent. La nuit, elle ne pouvait lire trop longtemps. Il y en avait toujours un pour voir de la lumière sous la porte, trop fortement rabotée par Jules pour l'empêcher de racler, et pour lui crier d'éteindre et de dormir, qu'elle veillait trop tard. Le matin, elle faisait vite réchauffer leur café sur un petit réchaud à alcool, préparait le feu et l'allumait au retour de leur chambre, disposait d'une vingtaine de minutes pour lire tout en déjeunant de café et de pain grillé. Et l'été, lorsqu'elle montait à Pech de Grille, le père ne pouvant ce jour-là s'occuper de son jardin, elle achetait sans le dire une boîte de sardines à l'huile chez Anna pour saucer son pain tout en dévorant le feuilleton du *Petit Écho de la Mode*, tandis que l'eau débordait des rigoles.

Jules et Lucie se rapprochaient à leur tour, avaient connu le purgatoire de Saint-Gilles, les fameux moustiques avant de se retrouver dans l'Hérault à Saint-Chinian. Dans leur petite Peugeot, les Arnaud venaient maintenant presque toutes les semaines. Élie déposait sa famille et rejoignait sa mère à Leucate. Jeanne, le plus souvent en froid avec cette semi-Catalane, évitait de la rencontrer trop souvent.

Jeanne à la maison, c'étaient des gâteaux qu'elle portait au four de la boulangerie, une cuisine vraiment préparée pour la famille et non pour les étrangers, encore qu'Honorine aurait bien tapé dedans pour en porter « à côté ». Jeanne, c'était la princesse retrouvée qui mettait ses doigts dans la farine, riait, offrait une surprise de Narbonne pour le seul usage de la gourmandise paternelle. Le lundi ramenait le froid même en plein été et au lieu de Jeanne avec le café, c'était le visage maussade de la cadette pour toute la semaine, parfois quinze jours, qui annonçait la monotonie des tâches répétitives.

Parfois il s'échappait pour Coursan, retrouvait sa fille aînée et le petit-fils. Josette, en pension à Béziers, manquait à sa joie. Le soir, il veillait avec Jeanne tandis que le gendre filait au café jusqu'à des onze heures du soir. Au café ou ailleurs, sous-entendait Jeanne qui finissait par laisser entendre, par allusions discrètes, son désenchantement.

— Nous ne pourrons rester ici...

Il ne demandait pas pourquoi, il comprenait, comparait avec sa mère, Honorine, qui lui attribuait des maîtresses aux quatre coins du canton. La même obsession jalouse pour une plaisanterie, une taquinerie, peut-être avec une légitimité si l'on cherchait bien. Et si elle montait à Pech de Grille avec lui, elle avouait ne plus avoir envie de rentrer le lendemain, jamais. Jusqu'à ce qu'un jour :

— Ils créent un Office du blé. Il y aurait un poste dans la région de Toulouse. Je crois qu'il accepterait d'y aller. C'est fini avec cette femme mais ici ça peut recommencer.

Planou écrivait donc, demandait des entrevues et la famille Arnaud s'éloignait à nouveau, Jeanne l'abandonnait : « Mais papa, avec la voiture ce ne sera rien du tout ! » Plus de dimanches réguliers, juste deux ou trois vacances un peu longues. Noël, Pâques, l'été. Mais Jules se rapprochait, occupait le terrain, comblait Honorine de bonheur et de charcuteries de la Montagne Noire.

— Pour vous, insistait Lucie, pas pour les voyageurs.

Comme si Honorine avait jamais été capable d'établir une différence équitable. Chez elle, pour commencer, il y avait l'hôtel et pour les restes on verrait. Le délicieux jambon, le saucisson de cette montagne noire dont les châtaignes donnaient aux cochons une chair délicate, étaient engloutis par les ogres d'à côté qu'on continuait de gaver pour le plaisir de les voir sortir de table l'estomac saillant entre les bretelles, le visage rouge, les yeux lourds d'une envie de sieste digestive « Ah, madame Pla, il n'y a que chez vous qu'on peut encore manger aussi bon et aussi copieux. » Des barbares, des Huns ! pensait tout haut Planou

Là-bas, dans sa vigne chérie de Rec Dal Four, il se livrait à des orgies de frites et d'omelette, de cagaraoulade, s'allongeait ensuite pour ne plus voir que le ciel bleu au-dessus de lui encoconné dans les parfums et le bruissement de la garrigue Parfois, c'était comme si la mer l'isolait dans une île de paradis

Josette et Georges venaient pour Noël et Pâques et quelquefois Jeanne restait tandis que le gendre, au volant de sa nouvelle petite voiture, une Fiat, se lançait hardiment sur les cent cinquante kilomètres du retour qu'il accomplirait dans le même temps que l'aller. Une journée. En partant à cinq heures du matin et arrivant assez tard. Le gendre respectait les horaires de jadis, avec étapes obligatoires pour le déjeuner, le dîner, voire le souper. On embarquait le panier d'osier rempli à ras bord de nourriture, la bonbonne de vin. On s'arrêtait pour cueillir des fleurs, ramasser des fruits en bordure de la route, voire des asperges ou des champignons. Il y avait la sieste dès la belle saison et quelques arrêts bistrots, le reste du temps. Les enfants bouillaient d'impatience à la pensée d'arriver si tard à Villeneuve, quand les petits copains du coin seraient déjà rentrés.

Planou, sévère, se penchait sur le latin de son petit-fils, estimant que c'était la base de tout éveil intellectuel, mais si l'enfant s'endormait à table le soir, il le portait jusque dans son lit, tandis que le père belotait chez Castule et s'enflammait pour le Front populaire.

Pas si mauvais, quand même, ce gendre qui vint les chercher pour la première communion du petit, les entassa dans la petite Fiat avec Rose, la petite-fille de Joséphine qu'on alla chercher à Saint-Jean-de-Barrou au départ... Sa mère Isaure était morte depuis quelques années, mais Joséphine avait toujours la même bonté alerte.

On avait emporté de quoi nourrir quinze personnes et dès neuf heures on déjeunait en vue de la cité de Carcassonne, avant de dîner quelque part entre Villefranche-de-Lauragais et Muret Honorine pâlissait d'envie devant l'opulence de cette campagne si verte, de ces fermes d'où s'écoulaient en un flot intarissable des vaches, des volailles et surtout des oies et des cochons. Toute cette nourriture grasse, saine, peu onéreuse à produire avec ces prés et ces champs fertiles, qu'elle aurait pu offrir à ses voyageurs pour presque rien! Directement de la terre sur la table.

Ce fut leur dernière escapade de l'avant-guerre, mais durant huit jours, ils en profitèrent jusqu'à ce qu'Honorine déclarât un jour que les Montel de Carcassonne, ceux qui venaient depuis bientôt quarante ans à la maison, risquaient de trouver pour la première fois porte de bois.

— Reste donc, dit-elle à Planou, moi je vais rentrer avec Marcelle.

Planou ne se le fit pas dire deux fois et passa encore quelques jours tandis qu'Élie ramenait tout le monde, y compris sa propre mère arrivée par le train, toujours avec la cravate noire nouée sous le menton, le panier d'osier et le bleu de lame de ses yeux.

Planou se trouvait à l'aise dans ce petit pavillon que les Arnaud louaient à l'entrée de Saint-Gaudens. Jeanne, en lui portant son café matinal, s'asseyait au bord de son lit pour bavarder. Les enfants venaient de partir pour l'école et le mari sillonnait la campagne au volant de sa voiture.

— Il a quelqu'un, finit par dire Jeanne.

Planou se vit, reprenant son bâton de pèlerin vieilli pour essayer de décrocher un autre poste à cet emplâtre qui, malgré son handicap, galopait derrière le premier jupon qui passait.

— Non, dit Jeanne, cette fois nous resterons ici. Les enfants ont des écoles, le lycée, l'école supérieure. Si jamais la guerre est déclarée, nous ne trouverons pas mieux qu'ici... Nous pourrons au moins manger à notre faim.

On avait déjà mobilisé une fois en 1938 et les choses ne s'arrangeaient guère en cette fin de printemps 39. Planou était allé visiter des Espagnols réfugiés non loin de là, avait découvert toute la misère des gens chassés de leur pays.

— Nous pourrons vous envoyer du ravitaillement si jamais ça allait trop mal.

CHAPITRE XXXIV

La dernière fugue du corbillard

Ce fut un jour de mars 1941 qu'Honorine refusa, pour la première fois depuis l'ouverture de son hôtel, des voyageurs Elle n'osa le faire elle-même, délégua une Marcelle hargneuse qui entrouvrit à peine la porte du perron pour répondre aux trois personnes qui attendaient, presque humbles.

— On n'a plus rien, rien du tout, le ravitaillement n'est pas passé.

— N'importe quoi, je vous en prie, dit la femme... Nous n'avons rien mangé depuis hier midi. Cette nuit, nous avons dû coucher à Durban chez une vieille dame qui n'a pas pu nous nourrir. Juste un lit. Nous ne sommes pas difficiles.

— Puisque je vous dis qu'il n'y a rien. Dans ce pays, il n'y a que de la vigne, que du vin.

Planou relevait d'une pneumonie qui l'avait tenu au lit d'octobre 1940 à janvier 1941. Il avait pris froid en voulant soutirer son vin, là-bas dans la cave où très vite un froid mortel régnait dès l'automne. Jamais il n'avait claqué ainsi des dents dans l'immense bâtisse toute en longueur avec ses foudres alignée, ses vieilles barriques délabrées pour la plupart. Une angoisse sourde l'avait poussé vers le corbillard, comme si ce dernier était la source même de ce froid hivernal en plein automne tiède. Le vieux corbillard qu'il avait cru définitivement assagi avait bien fait une fugue dans les années 1938. L'année de la mort de son frère Joseph. Il n'eut pas envie de lui parler ni de le nettoyer. D'ailleurs, il n'en avait guère besoin, les toiles d'araignée paraissaient l'épargner désormais.

Un matin de juin 1940, Marcelle était entrée dans la chambre de ses parents, se lamentant et sans le café :

— Le maréchal Pétain a demandé l'armistice.

Planou, mû par un ressort, s'était levé en chemise et bonnet de nuit pour la gifler :

— Je t'interdis de raconter n'importe quoi.

— Mais papa, pleurnichait Marcelle, ils l'ont dit à la TSF chez les voisins.

– Ces mécaniques, ça déraille aussi

Pendant douze mois, on avait pu faire comme si la guerre n'avait jamais été déclarée. On avait d'abord rayé les dix mois de la drôle de guerre pour leur absurdité, l'offensive allemande à travers la Belgique comme en 14, l'inutilité de la ligne Maginot et on vivait comme d'habitude, sauf qu'il y avait des Villeneuvois prisonniers de guerre, quelques réfugiés dont quatre à l'hôtel qui retournèrent chez eux dans le courant de l'été.

Dans tout ce désordre, ce qui avait le plus amusé Planou, c'étaient quelques dégourdis, lors de la déclaration de guerre, qui, bardés de cartouchières, montèrent durant quelques nuits aux deux moulins prendre la garde au cas où les Allemands lâcheraient des parachutistes comme en Hollande. Cette fois, il ne s'agissait plus de zeppelins mais de bonshommes au bout d'un parapluie.

— Hé couillon, lui rétorquait-on, Franco est leur allié. Il suffirait qu'ils installent un second front pour que l'Espagne entre en guerre et nous envahisse.

Une fois de plus, le café vint à manquer. Un matin, Marcelle ne put en dénicher un seul grain dans le paquet acheté avec les tickets du ravitaillement et prépara une décoction de pois chiches grillés. À la première gorgée, Planou cracha dans son pot de chambre, mais d'un geste Honorine arrêta ses jurons :

— Ce sera comme ça jusqu'à la distribution prochaine.

Peu à peu tout disparaissait, même des choses aussi peu appétissantes pour Planou que les « patanes », les pâtes alimentaires. Il s'inquiéta, se jura qu'au printemps 42 il remettrait en culture tous les jardins abandonnés.

Comme promis, Jeanne commença d'envoyer des colis, des caisses de nourriture, de véritables coffres au trésor que leur livrait un camionneur de Tuchan allant dans la région de Saint-Gaudens. L'ouverture des caisses se faisait dans un silence religieux entrecoupé des reniflements nerveux de Marcelle.

— Tout ça, disait-elle, boudiou que de choses!

De la paille, elle sortait avec des gestes caressants des pots de graisse d'oie enrobant des confits, les jambons, des sacs de légumes secs, des haricots, on ne trouvait même plus de « moun-jetos », base de la nourriture locale, du sucre, de l'huile, dont les bouteilles manchonnées dans plusieurs journaux avaient bien supporté le voyage, des œufs trempés dans du plâtre pour une plus longue conservation, du café et du pain, d'énormes pains de cinq kilos que le gendre faisait fabriquer exprès pour eux et sa mère à Leucate.

Ce qu'ils ignoraient, c'était que ce gendre, en voiture au début, puis à bord d'autocars à gazogène, à pied traînant sa jambe raide, parcourait jusqu'à vingt kilomètres par jour pour acheter toute cette nourriture, ramenant une pleine musette tandis que patiemment, Jeanne préparait cette caisse, tuait les poulets et les oies pour en faire du confit, du porc quand il n'y avait rien d'autre. Et dans chaque lettre, elle insistait: « C'est pour vous, pas pour l'hôtel. »

Il fallut que Lucie, qui de son côté ravitaillait sa mère et ses beaux-parents, se mette un jour dans une belle colère et menace Honorine de ne plus rien envoyer si elle persistait à nourrir ses voyageurs comme au temps où les restrictions n'existaient pas.

Et Marcelle qui avait toujours détesté l'hôtel, les voyageurs, tout ce qui venait rompre la quiétude d'une journée qu'on aurait pu si bien utiliser à ne rien faire, sinon à se chauffer et à lire, Marcelle osa se révolter. Et Planou la soutint. Il avait bien vendu son vin et avait reçu son indemnité de secrétaire de mairie, pas pour longtemps car le préfet de Vichy exigea son renvoi. On pouvait vivre, sans gaspiller toute cette richesse en nourriture pour les autres.

Honorine fit mine de céder:

— Je donnerai juste le ravitaillement attribué pour l'hôtel. On ne va quand même pas le jeter?

Ah, ce ravitaillement qui allait empoisonner la vie de la tante Marcelle durant de longues années, jusqu'en 1950 environ, date où l'on trouva à peu près tout ce dont on avait manqué.

Pour l'hôtel, elle dut courir les routes. À Narbonne, c'était le café et le sucre, à Lézignan les confitures, de l'ersatz, le résiné, des bananes séchées. À Sigean, elle recevait des haricots, des lentilles, du lard gras et maigre. Désormais, plusieurs fois par semaine, on pouvait la voir prendre l'autobus à gazogène de cinq heures ou l'autocar, revenir à la nuit chargée comme un baudet. Et encore dans Narbonne ou Lézignan, elle pouvait descendre au centre ville, mais pour Sigean, elle devait demander à Azalbert d'arrêter à l'embranchement de Portel, et si personne n'avait la bonne idée de la prendre en route, elle accomplissait dix kilomètres à pied pour aller, dix au retour, ployant sous les charges, un panier dans chaque main, une énorme musette dans le dos. Tout cela pour des haricots charançonnés qu'il fallait trier des heures à la veillée. Et par tous les temps, même avec la neige. À midi, elle grignotait, cachée dans des ruines de bergerie, méfiante quand elle rapportait cette méchante nourriture. En ces temps-là, certains étaient prêts à tout pour manger.

Un soir d'hiver, à l'embranchement de Portel, elle attendit en vain le car d'Azalbert qui en panne avait dû rester à Narbonne. Les voyageurs des Corbières avaient été transportés par un camion qu'elle n'avait pas vu. Alors, elle commença de rentrer à Villeneuve, vingt kilomètres en plus des vingt effectués dans la journée avec des haricots, des pommes de terre et des pois chiches lui tirant les bras jusqu'à terre. À mi-chemin, le médecin de Durban la reconnut et la reconduisit à Villeneuve. Elle dut s'aliter huit jours et Planou, bouleversé, la dorlota comme une enfant.

Jeanne annonça qu'ils viendraient en famille pour la Noël, en voiture, Élie ayant encore des attributions d'essence pour son travail. Ils apporteraient tout ce qu'ils pourraient trouver.

— Il nous faut du bois, disait Planou deux mois avant la fin de l'année. Il ne faudra pas que ces enfants prennent froid.

— Et on fermera l'hôtel, dit Marcelle qui prenait parfois de l'ascendant. On aura besoin de toutes les chambres.

Honorine n'osait trop rien dire. La perspective de cette pleine automobile remplie de provisions ne pesait pas tout à fait suffisamment dans la balance, et la pensée de refuser des voyageurs l'inquiétait autant que de ne pas communier à Pâques.

Le braconnage devint tel qu'on ne trouvait plus un escargot, plus de lapin. Un cent d'escargots se vendait aussi cher qu'une livre de viande au marché noir. Planou, qui posait des pièges dans les cagadous de lapins, n'était jamais assez matinal pour les lever avant certains « bouscassiers » qui raflaient tout. Honorine avait honte de sa cuisine, de ses ruses, de ses artifices recopiés dans *le Pèlerin* ou *le Petit Écho de la Mode* pour cacher la médiocrité des mets avec du persil, de la salade. Honte de ne servir que des sardines dessalées comme hors-d'œuvre, sur un lit d'oignons doux avec quelques émincés de rutabagas. Et ces pauvres sauces d'escargot au tomatat dans lesquelles on aurait dû incorporer un aïoli pour les lier. Mais avec quelle huile ? Et le rôti qui selon le jour devenait un œuf cassé sur une tranche de cansalade fine comme du papier à cigarette, parfois un morceau de porc débité à la va-vite dans un recoin de garrigue par quelque trafiquant. Allez découper là-dedans quelque chose de présentable...

Dès la fin des orages, le village se retrouvait dans les vignes, la garrigue, en train de démolir pierre à pierre des murs millénaires pour dénicher un petit gris. Marcelle n'était pas la moins enragée et en pantalon d'homme et bottes de caoutchouc énormes abandonnées par un client désargenté, elle courait avant même la cessation de la pluie vers les bons endroits où les escargots « baraillaient » encore. Comme une voleuse, craignant qu'on ne lui arrache son butin, elle remplissait son sac, attendait parfois la nuit pour revenir.

Il y avait les épis de maïs de la Plante à surveiller. On en nourrissait une volaille clairsemée. Il aurait fallu coucher sur place pour protéger le grain. Certains, complètement démunis, commençaient de les manger faute de haricots et vers la fin de la guerre, Honorine et Marcelle ne recevant plus les colis de Jeanne et Jules, ils étaient pillés en route, en viendraient là, se rabattraient même sur de la salade sauvage cuite, des racines. Marcelle irait semer des haricots dans des lieux secrets, à des kilomètres du village pour qu'on ne lui vole pas sa récolte. Planou avait essayé des vesces à Joumels, une vigne proche du village, mais n'avait obtenu que de quoi remplir deux toupins.

Un petit groupe associé dans un trafic fructueux allait acheter des vaches en haut pays ariégeois, juste quand elles quittaient les pâturages d'été, en ramenait tout un troupeau par des sentiers anciens oubliés depuis des siècles, taillant dans la broussaille au besoin, mettant un mois pour revenir, assommant les bêtes de fatigue. Le tiers mourait en route. Ils vendaient les dépouilles sur place dans des fermes isolées, continuaient vers l'est, attendant la nuit pour traverser une route départementale, ramassant les bouses révélatrices, surveillant les gendarmes qui toujours aussi braves vous ennuyaient pour un kilo de pommes de terre ou six œufs. Arrivé sur les hauteurs du canton, il fallait loger les animaux, les nourrir. On débitait une vache par semaine sans connaître la découpe et à la nuit quelqu'un venait avec un panier rempli sur le dessus de salade, de châtaignes ou d'arbouses. Sous le torchon ensanglanté, deux trois kilos de « barbaque », comme disait Planou qui pourtant aimait tant la viande grillée. Même l'odeur pouvait trahir, éveiller les jalousies. Honorine la découpait en fines lanières qu'elle conservait à l'huile, faisait des bocaux avec une daube.

Trop vieux pour s'en aller avec des bonbonnes de vin pour la Corrèze ou l'Ardèche et en revenir avec du cochon et des pommes de terre, Planou découvrait son âge, son impuissance, le vide de sa vie, cette faim qui le hantait. Plus de cuisine rustique au Rec Dal Four, plus de soins attentifs à Pech de Grille et à la Plante. Marcelle, véritable sarment desséché par les privations, brunie par le grand air, partait avec le « bigos », piochait, piochait avec la rage au ventre et quand elle rentrait exténuée, découvrait qu'Honorine avait encore accepté un voyageur, parce qu'il venait chez eux depuis si longtemps ou qu'il était le fils de ceux qui avant l'autre guerre... Marcelle trépignait, serrait ses poings douloureux, pleurait, criait qu'elle allait se jeter de la « portaillère » du grenier si sa mère continuait, mais rien n'y faisait. Honorine emmagasinait les provisions pour les clients, s'arrangeait pour tripatouiller les colis des enfants, calculait jour et nuit pour soutirer des réserves familiales deux, trois repas, achetait une folie du gibier, des pommes de terre, de la farine pour revendre à perte une fois tout ça transformé en bonne nourriture.

La dernière fois que Jules et Lucie vinrent à la Toussaint, l'autobus passait encore tous les jours. Par la suite, son horaire devint imprévisible. Tous deux ployaient sous le poids des valises, deux pour les Pla, deux pour Hermine, la mère de Lucie. On s'enfermait pour le déballage des trésors, on tirait les volets, on ne répondait pas si quelqu'un appelait. Planou lui-même se surprenait avec un cœur battant plus rapidement devant cet étalage de produits rares. Marcelle frémissait avec des hoquets d'émotion et Honorine, un sourire placide sur sa petite bouche, essayait de ne pas trahir ce qui bouillonnait en elle, les supputations, les ruses à envisager, le plan qui lui permettrait de soutirer de cette manne de quoi satisfaire quelques privilégiés de passage.

— Vous savez, maman, si vous donnez de ces choses aux voyageurs, nous n'apporterons plus rien, affirmait Lucie.

— C'est sûr, renchérissait Jules qui avait reçu la leçon.

— Non, non, jamais de la vie! C'est pour nous, rien que pour nous, promettait Honorine. D'ailleurs, plus personne ne vient. Que viendraient-ils faire puisqu'ils savent qu'on n'a plus rien à leur donner? Nous avons des attributions à retirer à Sigean, Lézignan, Narbonne mais Marcelle n'y est pas encore allée.

— J'ai vendangé, disait Marcelle, j'ai travaillé au jardin, j'ai aidé à mettre le vin en foudres, j'ai tourné le fouloir, j'ai soutiré et j'ai transporté le marc après le pressoir jusqu'à la place où le camion le chargeait. À coups de brouette. Je suis allée aux escargots...

Elle hochait la tête, ponctuant chaque justification d'un hé ! ho ! hé ! ho ! qui contenait toute l'indignation du monde.

— Jeanne viendra à Noël avec une pleine voiture.

— Oui, mais dans deux mois, disait Lucie, et il vous faudra tenir jusque-là. Je vous en ai apporté pour trois cents francs.

Juste la somme qu'ils avaient envoyée par la poste.

— Et encore, si Jules n'était pas dans les Indirectes nous aurions payé trois fois plus cher.

Tout recommença avec Honorine après leur départ. C'était comme une maladie, comme un vice qui la tenaient. Elle tranchait un morceau de jambon en plus, du pâté et du saucisson, détournait une poignée de riz, une de haricots, de café, une boîte de sardines, de la graisse, cachait tout ça en différents endroits, l'oubliait parfois et l'odeur de putréfaction envahissait la maison, éveillant la méfiance de Marcelle qui furetait partout, finissait par découvrir le larcin grouillant de vers. Quand leur fille partait chercher les attributions de l'hôtel, elle recevait tous ceux qui se présentaient. Planou se résignait, attendait Jeanne, Noël, un peu de fête, les jours heureux.

La vieille fille devenait une sorte de valet-maître qui veillait un peu à tout, passant des vignes à la cave, faisant les provisions d'eau, les commissions, toutes les tâches ménagères, prenant le car ou l'autobus pour aller exiger son dû, même si elle ne ramenait rien ou n'était pas sûre du retour. Le couple dépendait étroitement d'elle, se confinait dans la maison, ne sachant jamais quand elle rentrerait, soulevant le rideau de la fenêtre pour constater qu'il pleuvait, ventait ou gelait.

— La pauvre, en route avec tous ces paniers!

— Aussi, s'emportait Planou, si elle avait appris à faire de la bicyclette. Certains vont dans la montagne, jusque chez les Catalans et même vers Cubières.

C'était au sud, une minuscule région d'élevage. Enfin on y trouvait du beurre, des œufs, des volailles et de la charcuterie. Certains y faisaient élever un cochon et chaque mois allaient vérifier son engraissement, se méfiant d'un échange contre un plus maigre au moment de le saigner. Dans Villeneuve, on avait bien essayé d'en élever mais avec quoi ? On avait abandonné les champs de blé, de paumelle.

— Si seulement tu étais encore à la mairie, regrettait Honorine qui songeait à quelques trafics qui lui auraient permis de garder table ouverte. Planou ne s'indignait plus, allait chercher une brouettée de vieilles souches dans une vigne. Jeanne aimait les flammes qu'elles donnaient, leur odeur de soufre qui rappelait les petits trains de naguère.

— Pourvu qu'Élie ait ces bons d'essence.

— Mais oui, mais oui... Avec son emploi, il a tout ce qu'il veut. C'est important de contrôler la production de blé, d'empêcher les fraudes.

La guerre, c'était cela aussi, se répétait Planou, cette misère physique, cette hantise de ne plus rien avoir à manger, cette course perpétuelle pour trois fois rien, une usure dégradante sans grande noblesse. On n'avait rien connu de tel au cours des deux derniers conflits. Celui-là atteignait chacun, le réduisait à un estomac, à des frissons de froid et de terreur, finirait par dépouiller de toute dignité.

De l'invasion de la Russie par Hitler, il avait attendu le miracle :

— La même sottise que Napoléon, il n'en reviendra pas.

Mais, d'après les journaux, les Allemands s'enfonçaient dans l'immensité de ce pays sans encore subir de revers et même l'histoire oubliait de se répéter.

L'hiver 1941 avait été froid. Celui de 1942 s'annonçait déjà aussi difficile. Deux jours avant l'arrivée de Jeanne et de sa famille, il neigea fortement et, le lendemain, Planou, malgré les récriminations d'Honorine, voulut dégager les marches du perron à l'est et une place pour la voiture, afin que les enfants ne glissent pas en mettant pied à terre.

Dans la nuit, il fut pris de sueurs et de frissons et dès lors une mauvaise fièvre ne le quitta plus. Le médecin diagnostiqua une pneumonie et, retourné en bas avec les deux femmes, il ne cacha pas que l'état du malade l'inquiétait.

— Il est affaibli par les privations. Voici des remèdes à prendre à Durban. Je reviendrai pour lui faire des ventouses scarifiées. En attendant, essayez les cataplasmes.

Marcelle, toujours fébrile, partit dans le village à la recherche de quelqu'un se rendant à Durban mais avec cette neige, personne ne mettait le nez dehors. Ce fut le livreur de farine qui accepta de la prendre, mais dans certains virages, il dut pelleter les congères pour que sa camionnette passe. Les médicaments achetés, elle rentra à pied, et il lui fallut deux bonnes heures pour franchir les cinq kilomètres, arriva les orteils gelés, n'eut que la force de s'écrouler devant le feu sur une chaise basse. Honorine lui retira ses chaussures et ses bas.

— Il y a un télégramme. Jeanne ne viendra pas, leur voiture est en panne.

— On le lui avait bien dit d'attendre avant de déblayer la neige, s'énervait Marcelle avec des sanglots dans la voix, mais pour Jeanne, il fallait le faire tout de suite.

Une lettre suivit, annonçant une caisse de provisions. La voiture serait difficile à réparer. Élie, avec le petit, avait voulu rendre visite à trois Villeneuvois dans un camp de Jeunesse où ils crevaient de faim. Il voulait demander au boulanger du coin de leur donner du pain de temps en temps et en route, le moteur avait gelé.

— Ça ne fait rien, disait Planou dans un souffle exténué, ça ne fait rien... Qu'ils restent au chaud, ils auraient pris trop de risques avec cette neige.

Le soir même, le médecin lui posait des ventouses scarifiées qui soulagèrent le malade une partie de la nuit. Il avait fallu jeter tout ce sang, nettoyer les ventouses et Marcelle le faisait en pleurant. Dans la nuit, elle entra dans la chambre de ses parents. Honorine disait son rosaire dans la faible lueur de sa veilleuse.

— On dirait qu'il respire mieux.

Le lendemain, il étouffait et son visage inquiétait sa femme. Il gardait cependant sa conscience car il exigea que Marcelle aille chercher une bonbonne de vin à la cave.

— Ça peut bien attendre, disait Honorine, la passerelle est toute verglacée.

— Il faut aller la chercher. Si le froid persiste, le vin finira par geler, la fera éclater.

Marcelle s'équipa, sachant bien que le vin ne risquait rien, mais elle pouvait bien satisfaire ce caprice. Il lui donna à voix basse ses instructions tandis qu'Honorine préparait le repas de midi.

— Regarde si tout est en ordre, tout.

Au retour, elle prit aussi la ration journalière de pain avec les tickets. Emmitouflée dans un grand châle noir, elle ne croisa que des hommes. En temps de neige, ils se sentaient investis du devoir d'affronter seuls les éléments.

— Il fait de plus en plus froid, dit-elle en tendant ses mains au feu.

— Monte vite, montre-lui la bonbonne, il n'a cessé de demander si tu étais de retour.

Le médecin l'avait visité et restait soucieux. Marcelle grimaça pour retenir ses larmes, s'enfuit dans le couloir n'osant se rendre tout de suite au chevet de son père. La voix faible l'appelait, l'injuriait même. Elle finit par monter.

— Tu es allée là-bas?

— La voilà ta bonbonne.

Il n'eut pas un regard pour elle:

— Le corbillard, ils l'ont remis là-bas après l'enterrement de la pauvre Mathilde?

— Non... Je crois qu'il est chez M. Bellissent.

— Tu es sûre?

Le char funèbre la terrorisait trop pour qu'elle n'ait pas constaté son absence.

— Très bien... C'est parfait...

Désormais, il était le seul dans le secret qui disparaîtrait avec lui, enfin il le croyait. Marcelle en tout cas ne savait rien.

Pendant douze jours, il résista contre le mal, comme s'il attendait la fonte des neiges et le retour de la circulation. Un matin, il entendit enfin le gazogène de l'autobus et soupira:

— J'ai vu naître la troisième République et je l'ai vue mourir. Je me demande s'il y en aura une quatrième, dit-il à sa femme.

Honorine eut un pressentiment et fit envoyer un télégramme à Jeanne, décida de sacrifier une vieille poule qu'elle réservait depuis longtemps. Marcelle descendit à l'écurie par la trappe, les voisins n'ayant pas à savoir qu'on allait faire un bouillon de poule. Elle tranchait la langue des volailles avec des ciseaux, les accrochait au-dessus d'une assiette pour recueillir le sang. Elle pluma celle-là en partie dans la tiédeur de l'endroit, remonta au chaud pour terminer. Honorine fit cuire la sanquette, sachant que son mari aimait cette omelette noire, mais il ne put en avaler un seul morceau.

Jeanne arriva le lendemain soir par l'autobus. Elle avait dû descendre à Lézignan et changer à Thézan et apportait deux énormes valises de provisions qui firent sourire Marcelle à travers ses grimaces d'émotion. Partie depuis cinq heures de Saint-Gaudens, elle avait dû attendre des heures en gare de Matabiau à Toulouse. Elle avait tant pleuré depuis la réception du télégramme qu'elle put se présenter à son père les yeux secs. À la façon dont il la serra, elle sut qu'il allait mourir très vite.

— J'ai de la farine, des œufs, je ferai un bon gâteau. Tiens, un bras de Vénus avec de la crème au chocolat. Aussi la dinde de Noël qu'on a gardée, du jambon cru, veux-tu voir?

Elles montèrent les valises après en avoir sorti les vêtements de deuil que Jeanne avait dû se faire prêter. Il souriait pour leur faire plaisir, mais déjà son esprit était ailleurs. Jules et Lucie arrivèrent après un voyage difficile dans un taxi que par chance ils avaient pu convaincre en gare de Narbonne.

Dès le soir, doucement, Planou entra dans le coma en regardant Jeanne sur sa gauche. Dans son tout petit lit, n'ayant jamais voulu quitter son bonnet de nuit. Les voisins venaient aux nouvelles, furtivement. Visiblement, dans ces périodes noires, on n'avait pas tellement envie de veiller.

Aussi purent-ils garder le corps de Planou deux jours, parce que la terre du cimetière était gelée en profondeur et que le fossoyeur avait du mal à creuser la tombe.

La vieille cave de l'autre côté de la rivièrre s'écroula une nuit d'orage à la fin des années quarante, bien après la fin de la guerre. On n'y logeait plus le vin puisque la Coopérative avait été créée. En attendant d'en construire les bâtiments, on répartissait le vin chez des particuliers. Marcelle n'était pas retournée là-bas depuis longtemps et on ne sut jamais, dans la famille, où se trouvait le corbillard lorsque tout s'effondra. On ne récupéra que quelques poutres, des madriers, de grandes douves. Le cent deux hectos avait dû éclater comme une pastèque trop mûre.

Table des matières

PREMIÈRE PARTIE
1870-1884

DEUXIÈME PARTIE
1884-1900

TROISIÈME PARTIE
1900-1942

Achevé d'imprimer en août 1988 par SEPC à Saint-Amand-Montrond (Cher) pour le compte des Éditions Calmann-Lévy, 3, rue Auber, Paris 9ᵉ
N° d'édition : 11425/05 - Dépôt légal : août 1988 - N° d'impression : 1585.